LA ROSE D'YORK

II

Le boiteux de Varsovie

JULIETTE BENZONI

LA ROSE D'YORK

II

Le boiteux de Varsovie

FRANCE LOISIRS
123, boulevard de Grenelle, Paris

Une édition du Club France Loisirs, Paris,
réalisée avec l'autorisation des Éditions Plon

ISBN : 2-7242-9229-4

A la mémoire de Jean-François, mon fils disparu.

Je lui dois la documentation de ce livre... et tant d'années heureuses...

Première partie

LES BROUILLARDS DE LONDRES

CHAPITRE 1

LES HÉRITIERS

C'était le bout du monde ou presque...

Les hautes terres d'Écosse s'achevaient là dans les eaux changeantes, jaillissantes, dangereuses, turbulentes, traversées de courants perfides du Pentland Firth. Au-delà, dernier rempart avant l'immensité des mers arctiques étendues jusqu'au pôle, il n'y avait plus que les brumes tourbillonnantes dont s'enveloppaient les îles Orkney et, plus loin encore, les Shetland peuplées de moutons à tête noire. Les deux archipels dont les habitants conservaient le sang et les traditions vikings appartenaient cependant à la Grande-Bretagne et la servaient avec fidélité, même si leurs racines les tiraient vers la Norvège à laquelle ils avaient appartenu durant des siècles.

Adossé à la muraille à demi écroulée d'une tour de guet, Aldo Morosini contemplait le sauvage et grandiose paysage marin en s'efforçant de contenir son émotion : à l'ancre au milieu d'une petite baie, le *Robert-Bruce* était en train de se séparer pour toujours de son vieux maître, lord Killrenan, assassiné en Égypte quelques mois plus tôt et qu'il venait de ramener à sa terre ancestrale. Le sifflet du maître d'équipage sonnait le départ du capitaine tandis que des marins descendaient le lourd cercueil dans le canot rangé contre la longue coque noire.

Lorsque l'embarcation s'écarta, la sirène du bord prit le relais. Les rames plongèrent avec ensemble et l'on se dirigea vers le rivage où une petite foule attendait autour d'un pasteur et de la famille. Bien maigre celle-ci : en tout et pour tout six personnes figées dans un deuil conventionnel avec des visages de circonstance où l'on ne décelait aucune larme.

Qu'ils fussent nés de l'unique sœur du défunt – trois d'entre eux tout au moins, les autres n'étant que les épouses ! – ne changeait rien au fait qu'ils n'éprouvaient pas de chagrin : ils étaient les héritiers, un point c'est tout. Et c'est aussi pourquoi Morosini préférait se tenir à l'écart. Il n'approcherait ces gens-là que le plus tard possible, parce que sa peine à lui était réelle et qu'il aimait bien le vieux marin auquel ne l'attachait cependant aucun lien du sang mais, durant des années, sir Andrew avait été l'amoureux fervent et discret de la princesse Isabelle, sa mère disparue elle aussi.

Lorsque celle-ci s'était retrouvée veuve, sir Andrew s'était enhardi jusqu'à lui proposer de devenir comtesse de Killrenan, mais Isabelle de Montlaure, princesse Morosini, était la femme d'un seul amour. Comme Killrenan d'ailleurs qui jamais ne se maria, choisissant d'être l'éternel voyageur de tous les océans du monde. De temps à autre, cependant, son yacht jetait l'ancre à Venise dans le bassin de San Marco afin qu'il pût venir déposer, avec l'hommage de sa fidélité, un énorme bouquet de fleurs, des épices rares et des confiseries délicates rapportées de ses voyages. Il posait toujours la même question, recevait la même réponse et repartait sans se décourager. On le revoyait deux ou trois ans plus tard avec quelques cheveux en moins, quelques rides en plus mais toujours le même amour au cœur.

Une seule fois, la dernière, le dévot d'Isabelle tenta de lui faire accepter un don inhabituel, un objet extraordinaire et chargé d'histoire : un bracelet d'émeraudes et de saphirs jadis offert par l'empereur moghol Shah Jahan à son épouse bien-aimée, Mumtaz Mahal, pour laquelle il devait construire un jour le Taj, peut-être le plus beau tombeau du monde.

Un peu naïvement sans doute, sir Andrew espérait faire oublier la valeur du présent qui se voulait seulement hommage et symbole d'éternelle fidélité, mais il se trompait : la veuve d'Enrico Morosini refusa. Alors, trois ans plus tard, Killrenan chargeait Aldo, devenu antiquaire et expert en joyaux anciens, de vendre le bracelet, mais en y joignant une restriction formelle : en aucun cas, le bijou ne devait passer aux mains d'un sujet britannique, mâle ou femelle... Quant à lui, il repartait en mer.

Sur le moment, Morosini prit l'interdiction pour une lubie et ne comprit pas. La lumière lui vint peu après lors de sa rencontre avec l'une des nièces par alliance du vieil homme. Ravissante, élégante mais un peu inquiétante, Mary Saint Albans abritait dans sa petite tête rapace une passion dévorante, quasi pathologique pour les pierres précieuses. Lors d'une vente de prestige à l'hôtel Drouot de Paris, il avait pu la voir perdre tout contrôle d'elle-même parce qu'elle n'avait pu vaincre un Rothschild au jeu des enchères. Et quand elle lui avait rendu visite, à Venise, elle s'était presque jetée à ses pieds pour qu'il lui cède le fameux bracelet dont elle était persuadée – avec juste raison! – que l'oncle Killrenan le lui avait confié. Sans résultat bien sûr.

Pour se débarrasser de la jeune femme, le prince-antiquaire s'efforça de la persuader que lord Killrenan ne lui avait rien remis, préférant sans doute conserver son gage d'amour et l'emporter avec lui dans ce voyage autour du monde qu'il entamait sans véritable intention d'en revenir. Peut-être comptait-il le laisser aux Indes, son pays d'origine.

Malheureusement, sir Andrew n'était pas allé plus loin que Port-Saïd où l'attendait un voleur doublé d'un meurtrier imbécile qui avait pillé sa cabine. Une fin sinistre, sordide même pour un homme à ce point épris d'immensité et de magnificence!

C'était à cela que pensait Aldo tandis qu'en bas, sur la rive, les quatre plus solides marins du *Robert-Bruce* aidés de quatre vigoureux terriens aux genoux noueux sous le kilt vert, rouge et noir, enlevaient sur leurs épaules le lourd coffre de cèdre pour le hisser jusqu'à la crypte de son antique et seigneuriale demeure. À cet instant, deux *bagpipers* en costume traditionnel embouchèrent leurs cornemuses dont les voix perçantes relayèrent la sirène du navire. Ils prirent la tête du cortège et tous les suivirent. L'observateur solitaire se contenta de les regarder venir, traînant après eux ces gens dont les pieds faisaient rouler les cailloux du chemin. La montée vers le château était rude mais lui allait bien : elle était faite de pierres comme lui, taillées parfois en marches frustes qui semblaient couler de ses murailles sévères. Killrenan Castle était une haute, une impressionnante tour carrée, un *keep* [1] lancé au XIIe siècle à l'assaut du ciel highlander avec à son pied, comme une meute couchée, des bâtiments de communs et une chapelle encore enfermés, par endroits, dans le rempart qui les protégeait jadis. À présent, il attendait le dernier de ses fils en lignée directe. Ceux qui s'avançaient à la suite du mort, les neveux, ne le vaudraient pas. De cela, Morosini était certain...

Le temps de ce mois de septembre se montrait clément. Des cohortes de nuages défilaient vers l'est, laissant entre eux de grandes déchirures

1. Le *keep* correspond au donjon français.

bleues traversées de flèches de lumière. Pour le dernier voyage terrestre d'Andrew Killrenan, les hautes terres revêtaient leur plus belle parure parce que la plus fragile : celle qu'allaient effacer bientôt les brumes et les neiges du précoce hiver. Une étonnante symphonie de mauve, d'indigo, de violet et de gris changeants où éclatait parfois, comme une fleur précieuse, l'or d'un feuillage décliné du jaune paille au roux profond.

Quand le convoi atteignit le pont-levis à demi ruiné et les énormes portes constellées de clous d'acier, Aldo pensa qu'il était temps de le rejoindre afin d'assister à la dernière cérémonie et se pencha pour ramasser le gros bouquet de chardons bleus cravaté aux couleurs du vieux lord qu'il avait posé à terre, mais une main ridée le devança tandis qu'une voix un peu fêlée remarquait :

– Une bonne idée ces chardons !... L'emblème du pays, hein ? Et puis ça lui va tout à fait au vieil Andrew ! Peut-être que ça le consolera un peu de laisser son nom et sa maison à ces gens-là ?

En tournant la tête, Morosini vit près de son coude un bonhomme à la peau parcheminée et au teint terreux qu'à cause de sa petite taille il prit d'abord pour un lutin de la lande. Il portait kilt, sporran, tartan et bonnet emplumé aux couleurs du clan, le tout dégageant une violente senteur de poivre de la Jamaïque attestant qu'il s'agissait là du costume de cérémonie sorti seulement de son coffre pour les grandes occasions. Ayant éternué trois fois, le visiteur s'écarta de façon à éviter de se trouver sous le vent :

– Vous pensez qu'il a besoin d'être consolé ?

– Aucun doute là-dessus ! Vous me direz qu'il avait qu'à les fabriquer lui-même, ses héritiers, au lieu de courir les mers durant les trois quarts de sa vie. S'il avait épousé Flora Mac Neil, il n'en serait pas là.

– Qui est Flora Mac Neil ?

– Celle que son père, le vieil Angus, voulait qu'il marie. Je conviens volontiers qu'elle était pas bien belle mais elle avait de la santé, une belle dot et elle aurait fait des gamins solides. Il n'en a pas voulu, bon ! Mais ne me dites pas que dans ses navigations autour du monde il n'aurait pas pu trouver une fille à sa convenance ?

– Il en a trouvé une, mais elle n'était pas libre et, malheureusement, il n'a jamais aimé qu'elle !

D'un air navré, le lutin repoussa son bonnet pour gratter le chaume gris qui poussait dessous :

– Ça c'est pas de chance ! Tout de même, il aurait bien dû penser à sa descendance. Doit être une rude punition là où il est de voir les fils de la défunte Margaret, sa pauvre folle de sœur, trotter derrière son cercueil pour ramasser tous ses biens !

– Sa sœur était folle ? demanda Morosini qui n'avait même jamais su que sir Andrew eût une famille si proche.

– Pas à enfermer tout de même, mais peut-être

pas loin ! Faut être plutôt dérangée pour aller s'enticher d'un Anglais, un magistrat par-dessus le marché, quand elle avait le choix entre une demi-douzaine de beaux gaillards bien de chez nous... Aussi, regardez le résultat ! Ce Desmond Saint Albans qui devient le dixième comte de Killrenan a l'air d'un pot à beurre. Il a un bon tailleur, c'est tout ce qu'on peut dire de lui ! Ses frères lui ressemblent... en plus mou ! Sa femme, oui, l'est plutôt jolie, seulement c'est pas une fille de par ici et ça se voit : regardez-la un peu se tordre les pieds sur les pierres du chemin avec ses talons hauts ! Vient de la ville, ça ! N'a même seulement jamais vécu à la campagne ! Ah, tout ça est bien triste !...

Le Vénitien retint un sourire : le vieux avait de bons yeux ! Les ravissantes chevilles de lady Mary, encore affinées par les bas de soie noire, couraient en effet de grands dangers tandis qu'elle réalisait à chaque pas un miracle d'équilibre. Elle s'accrochait au bras du « pot à beurre » visiblement agacé d'être obligé de la soutenir quand il eût sans doute préféré marcher seul derrière le corps comme l'aurait voulu son nouveau rang.

La découverte du couple-héritier était une surprise pour Aldo. Il savait bien sûr et par Mary elle-même que son mari était l'un des neveux de sir Andrew, mais elle ne lui avait jamais laissé supposer qu'il se trouvait au premier rang de ceux-ci. C'était donc à eux qu'il allait falloir présenter des condoléances ? Une perspective peu agréable mais à laquelle il était impossible d'échapper.

– Tenez ! soupira le lutin en lui rendant son bouquet. Il serait peut-être temps que vous y alliez ? Les voilà qui rentrent...

– Est-ce que vous ne m'accompagnez pas ?

– Non, je suis seulement venu pour saluer Andrew à son retour sur notre terre à tous mais je n'ai rien à faire à Killrenan Castle. Si je vous dis que je m'appelle Malcolm Mac Neil, vous comprendrez sans doute : je suis le frère de celle dont il n'a pas voulu... Au fait, vous, qui êtes-vous ?

– Un étranger, un ami fidèle... et le fils de celle qui n'en a pas voulu...

– Ah ! Feriez mieux de pas y aller maintenant alors et d'attendre pour prier en paix qu'il y ait plus personne. Vont pas s'attarder ces étrangers ! Vous pensez bien qu'ils n'ont pas prévu de *draigie*. Connaissent rien à nos coutumes.

– *Draigie* ? Qu'est-ce ? Je ne connais pas ce mot.

– La fête des funérailles. C'est du gaélique. Il est bon pour les vivants de manger et surtout de boire du bon whisky à la mémoire de celui qui n'est plus. Je vous donne le bonjour, sir !

Le petit homme s'éloigna sur la lande d'un pas rapide tandis que, négligeant son conseil, Aldo se dirigeait vers le château.

La cérémonie dans la crypte de la chapelle fut simple et brève : un court sermon du pasteur, quelques prières et, tandis que les cornemuses jouaient *Amazing Grace*, le cercueil fut placé dans une niche encore inoccupée. Après quoi l'assistance remonta en silence. Seul Aldo s'attarda un instant pour déposer ses chardons bleus en murmurant un dernier adieu.

La tentation était forte de s'éterniser afin de laisser aux amis et à la famille le temps de se disperser. Aldo y résista cependant. Éviter les condoléances serait discourtois et, même si ses relations avec la nouvelle comtesse n'étaient pas des meilleures, il ferait preuve d'une sorte de lâcheté en s'esquivant.

En arrivant dans la cour, il put vérifier les prédictions du lutin : de toute évidence, le nouveau lord n'avait pas la moindre intention de recevoir qui que ce soit dans le château : lui et les siens étaient rangés en ligne devant la chapelle, serrant des mains, répondant quelques paroles avec des mines graves. Aldo prit son tour.

Lorsqu'en se nommant, il serra la main de sir Desmond, il y eut, dans l'œil de celui-ci, plutôt morne jusque-là, une petite étincelle. Dans le monde des collectionneurs de toute sorte mais surtout de bijoux, le prince vénitien, devenu antiquaire par nécessité et expert en joyaux anciens par passion, était très connu. Le nouveau lord Killrenan appartenait à ce monde-là et saisit l'occasion au vol :

– Restez-vous quelque temps en Écosse ? demanda-t-il.

– Non. Je regagne sur-le-champ Inverness où l'on m'attend et demain je serai à Londres.

– Je suppose que la fameuse vente vous y retiendra quelques jours ? J'aurai plaisir à vous rencontrer si vous avez un moment à me consacrer.

– Pourquoi pas ? fit aimablement Morosini en pensant que le plaisir ne serait pas fatalement partagé. Le nouveau lord ne lui plaisait guère : son visage offrait la singularité d'avoir l'air d'être modelé dans du beurre, suivant l'expression du lutin, et de paraître dur. Cela tenait sans doute à l'aspect figé et surtout au regard gris et morne comme une pierre.

Il s'inclina rapidement devant les deux frères suivants pour arriver enfin devant l'épouse de Desmond, en se demandant comment cette très jolie femme avait pu lier son sort à celui d'un personnage si peu attrayant. Il est vrai qu'étant connu comme fervent collectionneur de jades anciens l'homme devait posséder une belle fortune, et il se pouvait aussi que la passion de Mary pour les joyaux trouvât un écho chez son mari. Mais s'il pensait s'en tirer avec un salut et quelques mots bien choisis, il se trompait. Sans même lui tendre la main, celle-ci lui décocha :

– J'espérais un peu que vous viendriez. Nous avons à parler tous les deux.

– De quoi, mon Dieu ?

– Vous le savez très bien : du bracelet de Mumtaz Mahal.

– Ni l'heure ni le lieu ne me paraissent convenir, fit-il avec sévérité. D'autant qu'il n'y a rien à en dire...

– Ce n'est pas mon avis. Oserez-vous nier que vous m'avez menti quand je suis allée chez vous en prétendant que mon oncle ne vous l'avait pas remis ? Notre notaire a reçu de vous une somme importante provenant de la vente d'un objet à vous confié par feu lord Killrenan.

– C'est exact. Mon vieil ami m'avait donné un objet en dépôt mais en l'assortissant d'une condition formelle : ne le vendre à aucun sujet britannique, homme ou femme et quel qu'il fût.

Le blond visage éclairé par des yeux d'un délicat gris de nuage s'empourpra.

– Il a fait ça ? Et, bien sûr, ce quelque chose était le bracelet ? À qui l'avez-vous vendu ?

– La discrétion est l'une des règles majeures de ma profession.

– Mais je veux savoir...

– Vous ne devriez pas retenir ainsi le prince Morosini, ma chère, coupa la voix mate de lord Desmond. Il est attendu et nous-mêmes avons à tenir un conseil de famille... Nous nous reverrons plus tard, n'est-ce pas ? ajouta-t-il en adressant à Aldo ce qui pouvait, à la rigueur, passer pour un sourire. Au moins le jour de la vente où nous serons tous.

Le Vénitien s'inclina sans un mot et quitta le château pour rejoindre la voiture de louage qui l'attendait sur la lande. Il n'aimait pas la dernière phrase de sir Desmond : en dépit d'une apparente amabilité, il croyait y déceler une vague menace qu'il se reprocha aussitôt. S'il commençait à déceler des intentions malveillantes et à voir des ennemis partout, non seulement il ne viendrait pas à bout de sa tâche mais il finirait par voir aussi de vilains hommes noirs et des éléphants roses. Que sa passion des pierres précieuses rendît lady Mary un peu folle et que feu sir Andrew détestât sa famille ne signifiait pas pour autant que celle-ci fût composée de malfaiteurs. Heureusement que l'on avait arrêté finalement l'assassin du vieux lord – un Indien fanatique qui s'était pendu dans sa prison en utilisant son turban. Sans cela il eût volontiers attribué le meurtre à ses héritiers. En toute honnêteté, l'idée l'en avait même effleuré bien que l'événement se fût déroulé loin d'eux...

Avant de monter en voiture, il jeta un dernier regard sur la vieille tour féodale au sommet de laquelle la bannière aux couleurs des Killrenan flottait dans le vent soudain chargé d'humidité. Selon toute probabilité, son vieil ami n'y pourrait guère compter sur une autre compagnie que celle de ses ancêtres, pensa-t-il avec une nuance de mépris.

Le temps changeait. Le ciel se chargeait de masses noires tandis que les îles Orkney s'emmitouflaient de leurs brumes tourbillonnantes. En bas, dans la petite anse, le *Robert-Bruce*, ses hommes rentrés à bord, levait l'ancre avec en signe d'adieu un dernier coup de sirène. Une tempête allait sans doute se lever : il lui fallait gagner un abri plus sûr. La voiture à son tour s'ébranla pour ramener Morosini dans la capitale des Highlands, Inverness, distante d'environ cent quarante miles.

Durant tout le voyage qui eût été agréable si le temps s'était maintenu car la route descendait vers le sud en suivant la mer, Aldo s'efforça de détourner son esprit de celui qu'il ne reverrait plus pour se soucier uniquement de la vente mentionnée tout à l'heure par sir Desmond : celle d'un joyau historique de première grandeur appelé la Rose d'York. Il s'agissait d'un diamant cabochon de belle taille composant autrefois le centre d'une pièce dont on ignorait ce qu'étaient devenus les autres éléments et qui représentait les armes de la famille d'York. La pièce en question se nommait alors la Rose blanche et avait été offerte au duc de Bourgogne, Charles le Téméraire, par sa troisième épouse, la princesse anglaise Marguerite, lors de leur mariage célébré à Damme le 3 juillet 1468. Elle avait disparu avec la majeure partie des trésors du Téméraire après la désastreuse bataille de Grandson.

Mais l'histoire du diamant ne commençait pas à la dynastie anglaise. Elle remontait presque à la nuit des temps puisque la pierre, apportée de l'Inde par les caravanes de la reine de Saba et offerte par celle-ci au roi Salomon, fut alors enchâssée avec onze autres dans la grande plaque d'or dite pectoral du Grand Prêtre composée sur l'ordre du Roi Sage à l'intention du Temple de Jérusalem.

Après mainte et mainte tribulation, le pectoral existait toujours, même si certaines pierres avaient disparu. Il appartenait à un homme hors du commun, extraordinaire : un Juif boiteux et borgne, très riche mais surtout très cultivé et très mystérieux, Simon Aronov, qu'une nuit du dernier printemps Aldo Morosini avait été invité à rencontrer dans une demeure secrète, après un long périple dans les caveaux et les souterrains régnant sous le ghetto de Varsovie.

Ce que voulait Simon Aronov était simple : obtenir de cet expert européen en joyaux anciens qu'il l'aide à récupérer les quatre pierres manquant au pectoral et cela dans le plus noble des buts : une tradition juive voulait, en effet, qu'Israël retrouve patrie et souveraineté quand ce symbole des Douze Tribus, entièrement reconstitué, lui serait rendu.

Le choix du prince-antiquaire n'était pas fortuit : parmi ces quatre pierres, sa famille maternelle possédait depuis plusieurs siècles le saphir, dit saphir wisigoth ou Étoile bleue, et Aronov espérait obtenir de son hôte qu'il accepte de le lui vendre, ignorant encore qu'Isabelle Morosini, la dernière propriétaire, avait été assassinée par son cambrioleur.

Cette nuit-là, une entente s'était scellée entre le Juif et le prince chrétien. Fructueuse, puisque deux mois plus tôt, dans l'île-cimetière de San Michele à Venise, Simon Aronov recevait des mains de son émissaire le saphir revenu à lui au terme d'une folle aventure [1] jalonnée de plusieurs

1. Voir tome 1 : *L'Étoile bleue.*

morts puisque, hélas ! les gemmes arrachées au pectoral attiraient le malheur.

La Rose d'York était donc la deuxième pierre manquante et, depuis une semaine, la presse britannique, relayée par les principaux journaux européens, embouchait ses grandes trompettes afin d'annoncer la vente prévue chez Sotheby's pour le 5 octobre. Sans se douter le moins du monde que le bijou annoncé n'était pas le vrai mais une admirable copie exécutée dans les moindres détails grâce à un procédé connu du seul Simon Aronov.

Le raisonnement de celui-ci était simple. Ayant acquis la certitude que le diamant ne pouvait se trouver qu'en Angleterre, caché au fond du coffre de quelque collectionneur particulièrement discret, il jouait là un coup de poker reposant sur sa profonde connaissance de l'âme humaine et surtout de celle plutôt complexe des collectionneurs de tout poil. Selon ses prévisions, le possesseur du véritable diamant ne pourrait supporter le battage suscité autour de la fausse pierre parce que, de deux choses l'une : ou bien le vacarme soulevé par l'annonce de la vente lui inspirerait un doute insidieux sur l'authenticité de sa propre pierre, ou bien son orgueil ne tolérerait pas de voir un faux susciter admiration, convoitise et même dévotion. De toute façon, il se manifesterait, et c'est là que l'attendait Simon Aronov par la personne interposée d'Aldo Morosini. Aussi, dès son retour à Londres, celui-ci comptait-il bien se rendre chez le joaillier censé être le découvreur du joyau et qui le livrait au feu des enchères dans l'espoir « secret » – selon la presse – d'inciter le gouvernement de Sa Majesté à l'acheter pour le joindre au Trésor de la Couronne déposé à la Tour de Londres et empêcher ainsi qu'une pièce appartenant à l'histoire anglaise quitte la mère patrie. Les journaux faisaient aussi état de plusieurs lettres anonymes, reçues par Mr. Harrison, affirmant que son diamant était faux et que, s'il n'annulait pas la vente, il risquait d'être démasqué publiquement. Toute une suite de bonnes raisons pour une visite au luxueux magasin de New Bond Street !

Il était déjà tard et de violentes bourrasques de pluie trempaient les rues d'Inverness quand la voiture déposa son passager devant le Caledonian Hotel. Transi, car le mercure était en chute libre, celui-ci paya son chauffeur et se précipita à l'intérieur, avide de retrouver une baignoire pleine d'eau chaude – le Caledonian était le meilleur hôtel de la ville et son confort sans défaut ! – et un verre de la boisson nationale, mais, en traversant le hall, il aperçut son ami Adalbert, installé au bar, un journal en travers des genoux, un gobelet de whisky à la main et apparemment en proie à une profonde méditation. Ce qui était tout à fait inhabituel. Aussi choisit-il de le rejoindre afin d'apprendre la raison d'une mine aussi sombre.

– Eh bien ? fit-il en s'installant sur le tabouret voisin et en indiquant du geste au barman de lui servir la même chose. Tu en fais une tête ?

Adalbert Vidal-Pellicorne tressaillit mais arbora aussitôt le sourire qui le quittait rarement. C'était le plus agréable compagnon qui soit : toujours optimiste et d'humeur égale il avait noué depuis quelques mois avec Aldo une amitié qui, née d'abord de la nécessité, ne cessait de s'affirmer à l'entière satisfaction des deux hommes. Bien que leur première rencontre se fût déroulée dans des circonstances pittoresques, elle avait été souhaitée, voulue par Simon Aronov. Vidal-Pellicorne était l'un des rares hommes en qui le Boiteux eût une confiance absolue. Et cela en dépit d'une apparence et d'un comportement originaux pour ne pas dire farfelus.

Au physique, c'était un homme d'une quarantaine d'années mais qui en paraissait dix de moins. Long et mince au point que l'on pouvait se demander s'il possédait un squelette, il arborait sous une tignasse blonde et bouclée toujours en désordre une figure de chérubin aux yeux d'un bleu candide et au sourire angélique, ce qui ne l'empêchait pas d'être malin comme un singe, solide comme un roc et doué d'une habileté manuelle remarquable. Archéologue de profession avec un faible pour l'égyptologie et une solide connaissance des pierres précieuses, il écrivait agréablement, s'habillait avec élégance, possédait toutes les qualités d'un épicurien, d'un parfait homme du monde, d'un habile prestidigitateur et d'un serrurier à rendre jaloux le fantôme du roi Louis XVI. C'était surtout grâce à ses divers talents que Morosini avait pu récupérer le saphir et le restituer à Simon Aronov. Tel qu'il était, Morosini l'aimait bien et appréciait de l'avoir comme partenaire dans la dangereuse quête pour le pectoral.

Sans répondre à la remarque de son ami, Adalbert accentua son sourire :

– Alors, cet enterrement ? demanda-t-il en repoussant d'un geste machinal la mèche qui lui mangeait continuellement un sourcil. Ça s'est bien passé ?

– Tu n'avais qu'à m'accompagner, tu le saurais.

– Il ne faut pas trop m'en demander, mon bon ! Je ne suis venu dans ce pays quasi barbare que pour te tenir compagnie. En outre, j'ai horreur des enterrements.

– Celui-là valait le dérangement : une simplicité pleine de grandeur et de couleur locale avec, en plus, une surprise.

– Bonne ou mauvaise ?

– Pas terrible. Je savais que les Saint Albans appartenaient à la famille de sir Andrew mais j'ignorais qu'ils étaient ses héritiers directs. Ils sont maintenant comte et comtesse de Killrenan. Une descendance qui ne doit pas causer beaucoup de joie à mon vieil ami. Je les trouve aussi antipathiques l'un que l'autre bien qu'elle soit jolie.

– Il n'avait qu'à y penser plus tôt à sa descendance et s'en fabriquer une, remarqua Adal, rejoignant sans le savoir la philosophie du lutin de la lande.

– Quelqu'un m'a déjà dit ça ce matin. Tu verras à quoi ils ressemblent le jour de la vente chez Sotheby's. Peut-être même avant : lady Mary n'a toujours pas digéré l'affaire du bracelet...

– Tu crois qu'ils seront sur les rangs pour la Rose ?

– Elle sûrement. Elle entre en transe dès qu'elle voit un joyau. Lui, je n'en sais rien : il est collectionneur de jades rares mais il est peut-être amoureux et comme il a l'air plutôt argenté, cet avocat...

– Il appartient au barreau ?

– Il paraît.

Tandis que Morosini portait à ses lèvres le verre qu'on venait de lui servir, Adalbert vidait le sien tout en retombant dans sa songerie de tout à l'heure mais son ami n'eut pas le temps de lui poser de questions. Il se gratta le bout du nez puis soupira :

– A propos d'avocat, quelqu'un qui te touche de près va en avoir un besoin urgent ces jours-ci !

– Qui donc ?

– Anielka Ferrals. Elle est accusée du meurtre de son mari.

Les doigts nerveux de Morosini retinrent de justesse le verre qui allait s'en échapper. Son second réflexe fut de le vider d'un trait.

– Comment as-tu appris cela ? murmura-t-il.

L'archéologue reprit le journal resté étalé sur ses genoux, le retourna et le lui offrit :

– C'est là-dessus. J'hésitais un peu à te le dire pour ne pas achever de détruire ton moral après l'enterrement d'un ami mais ce n'est que reculer pour mieux sauter : autant que tu saches tout.

– Je préfère, en effet...

Ce fut vite lu : l'information était brève, presque laconique. Visiblement, Scotland Yard gardait vis-à-vis des journalistes un silence prudent afin de leur éviter de se mêler de son enquête et de la gêner : les présomptions d'empoisonnement sur la personne de son époux qui pesaient sur lady Ferrals étant sérieuses, la jeune femme avait été conduite au commissariat central de Canon Row puis présentée au juge qui lui avait refusé la liberté provisoire. Elle venait d'être écrouée à la prison de Brixton. Rien de plus !

Tandis qu'Aldo lisait, Vidal-Pellicorne observait son ami. Il semblait accablé. Plus la moindre trace de l'indolente ironie qui rendait si séduisant l'étroit visage brun au profil de condottiere ! Et quand les yeux bleu acier se relevèrent sur lui, Adalbert put y voir passer une ombre de douleur qui confirma ses inquiétudes : en dépit de la rude déception qu'il lui devait, Morosini aimait toujours la jeune Polonaise dont il avait espéré un instant faire sa femme.

Il se garda cependant de la moindre remarque, sachant qu'elle serait mal venue :

– Ce que je n'arrive pas à comprendre, c'est

comment on a pu en arriver là, se contenta-t-il de soupirer. Il n'est pas possible qu'elle soit coupable.

– Crois-tu ? Ses réactions sont tellement imprévisibles ! J'ai souvent eu l'impression que, pour elle, la mort – qu'il s'agisse de la sienne ou de celle des autres ! – ne présentait guère d'importance. Je crois qu'elle doit savoir aimer mais ce dont je suis certain c'est qu'elle sait haïr. Souviens-toi de son mariage et des jours qui l'ont suivi !

– Elle avait bien quelques circonstances atténuantes ! Son époux s'était comporté avec elle comme un soudard sans même attendre d'être marié selon l'Église. Quant à toi, elle était persuadée que tu te moquais d'elle avec la sublime Dianora Kledermann, ton ancienne maîtresse.

– Je te l'accorde. Pourtant, de là à tuer, il y a quand même une différence. De toute façon, rien ne sert d'ergoter : en rentrant à Londres demain, nous en saurons peut-être un peu plus... Et, à ce propos, toi qui connais le monde entier, as-tu des relations à Scotland Yard ?

– Aucune ! L'Angleterre n'est pas ma villégiature préférée. J'apprécie ses maîtres tailleurs, ses chemisiers, ses jardins, son tabac, son whisky et son code de la civilité puérile et honnête, mais je déteste son climat, ses odeurs de charbon, sa Tamise huileuse, son brouillard, son Intelligence Service avec qui j'ai eu à en découdre parfois et surtout sa cuisine ! Le pire, en la matière, étant le haggis qui est sans doute la plus abominable tambouille que j'aie jamais avalée...

On l'évita soigneusement au dîner où Aldo ne mangea guère. En dépit de la sévérité dont il venait de faire preuve, la pensée d'Anielka le hantait. Cette exquise femme-enfant de dix-neuf ans croupissant dans les ombres maléfiques d'une prison lui était d'autant plus insupportable que depuis quatre mois il s'efforçait de l'enfouir au plus profond de sa mémoire à la limite des frontières de l'oubli. Sans résultat, bien entendu ! Pour ce genre d'entreprise, il fallait laisser le temps au temps...

Anielka ! Depuis leur première rencontre dans les jardins de Wilanow, près de Varsovie, elle l'obsédait. Peut-être parce qu'elle était entrée dans sa vie en même temps que Simon Aronov et que c'était à peine une coïncidence qu'elle eût arboré l'Étoile bleue, un soir d'avril à Paris, en débarquant du Nord-Express avec son père et son frère. À cet instant Morosini l'avait déjà sauvée, par deux fois, du suicide. Si elle voulait attenter à sa vie, c'était d'abord parce qu'elle devait renoncer à Ladislas, l'étudiant nihiliste qu'elle aimait, ensuite parce qu'elle refusait d'être livrée en justes noces à Eric Ferrals, le marchand d'armes. Et puis, il y avait eu la rencontre au Jardin d'Acclimatation – elle adorait les jardins ! – où, après lui avoir dit qu'elle l'aimait, elle avait supplié Aldo de la sauver d'un mariage odieux mais nécessaire pour renflouer la fortune familiale, et tout ce qui s'était ensuivi jusqu'à ce dernier billet disant qu'ayant accepté par raison la vie conjugale elle n'en vouait pas moins à son prince vénitien un amour éternel. Un billet que, le soir même, il déchirait en morceaux et jetait par la fenêtre du train pour Venise...

Était-ce à cause de cet amour qu'elle avait tué ? La tentation d'y croire était forte et Morosini se défendait de plus en plus faiblement contre une explication romantique flattant sa vanité. De toute façon, il savait bien qu'à peine à Londres il n'aurait rien de plus pressé que de voler vers elle si c'était possible, d'essayer de la voir et de tout tenter pour l'aider.

Cette idée fixe l'occupa la majeure partie de la nuit et tout au long de l'interminable voyage à bord du train de la Great Northern Railway qui les débarqua le surlendemain, Adalbert et lui-même, rompus de fatigue et couverts d'escarbilles du glorieux charbon britannique, sur un quai de la gare de King's Cross. D'où un courageux taxi les véhicula jusqu'à l'hôtel Ritz à travers un brouillard à couper au couteau.

Depuis longtemps le grand hôtel de Piccadilly recueillait les suffrages du prince Morosini tout comme son homonyme de la place Vendôme à Paris. Peut-être parce que son architecture, inspirée de beaux immeubles parisiens et des arcades de la rue de Rivoli, lui semblait agréable. Mais il en aimait aussi la décoration intérieure élégante, la qualité parfaite du moindre détail, l'attention sans faille du personnel et surtout le style incomparable. Adalbert, pour sa part, avait une prédilection pour le Savoy, qui drainait la clientèle américaine et les vedettes hollywoodiennes... que le Ritz d'ailleurs refusait alors de recevoir depuis que Charlie Chaplin s'y était comporté de façon peu convenable. Cependant, pour ne pas quitter son ami, il s'était rangé à ses préférences et ne le regrettait pas.

Les deux hommes arrivèrent à l'hôtel pour l'heure du thé. Un cortège de femmes élégantes et d'hommes bien habillés se dirigeait vers le grand salon où se déroulait cette importante cérémonie. Pressé de se débarrasser de ses escarbilles et de se reposer, Adalbert fonçait droit sur les ascenseurs sans regarder à gauche ni à droite. Aldo le retint par sa manche :

– Regarde un peu qui est là !

Deux dames traversaient le hall en direction du salon de thé, suivies d'un valet de pied. La plus âgée s'appuyait au bras de sa compagne et c'était elle qui retenait l'attention de Morosini. Grande avec beaucoup d'allure, elle coiffait d'une haute toque en velours violet copiée sur celles qu'affectionnait la reine Mary un visage sillonné de rides mais dont l'ossature parfaite lui conservait une beauté un peu fossile mais réelle.

– La duchesse de Danvers ? souffla Vidal-Pellicorne. Tiens donc !

– Oui, n'est-ce pas ? Si quelqu'un sait ce qui s'est passé chez Ferrals, ce doit être elle. Souviens-toi : à son mariage, sir Eric la traitait en parente proche.

– Oh, je n'ai rien oublié ! Et notre conduite est toute tracée : on grimpe se changer en vitesse et on va prendre le thé !

Un quart d'heure plus tard, Aldo et son ami se présentaient à la jeune fille vêtue de noir et de blanc qui, à ce moment de la journée voué surtout aux femmes, faisait office de maître d'hôtel. Tous deux savaient que l'on ne pouvait avoir accès aux délices du *tea time* sans passer par elle :

– Si vous n'avez pas retenu votre table depuis au moins trois semaines, je ne pourrai vous placer, fit-elle avec un rien de sévérité.

– Nous sommes clients de l'hôtel, dit Morosini avec son plus charmant sourire, et nos appartements sont retenus depuis un bon mois. Est-ce que cela ne suffit pas ?

– Peut-être, en effet, si vous voulez bien me confier vos noms ?

Le titre princier ayant opéré son effet habituel et la demoiselle ayant daigné sourire, Aldo en voulut un peu plus :

– Accepteriez-vous, mademoiselle, de mettre un comble à votre amabilité en nous plaçant... aux environs d'une dame que nous avons l'honneur de connaître et que nous avons vue arriver tout à l'heure ?

L'hôtesse fronça son blond sourcil :

– Une... dame ? fit-elle avec une nuance de dédain laissant supposer qu'il s'agissait là d'une espèce inconnue. Il n'est pas dans nos usages...

– Ne vous méprenez pas, mademoiselle, coupa Morosini sèchement. Je pense que les usages du Ritz ne voient aucun inconvénient à ce que nous présentions nos hommages à Sa Grâce la duchesse de Danvers. Je vous assure que nous ne nourrissons aucune mauvaise intention envers sa personne.

Devenue d'un bel incarnat, la jeune fille murmura une vague phrase d'excuses qui se termina par :

– Veuillez me suivre, je vous prie, Altesse !

La chance était avec les deux amis. Après leur avoir fait traverser la moitié de la salle fleurie et étincelante de vaisselle d'argent sur laquelle flottait le subtil parfum du lapsang-souchong et des pâtisseries, l'hôtesse, peut-être pour s'assurer qu'on ne lui avait pas menti, les conduisit à une table voisine de celle de la duchesse. Il y avait dans son œil une petite flamme de défi qui amusait beaucoup Morosini mais elle fut bien obligée de se rendre à l'évidence : avant de s'asseoir, les deux étrangers saluèrent avec respect Sa Grâce qui, après avoir braqué sur eux son face-à-main, eut une exclamation amusée.

– Vous ici, messieurs ? Quel curieux hasard ! Je viens de parler de vous il n'y a pas deux minutes en évoquant pour ma cousine, lady Windfield, l'étrange mariage de ce pauvre Eric Ferrals.

– Étrange, en effet, et qui vient de s'achever de façon plus étrange encore si j'en crois le journal. On aurait arrêté lady Ferrals ?

– Est-ce assez stupide ! Une si jeune femme, presque une enfant. Mais prenez donc le thé avec nous ! La conversation sera plus facile !

Aucun des deux hommes ne retint le large sourire que lui inspirait cette proposition. Le Ciel, décidément, était avec eux. Tandis que l'hôtesse appelait un serveur pour les modifications nécessaires à la table, présentations et salutations déroulèrent leur rite et finalement on s'installa.

– Si j'ai bien saisi votre pensée, madame la duchesse, dit Aldo choisissant la formule française, vous ne croyez pas à la culpabilité d'Anielka ?

– J'ai toujours un préjugé défavorable quand il s'agit d'une lady et que l'accusateur est un serviteur... ou tout au moins un subordonné.

– Il y aurait un accusateur ?

– Oui. Le secrétaire de sir Eric. Ce John Sutton est formel. L'un des domestiques aussi : lady Ferrals a offert de l'aspirine ou Dieu sait quoi à son époux qui se plaignait de migraine : il l'a mis dans un verre de whisky soda... et il s'est écroulé : l'autopsie a révélé la présence de strychnine. L'effet a été foudroyant.

– Sans doute, remarqua Aldo qui se souvenait de ce qu'il avait lu, mais ni le whisky ni le soda ne contenaient de poison. En revanche, le verre...

– La belle affaire ! Quelqu'un l'aura glissé dedans discrètement. Un serviteur peut-être ? hasarda Vidal-Pellicorne. Pourquoi pas ce John Sutton ? Les accusateurs me sont toujours suspects.

– C'est impossible, fit la duchesse, péremptoire. À aucun moment, le secrétaire n'a approché sir Eric ni le plateau où tout était disposé. J'en ai témoigné.

– Vous étiez donc présente ?

– Mais oui. Nous prenions un verre dans le cabinet de travail de ce cher ami avant d'aller dîner au Trocadero. Sinon comment pourrais-je être aussi formelle ? Évidemment, la presse n'a pas pu en faire état. Le chef superintendant Warren qui mène l'enquête est fermé comme une huître et réduit tout le monde au silence.

– C'est d'autant plus gentil à vous, ma cousine, de confier tout cela à ces messieurs, flûta lady Winfield dont l'œil inspectait les deux étrangers avec un rien de méfiance.

– Ne dites pas de sottises, Pénélope ! Nous sommes entre gens du même monde. Voyez-vous, mon cher prince, ce qui joue contre la jeune Anielka – trop jeune, hélas ! – c'est que le couple cahotait depuis quelques semaines. Les disputes étaient fréquentes et, vers la fin de cette affreuse journée, avant que j'arrive, une dernière avait éclaté. Sutton a entendu lady Ferrals s'écrier : « Il faudra bien que cela finisse un jour. Je ne vous supporte plus ! » Eric serait alors parti en claquant la porte mais quand nous nous sommes retrouvés tous dans son bureau il s'est plaint d'un violent mal de tête. C'est alors que sa jeune épouse, qui semblait normale et peut-être un peu repentante, lui a offert un sachet d'antimigraine qu'elle est allée prendre elle-même dans sa chambre. Un geste de bonne volonté, j'imagine ? Un petit pas vers la paix ?

– Et aussitôt après avoir bu, sir Eric est tombé raide ? Il me semble que si lady Ferrals avait voulu se débarrasser de son époux, elle s'y serait prise de façon plus adroite et, surtout, moins publique, émit Adalbert qui écoutait avec passion.

– C'est aussi mon avis et celui de Sa Grâce, intervint à nouveau lady Winfield. Je pencherais plutôt pour un domestique. Qui donc servait le fameux whisky ? Le maître d'hôtel ? Un valet ?

– Un valet entré depuis peu au service des Ferrals. Il s'agissait d'un compatriote d'Anielka, un Polonais prénommé Stanislas, un ancien serviteur de son père qu'elle avait retrouvé par hasard et fait engager dans le personnel de Grosvenor Square afin de lui venir en aide. Un garçon très bien d'ailleurs et qui assurait son service avec la discrétion qui convient. Malheureusement, il semble qu'il ait disparu avant même l'arrivée de la police.

Sous le coup de l'indignation, Morosini s'étrangla dans sa tasse de thé :

– Disparu ? finit-il par articuler après quelques toussotements. Et c'est Anielka que l'on arrête ? Mais il fallait lui courir aux trousses !

– Vous pouvez être certain que Scotland Yard n'y manque pas ! Par malheur, il semblerait que ce Stanislas soit plus cher qu'il ne conviendrait au cœur de notre jeune lady. Quand un inspecteur est venu dire qu'on ne le trouvait nulle part, elle a éclaté en sanglots en balbutiant qu'il avait dû prendre peur mais que certainement il allait revenir et qu'elle avait peine à croire qu'il y soit pour quelque chose... ou peu s'en faut. Je ne me souviens plus très bien mais ce que je n'oublierai jamais c'est la fureur soudaine du secrétaire ! Il n'a pas hésité à insulter cette pauvre enfant en disant qu'il n'était pas étonnant qu'elle veuille protéger son amant ! Une véritable horreur, vous dis-je, mais je ne saurais vous en apprendre plus. Ma déposition recueillie par le superintendant – un homme d'une grande courtoisie ! – on m'a raccompagnée chez moi et je n'ai pas eu d'autres contacts avec la police, conclut-elle avec la satisfaction d'avoir joué un rôle important dans une tragédie en y prenant un assez vif plaisir. Mais vous voilà bien pâle soudain, mon cher prince, reprit-elle. On dirait que cette navrante histoire vous tient à cœur ?

Le terme était faible. Ce qu'il venait d'entendre bouleversait Aldo au point de lui faire oublier un instant où il se trouvait. Adalbert s'élança à son secours. Il savait depuis leur première rencontre que lady Danvers n'était pas follement intelligente mais il craignait que le sang italien de son ami ne le poussât à quelque esclandre. Aussi se hâta-t-il de poser une question destinée à détendre un peu l'atmosphère :

– Les journaux n'en font pas mention, mais j'espère que le comte Solmanski est accouru au secours de sa fille ! Pareille nouvelle a de quoi bouleverser un père, ajouta-t-il hypocritement.

– Non. Il n'est pas ici pour le moment mais il ne devrait pas tarder à arriver. Au moment du drame, il séjournait à New York où il marie son fils à je ne sais quelle héritière de je ne sais quoi mais il revient. Il doit être actuellement à bord du *Mauretania* qui fait route vers Liverpool. Mais, s'il vous plaît, parlons d'autre chose, mes chers amis. Cette horrible histoire m'est d'autant plus pénible que j'aimais beaucoup Eric Ferrals ! Des sentiments un peu... maternels. Je l'ai connu si jeune ! Revenons à vous, prince ! Je suppose que vous êtes ici pour la vente du diamant qui fait couler tellement d'encre ?

Remis de son émotion, Aldo étouffa un soupir. Mieux valait pour l'instant revenir à la conversation mondaine et repousser l'image d'une Anielka plaidant la cause d'un valet que Sutton n'hésitait pas à lui donner pour amant quelques minutes après la mort de son époux, d'une Anielka vêtue de noir, assise sur la couchette d'une prison et pensant peut-être à ce Stanislas sorti on ne savait d'où mais qu'elle avait su imposer à Ferrals pour une raison connue d'elle seule. Pour sa part, il ne croyait guère à un mouvement de charité envers un compatriote en situation difficile. Et soudain, une idée lui traversa l'esprit, absurde peut-être mais suffisamment insistante pour qu'il coupe la parole à la duchesse lancée avec Adalbert dans une passionnante conversation sur les bijoux égyptiens :

– Pardonnez-moi, Votre Grâce ! Vous êtes bien certaine qu'il s'appelait Stanislas, ce valet ?

Le face-à-main se braqua sur lui avec la rapidité d'un fusil :

– Bien sûr ! Quelle drôle de question !

– Elle peut avoir son importance. Est-ce qu'il ne s'appelait pas plutôt Ladislas ?

– Oh non !... Vous savez, ces noms polonais se ressemblent tous, même ceux qui sont prononçables, mais je jurerais volontiers que c'est bien Stanislas. À présent, dites-moi un peu quelle importance cela peut avoir ?

Difficile d'éluder cette question sans se montrer impoli envers la duchesse ! Aldo choisit d'y répondre sur le mode léger :

– Ce n'est pas important et le mot a dépassé ma pensée. Je me suis seulement souvenu qu'à Varsovie, lorsque je l'ai rencontrée pour la première fois, la jeune comtesse Solmanska voyait assez souvent un certain Ladislas à qui elle portait beaucoup d'intérêt... mais dont je n'ai jamais pu retenir le nom de famille imprononçable, ajouta-t-il avec son plus séduisant sourire.

– Mon cher ami, fit lady Danvers en lui tapotant la main avec indulgence du bout de son lorgnon, vous avez bien tort de vous tourmenter pour un tel détail. Ces Polonais sont des gens impossibles et mon pauvre Eric aurait beaucoup mieux fait de s'en tenir à un célibat qui lui convenait en tous points. À présent vous devriez abandonner cette tasse dans laquelle vous tournez votre cuillère depuis un quart d'heure. Ce breuvage doit être imbuvable !

Il l'était. Aldo se fit resservir en s'excusant avec bonne humeur de sa distraction et l'on revint aux parures égyptiennes. Lorsque l'on se quitta, les deux amis avaient reçu de la vieille dame un passe-port verbal leur donnant leurs grandes entrées dans sa demeure de Portland Place.

– Ce n'est pas à dédaigner ! commenta Adalbert après avoir raccompagné les deux dames à leur voiture. On doit rencontrer plein de gens chez elle ! Ça peut toujours être intéressant... En attendant, qu'est-ce qu'on fait ce soir ?

– Ce que tu voudras. En ce qui me concerne, j'ai surtout envie de me coucher de bonne heure. Ce voyage était éreintant !

– Et puis tu n'as pas envie de bavarder mais plutôt de réfléchir, n'est-ce pas ?

– C'est un peu ça. Ce que j'ai entendu tout à l'heure n'avait rien d'agréable.

– On croirait que tu ne connais pas les femmes ! Cela dit, est-ce que ça t'ennuirait si je t'abandonnais ?

– Pas du tout ! Je me ferai probablement monter quelque chose quand j'aurai digéré le thé. Tu veux courir les filles ? ajouta-t-il avec son sourire impertinent.

– Non. Les pubs de Fleet Street [1]. Les indigènes qu'on y rencontre sont toujours assoiffés et l'idée m'est venue que nous manquons de relations dans la presse. J'arriverai peut-être à m'y faire un ami d'enfance qui n'aura rien à me refuser en matière d'informations. Je trouve que les journaux sont un peu trop discrets ces temps derniers. Il y a les fameuses lettres anonymes touchant la vente de la Rose d'York où il y a peut-être quelque chose à glaner.

– Si tu pouvais en apprendre un peu plus sur la mort d'Eric Ferrals, ce ne serait pas mal non plus.

– Figure-toi que j'y pensais!

1. Fleet Street est, à Londres, la rue où se trouvent tous les grands journaux.

CHAPITRE 2

UN DRÔLE D'OISEAU

Adalbert Vidal-Pellicorne serra la ceinture de son Burberry comme s'il voulait se couper en deux, releva le col, enfonça sa tête dans ses épaules et bougonna :

– Je n'aurais jamais pensé que ça coûtait si cher de devenir l'ami d'enfance d'un journaliste même quand ce n'est pas une vedette. Nous avons fait une demi-douzaine de pubs sans compter un dîner au Grenadier où il voulut absolument m'offrir – à mes frais bien sûr ! – le dîner que le duc de Wellington commandait pour ses officiers : bœuf à l'ale, pommes de terre en robe des champs avec beurre et raifort et, pour finir, une tarte aux pommes et aux mûres arrosée de crème. Sans compter des tonnes de bière. Qu'est-ce qu'il peut descendre, l'animal !

– S'il est intéressant je peux t'offrir une participation aux frais, ironisa Morosini. Ce serait justice.

– Oh, il est passionnant, à condition d'aimer Shakespeare. Il t'en sert une citation toutes les trente secondes mais on s'y fait. C'est un garçon aussi curieux que soiffard.

Les deux hommes descendaient Piccadilly en direction d'Old Bond Street où se trouvait le magasin du joaillier George Harrison. Il ne restait plus, en effet, que deux ou trois heures pour se faire présenter le diamant qui faisait couler tant d'encre : au début de l'après-midi un camion blindé gardé par une escouade de policiers devait le transférer chez Sotheby's dans New Bond Street, c'est-à-dire quelques centaines de mètres plus loin, où il resterait jusqu'à la vente. L'événement était pour le surlendemain.

Le temps n'était guère propice à la promenade, cependant les rues connaissaient une grande animation : l'habituel crachin londonien était bien incapable de faire reculer des gens habitués depuis des siècles. Ils s'étaient munis de parapluies et les dômes de soie noire ondulaient à perte de vue comme un troupeau de moutons karakuls. Dédaignant cet accessoire qu'ils jugeaient encombrant, Aldo et son ami s'en tenaient à l'imperméable surmonté d'une casquette de bon faiseur.

– Et qu'est-ce qu'il sait, ton nouvel ami d'enfance ? demanda le premier. Au fait, comment s'appelle-t-il ?

– Bertram Cootes : il est reporter à l'*Evening Mail*. Évidemment il serait plutôt cantonné dans les chiens écrasés et c'est justice parce qu'il ressemble assez à un épagneul mais, fidèle à son modèle, il a de longues oreilles qui traînent partout. À dire vrai, ça a été un coup de chance de tomber sur lui.

– C'est arrivé comment ?

– Le hasard. Je buvais un verre dans un troquet de Fleet Street quand j'ai assisté à une petite explication entre le patron et Bertram. Il s'agissait, bien sûr, d'une ardoise un peu longuette et comme mon bonhomme était déjà éméché, l'explication s'emmêlait. C'est alors qu'est arrivé un troisième larron, un certain Peter dont j'ai compris assez vite qu'il travaillait lui aussi à l'*Evening Mail* mais dans les gros titres. Bertram, ayant encore soif, lui a demandé de lui avancer quelques *pounds*. L'autre a refusé sur un ton méprisant en traitant Bertram de pas grand-chose, alors celui-ci lui a dit qu'il avait tort de ne pas l'aider parce que, dans l'affaire Ferrals, il ne tarderait peut-être pas à lui damer le pion. Le Peter n'a fait que rigoler. Il a bu un coup, et dès qu'il est parti, je suis entré en scène. Je me suis présenté comme un confrère français attiré à Londres par la vente de Sotheby's et j'ai fait comme si on s'était déjà rencontrés à Westminster, il y a quelques mois, à l'occasion du mariage de la princesse Mary avec le vicomte Lascelles. Tu penses bien que mon Bertram n'a jamais couvert, même de loin, un événement de cette importance mais il a été flatté. Là-dessus, j'ai effacé son ardoise et j'ai proposé d'aller dîner. D'où l'incursion chez Wellington... Et la suite que tu connais.

– Je ne connais rien du tout ! Ce journaliste sait-il vraiment quelque chose sur la mort de Ferrals ?

– C'est certain, mais ça n'a pas été facile de le lui faire lâcher. Même saoul comme toute la Pologne, Bertram Cootes s'est cramponné à son petit secret comme un chien à son os. Pour en venir à bout, je lui ai promis de lui refiler ce que je pourrais apprendre sur le diamant qui, bien sûr, ne le laisse pas indifférent. D'autant que les lettres anonymes continuent à pleuvoir sur son journal comme sur les autres. Seulement, cette fois, elles sont assorties de menaces : si le joyau n'est pas retiré de la vente, le sang coulera...

– Intéressant, ça aussi, mais...

Il s'interrompit. L'élégante artère simplement animée l'instant précédent était en train de se changer en une sorte de maelström. Le centre paraissait en être une boutique dont la discrétion et le sévère décor à l'ancienne, tout britanniques, ne parvenaient pas à masquer l'opulence : l'une des grandes joailleries d'Old Bond Street.

On entendit des cris auxquels répondirent presque aussitôt des sifflets de police. Tout le monde, bien entendu, se rua dans cette direction.

– Aucun doute, c'est la boutique de Harrison ! fit Morosini qui connaissait bien l'endroit pour y être venu à plusieurs reprises. Il a dû se passer quelque chose de grave.

Les deux hommes foncèrent sans trop se soucier

d'écraser un pied, de froisser une côte au passage ou de soulever des protestations, mais le résultat en valut la peine et ils se retrouvèrent devant la porte barrée par la large poitrine d'un policeman :

– Je suis journaliste ! clama Adalbert en brandissant une carte de presse dont l'apparition surprit son compagnon.

– Fais-moi penser à te demander d'où tu sors ça, marmotta-t-il contre l'oreille de son ami, mais fausse ou pas la carte ne servit à rien.

– Je regrette, sir. On ne passe pas ! Les autorités arrivent d'un instant à l'autre.

– Que vous n'acceptiez pas la presse, je peux le comprendre, fit Aldo avec son sourire désarmant, mais je suis un ami de George Harrison et j'ai rendez-vous avec lui. Nous sommes confrères et...

– Désolé, sir ! C'est impossible !

– Laissez-moi au moins parler à miss Price, sa secrétaire !

– Non, sir. Vous ne verrez personne tant que Scotland Yard ne sera pas là.

– Dites-nous au moins ce qui s'est passé !

La figure de l'agent se ferma comme si l'on venait de lui faire une proposition malhonnête. Passant entre le bord de son casque et la tête de l'importun, son regard s'immobilisa pour se perdre dans les lointains houleux de la rue.

À cet instant, Morosini entendit quelqu'un chuchoter derrière son dos.

– Moi j'ai vu quelque chose, et comme vous

m'avez donné un sacré bon tuyau en me conseillant d'aller chez Harrison vers onze heures, je vais vous dire ce qu'il en est.

Se retournant d'une pièce, Aldo découvrit Vidal-Pellicorne en conversation confidentielle avec un petit homme coiffé d'un feutre dégoulinant qu'il identifia comme étant le journaliste de l'*Evening Mail*.

Ce personnage réalisait l'exploit d'ériger, sur un corps replet, une longue figure d'épagneul mélancolique, les cheveux qu'il portait assez longs, « à l'artiste », ajoutant encore à la ressemblance. La seule chose qu'Adalbert n'avait pas mentionnée était qu'il s'agissait d'un jeune homme alors qu'Aldo imaginait un antique pilier de bar.

– Et qu'avez-vous vu, Bertram mon ami ? demanda l'archéologue. Vous pouvez parler sans crainte : voici le prince Morosini dont je vous ai déjà entretenu.

L'œil brun et vif du journaliste jaugea brièvement la fière silhouette du Vénitien tout en déclamant :

– « Pense avant de parler et pèse avant d'agir ! » cita-t-il en levant un doigt sentencieux avant de préciser : Polonius, dans *Hamlet*. Acte I, scène III ! Mais je pense qu'en effet je peux m'aventurer.

– Je t'avais prévenu qu'il emprunte au grand Will les trois quarts de ses discours, fit Adal. En attendant, je répète : qu'avez-vous vu ?

– Venez un peu par ici ! dit Bertram en les

tirant à l'écart, ce qui fit le bonheur des autres curieux. Quand je suis arrivé, il y avait là deux voitures, noires toutes les deux : une digne Rolls-Royce un peu démodée mais fort bien tenue, et une grosse Daimler, beaucoup plus récente. Conduite par un chauffeur à peu près invisible. Et puis, tout d'un coup, j'ai vu sortir du magasin une vieille lady en grand deuil soutenue par une nurse. Elle courait aussi vite que le permettaient ses mauvaises jambes en poussant de petits cris inarticulés. Elle avait l'air terrifiée. La nurse aussi, d'ailleurs, mais elle gardait son sang-froid. Cette femme a pratiquement jeté sa patronne dans la Rolls sans laisser au chauffeur le temps d'ouvrir la portière, en lui criant de partir sur-le-champ. La voiture a démarré comme si elle avait le feu aux trousses. Attendez, ce n'est pas tout, ajouta-t-il en voyant les deux amis échanger un coup d'œil surpris. Quelques secondes plus tard, deux hommes sont sortis en courant. Des Asiatiques très bien habillés. Ils se sont rués dans la Daimler qui a démarré sur les chapeaux de roues tandis que dans la boutique on poussait des cris affreux. Ça a naturellement attiré les deux policemen qui arpentent le trottoir nuit et jour, et ils se sont engouffrés dans le magasin où j'ai voulu les suivre, mais on m'a refoulé en dépit du fait qu'en « toutes choses on est plus ardent à la poursuite qu'à... »

L'arrivée en trombe de deux voitures de police coupa court au *Marchand de Venise*, mais déjà Bertram Cootes enchaînait :

– Tenez ! Les voilà, les autorités, et pas des moindres ! Le chef superintendant Warren et son souffre-douleur habituel l'inspecteur Pointer. Les as de la Criminelle ! Je pensais à un vol mais il doit y avoir du sang ! Permettez ? Il faut que j'aille au boulot. On se retrouvera plus tard. Au Black Friars, par exemple. C'est dans...

Il s'insinua dans la foule plus dense que jamais.

– Aucune importance ! fit Adalbert. Je sais où c'est : il m'y a traîné cette nuit, même s'il ne s'en souvient pas. En tout cas, avec ce qu'il vient de nous raconter, il va damer le pion à ses confrères...

Morosini ne répondit pas : il regardait les deux policiers qui pénétraient dans le magasin. Tomber dans leurs pattes devait manquer de charme et c'est malheureusement ce qu'il était advenu à Anielka.

Au physique, Gordon Warren ressemblait à un oiseau préhistorique. Long, maigre et chauve, il en avait l'œil rond et jaune, le regard fixe et soupçonneux. Le vieux macfarlane d'un gris pisseux qui retombait de ses épaules osseuses comme les ailes membraneuses du ptérodactyle accentuait la ressemblance. Son visage rasé de près aux lèvres minces et dures ne plaidait guère en faveur d'une quelconque bénignité morale. Le superintendant se voulait d'ailleurs l'image même de la Loi, clairvoyante et inflexible.

Derrière cette impressionnante silhouette, l'inspecteur Jim Pointer passait presque inaperçu en dépit de sa carrure. Sa figure pourvue d'un menton en retrait et de longues incisives supérieures l'apparentait plutôt au lapin et, quand il déambulait à la suite de son chef comme à cet instant, ce dernier avait toujours l'air de revenir de la chasse.

Quand Warren ressortit seul du magasin, les curieux avaient été repoussés en arrière au bénéfice d'une escouade de journalistes accourus sur les talons de la police, mais Bertram Cootes se cramponnait courageusement au premier rang. La meute se jeta sur le superintendant en le bombardant de questions dont il apaisa rapidement la fureur d'un geste autoritaire :

– J'ai peu de choses à vous dire, messieurs de la presse, sinon que je ne veux pas vous voir vous mêler d'une enquête peut-être délicate...

– N'exagérez pas, Super ! lança quelqu'un. Vous nous avez déjà joué le tour avec le meurtre de sir Eric Ferrals. Avec vous, il n'y a jamais que des enquêtes délicates !

– Je n'ai pas le choix, Mr. Larke. Ce sont les circonstances qui décident. Sachez seulement ceci : Mr. Harrison vient d'être assassiné d'un coup de couteau et le diamant qui devait être confié à Sotheby's cet après-midi a disparu. Nous vous en apprendrons plus dès que ce sera possible. Qu'est-ce que vous voulez, vous ?

La dernière phrase s'adressait à Bertram qui, avec un beau courage, venait de s'accrocher à sa manche.

– Je... j'ai vu le... ou plutôt les assassins ! bafouilla-t-il au comble de l'excitation.

– Tiens donc! Et qu'est-ce que vous faisiez là ?

– Rien, je... je passais.

– Alors, venez avec moi! Et tâchez que votre discours soit clair!

Arrachant Cootes à ses confrères qui prétendaient sans doute le passer à la question, il le poussa dans sa voiture qui démarra aussitôt sous l'œil stupéfait de Peter Larke, l'homme qui la veille s'était montré si peu charitable.

– Eh bien, commenta Vidal-Pellicorne, si Bertram consent à boire un peu moins, sa carrière pourrait bien prendre un vrai départ. À propos, tu n'avais pas dit que tu connaissais Harrison ?

– Connaître c'est beaucoup dire. Je me suis trouvé en affaire avec lui à deux reprises. Sans l'avoir vu d'ailleurs, ce qui ne m'empêche pas de me rappeler le nom de sa secrétaire. Entre parenthèses j'aimerais fort causer un moment avec elle. Malheureusement je ne sais même pas à quoi elle ressemble.

– L'instant est mal choisi pour entrer en relations. D'ailleurs, on ne va pas pouvoir rester là bien longtemps...

La police, en effet, dispersait les curieux pendant que deux employés fermaient le magasin comme si la journée était achevée :

– Simon Aronov n'avait pas prévu ce drame ni l'entrée en scène de ces Asiatiques. Son piège tendu au véritable propriétaire du diamant était bien conçu mais, maintenant, je ne vois pas comment nous allons pouvoir le dénicher : la vente n'aura pas lieu et le silence va retomber, soupira Vidal-Pellicorne avec une mélancolie inhabituelle chez lui.

– À moins que ledit propriétaire ne soit l'instigateur du meurtre et qu'il ait payé ces hommes afin d'éliminer un concurrent qui avait l'air de le gêner, si j'en crois les lettres anonymes reçues par les journaux. Si tu veux mon avis, en cherchant la piste du faux joyau on a peut-être une chance de tomber sur le vrai.

– Il est possible que tu aies raison, pourtant il y a dans ce crime crapuleux quelque chose qui me gêne : cela ne colle pas avec les billets sans signature.

– Ils annoncent pourtant que le sang pourrait couler si l'on maintenait la séance chez Sotheby's. Or le sang vient de couler, reprit Aldo.

– Oui, mais un peu trop tôt ! Ces menaces devaient viser l'éventuel acquéreur. C'était lui qu'il s'agissait d'intimider. Je me demande si nous n'avons pas affaire à quelqu'un qui croit à l'authenticité du bijou mis en vente et qui a trouvé ce moyen radical de se le procurer sans bourse délier.

Cette fois, Morosini ne répondit pas. Adalbert pouvait bien avoir raison ou peut-être était-ce lui-même. De toute façon, ils se trouvaient à présent devant une impasse qui rendait difficile la poursuite de leur commune mission. Si l'assassin de

Harrison n'était pas rapidement démasqué et la pierre retrouvée, il faudrait peut-être reprendre contact avec le Boiteux, repartir même comme le feraient les riches amateurs que la vente avait attirés à Londres. Seulement Aldo savait qu'il ne pourrait s'y résigner. Sans doute parce que ce serait s'avouer vaincu et que cette idée lui était insupportable. Plus encore peut-être celle de rentrer à Venise en abandonnant Anielka à un sort dramatique. Si on ne parvenait pas à la tirer de là, elle risquait la corde. Or il l'avait trop aimée – et peut-être l'aimait-il encore ? – pour endurer la terrible évocation de sa jolie tête blonde disparaissant sous une cagoule avant que le sol ne se dérobe sous ses pieds...

– Pas besoin de demander si tu couves des idées noires ? marmotta Adalbert. C'est écrit en toutes lettres sur ta figure...

– Je ne le nierai pas mais, avec tout ça, tu ne m'as pas raconté ce que « Bertram mon ami » t'a appris sur l'affaire Ferrals ?

– On va en parler en déjeunant et en l'attendant. Si tu n'as rien contre les meilleurs *welsh rarebits* d'Angleterre, je t'emmène au Black Friars. Ce n'est pas un endroit désagréable et on fera d'une pierre deux coups.

Tout en parlant, il héla un taxi qui les mena dans le quatier du Temple où, entre Fleet Street et le pont toujours encombré de Black Friars, se trouvait l'établissement. En leur donnant rendez-vous là, Bertram avait fait preuve de jugeote car l'endroit était fréquenté aussi bien par le monde judiciaire que par celui de la presse. En outre, avec ses vieux bois patinés et ses cuivres brillants, le Black Friars était plutôt sympathique.

Aldo eut tout le loisir d'en apprécier le confort car ce fut seulement une fois installés dans une sorte de box habillé de cuir noir que son ami consentit enfin à livrer ses informations.

– Comme tu ne vas pas les trouver agréables, je préfère que tu sois bien assis pour les entendre.

Même s'il ne s'en rendait pas compte et s'obstinait à boire comme une éponge pour oublier ses déboires, le jeune Cootes était favorisé par la chance plus qu'il ne le croyait. C'est ainsi qu'en allant fouiner autour de la demeure des Ferrals, au lendemain du meurtre, il y avait rencontré la non moins jeune Sally Penkowski, son amie d'enfance qui était l'une des femmes de chambre de la maison. Nés dans la même rue de Cardiff, ils étaient enfants de la mine. Le père de Sally, un émigré polonais, avait pris femme au pays et fait souche. Il était mineur comme le père de Bertram et tous deux s'étaient trouvés victimes de la même catastrophe, ce qui avait achevé de dégoûter Bertram d'un métier dont, de toute façon, il ne voulait pas. Parti pour Londres avec l'idée d'être journaliste il avait fini par y arriver après bien des vicissitudes. Depuis des années il ne savait plus rien de Sally, jusqu'à ce matin où le hasard les avait remis face à face. Et c'était tout naturellement que la soubrette avait déversé le trop-plein de son cœur dans celui de son ancien camarade.

Ce n'était pas Ferrals qu'elle pleurait, mais la disparition de ce serviteur polonais qui était entré à Grosvenor Square deux mois plus tôt sur la recommandation de la maîtresse de maison. La malheureuse était tombée amoureuse de ce Stanislas Rasocki au premier coup d'œil tout en se rendant bien compte qu'elle n'avait aucune chance : il aurait fallu être aveugle pour ne pas comprendre qu'il était épris de leur ravissante maîtresse.

– Ils se sont connus là-bas, en Pologne, avant le mariage de Milady, confia Sally à Bertram. Peut-être aussi qu'ils se sont aimés et qu'ils s'aimaient encore : plusieurs fois, je les ai entendus chuchoter ensemble quand ils se croyaient seuls et bien sûr, ils parlaient polonais, mais moi je comprenais tout. Elle lui demandait d'être patient, de ne rien faire qui pût compromettre sa cause et lui faire prendre, à elle, des risques inutiles. Oh, ça ne durait jamais longtemps et je ne saisissais pas tout parce qu'ils parlaient bas, mais ce qui me surprenait, c'est qu'elle s'adressait à lui en l'appelant Ladislas...

S'échappant de la main d'Aldo, le couteau tomba sur le sol avec un bruit clair mais sans qu'il parût s'en apercevoir. Ce fut Adalbert qui appela un serveur pour en obtenir un autre. Morosini, pour sa part, semblait changé en statue. Pour le rappeler à la réalité, l'archéologue lui tapota le bras :

– Je savais bien que ma petite révélation te ferait de l'effet, dit-il avec satisfaction. Tu avais raison sur toute la ligne, mon bon, quand tu demandais à lady Danvers si elle était sûre du prénom !

– Appelle ça un pressentiment si tu veux, mais quelque chose me disait qu'il ne pouvait s'agir que de ce garçon. Ce que j'aimerais savoir c'est comment Anielka l'a retrouvé et pourquoi elle a osé l'introduire chez son mari. Je commence à croire qu'elle est encore plus fausse que je ne l'imaginais...

L'appétit coupé, il repoussa son assiette, chercha une cigarette et l'alluma d'une main qui tremblait un peu.

– Allons, pas de jugement téméraire que tu risquerais de regretter par la suite ! dit Adalbert. En attendant, il faut que tu réveilles mes souvenirs ! Il me semble que tu m'as déjà parlé d'un personnage portant ce nom mais je t'avoue que j'ai un peu oublié. Qui est-il au juste ?

– Celui pour qui je l'ai empêchée de se suicider à deux reprises : dans le Nord-Express et, auparavant, dans les jardins de Wilanow. C'est là que je l'ai vue pour la première fois [1].

– Ah ! ça me revient ! L'étudiant pauvre et bien entendu nihiliste qu'elle désirait tant suivre au

1. Voir le tome 1, *L'Étoile bleue*.

fond de sa misère... juste avant de tomber amoureuse d'un prince quadragénaire, vénitien et plutôt argenté ?

– C'est d'un goût, cette remarque ! grogna Aldo.

– Peut-être, mais ça dit bien ce que ça veut dire. Aux dernières nouvelles, c'est toi qu'elle aimait. Elle te l'a même écrit sur un billet qu'elle a eu l'audace de te glisser sous le nez de son mari. Alors, si nous partons du postulat qu'elle était sincère, je ne vois pas pourquoi elle aurait été s'encombrer d'un amour défunt. D'autant que nous sommes à Londres, pas à Varsovie. Ce n'est sûrement pas elle qui l'a fait venir...

Adalbert cessa de parler le temps d'ingurgiter la moitié de son verre de bière d'un air inspiré.

– Continue ! pressa Aldo. Tu penses qu'il est venu la relancer de son propre chef ?

– Bien entendu ! Souviens-toi des bribes de conversations surprises par Sally ! Anielka le suppliait de ne mettre en danger ni sa cause ni elle-même ! À coup sûr c'est lui qui est venu lui demander de l'aide ! Peut-être en la faisant chanter ? Tu ne sais pas tout de leurs relations.

– J'en conviens, mais je le vois mal accepter d'endosser une livrée de domestique. Ce type a un orgueil infernal.

– Les révolutionnaires sont tous comme ça ! Ils écrasent le bourgeois du haut de leur idéologie intransigeante mais dès qu'il s'agit de servir la Cause, ils sont prêts à faire n'importe quoi. Même à cirer les chaussures d'un capitaliste doublé d'un marchand d'armes comme l'était ce pauvre sir Eric.

– Tu penses qu'il l'a contrainte à l'introduire chez elle ?

– Je ne vois pas d'autre raison. Il a dû lui raconter Dieu sait quelle attendrissante histoire, réveillant les souvenirs, etc. Là-dessus, il tue le mari, prend la fuite et la laisse se débrouiller.

À mesure qu'Adalbert parlait, Aldo se sentait revivre. Tout semblait si clair maintenant ! À l'exception d'un détail :

– Alors, dis-moi un peu pourquoi elle s'est contentée de pleurer quand elle a su qu'il avait filé ? Mieux, elle a supplié les flics de le laisser tranquille en jurant qu'il n'y était pour rien et elle s'est laissé arrêter à sa place. Cela ne tient pas debout.

– Sauf si... je vois deux solutions : ou bien elle est sous le coup d'une menace grave si elle le charge, une menace qui lui fait préférer la prison, ou alors... elle est retombée sous son charme ; elle est de nouveau éprise de lui et elle espère s'en tirer en le laissant en dehors du coup. Ce qui impliquerait, évidemment – et tu voudras bien me pardonner ! – que le processus inverse s'est produit dans son petit cœur volage et que toi elle ne t'aime plus. À moins... ah c'est encore possible !... qu'elle ne vous aime tous les deux ! Il me semble t'avoir dit un jour qu'avec les femmes slaves, il fallait s'attendre à tout !

– Tu l'as dit, en effet. La répétition ne s'impose pas.

Morosini commanda un café et consulta sa montre :

– Il ne vient pas souvent, ton ami Bertram ! Si cela ne t'ennuie pas, je vais te laisser l'attendre. On n'a pas besoin d'être deux pour recueillir ses confidences... s'il y en a.

– Et toi, tu vas où ? Parce que, bien sûr, tu as une idée derrière la tête.

– Bien sûr. J'ai l'intention de me rendre à Scotland Yard pour y demander audience à Mr. Warren.

– Tu espères qu'il va te tenir au courant des derniers développements de son enquête ? Il n'a pas une tête à confidences, celui-là.

– Je ne lui en demanderai pas. Ce que je veux c'est l'autorisation de rendre visite à Anielka dans sa prison.

Vidal-Pellicorne refléchit un instant puis hocha la tête :

– Pas une mauvaise idée ! Tout ce que tu risques c'est qu'il t'oppose un refus, mais si je peux me permettre un conseil, ne lui parle pas de l'affaire Harrison.

– Je ne suis pas idiot. Celle-là je te la laisse... momentanément. On se retrouve à l'hôtel.

En sortant du Black Friars, Aldo vit que le temps était encore plus détestable que tout à l'heure mais n'en décida pas moins de gagner sa destination à pied. La première moitié de la journée s'était montrée fertile en émotions et il éprouvait le besoin de marcher un peu. Enfonçant sa casquette sur sa tête et ses mains dans ses poches, il se mit en route à grandes enjambées rapides, se dirigeant vers le sévère bâtiment baptisé New Scotland Yard [1]. Construit dans un sombre granit extrait des landes de Dartmoor, vers 1890, par les forçats du pénitencier voisin, le siège de la célèbre police britannique bâti dans le style baronial écossais en forme de tour percée de multiples fenêtres, ressemblait assez à un guetteur aux cent yeux braqués à jamais sur la ville, le port, le pays, l'empire... L'ensemble donnait le frisson, surtout si l'on savait que Scotland Yard abritait un musée des horreurs, le Black Museum, où s'alignait une riche collection de reliques criminelles.

Le sergent qui veillait au portail accueillit le visiteur et sa requête avec une certaine courtoisie, s'empara d'un téléphone intérieur pour savoir si l'on pouvait acheminer l'un et l'autre, et finalement les confia à l'un de ses hommes chargé de les conduire à destination. Le noble étranger avait beaucoup de chance : non seulement le superintendant Warren était là mais il consentait à le recevoir.

Dépouillé de son macfarlane à la Sherlock Holmes, Gordon Warren ressemblait moins à un ptérodactyle. Dans son costume gris fer, très bien

1. Le nom Nouvelle Cour d'Écosse vient d'un palais appartenant jadis aux rois d'Écosse sur l'emplacement duquel la police s'est installée.

coupé, il retrouvait une apparence plus conforme à sa réalité : celle d'un haut fonctionnaire conscient de ses responsabilités mais qui pouvait aussi se souvenir des us et coutumes d'un gentleman. La main qui désignait un siège au visiteur manquait peut-être de finesse mais elle indiquait la force et elle était soignée. De l'autre, il posa sur son bureau la carte de visite remise par Aldo à son introducteur :

– Le prince Morosini, de Venise ?... Vous voudrez bien me pardonner, je suis peu au fait des usages continentaux. Comment dois-je vous appeler ? Altesse, Excellence ou...

– Rien de tout cela : simplement prince, monsieur ou sir, fit Aldo avec un demi-sourire. Croyez bien que je ne me suis pas permis de vous déranger pour débattre avec vous du protocole européen, monsieur le superintendant.

– Je vous en remercie. Vous souhaitez, m'a-t-on dit, me parler de l'affaire Ferrals ? Étiez-vous un ami de sir Eric ?

– Étant donné que j'ai eu le privilège d'être invité à son mariage, on peut présenter les choses de cette façon. En réalité, je suis surtout un ami de lady Ferrals que j'ai rencontrée en Pologne lorsqu'elle n'était encore que la fille du comte Solmanski...

L'attaque vint sans préavis, brutale en dépit de la voix paisible qui la lançait :

– Et, naturellement, vous êtes amoureux d'elle ?

Morosini encaissa sans broncher, s'offrant le luxe d'un sourire tandis que son regard soutenait celui du policier.

– C'est bien possible. Admettez qu'il est difficile d'être insensible à tant de grâce et de jeunesse. Surtout quand on est italien et à moitié français comme moi !

– Ce sont des impressions qu'un Britannique peut ressentir aussi. Sauf peut-être lorsqu'il est trop souvent confronté aux innombrables visages du crime. Vous êtes venu me dire, je pense, qu'elle n'est pas coupable, que je risque de porter le poids d'une erreur judiciaire...

– Rien de tout cela, coupa Aldo. Je suppose qu'un homme de votre expérience ne saurait envoyer en prison une femme de son âge – elle n'a pas vingt ans ! – et de sa qualité, sur un simple caprice...

– Merci de cette bonne opinion, fit Warren avec un petit salut ironique. En ce cas, que puis-je pour vous ?

– M'accorder la faveur de lui rendre visite à la prison. Je crois la connaître assez bien et il n'est pas impossible que j'en obtienne quelques éclaircissements sur ce qui s'est passé au moment de la mort de son époux.

– Oh, nous le savons : elle a offert à sir Eric un sachet d'antimigraine dont il a versé le contenu dans son verre de whisky, il a bu et il est mort. Ajoutons qu'une violente dispute l'avait opposée à son mari un moment auparavant.. Le ménage, d'ailleurs, marchait mal depuis quelques semaines...

– Ce qui m'aurait étonné c'est qu'il marche bien, étant donné la façon dont il a débuté, mais ne pensez-vous pas qu'il est insensé d'empoisonner un homme au vu et au su de tous ? Or, lady Ferrals n'est ni stupide ni insensée. Il me semble qu'avant de l'arrêter, vous auriez pu vous assurer d'abord de ce serviteur polonais qui, si mes renseignements sont exacts, a servi le whisky soda avant de disparaître si opportunément.

– J'ai bien l'intention de mettre la main dessus, encore que nous n'ayons pas trouvé trace de strychnine dans le flacon de whisky ni dans l'eau...

– S'il est un peu habile, ce garçon a très bien pu mettre le poison dans le verre en servant. Il ne peut pas être innocent. D'ailleurs, il faudrait savoir de quels moyens il a usé sur lady Ferrals pour s'introduire dans la place. N'oubliez pas que ce Ladislas est un nihiliste !

Sous leurs sourcils épais, les yeux jaunes du ptérodactyle s'arrondirent encore :

– Ladislas ? Son nom n'est pas Stanislas Rasocki ?

– Le nom de famille je l'ignore, mais le prénom est bien Ladislas.

– Vous commencez à m'intéresser, prince ! Dites-m'en un peu plus et vous aurez peut-être votre entrevue.

Morosini raconta ce qu'il savait des relations passées d'Anielka et de son ancien soupirant. Warren, qui était retourné s'asseoir à son bureau, l'écoutait en tapotant un dossier du bout de son stylo. Finalement il lâcha :

– Cela explique sans doute pourquoi elle pleurait tant et refusait de l'accuser formellement. En ce cas, elle pourrait être complice ou même instigatrice. Ce qui est encore trop. Elle a d'ailleurs été arrêtée pour avoir « empoisonné ou fait empoisonner » son mari.

– J'espère que la suite de vos investigations vous prouvera qu'elle est innocente, mais comment se fait-il qu'à l'audience préliminaire, l'avocat n'ait pas obtenu la liberté provisoire ?

– Là, j'admets qu'elle n'a pas eu de chance. Elle était défendue par un blanc-bec uniquement soucieux de sa perruque et des plis de sa robe. Il a refermé sur elle les portes de Brixton.

– Un homme comme Eric Ferrals avait sûrement à sa disposition un maître du barreau ?

– En effet, mais sir Geoffrey Harden, qui est le maître en question, chasse le tigre chez le maharajah de Patiala. On a pris un de ses stagiaires, qui me paraît avoir plus de relations que de talent. Quand vous verrez lady Ferrals, conseillez-lui donc de prendre un autre défenseur ! Avec celui-là, la corde est au bout du voyage.

– Quand je la verrai ? Cela veut-il dire que vous me permettez...

– Oui. Vous pourrez aller demain à la prison. Voilà un laissez-passer, ajouta Warren en tendant un papier où il venait d'écrire quelques mots. Mais j'espère que si vous apprenez un fait important ou même mineur vous me ferez la grâce de venir m'en informer.

– Je vous le promets. Tout ce que je désire, c'est la tirer de là parce que je suis certain de son innocence... A ce propos d'ailleurs, puis-je vous demander un conseil ?

– Allez-y !

– En l'absence de sir Geoffrey Harden, à qui confieriez-vous la défense d'un être... cher ?

Pour la première fois, Morosini entendit rire le ptérodactyle. Un rire franc et sonore qui le rendait presque sympathique.

– Je ne suis pas certain, dit-il, d'être bien dans mon rôle en fournissant un adversaire coriace à l'avocat de la Couronne mais je crois que je m'adresserais à sir Desmond Saint Albans. Il est rusé comme un renard ; c'est une vraie teigne mais il connaît les lois et la jurisprudence sur le bout du doigt et ses diatribes au couteau font souvent plus d'effet sur un jury que les plus belles envolées lyriques. Si quelqu'un est capable de terroriser des jurés c'est bien lui. J'ajoute qu'il est très cher, sans doute parce qu'il est très riche, mais je suppose que la veuve de sir Eric a les moyens de le payer. C'est en déclarant dans sa péroraison que sa cliente était disposée à verser n'importe quelle caution, même très importante, que le blanc-bec a réussi l'exploit de l'envoyer à Brixton. Le juge a été persuadé qu'elle filerait par le premier bateau.

– Je connais un peu sir Desmond, soupira Morosini à qui le nom avait causé un petit choc désagréable. J'ai assisté ces jours derniers à l'enterrement de son oncle, le comte de Killrenan dont il hérite le titre.

– ... et la fortune, ce qui doit le combler de joie. Comme tous les collectionneurs, il a de gros besoins... Mais à propos de collections, je vous ai déjà vu, vous. N'étiez-vous pas, tout à l'heure, devant le magasin de ce pauvre Harrison ?

Cet homme, décidément, possédait de bons yeux mais, au fond, pensa Aldo, il ne risquait rien à lui répondre même s'il y avait, dans sa voix, une ombre de soupçon. La déformation professionnelle, sans doute ?

– Je ne pensais pas avoir été remarqué, fit-il avec un sourire. En effet, je me rendais chez Mr. Harrison avec l'un de mes amis, un archéologue français qui s'intéresse presque autant que moi aux vieilles pierres. Et il se trouve qu'en la matière je suis expert. Aussi souhaitions-nous examiner le fameux diamant avant qu'il ne gagne la salle des ventes. Malheureusement, quand nous sommes arrivés, le crime avait eu lieu et nous n'avons rien trouvé de mieux à faire que nous mêler aux badauds pour essayer d'en savoir un peu plus. Et je ne vous cache pas que je brûle de vous poser, à mon tour, une ou deux questions.

– Vous aviez l'intention d'assister à la vente ?

– Bien entendu... et peut-être d'enchérir.

– Peste ! ricana Warren. Vous êtes donc bien riche ?

– Disons que je le suis raisonnablement. En revanche, j'ai quelques clients fortunés qui seraient disposés à payer très cher une pièce de cette importance.

– Puisque vous êtes de la partie, vous n'ignorez cependant pas que certains prétendent qu'il s'agit d'un faux. L'avalanche de lettres reçues par les journaux...

– C'est la raison pour laquelle je désirais l'examiner moi-même, fit Morosini. Pure curiosité d'ailleurs ! Mon opinion était déjà faite, bien assise sur la réputation de Mr. Harrison : un joaillier de sa valeur ne saurait être trompé par un faux grossier, ajouta-t-il vertueusement.

Il éprouvait un plaisir pervers à chanter, en face d'un haut fonctionnaire de police, l'authenticité d'une pierre dont il savait parfaitement qu'elle était fausse. De son côté le superintendant parut découvrir les charmes d'un grand cartonnier vert foncé qu'il caressa en lui offrant un tendre sourire.

– Je n'en doute pas un instant, fit-il d'une voix soudain soyeuse. Les meurtriers non plus n'en doutaient pas. Quant à moi, je ne désespère pas de mettre la main sur eux dans un délai assez court pour que la vente puisse avoir lieu. Ce sont des Asiatiques et il se trouve que nous en connaissons un grand nombre. Les ordres sont donnés : aucun « Jaune » n'est autorisé à quitter le pays jusqu'à nouvel ordre.

– Vous employez les grands moyens !

– Pourquoi pas puisque j'ai tous les pouvoirs ? Le roi lui-même souhaite que l'affaire soit menée rondement. Ne s'agit-il pas d'un joyau qui, au XVe siècle, relevait de la Couronne ?

– Tous mes vœux seront avec vous... mais ne me confieriez-vous pas comment les choses se sont passées ? Ces hommes sont-ils entrés en force ?

Gordon Warren se résolut enfin à abandonner son classeur après l'avoir tapoté d'un geste encourageant :

– Un malheureux concours de circonstances ! soupira-t-il. Ce matin, Harrison devait recevoir la vieille lady Buckingham qui lui avait demandé une présentation particulière d'une gemme qui appartenait jadis à son ancêtre, le fameux et fastueux duc de Buckingham dont l'amour pour une reine de France nous aurait valu une guerre supplémentaire sans le coup de couteau de Felton. C'est une dame très âgée qui vit cloîtrée dans sa demeure, ne recevant jamais personne et gardée par des domestiques presque aussi vieux qu'elle. Il était impossible de refuser ce qu'elle demandait et Harrison répondit qu'il la recevrait avec joie. C'est pendant qu'elle admirait le diamant dans le bureau du joaillier que deux hommes masqués et armés ont fait irruption. Ils ont jeté la vieille dame dehors avant d'abattre Harrison et de s'enfuir avec leur butin.

– Vous croyez aux concours de circonstances, vous ?

Cette fois, les yeux du superintendant s'arrondirent plus que de raison.

– Vous ne soupçonnez tout de même pas lady Buckingham d'être complice de ces gens ? J'ai naturellement envoyé Pointer chez elle pour prendre sa déposition mais elle a dû s'aliter et se trouve dans un tel état qu'il eût été barbare de lui arracher une parole. C'est sa suivante, qui l'accompagnait d'ailleurs chez Harrison, qui a répondu... À présent, prince, je crains de ne pouvoir vous accorder plus de temps. Avec deux affaires de cette importance sur les bras, vous devez vous douter que j'ai beaucoup à faire. Mais je vous reverrai volontiers... si vous avez quelque chose à m'apprendre.

– Je l'espère sincèrement. Merci de m'avoir reçu.

En quittant Scotland Yard, Morosini hésita sur ce qu'il devait faire. Rentrer à l'hôtel ne le tentait guère : Adalbert ne serait sans doute pas encore de retour. Mais l'envie lui vint d'aller respirer l'air ambiant du côté de la maison du crime. Il héla un taxi et se fit conduire à Grosvenor Square.

– Quel numéro ? demanda le chauffeur.

– Je n'en sais rien mais peut-être connaissez-vous la demeure de sir Eric Ferrals ?

– Bien entendu. Dès l'instant où un crime a été commis, la maison la plus anonyme devient célèbre.

Situé au cœur du très noble quartier de Mayfair, Grosvenor Square abritait plusieurs ambassades et quelques grandes demeures aristocratiques bâties le plus souvent dans le style georgien. Elles avaient été construites au siècle précédent dans ce lieu proche de Buckingham Palace par les nobles qui étaient au service du souverain.

– Nous y voilà ! dit le chauffeur, et désignant l'une des plus imposantes bâtisses devant laquelle un autre taxi était en train de s'arrêter : Vous voulez descendre, ou bien attendre que celui-là soit parti ?

– Je préfère attendre...

En effet, un homme en costume de voyage surgissait du véhicule avec tant d'impétuosité qu'il atterrit presque sur les pieds de l'un des deux policemen commis à la surveillance de l'hôtel particulier et qui, les mains au dos, en arpentaient le trottoir d'un pas solide et lent. Aldo reconnut aussitôt le comte Solmanski. Tout juste arrivé des États-Unis. Il le vit parlementer un moment avec les gardiens, exhiber quelque chose qui devait être un passeport et, finalement, escalader l'escalier menant au porche à colonnes dont la porte lui fut ouverte peu après mais, comme le taxi qui l'avait amené ne bougeait pas, l'observateur en conclut qu'il s'agissait d'une visite et que le père d'Anielka ne comptait pas s'attarder. Dans les circonstances actuelles, il devait être un peu délicat pour un parent de la supposée meurtrière de s'installer chez l'assassiné.

Prévenant une question de son chauffeur, Morosini déclara qu'il patienterait. Cela dura une bonne dizaine de minutes. Après quoi Solmanski ressortit brusquement. L'observateur put voir qu'il était très rouge et faisait des efforts pour retrouver son calme. Sans doute venait-il de piquer une violente colère. Un moment il resta là, debout en haut des marches, reprenant peu à peu sa respiration. Enfin, il logea son monocle dans son orbite puis, assurant son chapeau sur sa tête, descendit vers le taxi-cab qui démarra aussitôt.

– Suivez cette voiture! ordonna Morosini.

La poursuite fut courte. Juste le temps de faire le tour de Grosvenor Square et de s'engager dans Brook Street où l'on s'arrêta finalement devant l'hôtel Claridge.

– Que faisons-nous à présent? demanda le chauffeur de Morosini.

Morosini hésita. Il avait envie de descendre, de suivre le comte pour s'assurer qu'il allait bien élire domicile dans ce palace, mais c'était inutile: des bagagistes déchargeaient déjà la voiture qui l'avait amené. De toute évidence, le dangereux personnage ne bougerait guère tant qu'Anielka ne serait pas hors de cause ou son procès jugé.

Dangereux, certes, il l'était, ce Russe affublé des

dépouilles d'un noble Polonais expédié par ses soins au fond de la Sibérie ! La mise en garde de Simon Aronov avait été sans nuance quand, dans le cimetière San Michele à Venise il avait révélé à Morosini la vérité sur son plus mortel adversaire. Ennemi juré des fils d'Israël, Fédor Ortschakoff, bourreau sadique du pogrom de Nijni-Novgorod en 1882, cherchait à récupérer par tous les moyens les pierres du pectoral et le joyau lui-même, autant par passion de l'argent que par haine de Simon Aronov, l'homme qui osait mener le combat contre lui et ses inquiétants amis que le Boiteux appelait l'Ordre noir.

Jusqu'à présent, le faux Solmanski restait encore dans l'ignorance du rôle joué par Morosini dans la quête des pierres disparues : il ne voyait en lui que le dernier propriétaire du saphir parti à la recherche du trésor familial envolé. Un spécialiste des bijoux anciens sans doute, mais peu redoutable et paralysé par l'amour que lui inspirait sa ravissante fille... Cependant Aronov s'était montré formel : si Aldo s'interposait encore entre lui et d'autres pierres manquantes, Solmanski n'hésiterait pas à entourer son nom d'un crayon rouge sur la liste de ceux qu'il convenait d'abattre.

Une perspective qui ne troublait en rien le prince-antiquaire. Le danger ne l'avait jamais fait reculer et, en outre, il ne doutait pas que l'aventurier n'eût commandité sinon exécuté l'assassinat de la princesse Isabelle, sa mère. Et comme il n'était pas l'homme des menées souterraines, plus tôt les couteaux seraient tirés et mieux cela vaudrait.

Pour l'instant, la situation du comte permettait à Morosini d'être simple observateur et c'était une bonne chose. Il était inutile d'aller se pavaner sous le nez de l'ennemi plus ou moins paralysé par le meurtre de son gendre.

Aussi, le laissant à son installation, alluma-t-il une cigarette et se fit-il reconduire au Ritz.

CHAPITRE 3

CHACUN SA VÉRITÉ...

Construite en 1820, la prison de Brixton n'était pas vraiment un pénitencier. On l'utilisait surtout pour les prévenus en attente de leur procès, mais ce n'était pas pour autant un endroit aimable. Les pierres séculaires suaient la tristesse et l'humidité. Une fois à l'intérieur et les formalités d'admission accomplies, Morosini baigna dans une atmosphère angoissante jusqu'à ce qu'on l'introduise dans l'espèce de placard vitré baptisé parloir où il attendit.

Lorsque lady Ferrals parut, escortée d'une femme que, seuls, le port de la jupe et l'absence de moustache différenciaient d'un gendarme, Aldo sentit son cœur bondir. Elle était plus belle que jamais dans ce décor grisâtre et la sévère robe noire qui faisaient ressortir l'éclat de sa blondeur, mais elle n'était plus Anielka...

Cela tenait à ce qu'elle n'avait pas l'air de vivre. Avec son visage pâli, ses cheveux et ses yeux d'or, elle ressemblait à l'une de ces statuettes chryséléphantines qui faisaient alors le triomphe du sculpteur Chiparus. Tout aussi droite ; tout aussi froide.

La vue de son visiteur n'alluma aucune flamme dans son regard. Elle vint s'asseoir de l'autre côté de la table tandis que sa gardienne restait au-delà du vitrage. Aldo s'inclina. Elle demeura impassible.

– C'est vous ? dit-elle seulement. Que venez-vous faire ici ?

Le ton laissait entendre qu'il n'était pas le bienvenu.

– Savoir si je peux vous être de quelque utilité.

– Vous m'avez mal comprise. Je voulais dire : comment se fait-il que vous soyez à Londres ?

– Bien que j'aie su, avant de quitter Venise, la mort tragique de votre époux, ce n'est pas la raison de mon voyage. Je me suis rendu en Écosse pour assister aux funérailles d'un vieil ami et c'est à Inverness qu'un journal m'a appris...

– Que j'ai tué Eric. N'ayez donc pas peur des mots ! Ils me sont indifférents.

Elle lui fit signe de s'asseoir sur la chaise placée en face d'elle.

– Je n'ai pas peur des mots, dit-il en obéissant. C'est ce qu'ils signifient qui me fait peur et que je n'arrive pas à croire. Vous ? Une meurtrière ? Allons donc !

Elle eut un mince sourire dédaigneux :

– Pourquoi pas ? Vous savez bien que je ne

l'aimais pas. Et même que je le détestais. Auprès de lui mes jours étaient dorés, mais mes nuits tissées de répugnantes ténèbres.

– Pas au point de le tuer. Et surtout pas de cette façon stupide parce que trop évidente : un sachet de poudre antinévralgique donné devant témoins pour être dilué dans un verre de whisky, et cela après une querelle ? Vous êtes trop intelligente pour ça. Telle que je vous connais, je vous imaginerais mieux armée d'un revolver et tirant sur Eric Ferrals, mais ce médicament offert pour apaiser et qui foudroie, non ! Ça ne vous ressemble vraiment pas.

– Pourquoi ? Chez vous, en Italie, on a bien souvent offert avec le sourire du poison à un invité !

– C'est une habitude perdue depuis longtemps et vous n'êtes pas une Borgia. Depuis votre arrestation, vous ne cessez de clamer votre innocence.

– En pure perte, mon cher prince ! Au point que je commence à être fatiguée de le répéter. On me rétorque, non sans raison, que la strychnine n'est pas venue toute seule dans le verre puisqu'elle n'était ni dans l'alcool ni dans l'eau... Pourtant, on a analysé les autres sachets qui se trouvaient dans ma chambre...

– Mais celui-là seul contenait le poison ? D'où vient, en ce cas, que l'on n'ait pas analysé aussi le papier qui l'enveloppait ?

– C'est ce que j'ai demandé mais on ne l'a pas retrouvé. Le feu était allumé dans la pièce.

Quelqu'un l'aura jeté dans la cheminée. Eric l'avait froissé et laissé sur le plateau.

– Qui pouvait être ce quelqu'un ? En avez-vous une idée ?

Anielka émit alors le bruit que son visiteur s'attendait le moins à entendre : elle eut un rire brusque mais amer et sans gaieté.

– Peut-être John Sutton, le brillant, le dévoué secrétaire d'Eric, celui qui n'a pas hésité à m'accuser du crime dès qu'il a vu son maître s'abattre sur le sol. Il me hait.

– Pour quelle raison ? Que lui avez-vous fait ?

– Je l'ai giflé. C'est, il me semble, la réaction normale d'une femme honnête quand un homme la pousse dans un coin en lui prenant les seins et en l'embrassant dans le cou...

Aldo savait depuis longtemps que la jeune Polonaise ne mâchait pas ses mots et possédait le talent des évocations précises. Celle-ci, cependant, lui arracha une grimace de dégoût. Le souvenir qu'il gardait du secrétaire, toujours d'une parfaite correction, ne correspondait guère à cette soudaine image relevant du répertoire d'un satyre, mais il savait que sous la glace britannique se cachaient parfois d'étranges pulsions volcaniques.

– Il est amoureux de vous ?

– Si l'on peut appeler ça ainsi ! Il y a longtemps que je sais qu'il a envie de coucher avec moi.

– L'avez-vous dit à votre mari ?

– Il m'a traitée de folle et n'a fait qu'en rire.

Son attachement pour ce... domestique dépassait les bornes permises. Je crois qu'il aurait préféré se couper un bras plutôt que s'en séparer. Sans doute existait-il entre eux un cadavre quelconque bien caché dans une armoire...

– Les cadavres, ma chère, sir Eric, en bon marchand d'armes, en avait trop sur la conscience pour tenir compte d'un isolé. Et si vous me parliez à présent de ce serviteur polonais que vous avez fait entrer à votre service ?

De pâle, la jeune femme devint soudain très rouge et détourna la tête.

– Comment savez-vous ça ?

Aldo lui sourit avec une grande gentillesse.

– On dirait que vous n'avez pas perdu cette bonne habitude de répondre à une question par une autre. Je le sais, voilà tout !

Mais comme elle restait muette, cherchant peut-être une nouvelle attaque, il reprit :

– Parlez-moi un peu de ce Stanislas... ou bien dirons-nous Ladislas ?

Les yeux de la jeune femme s'agrandirent et ce qu'il y lut ressemblait à de l'épouvante :

– Vous êtes le Diable ! souffla-t-elle.

– Pas vraiment... ou alors un brave homme de diable tout à votre service. Voyons, Anielka, cessez de vous méfier et dites-moi comment vous en êtes arrivée à introduire votre ancien amoureux dans la maison de votre époux !

Elle détourna la tête mais, dans la triste lumière

de cet endroit lugubre, il vit une larme perler à ses cils.

– Amoureux ? L'a-t-il seulement jamais été ? J'en doute beaucoup à présent... comme je doute aussi de ce grand amour que vous prétendiez éprouver pour moi.

– Laissons cela de côté pour l'instant, si vous le voulez bien ! coupa doucement Morosini. Ce n'est pas moi qui, dans la maison du Vésinet, ai choisi de tomber dans les bras de sir Eric.

– Il venait de me sauver et je n'avais pas le choix. Comme je n'ai pas eu le choix avec Ladislas lorsque je l'ai rencontré dans Hyde Park où d'ailleurs il m'attendait...

– Comment pouvait-il savoir que vous y seriez ? Personne n'ignore à présent que les parcs ont votre prédilection, mais pourquoi celui-là ? Ce ne sont pas les jardins qui manquent à Londres.

– Non, mais j'y faisais chaque matin une promenade à cheval.

– Seule ?

– Bien sûr, seule ! Je n'aime pas être accompagnée, j'aurais trop l'impression d'être surveillée. Oh, évidemment, je rencontrais toujours des gens de connaissance, mais j'arrivais assez bien à m'en débarrasser.

– On dirait que ça n'a pas marché avec Ladislas. Je suppose d'ailleurs que l'effet de surprise a dû jouer en sa faveur ?

– En effet. D'autant qu'il est sorti d'un buisson,

presque dans les jambes de ma jument, et que j'ai failli vider les étriers.

– Étiez-vous contente de le revoir ?

– Sur le moment, oui... Il m'apportait l'air de mon cher pays et aussi le souvenir des premières amours. C'est quelque chose qui compte pour une femme...

– Pour un homme aussi. Mais vous venez de dire : sur le moment. Cela n'a pas duré ?

– Non. J'ai vite compris que j'avais devant moi un adversaire, pour ne pas dire un ennemi. Oh, il s'est d'abord montré aimable. À sa façon bien sûr. Il disait qu'il n'était venu en Angleterre que pour me retrouver, que c'était trop bête de s'être quittés comme nous l'avions fait...

– Il désirait reprendre vos relations d'autrefois ?

– Pas vraiment. Ce qu'il exigeait – car il exigea très vite ! – c'était que je l'introduise dans l'entourage de mon époux. Il s'est déclaré indigné que j'aie pu devenir la femme d'un trafiquant d'armes mais il comptait surtout s'en servir pour « sa cause ». En fait, ce sont ses compagnons anarchistes qui l'ont envoyé ici avec de faux papiers et un but bien précis : obtenir de l'argent pour leur révolution. Il leur était apparu comme une idée d'une sublime drôlerie de tirer ces subsides d'un marchand de canons. Ils voulaient aussi des armes.

Aldo tira son étui à cigarettes de sa poche, en offrit une à la jeune femme avant de se servir et d'allumer les deux minces rouleaux de tabac.

– C'est une histoire de fous, dites-moi ! Il voulait que vous voliez pour lui donner...

– Non, je vous l'ai dit. Tout ce qu'il demandait c'était d'entrer au service d'Eric. Il se faisait fort, une fois dans la place, de trouver lui-même ce qu'il espérait.

– Et pourquoi avoir accepté ? Vous n'aviez, il me semble, qu'une attitude convenable à adopter : remonter en selle – car je suppose que vous aviez mis pied à terre ? – et tirer votre révérence en lançant votre cheval à fond de train.

– J'aurais bien aimé. Seulement c'était impossible. Vous devez vous douter que Ladislas ne m'a pas abordée sans avoir protégé ses arrières.

– Du chantage ?

– Naturellement. Quand on est jeune et que l'on aime pour la première fois, il arrive que l'on se montre imprudent. Ce fut mon cas. J'ai écrit des lettres...

– Déplorable manie et qui vous coûte parfois très cher, à vous autres femmes ! Et il voulait en faire quoi de ces lettres ? Les montrer à Ferrals ? Il n'était pas idiot et devait bien se douter que vous aviez eu jadis quelque amourette ? En outre, ça n'est jamais bien méchant des lettres de jeune fille...

– Les miennes pouvaient l'être. J'avais une telle confiance en Ladislas que je lui ai raconté tout du long les plans de mon père pour obliger Eric à m'épouser.

– Oh, que je n'aime pas ça ! émit Morosini avec une grimace.

– Il y a pis encore. À cette époque, j'étais assez acquise aux idées de Ladislas et de son groupe. Je voulais qu'il reste au moins mon amant.

– Parce qu'il était votre amant ? lâcha Aldo abasourdi.

Le regard qu'elle leva sur lui était un poème de candeur :

– Plus ou moins... oui. Et comme je tenais à le garder – je crois vous en avoir donné la preuve à deux reprises – j'ai donné des assurances, promis mon aide pour... comment disaient Ladislas et ses amis ?... ah oui : plumer le gros pigeon capitaliste. Vous imaginez l'effet d'une telle correspondance sur mon mari ?

– J'imagine très bien ! La suite aussi d'ailleurs : vous avez dû émouvoir Ferrals avec la triste histoire d'un cousin à vous tombé dans la misère et retrouvé par miracle...

– C'est presque ça : j'ai dit qu'il était le fils de ma nourrice et on lui a offert tout de suite une place de valet.

– On se croirait dans un roman. Les nourrices y sont toujours pourvues de rejetons aussi encombrants et dévoyés que pittoresques ! Et, bien entendu, c'est lui qui a tué !

– Bien entendu. C'était sans doute le but recherché mais l'on s'était bien gardé de m'en informer.

– Mais sacrebleu ! Pourquoi n'avoir pas tout raconté à la police au lieu de vous laisser arrêter, emprisonner ? À ce moment-là, les dénonciations du secrétaire se seraient trouvées bien atténuées.

– C'était impossible ! Je ne pouvais pas faire ça sans risquer ma vie. Comprenez donc ! Ladislas n'est pas venu seul en Angleterre. Il a des compagnons... une cellule comme il disait, chargée de veiller sur lui, de récupérer ce qu'il rapporterait et de l'aider à fuir en cas de danger. Et moi, j'étais bien prévenue : dans ce cas-là je ne devais rien dire qui puisse mettre la police sur sa trace sinon...

– Sinon vous n'aviez à attendre ni pitié ni merci, dit lentement Aldo. Vous seriez condamnée à mort d'office.

– C'est bien ça. Et puis, voyez-vous, je me suis dit qu'au moins en prison je n'aurais rien à craindre de personne. Je serais protégée.

– Sauf de la corde qui vous guette ! Mais, malheureuse, comprenez enfin que si l'on ne met pas la main sur le vrai meurtrier, vous risquez tout simplement d'être pendue !...

– Non, je ne crois pas. Mon père va rentrer d'Amérique. Il saura me défendre. Mieux que le jeune imbécile qui remplaçait sir Geoffrey Harden. Il trouvera quelqu'un de bien.

– À ce propos, dit Aldo en tirant un papier de sa poche, on m'a recommandé un avocat très habile et très combatif. Son nom et son adresse sont inscrits ici...

– Qui vous l'a recommandé ?

– Si étrange que cela puisse vous paraître, c'est un haut fonctionnaire de police. Il se trouve que je connais un peu sir Desmond Saint Albans, et qu'il ne m'inspire pas une grande sympathie, mais il paraît que, la perruque sur la tête, c'est un champion qui s'accroche à sa cause comme un chien à son os. Afin d'être complet, j'ajoute qu'il vous coûtera cher, mais ça en vaut peut-être la peine...

Elle prit le papier, le lut et le garda dans sa main.

– Merci, dit-elle. Je vais le demander. L'argent importe peu.

La geôlière entra à cet instant :

– Le temps qui vous est imparti est écoulé, sir...

– Encore un mot ! fit Morosini en se levant. Quand vous verrez votre nouveau défenseur, je vous conjure de lui dire la vérité, toute la vérité. À propos, comment s'appelle au juste votre Ladislas ?

– Wosinski. Pourquoi demandez-vous ça ?

– Vous ne pensez pas que le mieux, pour vous, serait encore qu'on les trouve, lui et sa bande ? Vous n'auriez alors plus rien à craindre... Essayez de conserver l'espoir, Anielka. J'espère pouvoir revenir. Vous n'avez besoin de rien ?

– Wanda doit m'apporter quelques petites choses...

Sans rien ajouter, pas même le plus petit signe de satisfaction pour la visite reçue, la jeune femme rejoignit sa gardienne qui faisait déjà jouer bruyamment la serrure de la porte. Aldo ne put supporter de la quitter ainsi. Il la rappela :

– Anielka ! Cet homme que vous vous efforcez de protéger, vous êtes bien certaine de ne plus l'aimer ?

– Vous devriez être le dernier à me poser cette question, Aldo ! J'y ai répondu voici quelques mois dans un billet et je n'ai pas changé depuis [1]...

Par un de ces petits miracles que seul l'amour peut accomplir, Aldo eut l'impression qu'un rayon de soleil venait éclairer et réchauffer les sinistres murs gris, et ce fut d'un pas allègre qu'il sortit de la prison.

Au moment où il rejoignait la voiture qui l'attendait, un autre taxi s'arrêta derrière le sien. Une femme entre deux âges et de solide corpulence descendit et se mit en devoir d'extraire du véhicule une valise qui semblait pesante. N'écoutant que sa galanterie, Aldo se précipita.

– Laissez-moi faire, madame. Ceci est trop lourd pour vous !

– Oh, merci, monsieur ! fit avec un accent étranger la dame qui aussitôt se mit à pleurer. Aldo vit alors que c'était Wanda, la fidèle femme de chambre d'Anielka, lui apportant sans doute les « quelques petites choses » dont elle avait besoin.

– Le seigneur Morosini ! s'exclama-t-elle entre deux sanglots. Vous êtes donc là ? Mais quelle joie, mon Dieu ! Quelle grande joie !

Et de pleurer de plus belle !

– Si vous êtes si contente, il faut vous calmer ! dit celui-ci auquel vint soudain une idée.

– Comment se fait-il que vous soyez venue en

1. Voir tome 1, *L'Étoile bleue.*

taxi ? N'y a-t-il plus de voitures de maître chez sir Eric ?

– Il n'y en a plus pour le service de ma pauvre petite lady, s'indigna Wanda qui semblait à présent maîtriser le français. Cet affreux Mr. Sutton l'interdit sous le prétexte que rien ne doit être fait pour aider une... une meurtrière. Oh ! c'est... c'est affreux !

– Pour un Anglais, cet homme connaît bien mal la loi de son pays : tout prévenu est réputé innocent jusqu'à ce que sa culpabilité soit démontrée...

– Alors, pourquoi est-ce que ma pauvre petite est en prison ?

– C'est ce que l'on appelle la prévention. Vous allez lui porter cette valise ?

– Oui. Elle a demandé différentes choses. Pauvre ange, elle qui est si...

Coupant court au panégyrique d'Anielka qui ne pouvait manquer d'être long, Aldo dirigea Wanda vers la porte de Brixton et lui proposa de l'attendre pour la ramener à domicile.

– Une seule voiture suffira bien pour nous deux, dit-il. Je vais renvoyer la vôtre.

Un début d'accalmie se fit jour dans le désespoir de Wanda.

– Vous voulez bien m'attendre ?

– Bien sûr. Cela nous permettra de parler un moment... Ne soyez pas trop longue !

– Oh non, je n'aurai pas le droit de la voir. Je dépose ça au greffe et je reviens.

Quelques minutes plus tard, elle était de retour et prenait place auprès d'Aldo qui ne perdit pas de temps pour entrer dans le vif du sujet.

– Je viens de donner à votre maîtresse le nom et l'adresse d'un avocat sérieux. Il semblerait qu'elle ait été, jusqu'ici, fort mal défendue.

– Oh, ça c'est bien vrai ! Jamais elle n'aurait dû être jetée dans cette prison. Et sans ce menteur de secrétaire...

– Je sais à quoi m'en tenir à son sujet, coupa Morosini. Je voudrais que vous me parliez de celui qui a disparu : ce Ladislas Wosinski entré voilà peu dans la maison sous un nom d'emprunt. Ce qui me paraît d'ailleurs superflu, sir Eric n'ayant certainement jamais entendu parler de lui.

– Lui, non, mais monsieur le comte aurait été furieux de sa présence. Ma colombe aurait eu de gros ennuis s'il avait su qu'il était là.

– Je suppose qu'il le sait, à présent. Hier, je l'ai vu arriver à Grosvenor Square. Il n'y est pas resté bien longtemps et quand il est parti il avait l'air furieux, bien qu'il fît un grand effort pour se contenir.

Wanda leva les yeux au ciel et joignit les mains au souvenir de ce qui s'était passé.

– Oh ! Il y a eu une terrible dispute avec Sutton à cause de ce qu'il a fait et aussi du serviteur polonais, mais, grâce à Dieu, le secrétaire connaît seulement un certain Stanislas Razocki et monsieur le comte n'en sait pas plus !

– Comment ça « grâce à Dieu » ? Voilà un homme qui a obligé votre maîtresse à l'accueillir, qui a assassiné son mari et qui s'est enfui en lui laissant toute l'affaire sur le dos, et vous avez l'air de considérer que tout est bien comme ça ?

– Mais, naturellement ! Ladislas Wosinski est un patriote, un noble cœur et s'il a tué c'était pour protéger celle qu'il aime... car il l'aime toujours et d'un très grand amour. Il a dû entendre la scène horrible que son époux lui avait faite, peu de temps auparavant.

– Je sais qu'il y a eu dispute, mais ce n'était peut-être pas la première fois ?

– C'était la première fois que c'était aussi violent. Depuis un moment déjà, mon cher petit ange refusait de coucher avec lui. Elle souffrait de fortes migraines qu'elle calmait avec un médicament.

En dépit de la gravité du sujet, Morosini eut un petit sourire. De tout temps la migraine, relayée par des maux plus intimes, avait été l'arme favorite des femmes contre le devoir conjugal.

– Et ce jour-là, elle avait encore mal à la tête ? Il était un peu tôt pour aller au lit ?

– Sans doute, mais notre jeune lady était à sa toilette et se préparait pour la soirée. Je dois dire qu'elle portait une robe très décolletée et qu'elle était particulièrement belle et désirable. Le mari avait bu. Il a pris feu ; il m'a jetée dehors et je n'ai rien vu de plus mais ce que j'ai entendu était horrible. Sir Eric est sorti peu après, très rouge, presque violet et il était en train d'arracher son faux col pour ne pas étouffer. Quant à ma petite colombe, elle pleurait, assise sur son lit et presque nue : sa robe était déchirée... peu après, sir Eric est revenu pour s'excuser mais on ne lui a pas ouvert.

Ce qu'Aldo entendait était sans doute la vérité. Ce qu'il avait appris des premières relations d'Anielka avec Ferrals, et surtout ce qui s'était passé le soir du contrat de mariage confirmait que Wanda ne mentait pas. Il imaginait assez bien la scène dont la suite s'était déroulée dans le cabinet de travail, en présence de la duchesse de Danvers : sir Eric se plaignant d'un mal de tête et Anielka, froidement ironique, proposant de lui faire porter un sachet de ce qu'elle prenait elle-même en pareil cas...

– C'est elle qui est allée chercher l'aspirine, ou c'est quelqu'un d'autre ? demanda-t-il.

– Elle a demandé à Ladislas d'aller m'en demander et c'est moi qui le lui ai donné.

– Mais alors, sacrebleu, pourquoi diable a-t-elle été arrêtée ? Qu'est-ce que Sutton a bien pu raconter qui l'accuse ? Le sachet est passé par deux paires de mains et je suppose que lorsqu'on est venu vous le demander vous en avez pris un au hasard dans une boîte ?

– Naturellement, et c'est ce que j'ai dit au monsieur de la police. Seulement Suttton a demandé à parler en confidence à ce monsieur et je n'ai rien entendu de ce qu'il a dit... Tout ce que je sais c'est que ma colombe est en prison.

– Vous faites bien de me le rappeler ! fit Morosini sarcastique. À ce propos, il est temps, je crois, que vous m'expliquiez pourquoi vous êtes si contente que Ladislas coure les grands chemins, laissant votre petite colombe sur la paille humide des cachots.

– Il ne l'y laissera pas, soyez-en certain !... Il l'aime trop pour ça !

– Vraiment ? s'écria Morosini que l'air inspiré de Wanda commençait à agacer prodigieusement. Vous ne croyez pas qu'il aurait été plus simple de ne pas prendre la poudre d'escampette, d'assumer ses responsabilités et de protéger Anielka autant qu'il était possible ?

– Non. Car ça aurait eu pour résultat de les faire emprisonner tous les deux. Tant qu'il est dehors, il y a de l'espoir pour ma jeune lady. Je suis sûre qu'il a des amis dans le pays et qu'il est en train de préparer sa libération... ou son évasion pour qu'ils puissent enfin retourner vivre leur amour dans le vieux pays qu'on n'aurait jamais dû quitter.

Morosini renonça. On nageait en pleine science-fiction et, de toute évidence, il n'arriverait pas à tirer cette brave femme de ses rêves bleus. Une chose était certaine : entre la version de la jeune femme et celle de sa fidèle camériste, il existait un fossé beaucoup trop profond et broussailleux pour s'y aventurer.

– Pendant que j'y pense, reprit Morosini, vous ne sauriez pas, par hasard, de quel côté chercher Ladislas Wosinski ?

Brutalement ramenée des célestes régions où elle s'était laissé emporter, Wanda gratifia son voisin d'un regard sévère.

– Pourquoi demandez-vous ça ? Vous n'auriez pas dans l'idée de le livrer à la police ?

– Pas le moins du monde, répliqua Aldo en se gardant bien d'ajouter qu'il en avait déjà touché un mot au superintendant Warren, mais voyez-vous, j'aimerais tout de même bien savoir où il se trouve. Imaginez un instant qu'oubliant son grand amour pour Anielka, il choisisse sa propre sécurité et l'abandonne à la justice anglaise ?

– Si vous le connaissiez, vous ne penseriez pas une telle abomination. C'est le cœur le plus généreux qui soit, un vrai paladin qui a voué sa vie à la liberté de son pays, la vraie liberté, et au soulagement des misères dont souffre le peuple polonais. Croyez-moi, il fera ce qu'il faut en temps voulu. Il suffit d'un peu de patience...

Morosini eut une moue dubitative. Il fallait avoir la foi du charbonnier pour être ainsi persuadée des pures intentions d'un homme qu'Anielka présentait comme un maître chanteur. Il renonça.

Le reste du voyage se déroula dans un silence meublé par le chuchotement de Wanda qui priait, mais quand on fut en vue de l'hôtel Ferrals, Aldo déclara :

– Avant que nous ne nous quittions, sachez ceci : je tiens, moi, à sauver votre maîtresse. D'abord parce que je la crois innocente, ensuite parce que je l'aime. Au cas ou j'aurais besoin de votre aide, puis-je faire appel à vous ?

Immédiatement, Wanda fut toute contrition :

– Oh, pardonnez-moi ! J'avais oublié que vous l'aimiez vous aussi et j'ai dû vous faire mal mais, bien sûr, je suis prête à vous aider. Si vous voulez me parler, je vais chaque matin entendre la messe de neuf heures à l'église de l'Oratoire, près du Victoria and Albert Museum. Ce n'est pas trop loin pour moi alors que l'église polonaise est dans une banlieue. Elle vous plaira : c'est une église italienne, je crois. Il n'y a pas trop de monde et on peut y parler tranquillement. Et puis, à la messe, on se trouve sous le regard de Dieu ! ajouta Wanda en pointant un doigt sentencieux vers le plafond de la voiture.

– C'est parfait mais si, d'autre part, vous souhaitiez me dire quelque chose, vous pouvez laisser un message à l'hôtel Ritz. Je vous écris le numéro ici, fit-il en arrachant une page de son calepin pour inscrire les chiffres annoncés.

Le taxi s'étant arrêté, Wanda allait descendre quand Morosini la retint :

– Encore un mot ! Ne vous étonnez pas si, d'ici un quart d'heure, je viens sonner à cette porte. Ce ne sera pas pour vous. Je désire avoir un entretien avec Mr. Sutton.

– Vous voulez lui parler ? gémit la femme soudain inquiète. Mais de quoi ?

– Cela, ma chère, c'est mon affaire. J'ai une ou deux questions à lui poser.

– Il ne vous recevra pas.

– Ce serait maladroit. De toute façon, je ne risque rien. Rentrez ! Je vais faire un tour et je reviens.

Un quart d'heure plus tard, en effet, un maître d'hôtel au visage glacé ouvrait devant lui la maison de feu Eric Ferrals puis l'abandonnait momentanément au pied d'une belle ellipse d'escalier qu'il gravit en annonçant qu'il allait s'assurer que Mr. Sutton pouvait recevoir un visiteur. Lequel fut bien obligé d'attendre en compagnie d'une collection de bustes romains aux yeux aveugles, d'un sarcophage byzantin et d'un vase à ablutions en bronze qui avait dû voir le jour quelque part du côté de Pékin. La demeure londonienne du marchand d'armes ressemblait beaucoup à celle du parc Monceau mais en plus sinistre encore si cela était possible, la pompeuse lourdeur du style georgien qui régnait là n'arrangeant rien. On devait étouffer facilement dans cette atmosphère habillée de lourdes passementeries et de velours chocolat.

C'était à peine plus gai dans le petit bureau où Aldo fut introduit quelques instants plus tard. Et encore, uniquement grâce à la marée de papiers couvrant la table de travail et à la puissante lampe qui les éclairait. Alentour un bataillon de classeurs vert foncé occultaient les murs. Planté au milieu comme le gardien d'un temple, vêtu de noir de la tête aux pieds, John Sutton attendait son visiteur.

Le silence qui régnait dans l'hôtel était impressionnant. Pas un bruit, pas un froissement, pas un chuchotement ! Même le feu de charbon qui brûlait dans la cheminée se taisait comme si un craquement ou une étincelle eussent été sacrilèges.

Le secrétaire s'inclina à l'entrée de Morosini, se déclara enchanté de le revoir en pleine forme – il n'avait pas eu ce plaisir depuis la fameuse nuit où Aldo était venu prendre, rue Alfred-de-Vigny, la rançon d'Anielka et la Rolls-Royce – et ajouta, en lui désignant un siège, qu'il considérerait comme une faveur s'il pouvait lui être d'une quelconque utilité.

Morosini s'assit en prenant grand soin du pli de son pantalon, contempla un instant le jeune homme tout en cherchant une cigarette qu'il tapota sur la surface brillante de son étui d'or.

– Je suis venu vous poser une question, monsieur Sutton ! dit-il enfin.

– On m'en a déjà posé beaucoup depuis quelques jours.

– Je serais assez surpris que l'on vous ait posé celle-ci : dites-moi pourquoi vous semblez tenir à ce que lady Ferrals soit pendue haut et court ?

Avant d'ouvrir la bouche, Aldo s'était préparé à toute sorte de réactions sauf à celle qui vint. John Sutton soutint son regard sans manifester la moindre émotion puis répondit d'une voix douce :

– Mais parce qu'elle ne mérite rien d'autre. C'est une meurtrière de la pire espèce qui a prémédité son crime.

Et il sourit, ce qui contraignit Morosini à maîtriser une violente réaction de son sang latin. Pour y arriver, il alluma sa cigarette et en tira une bouffée qu'il envoya vers le plafond gaufré.

– Comment pouvez-vous être aussi affirmatif ? demanda-t-il d'une voix parfaitement unie. Possédez-vous des preuves ?

– Palpables, non ! La seule qui eût été déterminante – le sachet de papier qui avait contenu le poison – a disparu miraculeusement, jeté sans doute au feu par une main diligente. Seulement j'ai vu, j'ai entendu et c'est pourquoi je n'ai pas eu un instant d'hésitation pour porter mon accusation. Il est possible que cela vous cause beaucoup de peine, prince, mais croyez-moi, le doute n'est pas permis : elle est coupable !

– Je n'aurai aucune raison d'infirmer vos convictions dès l'instant où vous aurez bien voulu me confier ce que vous avez vu et entendu. Vous étiez, je pense, très attaché à sir Eric ?

– Très ! Dès ma sortie d'Oxford je suis entré à son secrétariat et ne l'ai plus quitté.

– Vous n'êtes pas très vieux. Cela ne doit pas faire un grand laps de temps ?

– Trois ans, mais avec un homme de sa qualité quelques semaines auraient suffi.

– Peut-être !... Je n'ai pas eu le privilège de le

fréquenter bien longtemps, outre que nous nous trouvions opposés dans certaine affaire dont vous avez eu connaissance. Je n'en reviens pas moins à ma question d'il y a un instant : qu'avez-vous vu et entendu ?

– Vous y tenez ? En ce cas, il me faut d'abord vous apprendre que, depuis deux mois environ, nous avions engagé un serviteur polonais...

– Passons ce détail ! C'est Sa Grâce la duchesse de Danvers qui m'a raconté la soirée tragique : elle m'a parlé de ce serviteur qui s'est envolé dans la nature...

– Ce détail, comme vous dites, ne manquait pas d'importance. Vous l'admettrez volontiers quand je vous aurai dit que j'ai surpris lady Ferrals dans ses bras...

– Dans ses bras ?... Êtes-vous bien sûr de ne pas... dramatiser la situation ?

– Jugez vous-même ! C'était il y a trois semaines environ. Sir Eric dînait ce soir-là chez le Lord-Maire et je m'étais rendu au ballet à Covent Garden. Comme je possède ma propre clef, je suis rentré sans faire de bruit et même sans allumer. Je connais si bien cette maison que cet exercice m'est familier. D'autant que sir Eric détestait que mes rentrées nocturnes ne soient pas discrètes. Je montai donc l'escalier quand j'ai entendu un rire, des chuchotements. Cela venait de chez lady Ferrals et j'ai constaté alors que la porte de son boudoir était entrebâillée. La lumière qui en sortait était faible mais suffisante pour que je puisse voir ce Stanislas sortir sur la pointe des pieds. Au moment où il se glissait hors de la pièce, lady Ferrals l'a suivi jusqu'au seuil et là ils se sont embrassés... passionnément avant qu'il ne la repousse avec douceur pour la faire rentrer...

Sutton s'arrêta, prit deux ou trois fortes inspirations puis jeta, laissant percer sa colère :

– J'ajoute qu'elle était à peu près nue. Si toutefois on peut appeler vêtement le chiffon de linon blanc qu'elle portait... Voilà pour ce que j'ai vu ! Je ne vous cache pas qu'ensuite je les ai épiés...

– Et pour ce que vous avez entendu ? émit péniblement Aldo dont la gorge venait de sécher.

– Beaucoup de choses dont je n'ai pas compris un mot parce qu'ils parlaient leur langue natale et que je n'y connais rien. Sauf une fois... Une seule où je l'ai entendue, elle, lui dire : « Si tu veux que je t'aide, il faut d'abord que je sois libre. Aide-moi, toi, le premier... » C'était quatre jours avant la mort de sir Eric.

– Et c'est ce que vous avez raconté à la police ?

– Naturellement. Qu'elle ait eu l'audace d'introduire son amant dans cette maison, c'était déjà difficile à supporter. Cependant, j'avais choisi de ne pas parler, d'attendre que la vérité saute aux yeux de sir Eric, ce qui ne pouvait manquer d'arriver. Mais quand je l'ai vu mourir, lui, presque à mes pieds, il ne m'était plus possible de me taire. J'aurais voulu la tuer de mes propres mains !

Il y eut un silence. Morosini ne savait plus trop que penser. Cette version se rapprochait de celle de Wanda, trop dévouée à Anielka pour qu'on pût la suspecter vraiment. D'autre part, elle était tellement éloignée de celle de la jeune femme!... De sa propre expérience, il savait qu'Anielka pouvait manier le mensonge avec un certain talent mais, à ce point-là, c'était difficile à admettre. Il décida alors de pousser Sutton dans ses retranchements.

– Pour éprouver tant de... colère il faut que vous ayez beaucoup aimé sir Eric... ou alors que votre haine envers sa femme – car vous la haïssez, n'est-ce pas ? – vienne du fait que vous étiez amoureux d'elle et qu'elle vous aurait repoussé.

Le jeune homme eut un petit rire tandis qu'un éclair traversait ses yeux sombres profondément enfoncés sous l'arcade sourcilière :

– Aimée ? Non : elle ne m'inspirait aucune tendresse, mais désirée oui ! fit-il avec une rudesse toute britannique. J'avoue que j'avais envie d'elle et que j'en ai encore envie. Mon seul espoir est que ce désir mourra avec elle !

Il n'y avait rien à ajouter. Morosini venait d'apprendre tout ce qu'il souhaitait et même au-delà. Il se leva.

– Je vous remercie, dit-il, de m'avoir parlé avec cette franchise. Je ne suis peut-être pas aussi convaincu de la culpabilité de lady Ferrals que vous l'êtes. Quant à vous, je crois comprendre mieux vos motivations bien que la jalousie m'en paraisse le moteur principal...

Le mot fit réagir John Sutton qui semblait perdu dans une sombre rêverie. Il tressaillit, darda sur son visiteur un regard scintillant de larmes.

– La jalousie ? Oh, j'en conviens mais pas celle que vous imaginez. Je n'étais pas jaloux d'elle parce qu'elle me refusait son corps qu'elle galvaudait avec un larbin, mais pour une tout autre raison que je ne suis pas disposé à vous confier. Je vous donne le bonsoir, prince Morosini !

– Moi aussi. J'aimerais pouvoir vous souhaiter du même coup la paix de l'âme, bien que vous ne sembliez pas engagé sur le bon chemin pour y atteindre...

En dépit de la petite pluie fine qui semblait décidée à ne pas lâcher prise de sitôt, Aldo choisit de rentrer à pied. Il avait besoin de mettre un peu d'ordre dans ses idées et la marche lui était toujours apparue comme favorable à cet exercice. En outre la distance n'avait rien d'effrayant. Les mains au fond de ses poches, il partit d'un pas rapide à travers la lumière incertaine – la nuit tombait – d'où surgissait parfois la forme pyramidale d'un policeman casqué enveloppé de sa pèlerine. Quelques passants aussi, bien que, dans ce quartier aristocratique, on se déplaçât surtout en voiture.

Son entrevue avec Sutton lui laissait un goût amer. Ce qu'il venait d'entendre au cours de cette journée le laissait indécis, découragé, avec l'impression qu'un filet tissé de mensonges et de demi-vérités venait de s'abattre sur lui pour paralyser ses mouvements. Les images trop précises évoquées par le secrétaire le bouleversaient d'autant plus qu'il ne niait pas avoir tenté sa chance auprès d'Anielka. Quelle femme était-elle au juste ? Qui, de Ladislas ou d'elle, manœuvrait l'autre ? Et lui, Morosini, quel crédit pouvait-il accorder aux sentiments qu'elle affirmait lui porter ? Qu'attendait-elle de lui et jusqu'à quel point essayait-elle de le manipuler ? Toutes ces questions se bousculaient dans sa tête d'autant plus irritantes qu'il était impossible d'y apporter une seule réponse... Et dire que, tout à l'heure, en sortant de Brixton Jail, il était tellement heureux, tellement décidé à rompre des lances pour les yeux dorés de sa belle, à tout tenter pour lui venir en aide ! À présent, il hésitait sur la conduite à tenir.

Il lui revint à l'esprit une phrase de Chateaubriand que son précepteur, Guy Buteau, lui avait serinée durant son adolescence lorsqu'il restait indécis sur ce qu'il voulait faire : « Avancez si toutefois vous n'avez pas peur et n'aimez mieux fermer les yeux !... »

Fermer les yeux ? Il en était d'autant moins question qu'il se sentait presque aveugle. Alors avancer ? Mais dans quelle direction ?

Soudain la douleur l'envahit, presque physique tant elle était aiguë : celle que ressent tout homme atteint par le doute d'avoir donné son amour à une femme indigne. Il eut mal au point qu'il aurait pu crier et qu'il lui fallut s'arrêter, s'appuyer à un réverbère. Jamais il n'avait éprouvé ce sentiment de désespoir et d'impuissance! Même au moment de ses adieux à Dianora, quelques années plus tôt [1]. D'un geste brusque il arracha son chapeau et, les yeux clos laissa la pluie froide tremper sa tête. Les larmes qu'il ne pouvait retenir s'en trouvèrent noyées.

Une voix de femme lui fit ouvrir les yeux.

– Puis-je vous aider, monsieur ? Vous semblez souffrant...

L'inconnue était jeune, pas vilaine, et abritait sous un vaste parapluie un visage clair surmonté d'une toque en velours. Morosini réussit à lui sourire :

– Merci, madame! Cela va passer!... Une vieille blessure de guerre qui se rappelle parfois à mon souvenir.

Ni l'un ni l'autre n'eurent le temps d'en dire plus : sortant d'une limousine vert foncé qui venait de s'arrêter, un chauffeur en livrée noire s'était approché et prenait Morosini par le bras avec tant d'autorité que celui-ci, saisi à froid et dans un état de moindre résistance, ne trouva rien à objecter.

– Monsieur le prince ne devrait pas sortir par un temps pareil! Je l'ai déjà dit à monsieur le prince mais il ne m'écoute pas. Heureusement que je l'ai aperçu... dit ce serviteur dont le type mongol parut soudain familier à Morosini. Il l'entraînait vers la voiture. Aldo eut à peine le temps de jeter

1. Voir tome 1, *L'Étoile bleue.*

un dernier remerciement à la charitable Londonienne avant de se retrouver saisi par une main venue de nulle part, assis sur des coussins de velours au fond d'une puissante automobile et au côté d'un homme dont le visage disparaissait en partie sous le bord roulé d'un élégant chapeau, une paire de lunettes teintées et le col relevé d'une pelisse doublée d'astrakan ; mais ce qui attira d'abord le regard d'Aldo fut une canne d'ébène à pommeau d'or avec laquelle jouait une main gantée. Il fut si surpris qu'il en oublia provisoirement ses tourments :

– Vous ici ? souffla-t-il. C'est inattendu !

– En effet. Sachez que je ne suis venu que pour vous, et que nous vous suivons depuis que vous avez quitté votre hôtel.

– Mais... pourquoi ?

– Parce qu'en apprenant la mort de Ferrals j'ai craint ce qui arrive : l'amour que vous portez à la fille de Solmanski a commencé de vous détruire et mènera cette tâche à bonne fin si l'on ne vous aide pas.

– N'exagérez-vous pas un peu ? protesta Morosini. Moi, détruit ?

– Pas encore, mais ça va venir. Songez qu'en bien peu d'heures vous êtes passé du bonheur à la souffrance et au doute. Car vous souffrez. C'est écrit en toutes lettres sur votre visage.

Morosini haussa les épaules et fit toute une histoire de s'éponger la tête avec son mouchoir.

– Ce sont des choses qui arrivent ! soupira-t-il. Pour l'instant, j'ai bien peur de devenir idiot. Je ne sais plus qui croire ni que penser.

– Et si vous pensiez à autre chose ?

La voix profonde aux sonorités de violoncelle de Simon Aronov n'était que douceur, pourtant Aldo ressentit un reproche voilé qui le fit rougir.

– Vous me laissez entendre que je ne suis pas venu ici pour m'occuper des affaires de lady Ferrals et je ne peux pas vous donner tort, mais il y a du nouveau. Vous devez le savoir... et admettre que la mort de Harrison a changé bien des choses. Dans la situation où nous nous trouvons, Vidal-Pellicorne et moi, il m'a semblé qu'Adalbert suffisait pour tenter d'en savoir plus et que je pouvais me consacrer à celle...

– Qui vous a ensorcelé et pour qui, déjà, vous avez risqué votre vie. Vous êtes prêt à recommencer et je ne peux pas vous en blâmer : c'est une réaction humaine. En outre elle vous ressemble. Moi je vous demande de ne pas vous en mêler davantage... au moins pendant quelque temps. C'est trop dangereux !

– Dangereux ? Allons donc. J'ai agi jusqu'ici en accord avec le superintendant Warren à qui, d'ailleurs, je dois rendre compte de ce que j'ai pu apprendre. Où est le péril ?

– Au Claridge ! Solmanski vient de rentrer d'Amérique.

– Je le sais : je l'ai vu arriver hier chez son gendre et en ressortir furieux...

– Admettez qu'il y a de quoi : il revenait tranquillement afin d'assister à la vente du diamant, ravi sans doute d'avoir appris la mort de son gendre, ce qui allait lui permettre de récupérer à la fois le saphir, ou ce qu'il croit être l'original, et une belle fortune. Or c'est sa fille que l'on arrête et, quant à la Rose d'York, elle a disparu. Cet homme-là déteste les contrariétés !

– Je n'en doute pas, mais cela ne me dit pas en quoi je courrais un péril quelconque en essayant de découvrir le véritable meurtrier.

– Souvenez-vous de ce que je vous ai dit à Venise : dès l'instant où Solmanski vous retrouvera sur son chemin vous ne serez plus en sûreté. Comprenez donc que sa fille est son meilleur instrument et qu'il ne permettra à personne de s'interposer entre elle et lui !

– Je veux seulement m'interposer entre elle et la pendaison. Ne savez-vous pas qu'elle est perdue si l'on ne vient pas à son aide, qu'elle doit faire face à un accusateur acharné à sa perte et dont aucun avocat ne réussira à faire changer la déposition d'une virgule !

– Nous sommes d'accord mais... si vous laissiez Scotland Yard faire son métier ? Ils sont habiles ces gens-là et capables de mettre la main au collet du Polonais envolé. Ajoutez-y que Solmanski ne permettra jamais que l'on exécute, ni même que l'on condamne cette belle enfant. N'allez pas vous fourrer au milieu de tout ça. D'ailleurs ne m'avez-vous pas dit, il y a un instant, que vous ne saviez plus qui croire ?

– C'est vrai, je l'ai dit, mais vous ne pouvez pas comprendre !

– Alors expliquez-moi ! soupira Simon Aronov. En ce qui me concerne je ne suis pas pressé et Wong peut faire encore deux ou trois fois le tour de Hyde Park ! Vous avez vu trois personnes aujourd'hui. Peut-être pourrais-je vous aider à y voir plus clair si vous consentiez à me confier ce qu'elles vous ont raconté.

– Après tout... pourquoi pas ?

Aldo savait raconter sans se noyer dans les détails. Il réussit à relater ses trois entretiens sans se laisser envahir à nouveau par l'angoisse de tout à l'heure.

– Eh bien, dit-il enfin, qu'en pensez-vous ? Quelle version est la bonne ? Qui dit la vérité ?

– Personne et tout le monde. Chacun s'accroche à « sa » vérité et la déguise selon son tempérament. Le secrétaire se complaît dans son rôle de vengeur au point de ne pas nier sa frustration sexuelle, mais il est difficile de croire qu'un simple patron puisse inspirer un sentiment justifiant un tel acharnement ; la fidèle servante vit dans la nostalgie des amours adolescentes de sa jeune maîtresse. Quant à lady Ferrals, votre visite inattendue a dû lui faire l'effet de l'apparition miraculeuse du Chevalier au Cygne. Elle a compris que vous l'aimiez toujours, et sans doute son récit s'en est-il ressenti. Peut-être même de façon inconsciente : elle est encore très jeune.

– Vous ne voulez pas croire qu'elle m'aime ?

– Si. Pourquoi pas ? Je suppose qu'elle vous aime... aussi ! Mais ne vous cramponnez pas à cette seule idée ! Vous y perdriez votre âme... et peut-être la vie. Croyez-moi ! Achevez ce que vous avez commencé en rendant compte au superintendant de votre visite à la prison puis retirez-vous de cette affaire-là ! Au moins pour un temps. C'est la piste du diamant qu'il faut suivre tant qu'elle est encore chaude !

– La piste ? Mais nous n'en avons aucune puisque la pierre pour laquelle on a tué est fausse !

– C'est peut-être en cherchant la fausse que vous avez le plus de chances de trouver la vraie. Que fait Adalbert en ce moment ?

– Il passe son temps en compagnie d'un petit journaliste miteux qui a eu la chance de voir sortir les assassins. Des Chinois à ce qu'il paraît, ajouta Aldo avec un coup d'œil vers le chauffeur.

– Tous les Asiatiques ne sont pas chinois, mais votre journaliste ne fait sans doute pas la différence : ainsi Wong vient du pays du Matin calme. C'est un Coréen. Cela dit, je pense qu'Adalbert a raison de s'attacher aux moindres informations.

– Et je ferais mieux d'en faire autant, fit Morosini en retrouvant pour la première fois un vague sourire. Mais, après tout, pourquoi croyez-vous qu'en recherchant la fausse pierre on tomberait sur la vraie ? Il n'y a aucune raison pour ça : on a tué Harrison pour s'approprier ce que l'on croyait être le joyau du Téméraire, un point c'est tout.

– À moins que, la campagne de lettres anonymes n'ayant rien donné, celui que nous recherchons n'ait trouvé ce moyen simple et pratique de retirer de la circulation un objet irritant sans se démasquer.

– Auquel cas, il l'aura détruit et nous ne retrouverons rien !

Le Boiteux eut un petit rire doux et indulgent.

– Connaissez-vous si mal vos clients et confrères, les amoureux passionnés des joyaux anciens ? Ce qui a été volé est une copie mais tellement belle, tellement réussie ! Si le propriétaire du vrai diamant est à l'origine du meurtre, il n'aura pas le courage de s'en séparer mais la gardera... à titre de curiosité ! Aussi soigneusement que l'original !

– Je devrais savoir que vous avez réponse à tout, fit Aldo sans parvenir à masquer sa mauvaise humeur. Cependant, rien ne dit que l'objet en question soit encore en Angleterre. Si même son demi-frère s'y trouve. L'emploi d'Asiatiques...

– ... est la chose la plus aisée à Londres pour qui a les moyens de payer. Les bas quartiers de la Tamise sont bourrés de Chinois et de la lie jaune ou noire de l'Empire. De toute façon, le parcours du diamant jusqu'à nos jours indique que l'Angleterre a toujours eu ses préférences...

– Vous le connaissez, ce parcours ? En ce qui me concerne je n'en sais pas grand-chose : il était le motif central d'un joyau de belle taille représentant les armes de la maison d'York et que l'on appelait la Rose blanche, disparue avec d'autres bijoux pillés dans le camp du Téméraire après la bataille de Grandson en 1476. La ville de Bâle en aurait acheté secrètement quelques-uns, en dépit de l'accord passé avec les autres cantons qui souhaitaient réunir le trésor entier. Par la suite, Bâle aurait revendu aux Fugger d'Augsbourg.

– Pas «aux » Fugger ! À Jacob Fugger, l'homme le plus riche d'Europe à cette époque, celui de la branche « au lys » qui se distinguait de ceux de la branche « à l'écureuil » moins argentés, mais déjà le diamant formant la fleur elle-même avait été extrait de l'ensemble. Cependant, la pierre était si belle que Jacob refusa de la vendre et c'est son neveu Mathias qui, après sa mort, la céda à Henry VIII d'Angleterre en même temps qu'un rubis ayant aussi appartenu au duc de Bourgogne.

Le diamant demeura dans les bijoux de la couronne anglaise jusqu'à Charles Ier qui l'offrit à son favori, George Villiers, duc de Buckingham, pour le remercier d'avoir mené à bien les négociations de son mariage avec Henriette de France. La Rose d'York – c'était désormais son nom ! – passa au second duc et c'est chez lui que la trace disparaît. Un bruit de cour prétend qu'il le perdit en jouant aux cartes contre l'actrice Nell Gwyn, alors favorite du roi Charles II et enceinte du fils qu'elle allait lui donner en cette année 1670. L'un des nombreux bâtards de ce souverain trop ami des plaisirs et qui ne réussit jamais à obtenir un héritier de sa femme Catherine de Bragance...

– Pourquoi ne serait-ce pas la vérité ? Cela me paraît tout à fait plausible. Et depuis, on ne sait plus rien ?

– Pas grand-chose en tout cas : la pierre aurait réapparu à deux ou trois reprises dans les mains d'usuriers qui, pour être juifs, n'en ignoraient pas moins la tradition du pectoral, mais une chose est certaine : depuis le XVIIe siècle, elle n'a jamais quitté cette île.

– Vous pourriez avoir raison. Vous savez sans doute comment le vol chez Harrison a été possible ?

– J'avoue que je n'en connais pas les détails. Ce meurtre m'a pris au dépourvu.

– Eh bien, les assassins ont dû apprendre, par je ne sais quelle indiscrétion, qu'une très vieille et très noble dame souhaitait voir le diamant en privé avant qu'il ne soit porté chez Sotheby's. Ils sont entrés sur ses talons ou peu s'en faut. Elle a eu tout juste le temps de s'enfuir avec l'aide de sa suivante et de rentrer chez elle où elle s'est alitée. Or, ce qui me frappe dans votre récit est que cette dame s'appelait lady Buckingham.

Aronov eut une exclamation.

– Lady Buckingham ? Vous êtes sûr ?

– Il n'y a aucun doute. Harrison n'aurait pas accepté cette visite pour une personne quelconque.

– Vous me surprenez beaucoup, mon ami. Il se trouve que je connais cette dame. Je crois bien me souvenir qu'elle est non seulement fort âgée mais paralysée des jambes.

– D'après ce qu'on m'a dit, on la portait plus qu'elle ne marchait et il arrive que sous le coup d'une forte émotion le corps puisse fournir un effort particulier. Or elle souhaitait pouvoir admirer cette pierre qui avait appartenu à son ancêtre.

– Mmmm... oui ! Cela me paraît tout de même bizarre. Je sais bien que la marquise vit tout à fait retirée depuis qu'elle se considère comme une ruine – elle a été fort belle autrefois ! –, qu'elle ne reçoit jamais personne et que, même, on l'a pour ainsi dire oubliée, mais il me semble que, eu égard à son nom, à son rang et à son état de santé, elle pouvait obtenir facilement de Harrison qu'il se dérange pour exaucer son vœu.

– C'eût peut-être été imprudent ! Surtout si elle habite assez loin. Et puis il aurait fallu une escorte de police et toute cette agitation pouvait attirer la presse devant sa porte. Or, si elle souhaite l'ombre et le silence...

– Vous avez probablement raison, admit le Boiteux, mais il faut tout de même que j'essaie d'en savoir davantage.

– Vous pensez à une imposture ? C'est impossible : elle avait sa voiture, ses serviteurs...

– Sans doute, sans doute... cependant il faut que j'en aie le cœur net. Revenons à vous. Puis-je espérer que vous allez à présent vous consacrer à la recherche de la Rose ?

– Bien entendu, mais si je dois pour cela abandonner lady Ferrals...

– C'est pourtant ce que vous ferez, prince Morosini !

La voix de velours sombre venait de se charger soudainement d'une impérieuse volonté.

– Dans l'île de San Michele et dans le mausolée de vos pères, je vous ai offert de vous rendre votre parole. Vous avez refusé avec beaucoup de noblesse et je n'en ai pas été surpris. À présent, il n'est plus temps de vous retirer.

– Mais je ne le souhaite pas ! s'écria Aldo mortifié. Il est peut-être possible de mener les deux affaires de front.

– Non. Je viens de vous le dire, il n'est pas bon que vous retombiez dans le champ de vision de Solmanski. Pour l'instant – et même si vous trouvez que c'est de mauvais goût – il a d'autres chats à fouetter que de courir après une pierre au risque de se cogner à la police. Il faut en profiter. Me comprenez-vous ?

– Oh, c'est très clair et, soyez tranquille, je ne faillirai pas ! Cependant, s'il m'est donné de découvrir un fait pouvant lui être utile, vous ne m'empêcherez pas d'en faire usage. Ni vous ni personne ! affirma Morosini têtu.

De nouveau, le masque impassible du Boiteux s'éclaira d'un sourire teinté d'ironie.

– Je ne vous ai jamais demandé de vous arracher le cœur ! Mais comme j'éprouve pour vous estime et amitié, je crains que vous n'y parveniez un peu trop vite et j'essaie de vous défendre contre vous-même. À présent je dois vous quitter. Vous ramènerai-je à votre hôtel ?

La voiture venait de tourner Hyde Park Corner pour s'engager dans Piccadilly.

– Non. Laissez-moi ici ! Je suis presque arrivé et peut-être vaut-il mieux que cette automobile ne s'arrête pas devant les lumières du Ritz. Restez-vous à Londres encore quelque temps ?

– Je ne séjourne jamais à Londres.

Soudain, Simon Aronov se mit à rire :

– Votre envie d'être débarrassé de moi est transparente, mon cher prince ! Vous allez avoir toute satisfaction. Jusqu'au revoir !...

Les deux hommes se serrèrent la main en silence. Un instant plus tard, ayant déposé son passager, la Daimler effectuait un impeccable demi-tour et s'éloignait sur l'asphalte mouillée dans un bruit de soie déchirée. Debout sur le trottoir sablé qui longeait Green Park, Morosini la regarda se fondre dans la nuit.

Dans le hall de l'hôtel régnait une agitation inhabituelle. La vente chez Sotheby's venait d'avoir lieu mais, bien que proposant quelques pièces de valeur, elle s'était révélée plutôt décevante en raison de la dramatique disparition du joyau vedette. Aussi nombre d'amateurs étrangers descendus au

Ritz échangeaient-ils leurs impressions tout en se préparant au départ. L'opinion générale était la suivante : puisque nul ne savait quand reparaîtrait le diamant et si même on le retrouverait un jour, le mieux était de ne pas perdre plus de temps, de rentrer chacun chez soi et d'y attendre d'éventuelles nouvelles. Tout le monde parlait à la fois, la vaste salle brillante de lumières et si harmonieusement ornée de plantes vertes et de fleurs ressemblait à un jardin habité par une centaine d'oiseaux babillards.

Au milieu de cette foule, Adalbert Vidal-Pellicorne avait l'air de jouer les chefs d'orchestre. Il s'efforçait d'inciter ces messieurs à faire confiance à l'inégalable Scotland Yard qui ne désespérait pas, selon les derniers bruits, de remettre rapidement la main sur le bijou envolé. Cela, bien sûr, pour ceux qui venaient de loin : outre-Atlantique, Afrique du Sud, voire les Indes.

Debout au milieu d'un groupe de quatre personnes, il discourait avec une assurance qui amusa Aldo mais jugeant que son ami perdait son temps, il le rejoignit et l'entraîna à l'écart, non sans avoir distribué avec nonchalance excuses et saluts.

– Qu'est-ce qui te prend de vouloir à tout prix que ces gens restent là ? Tu défends les intérêts de la maison Sotheby's à présent ?

– Pas du tout ! Je défends les nôtres : tant qu'il croira qu'une meute importante est prête à se jeter sur la fausse pierre, le propriétaire de la vraie ne sera pas tranquille. Il croira que la presse cache des informations et se laissera peut-être aller à un faux pas... Tu as eu tort de ne pas me laisser continuer...

– Ne dis pas de sottises ! Tous ces gens sont sans intérêt, même s'ils sont très riches !

– Ah, tu crois ça ?... Regarde un peu celui qui se dirige en ce moment vers les ascenseurs... ce grand type habillé de gris qui ressemblerait assez à un clergyman s'il n'était si élégant. Sais-tu qui il est ?

– Comment veux-tu ? Je ne suis pas devin.

Avec un large sourire, Adalbert, la mine gourmande, détailla alors :

– C'est un banquier suisse, mon cher, un Zurichois dont tu connais très bien la femme. Un peu trop bien même.

– Moritz Kledermann ? C'est lui ?

– En personne ! Et habité par ce qu'il considérait comme un devoir sacré : rapporter dans son pays la pierre du Téméraire indûment subtilisée jadis aux cantons par la rapacité de Bâle ! Autant dire qu'il était prêt à payer le prix fort !

Morosini ne répondit pas : il examinait avec attention le personnage qui, à quelques pas de lui, attendait calmement l'ascenseur en pensant qu'il ne l'imaginait pas du tout comme ce quinquagénaire aux traits fins et intelligents sous un grand front dont les cheveux, d'un blond grisonnant, se retiraient en découvrant un crâne puissamment modelé. Sans s'être jamais beaucoup soucié de ce que pouvait être le mari de son ancienne maîtresse, il le croyait plus lourd, plus massif, plus... suisse! En vérité, Dianora n'avait pas, en l'épousant, fait preuve de mauvais goût! Cet homme avait autant d'allure sinon plus que la plupart des gentlemen présents.

– Dire qu'il pourrait être mon beau-père! pensa-t-il amusé en se souvenant de la proposition matrimoniale de son notaire vénitien au jour de son retour à Venise après la guerre. Si sa fille lui ressemble, j'ai peut-être eu tort de ne pas au moins demander à la voir...

– Tu veux que je te le présente? proposa Vidal-Pellicorne qui jouissait de la surprise de son ami.

– Surtout pas! Il est seul ici? ajouta Morosini saisi d'une soudaine inquiétude.

– Seul! Réfléchis un peu: si la belle Dianora était au Ritz ou même simplement à Londres, ça se saurait! Elle n'est pas femme à laisser sa lumière sous le boisseau. Maintenant, dis-moi un peu comment s'est passée ta visite à la prison.

– Bien... Enfin, à peu près, mais j'ai vu beaucoup plus de monde que tu ne l'imagines. Après Anielka, j'ai rencontré Wanda sa femme de chambre et j'ai rendu visite à John Sutton. Et tous trois m'ont donné des récits si différents que je ne sais plus trop où j'en suis. Pour finir j'ai fait une promenade en voiture avec Simon Aronov.

– Il est ici?

– On dirait. Il m'a enlevé dans une voiture verte

conduite par un chauffeur coréen. Selon lui c'était pour mon bien et il m'a littéralement lavé la tête. Ce qu'il veut, c'est que je cesse de m'occuper de l'affaire Ferrals.

– Il n'a pas tort. Ce n'est jamais bon de courir deux lièvres à la fois. Mais viens me raconter tout ça au bar en buvant quelque chose de réconfortant ! Tu es trempé. Et tu n'as pas l'air bien.

Avec une délicatesse quasi paternelle, Adalbert aida son ami à ôter son vêtement mouillé qu'il remit à un valet, avant de l'emmener dans un coin tranquille.

– Raconte ! dit-il après avoir passé commande au barman.

Quand ce fut fini, il considéra Morosini d'un œil perplexe puis, repoussant la mèche blonde qui s'obstinait à lui retomber sur le nez :

– Qu'est-ce que tu éprouves ? demanda-t-il.

Aldo, qui buvait distraitement son whisky, haussa les épaules, le regard ailleurs.

– Je n'en sais.rien... sinon peut-être une grande fatigue.

– Alors, si tu veux m'en croire, suis le conseil de Simon. Pour être ainsi sorti de l'ombre, il faut que tu l'inquiètes et je ne suis pas loin de partager son souci. Tu n'as aucun moyen de voler au secours de la belle captive. En revanche, Warren n'en manque pas. Raconte-lui ton entrevue puis laisse-le chercher le Polonais. Si tu t'en mêles, tu risques d'intervenir à contretemps dans son enquête.

Tout cela était marqué au coin de la saine raison. Morosini en convint volontiers : il promit de laisser les investigations policières suivre leur cours sans intervenir.

– Bravo ! s'écria Adalbert tout sourire retrouvé en choquant son verre contre celui de son ami. Pour la peine, je vais te procurer de la distraction : cette nuit, nous allons jouer Shakespeare chez les Chinois !

– Les Chinois ? D'où sors-tu cette idée ? C'est encore Bertram ?

– Exactement ! Il croit avoir une piste mais il aimerait bien que nous allions l'explorer avec lui.

– Pourquoi ? Il a peur ?

– Mm... C'est un peu ça. Essaie de comprendre : Cootes est un garçon normalement courageux dans la plupart des circonstances mais il a des Chinois une frousse horrible. La seule idée de tomber dans leurs pattes lui donne la nausée : il se voit déjà soumis à l'un de leurs mille supplices tellement ingénieux ; livré aux rats, par exemple, ou découpé vivant en menus morceaux par un couteau savant. Alors, aller traîner seul et de nuit à Limehouse, leur quartier, ça ne lui dit rien du tout.

Aldo se mit à rire.

– Le fait est que cela n'a rien de réjouissant. On le retrouve où ?

– Dans un bistrot du Strand où il a ses habitudes. En attendant, je te propose un bon dîner pour aborder l'aventure en pleine forme. Ici de préférence où l'on n'a rien à craindre de la nourriture.

– Excellente idée! On va aller se changer.

– Pendant que j'y pense et à propos de nourriture, nous sommes invités après-demain soir chez la duchesse de Danvers. Enfin, toi tu es invité : elle désire te présenter à une amie américaine qui veut te rencontrer et comme c'est une femme bien élevée, elle m'a convié aussi. Je te servirai de suivante! conclut-il avec sa bonne humeur habituelle.

Morosini qui était en train d'achever son whisky fit la grimace :

– Une Américaine? L'idée ne m'enchante guère. La plupart de ces gens-là possèdent beaucoup d'argent mais assez peu de goût. Et quand il s'agit d'antiquités, ils mélangent tout.

– Bof! Tu ne risques pas grand-chose. Une femme? Elle veut sûrement te parler bijoux. Ça m'étonnerait qu'elle te demande une commode Louis-XV. Et puis, je serai assez content de passer une soirée dans la haute aristocratie anglaise. C'est un milieu que je connais peu... ou pas du tout!

– Toi, tu serais snob?

– Pas vraiment, mais je t'avoue que le voisinage d'un palais royal, d'une cour, d'un apparat que nous ne connaissons plus m'émoustille. Ça change agréablement de nos ministres qui ont toujours l'air de porter le deuil. Sans compter que les réceptions à l'Élysée sont accablantes...

– Je ne vais pas te refuser ce plaisir. On ira!

CHAPITRE 4

CHINATOWN

– ... alors ce gosse m'a dit : « Si vous me donnez dix livres, je vous dirai où vous pourrez trouver les assassins du bijoutier. » Dix livres ! Où voulait-il que je les trouve ? Alors j'ai pensé à sir Vidal – le reste du nom ne devait pas passer facilement et fut avalé – et je suis venu le demander à votre hôtel. Par chance il était là : ces gens de la réception ont une façon de vous regarder comme si vous étiez une épluchure oubliée par la femme de ménage ! Mais le gosse a eu ses dix livres et moi mon renseignement.

Assis en lapin au fond du taxi entre Adalbert et Aldo, Bertram Cootes donnait ses sources.

– Dix livres c'est déjà une somme, observa Morosini. Qu'est-ce qui vous faisait croire que le gamin ne vous menait pas en bateau ?

Le journaliste haussa ses épaules dodues :

– J'en sais rien ! Ses yeux, je crois, quand il m'a dit que je pouvais lui faire confiance. D'ailleurs, il a tout lâché tout de suite : les meurtriers sont les frères Wu, Han et Yen. Ils travaillent de temps en temps aux West India Docks et fréquenteraient le Chrysanthème rouge, une maison de thé crasseuse située au bout de Limehouse Causeway.

– C'est déjà difficile à croire. Les hommes qui sont entrés chez Harrison étaient, d'après votre propre récit, élégants, bien habillés et dans une Daimler avec chauffeur.

– Vous ne pensez tout de même pas qu'ils travaillent pour leur propre compte! s'insurgea Bertram qui enchaîna aussitôt sur le ton de la déclamation : « L'ornement c'est l'apparence de vérité que revêt un siècle perfide pour duper les plus sages... »

– C'est quoi, ça? grogna Morosini agacé.

– Euh... *Le Marchand de Venise*, rôle de Bassanio, scène... je veux dire par là que seule l'apparence compte. Si celui qui les a envoyés le souhaitait, ils auraient mené train de prince, tout dockers qu'ils soient. Un homme riche qui règne sur les maisons de jeu et les fumeries d'opium clandestines. Autant dire sur tout le peuple coloré de l'East End. Des légendes courent même sur lui...

– Encore un homme invisible? fit Aldo qui pensait à Simon Aronov avec une vague rancune.

– Pas du tout. Il s'appelle Yuan Chang et il tient une boutique de prêt sur gages et de brocante dans Pennyfields. Pour ce que j'en sais, il serait un un vieillard sage, prudent, paisible, qui ne parle pas beaucoup. On dit qu'il est puissant, que sa fortune est grande et que la police le ménage parce qu'il lui arrive de rendre quelques services.

– Si c'est lui qui a commandité le meurtre de Harrison et volé le joyau, la police aurait tort de continuer à le protéger.

– J'ai dit la police, pas Scotland Yard. Ainsi je crois savoir que Warren donnerait cher pour le pincer en flagrant délit, mais faut pas rêver : ce n'est pas près d'arriver.

– Et si nous parvenons à capturer les frères Wu ?

– Ils ne parleront pas. Ils aimeront mieux se laisser passer la corde au cou plutôt que dénoncer leur patron parce qu'ils savent que ce serait le Paradis à côté du genre de mort que les gens de Yuan Chang leur réserveraient s'ils avaient la langue trop longue.

Aldo chercha une cigarette, l'alluma et grogna :

– Dans ces conditions, qu'allons-nous faire à Limehouse ?

– C'est pourtant limpide, marmotta Adalbert. Essayer d'apprendre quelque chose sur la Rose d'York.

– C'est bien ce que je dis : c'est du temps perdu. Si comme nous le pensons elle est entre les mains de ce Chinois, il a dû la faire disparaître sans espoir de retour.

– C'est pas obligé ! s'écria Bertram. Le fameux diamant est sans intérêt pour Yuan Chang. On dit qu'il possède des trésors cachés mais qu'il ne s'occupe jamais que de pièces chinoises, mongoles, mandchoues, tout ce que vous voudrez ! Le Téméraire et même les rois d'Angleterre, ça ne représente rien du tout pour lui sinon des étrangers peu recommandables ! Il en a rien à faire de la Rose d'York ! Quant à travailler pour quelqu'un d'autre, européen ou américain, il faudrait vraiment qu'il y ait une raison exceptionnelle : même les joyaux de la Couronne ne le décideraient pas ! Évidemment, les frères Wu ont peut-être décidé, eux, de s'offrir un extra !

– Et voilà pourquoi votre fille est muette ! conclut Adalbert entre ses dents, avant d'ajouter : De toute façon, ça ne nous fera jamais qu'une soirée un peu pittoresque ! Demain on passera à un autre genre d'exercice...

En dînant, les deux amis s'étaient tracé une nouvelle ligne de conduite : se partager de fastidieuses recherches d'archives, en particulier à Somerset House où l'administration britannique de l'Enregistrement conserve les testaments, avec un soin particulier pour ceux de Nelson, de Newton et de William Shakespeare. Ou encore au Public Record Office, dans l'espoir insensé de trouver une trace de la vraie pierre mais sans se faire d'illusions : autant chercher une aiguille dans une meule de foin !

À la hauteur de Stepney, on quitta Commercial Road pour plonger vers le sud. Le taxi cahotait à présent sur les pavés disjoints d'une rue étroite et sombre qui en rejoignait une autre, un peu plus large, nommée Narrow Street. À cet instant, le chauffeur du taxi saisit le tube acoustique permettant de converser avec l'intérieur de la voiture et déclara :

– J' n'aime pas beaucoup c' quartier, gentlemen ! Vous pensez en avoir pour longtemps ? C'est pas un endroit sain.

– On n'en sait rien ! répondit Bertram qui, assuré d'une escorte vigoureuse, devait se sentir l'âme d'un paladin. Est-ce que vous auriez peur ?

Le ton dédaigneux n'eut d'autre effet que de renforcer l'accent cockney du chauffeur qui devait avoir le cuir épais.

– Je n'ai aucune envie de rester seul dans ce coin pourri. On n'est plus en Angleterre ici, on est en Chine et un couteau entre les deux épaules ça ne me tente guère... Et puis vous êtes presque arrivés.

– On vous paiera triple course s'il le faut mais vous attendrez, dit sèchement Morosini. Quand nous serons à destination, vous rangerez votre voiture dans un endroit où elle n'attirera pas l'attention et vous patienterez. Vous ne serez pas longtemps seul ! ajouta-t-il avec un coup d'œil à Bertram qui soufflait dans ses mains en remontant les épaules comme si l'on était en plein hiver. Lui non plus ne devait pas se sentir très à son aise.

– Bon, d'accord ! fit l'autre de mauvaise grâce, mais vous êtes trois et j'aimerais bien qu'il y en ait un qui reste !

– Eh bien, dites donc ! grogna Adalbert. Si tous

les Anglais étaient comme vous on n'aurait pas gagné la guerre!

Après avoir franchi le pont enjambant Regent's Canal, le taxi s'arrêta un instant près de la Tamise tandis que Bertram descendait pour inspecter les alentours. La pluie ne tombait plus mais une brume en formation sur le fleuve menaçait de se changer en brouillard. À cause de l'humidité pénétrante, il faisait presque froid. L'air sentait le charbon, la tourbe, la vase surtout dont l'odeur épaisse envahissait tout. La marée approchait de l'étale et le fleuve apparaissait comme une vaste étendue d'eau plate, où se reflétaient à peine les fanaux des bateaux à l'ancre. Les formes massives d'un train de péniches à l'arrêt, de quelques bateaux de commerce et de barges plus ou moins chargées surgissaient des écharpes d'un gris blanchâtre. La sirène d'un remorqueur trouait la nuit quand le journaliste revint dire qu'il y avait une petite impasse un peu avant le Chrysanthème rouge. Il s'offrit de guider le taxi tandis que ses deux compagnons mettaient pied à terre pour s'engager dans une ruelle où il n'y avait plus de pavés mais de la boue. Des constructions basses, lépreuses, la bordaient. L'une d'elles arborait une esquisse de toit retroussé à la mode asiatique, d'autres des panneaux portant des inscriptions chinoises dont l'élégance ne parvenait pas à ennoblir cette artère misérable.

De rares ombres passaient, furtives, à petits pas

rapides, emballées dans de longs habits informes qui avaient l'air de prolonger le sol détrempé, courbant le dos dans le brouillard qui les avalait vite.

Par instants, la lueur diffuse d'un quinquet faisait luire une face jaune et il fut vite évident que l'unique centre d'activité de la rue nocturne était la taverne aux fenêtres éclairées mais tellement sales que la lumière intérieure les perçait à peine. Des silhouettes d'hommes ou de femmes – comment faire la différence dans cette obscurité ? – entraient ou sortaient. Mais il était tard déjà et elles se raréfiaient.

Le taxi dûment abrité et tous feux éteints, deux de ses occupants – Aldo et Bertram – en descendirent. Adalbert ayant accepté momentanément de tenir compagnie au craintif conducteur. Ils se dirigèrent vers la porte basse au-dessus de laquelle une lanterne rougeâtre grinçait en se balançant. À présent il n'y avait plus personne dans la rue.

Avant d'entrer, Morosini alla jeter un coup d'œil à travers celui des carreaux qui lui semblait le moins crasseux. À sa grande surprise, il constata que la salle basse, meublée d'un comptoir, de quelques tables en bois, et éclairée par des lampes à pétrole, était à peu près vide. Deux hommes étaient attablés dans un coin avec entre eux une théière et des bols. Derrière le comptoir un autre Chinois somnolait, les mains au fond de ses manches de cotonnade bleue.

Faisant un pas de côté, il fit signe à Bertram Cootes de regarder à son tour puis chuchota :

– Nous avons vu entrer au moins six personnes. Où sont-elles passées ?

– Il doit y avoir une autre salle. Derrière le rideau qu'on voit au fond, ou alors à la cave... Une fumerie peut-être, ou une salle de jeu. À moins que ce ne soit les deux !

– C'est ce que je pensais. Autrement rien ne s'expliquerait : il est à peu près aussi excitant qu'une salle d'attente de gare, votre Chrysanthème rouge...

– En tout cas une chose est certaine : les deux buveurs de thé ne sont pas les frères Wu ! Que fait-on à présent ?

– Rien ! On attend !... Vous êtes certain qu'il n'y a pas une autre issue ?

– Comment voulez-vous que je le sache ? Ce n'est pas mon lieu de promenade préféré... Et si vous voulez attendre, on ferait peut-être mieux de s'écarter : quelqu'un peut venir et nous voir épier.

– Retournez à la voiture, fit Morosini agacé. Je vais voir s'il est possible de faire le tour de cette baraque.

Sans attendre la réponse, il s'enfonça un peu plus dans la rue, scrutant l'ombre dans l'espoir de découvrir un passage et, soudain, retint une exclamation satisfaite : à quelques mètres de la porte, un étroit boyau filait vers le fleuve qu'un vague reflet signalait. Il faisait noir dans cette espèce de crevasse mais ses yeux s'accoutumaient vite à l'obscurité. Marchant avec précaution et tâtant l'un des murs d'une main, il se dirigea vers le reflet.

Tout était silence. On n'entendait que le léger clapotis de l'eau et le sourd et lointain grondement de Londres. Bientôt l'explorateur fut au bout du chemin. Ce fut pour s'apercevoir qu'une barrière branlante le fermait. Il la secoua, constata qu'elle était ouverte et se trouva sur un quai large d'environ un mètre où aboutissait un escalier de pierre descendant à la Tamise. Il voyait nettement plus clair à présent et n'hésita pas à s'aventurer sur les marches glissantes.

Son intention était de descendre aussi bas que possible afin d'obtenir une vue d'ensemble de la maison côté rivière. À mi-chemin environ il s'arrêta, se retourna et vit que les deux étages étaient presque aveugles, à l'exception d'une fenêtre carrée où adhéraient encore des morceaux de vitres et, à la hauteur du sous-sol, de deux soupiraux assez larges, fermés par des grilles et disposés de part et d'autre d'une sorte de petit tunnel rond dans lequel l'eau devait pénétrer aux fortes marées. Dans l'état actuel du fleuve, le flot s'en tenait à un bon pied. L'impression générale était lugubre, surtout dans la nuit ; l'aspect plutôt anodin de la taverne côté face disparaissait, laissant place à la vague évocation d'une forteresse assez sinistre.

– J'aimerais bien faire un tour là-dedans ! pensa Aldo. Quelque chose me dit que ça pourrait être instructif, mais comment ?

L'idée lui vint que le trou rond offrait le seul

moyen de pénétrer dans les entrailles du Chrysanthème rouge. Encore fallait-il se procurer une embarcation...

Il allait remonter afin d'étudier la question quand soudain un bruit de voix étouffé lui arriva par le plus proche soupirail. Des gens parlaient tous à la fois comme si, après un moment d'attente, ceux qui étaient là commentaient ce qui venait de se passer, les uns avec satisfaction les autres sur un ton déçu. Du coup, Morosini acquit la certitude qu'il y avait là un tripot clandestin. Restait à savoir s'il était réservé aux Jaunes ou s'il était possible de s'y faire admettre.

Tandis que, songeur, il rebroussait chemin, le bruit d'un moteur se fit entendre, lui causant une soudaine inquiétude : le chauffeur de leur taxi aurait-il décidé de repartir en les abandonnant à leur sort ? Avec un pareil froussard on pouvait s'attendre à tout mais il n'en était rien. En tournant le coin du boyau, il se heurta à Adalbert lancé à sa recherche et qui l'entraîna vers leur voiture sans dire autre chose que : « Viens par ici ! » Ce fut une fois dans l'impasse que les explications arrivèrent :

– Il y a du nouveau, souffla l'archéologue. Tu n'as pas entendu un bruit de voiture ?

– Si, mais...

– Il y en a une au bout de la rue, garée elle aussi dans un coin tous feux éteints. Elle a amené une femme qui est entrée dans la taverne...

– Et alors ? Ce n'est pas la première.

– Avec cette allure, si ! Je n'ai vu qu'un manteau de fourrure noire porté sur des jambes fines et une tête enveloppée d'une voilette épaisse, mais je jurerais qu'elle est jeune et peut-être jolie...

– Qu'est-ce que ce genre de créature pourrait venir faire ici ?

– C'est bien ce que j'aimerais savoir. Je flaire là une odeur de mystère qui m'émoustille et je te propose d'attendre qu'elle ressorte.

– À condition qu'elle ne reste pas trop longtemps ! J'ai trouvé un moyen d'entrer dans la maison par le fleuve mais il faudrait une barque... Si les frères Wu sont quelque part, c'est sûrement là. Je parierais qu'il y a une salle de jeu.

– On n'aura pas le temps de faire tout ça cette nuit et puis si tu veux mon sentiment, j'aimerais autant qu'on se trouve un chauffeur de taxi qui n'ait pas le foie blanc ! C'est toujours dangereux, un trouillard, et dans l'état actuel des choses on en a deux !

– Oui mais ton Bertram on en a besoin. Il sait à quoi ressemblent les frères Wu. Pas nous.

Adossés au capot de la voiture qui leur apportait un peu de chaleur, les deux hommes laissèrent le temps couler. Nerveux, Aldo allumait une cigarette à la précédente sans parvenir à calmer son impatience et même un début d'irritation. Que faisaient-ils dans cette ruelle sordide à guetter une inconnue alors qu'il y avait certainement mieux à faire ? Il se consolait en pensant que, la partie terminée, les joueurs quitteraient le Chrysanthème et que leur gibier se trouverait peut-être parmi eux. Auquel cas, il n'y aurait plus qu'à les suivre. En attendant, il commençait à se sentir les jambes raides. À l'intérieur du taxi, Bertram et le chauffeur se tenaient cois. Endormis peut-être ?

– La voilà ! souffla soudain Vidal-Pellicorne.

La porte de la taverne venait en effet de s'entrouvrir pour livrer passage à une silhouette féminine : celle décrite auparavant par l'archéologue. Une bonne description, d'ailleurs ! Il s'agissait d'une femme jeune appartenant à la haute société. Cela se voyait à son allure. On se disposa à la suivre de loin en évitant le bruit autant que possible.

S'éloignant de la faible lumière dispensée par la lanterne rouge, l'inconnue marchait lentement, avec de grandes précautions pour éviter à ses hauts talons de lui tordre les chevilles dans les ornières et autres pavés déchaussés de la rue. Et, soudain, elle s'abattit en poussant un cri : sorties on ne savait d'où, deux ombres venaient de l'attaquer.

Un même élan précipita Aldo et Adalbert à son secours : quelques secondes et ils tombaient avec ensemble sur les agresseurs qu'ils arrachèrent à leur victime. Surpris par ce secours inattendu et peu désireux d'entamer un combat de boxe en règle avec ces redresseurs de torts inopinés – le poing de Morosini était entré un peu rudement en contact avec une mâchoire qui devait en souffrir –, ils leur glissèrent entre les mains et partirent à fond de train sans demander leur reste. L'espace d'un instant et ils avaient complètement disparu. Agenouillé auprès de la femme qui gisait inerte sur le sol, évanouie sans doute, Aldo essayait de dégager le voile qui enveloppait sa tête, n'osant pas trop tirer sur le tissu enroulé autour d'un cou qu'il sentait fragile.

– Bon sang, gronda-t-il. On n'y voit rien dans ce trou. Tu n'aurais pas ta lampe, Adal ?

Celui-ci, qui s'était lancé un instant à la poursuite des malandrins, revenait. Il s'accroupit auprès de son ami et dirigea le mince faisceau de son inséparable lampe de poche sur la tête inanimée.

– La voiture qui l'a amenée est toujours là, dit-il. C'est encore un taxi et son conducteur doit être à peu près aussi brave que le nôtre !... Dis donc, on dirait que j'avais raison sur toute la ligne : c'est une jeune et bien jolie femme !

Il n'y eut pas d'écho. Morosini était enfin parvenu à ôter le voile noir et considérait avec stupeur le ravissant visage aux yeux clos de Mary Saint Albans.

– Qu'est-ce qu'elle fait là ? articula-t-il enfin.

– Tu la connais ?

– Oh oui ! C'est la nouvelle comtesse de Killrenan. Aide-moi à la soulever, on va la porter à sa voiture.

– Pourquoi pas à la nôtre ?

– Parce que nous saurons où son taxi l'a prise et

si c'est la première fois qu'il l'amène ici. Et puis, je ne te cache pas que je ne tiens guère à partager notre trouvaille avec Bertram. N'oublions pas que ce preux est journaliste et qu'une pairesse du royaume trouvée en pleine nuit à Limehouse pourrait donner des ailes à son imagination...

– Je ne te cache pas que la mienne est en train de s'envoler !... Là, tu y es ?

Ils soulevèrent la jeune femme inconsciente qui, par chance, n'était pas tombée dans une flaque de boue, puis Aldo la porta jusqu'au taxi :

– Au fait, dit Vidal-Pellicorne, tu connais son adresse ?

– Non, mais j'espère bien qu'elle va me l'indiquer une fois ranimée. Ça m'étonnerait que son chauffeur la sache. Dans ce genre d'aventure on a plutôt tendance à la discrétion.

– Tu ne veux pas que j'aille avec toi ?

– Non. Rejoins les autres et repartez ! On n'en saura pas davantage pour ce soir et, seul avec elle, j'arriverai peut-être à en tirer quelque chose.

Mary Saint Albans était plus lourde qu'il n'y paraissait. Aldo avait plutôt chaud quand il atteignit la voiture, dont le conducteur se hâta de descendre pour l'aider à étendre la jeune femme sur les coussins.

– Il lui est arrivé quelque chose ? s'inquiéta-t-il. Je n'ai rien entendu.

– Un accident bête ! Elle a dû se tordre le pied dans ce chemin impossible et ça lui a porté au cœur, comme on dit chez nous. C'est la première fois que vous l'amenez ici ?

– Ben oui ! Même que je n'étais pas très content de conduire une dame dans ce quartier, mais elle m'a bien payé, alors...

– Où l'avez-vous chargée ?

– A Piccadilly Circus. Remarquez, j'ai déjà conduit du beau monde dans Chinatown, mais c'est toujours des hommes en quête de plaisirs exotiques et, tenez...

Aldo, occupé à administrer de petites claques sur les joues de Mary, préféra couper court au flot verbal qui s'annonçait.

– Vous n'auriez pas quelque chose d'un peu fort à lui faire boire ? demanda-t-il.

– ... je me suis trouvé... Oh si ! Du bon gin ! J'en ai toujours pour les nuits de mauvais temps...

– Merci ! A présent repartons, que je puisse allumer le plafonnier sans provoquer un attroupement !

En effet, deux silhouettes s'approchaient furtivement. Des curieux attirés par cette voiture arrêtée, ou peut-être même pire. Sautant sur son siège, le chauffeur mit en marche, alluma ses phares qui éclaboussèrent de lumière deux hommes de mauvaise mine dont l'un tenait un couteau. La voiture démarra en trombe, prit un superbe virage en dérapage contrôlé et fonça vers Limehouse Causeway tandis qu'à l'intérieur, son passager rétablissait un équilibre compromis par la brutalité de l'action. Hautement édifié par les réflexes d'un tel maître du volant, celui-ci se promit de lui demander ses coordonnées pour les autres expéditions qu'il prévoyait.

Un peu inquiet devant cet évanouissement prolongé, Aldo alluma la petite lampe intérieure et entreprit de faire boire Mary dont les joues s'obstinaient à rester blanches. Si ça ne s'arrangeait pas, il faudrait peut-être la conduire dans un hôpital, éventualité qui ne lui souriait guère mais, grâce à Dieu, le remède s'avéra miraculeux : la jeune femme tressaillit, s'étrangla et se mit à tousser tandis que ses yeux s'emplissaient de larmes. Aldo la redressa pour lui taper dans le dos et son visage se retrouva presque au niveau de celui de Mary qui, revenue à une claire conscience, le considérait avec un ahurissement mêlé de colère qu'elle mit plusieurs secondes à exprimer :

– Comment... comment êtes-vous ici ? Et que... faites-vous près de moi ?

– Si c'est votre façon de dire merci, elle est étrange ! Je vous ai sauvée des griffes de deux malandrins et j'ai cru un instant que vous étiez gravement blessée... Je suis heureux de voir qu'il n'en est rien.

– En effet, j'ai seulement très mal à la tête... Oh, seigneur, ces brutes m'ont assommée !... Donnez-moi encore un peu de gin !

Tandis qu'elle buvait avec précaution, il se risqua à lui demander ce qu'elle venait faire dans un endroit pareil.

– Il aurait pu vous arriver pire... Qu'est-ce qu'une femme de votre rang peut chercher dans ce misérable quartier chinois ?

– Ça ne vous regarde pas ! déclara-t-elle sans chercher à s'encombrer de politesse superflue, mais Morosini n'eut pas le temps de lui en faire le reproche car elle s'était mise à chercher fébrilement autour d'elle et, soudain, poussa un cri :

– Mon sac !... Où est mon sac ?

– Ma foi, je n'en sais rien, mais il est probable qu'on vous l'a volé.

Sans l'écouter, elle se précipita sur la vitre de séparation qu'elle ouvrit pour ordonner au chauffeur de retourner d'où l'on venait. Cette fois, Aldo s'interposa :

– C'est idiot ! Qu'espérez-vous retrouver là-bas ? A moins que vous n'ayez des ennemis personnels, ce sac est certainement l'unique raison de l'attaque dont vous avez été victime.

– Je veux en avoir le cœur net ! Mais vous n'êtes pas obligé de m'accompagner. Vous pouvez descendre si vous voulez !

– Pas question ! grogna son compagnon. J'ai entrepris de vous sauver, j'irai jusqu'au bout ! Retournez, chauffeur, puisque madame y tient !

Naturellement on fit chou blanc et, au bout d'interminables recherches, lady Mary se jeta dans le taxi en sanglotant si désespérément que le bon cœur d'Aldo s'émut : il essaya de la consoler.

– Ne vous désolez pas ainsi ! Qu'y avait-il de si

précieux dans ce sac?... Voulez-vous que nous allions à la police? J'ai peur que cela ne serve pas à grand-chose...

Il eut l'impression d'avoir administré un révulsif. Mary cessa aussitôt de pleurer et se redressa en faisant entendre un petit rire nerveux.

– La police? Que voulez-vous qu'elle y fasse, la police? Je me suis fait détrousser par des voleurs, voilà tout! J'avais... j'avais gagné ce soir... au fantan!

– C'est pour jouer que vous venez ici? souffla Aldo sans chercher à cacher sa surprise. C'est de la folie!

Elle braqua sur lui l'orage de ses yeux gris traversés d'éclairs.

– Peut-être suis-je folle, en effet, mais j'aime jouer et surtout j'aime ce jeu, le fan-tan! Voyez-vous, j'ai passé la plus grande partie de mon adolescence à Hong-Kong où mon père était en poste. C'est là que j'ai appris.

– Je croyais que les bijoux étaient votre seule passion. Ça ne va pas ensemble, la collection et le jeu, parce que l'un arrive toujours à mettre l'autre en danger.

– Mais il ne s'agit pas d'une passion! Simplement d'un... plaisir. Je ne viens pas ici tous les soirs! En fait c'est la troisième fois.

– Si vous voulez mon avis, c'est encore trop. Votre mari est au courant?

– Non, bien sûr. Il s'occupe assez peu de ma

façon de vivre mais je ne tiens pas à ce qu'il le sache : il y verrait une atteinte à sa respectabilité, ce qui lui serait insupportable. Surtout maintenant !

– Je m'en doute. Mais comment avez-vous découvert ce tripot ? Tout de même pas par hasard ?

– Non. Cela s'est fait avec une bande d'amis à la fin d'une soirée assez gaie. L'un d'eux connaissait le Chrysanthème et nous a emmenés. Les clients appartenant à la gentry sont moins rares que vous le pensez parce qu'il y coule beaucoup d'argent, mais ce soir il n'y avait que moi.

– Et vous avez gagné... peut-être une somme ?...

Il s'interrompit. Le chauffeur venait de tirer la vitre pour demander où l'on allait en définitive. Lady Mary ne laissa pas à Morosini le temps de répondre. Elle indiqua Piccadilly Circus.

– C'est là que vous habitez ? fit Aldo mi-figue mi-raisin.

– Ne soyez pas stupide ! fit-elle en haussant les épaules. Je ne tiens pas à ce que l'on sache mon adresse.

Aldo n'insista pas. Le reste du trajet se passa dans un profond silence.

Arrivés à destination, Aldo pria son taxi de l'attendre, aida sa compagne à descendre, l'embarqua dans une autre voiture qu'il héla au passage, lui baisa la main, referma la portière et rejoignit son propre véhicule.

– Une autre promenade dans les bas-fonds, sir ? demanda le conducteur une lueur de malice dans l'œil.

– Pas pour le moment ; je rentre au Ritz mais je voudrais savoir comment vous atteindre en vue d'autres expéditions analogues : le chauffeur qui m'a conduit tout à l'heure à Limehouse ne m'a pas paru très courageux.

– C'est facile ! fit l'homme flatté et d'ailleurs encouragé par le billet qui s'agitait au bout des doigts de son client. Téléphonez au White Horse, sur le Strand, et demandez Harry Finch : j'y passe matin, midi et soir. Voilà le numéro... Vous savez, après dix ans dans la Navy, dont la guerre, il n'y a plus grand-chose qui me fasse peur ! Dites-moi seulement votre nom... ou celui qui vous conviendra.

Il était un peu plus de deux heures du matin quand Harry Finch déposa son client. Vidal-Pellicorne n'étant pas encore rentré, Morosini pensa qu'il s'attardait peut-être dans un bistrot quelconque afin de remonter le moral de Bertram, décida de ne pas l'attendre et d'aller se coucher. La journée avait été longue, plutôt rude, et le besoin de repos se faisait sentir. L'aventure qu'il venait de vivre le tracassait plus qu'il ne l'aurait voulu peut-être parce qu'il y avait quelque chose qui sonnait bizarrement dans l'histoire racontée par Mary. Décidément, cette jolie femme lui inspirait plus de méfiance que de sympathie ! Une vague rancune s'y mêlait qui n'eût pas existé si elle était toujours Mary Saint Albans, mais elle portait à présent le nom d'un homme qu'il avait toujours aimé et respecté. Que ce nom se trouve à la merci d'une descente de police dans un tripot louche lui était désagréable. Le vieux lord Killrenan, cet amoureux passionné de la mer et des voyages, s'était toujours laissé attirer par la magie des terres orientales, mais celle-ci n'avait rien de commun avec le penchant de son héritière pour une couleur locale frisant la dépravation.

– Ce pauvre sir Andrew n'aimait pas sa famille, déclara-t-il à sa brosse à dents. Qu'est-ce que cela aurait été s'il avait su à quoi s'en tenir ! Il doit se retourner dans sa tombe...

Une fois couché, il découvrit que la fatigue n'apportait pas toujours le sommeil. Trop d'émotions contradictoires s'étaient agitées dans sa tête pour qu'il soit possible de les balayer et, lorsqu'il réussit enfin à s'endormir, ce fut pour tomber dans un cauchemar où Anielka, lady Mary, Aronov, les Chinois et un étudiant polonais se livraient à une sarabande épuisante. Aussi accueillit-il le jour et la table roulante du breakfast avec un vif soulagement et une soudaine détermination. Le Boiteux avait raison ! A s'occuper de trop de gens à la fois, on y perd le sens commun. Ce qu'il fallait, c'était écarter provisoirement Anielka et Mary afin de se consacrer au Diamant et, à ce propos, quelque chose lui disait qu'une expédition fluviale au Chrysanthème rouge serait peut-être plus payante que de fastidieuses recherches d'archives. Tout à l'heure, avec Adalbert, ils mettraient au point leur plan de bataille et songeraient à se procurer une embarcation... Et puis pourquoi ne pas aller visiter dans Pennyfields la boutique de prêt sur gages et de brocante appartenant à ce Yuan Chang qu'on lui avait dépeint comme si puissant et si dangereux ? Après tout, l'usure mise à part, c'était en quelque sorte un confrère et il pouvait être intéressant de bavarder avec lui. Surtout si, comme Aldo ne cessait de l'imaginer, la Rose d'York y avait abouti : il fallait bien que quelqu'un eût envoyé les tueurs !

Consulté, Adalbert ne montra aucun enthousiasme pour cette nouvelle expédition en terre chinoise. Il était possible que Yuan Chang possédât la pierre mais si c'était le cas, il n'allait pas confier cela à un parfait inconnu.

– Et puis, de toute façon, la pierre est fausse et s'il l'a fait voler pour quelqu'un, hypothèse la plus vraisemblable, il n'a rien à gagner à l'aventure. Surtout si ce quelqu'un s'aperçoit qu'il s'agit d'un magnifique bouchon de carafe ! Je préfère aller nager dans la poussière de Somerset House afin de voir si le testament de Nell Gwyn ne s'y trouverait pas.

– Tu vas perdre ton temps ! Simon Aronov a bien dû y penser avant toi.

– Je ne le vois pas passer des jours et des jours à

fouiller des archives officielles. Et puis, les coups de chance, ça arrive !

– Sancta simplicitas ! J'irai donc seul...

Vers trois heures, le taxi de Harry Finch, prévenu à midi, déposait Morosini devant la plus grosse maison de Pennyfields, une bâtisse trapue à deux étages dont les briques se décoloraient jusqu'à un gris rosâtre. Une boutique occupait la moitié du rez-de-chaussée, mais les vitres en étaient si sales qu'il était impossible de voir à l'intérieur. Une grande activité régnait à présent dans ce quartier si lugubre et désert quelques heures plus tôt. Un peuple qui s'y affairait : petits vendeurs ambulants, marchands de soupe ou de denrées variées installés à même le sol, magasins ouverts comme ceux des souks arabes dont les marchandises dégringolaient parfois jusqu'au ruisseau mais au seuil desquels trônait, les mains au fond de ses manches, une statue aux yeux bridés vêtue de cotonnade bleue ou noire. Tout cela composait un ensemble fleurant l'Extrême-Orient qui ne manquait pas de pittoresque. On se serait cru dans une rue pékinoise ou cantonaise.

Tout de suite, la voiture fut entourée d'une troupe de gamins qui l'environnèrent autour mais sans la toucher : les taxis étaient rares dans ce coin ; celui-là offrait un spectacle comme un autre. L'air charriait des odeurs de nourriture mêlées à celle de l'encens qui étouffaient assez bien l'éternelle puanteur de vase et de charbon.

Dans la boutique du prêteur, l'espace réservé aux clients était réduit par des comptoirs surmontés d'un grillage à travers lequel on pouvait voir des objets de toute sorte. Il y faisait si sombre qu'un bec de gaz était allumé bien qu'il fît jour, et sur tout cela régnait un Chinois entre deux âges à la mine maussade que le tintement des clochettes de la porte ne fit même pas tressaillir. Cependant, la vue de l'homme élégant qui venait d'entrer le convainquit de se mettre en mouvement. Il s'avança vers lui pour demander dans un anglais sifflant et après une série de courbettes en quoi une si misérable maison pouvait obliger l'honorable visiteur. Morosini laissa planer sur le décor poussiéreux un regard perplexe.

– On m'a dit que je pourrais trouver ici des antiquités intéressantes, mais je ne vois qu'une officine de prêt sur gages...

– Pour admirer les objets, par ici s'il vous plaît ! émit l'employé en relevant l'abattant qui unissait deux comptoirs et en relevant de l'autre main le rideau pendu dans un coin.

Ce que le visiteur découvrit au-delà du velours passé ne fut pas sans le surprendre : il s'agissait en effet d'un véritable magasin d'antiquités, sans aucun rapport avec le sien propre ou celui de son ami Gilles Vauxbrun à Paris, mais quelque chose d'assez honorable tout de même. Tout le fantastique panthéon hindou et extrême-oriental était là sous forme de multiples statues, quelques jolis bouddhas venus de Chine ou du Japon voisinant avec des porcelaines translucides, des brûle-parfum où s'attardait l'odeur de l'encens, des candélabres de bronze, un gong de grande taille, des monstres grimaçants, gardiens habituels des portes de temple, des soieries, des éventails et une multitude de petits objets d'ivoire ou de pierre dure. Tout cela n'était pas très ancien, comme le découvrit l'œil exercé du prince-antiquaire, et la proximité des West et East India Docks devait y être pour quelque chose, mais l'ensemble était bien choisi et les procédés de vieillissement, destinés à conférer des siècles à la patine, point trop apparents. En outre, quelques pièces semblaient authentiques.

Une voix au timbre un peu fêlé mais agréable et cultivée se fit alors entendre.

– Cette maison n'est pas facile à trouver. Il faut connaître... et je n'ai jamais eu l'honneur de vous rencontrer, monsieur. Qui donc vous envoie ici ?

Aldo ne douta pas un instant d'être en présence de Yuan Chang. C'était en effet un vieillard comme l'avait dit Bertram, petit et mince, presque frêle, mais il se dégageait de sa personne vêtue d'une longue robe de satin noir, sans autre ornement qu'un mince liséré d'or, une impression étonnante de vigueur. Un peu comme si l'on venait de planter dans le sol une lame d'épée et non un homme âgé au visage strié de rides multiples. Cela tenait peut-être à l'expression impérieuse des yeux noirs et brillants qui ne cillaient point. Aucun ornement annonçant un rang quelconque ne distinguait le bonnet de soie noire coiffant la tête blanchie. Pourtant, Morosini aurait juré que, dans son pays, Yuan Chang n'était pas un simple boutiquier. Au moins un lettré ! Peut-être un mandarin.

– La curiosité ainsi que l'amour des choses anciennes. Je suis moi-même antiquaire et je viens de Venise. Prince Morosini ! ajouta-t-il avec une légère inclination de la tête à laquelle le vieil homme répondit.

– L'honneur n'en est que plus grand mais, avec votre permission, je répéterai ma question : à qui en suis-je redevable ?

– Personne et tout le monde. Un simple propos de salon saisi au hasard d'une conversation mondaine et puis un autre entendu dans le hall d'un palace. Vous êtes, je pense, monsieur Yuan Chang ?

– J'aurais dû l'annoncer moi-même dès l'instant où vous vous présentiez, prince. Veuillez me pardonner car je viens de manquer aux usages. Puis-je maintenant demander ce que vous cherchez dans ce magasin indigne de vos regards ?

– Tout et rien. Allons, monsieur Yuan Chang, ne soyez pas trop modeste ! Vous passez pour un expert en matière d'antiquités asiatiques... et je vois ici parmi... je vous l'accorde bien des objets de valeur moyenne quelques pièces dignes d'un autre décor. Cette agrafe de bronze niellée d'or a dû voir le jour quelque part dans votre pays entre le Xe et le

XIIe siècle, ajouta-t-il en se penchant sur un petit lion ailé posé sur une plaque de velours.

Yuan Chang ne songea même pas à cacher sa surprise.

– Mes sincères félicitations ! Êtes-vous spécialiste en art de mon pays ?

– Pas vraiment, mais je m'intéresse aux bijoux anciens de quelque provenance qu'ils soient. C'est pourquoi je m'étonne que vous laissiez celui-ci sans autre protection ! N'importe qui pourrait le voler.

Un éclair brilla un instant sous les sourcils presque blancs.

– Personne n'oserait voler quoi que ce soit dans ma demeure. Et à propos de ce lion et au cas où il vous tenterait, j'ai le regret de vous apprendre qu'il est déjà vendu. Souhaitez-vous voir autre chose ?

– Je suis surtout attiré par les pierres. En fait, je me suis spécialisé dans les joyaux anciens... historiques de préférence. Auriez-vous quelque chose ? En jade par exemple ?

– Non. Je vous ai prévenu : en dépit de ce que l'on a pu vous dire ma maison est modeste et je...

Il n'acheva pas sa phrase. Des piaillements indignés s'élevaient de l'autre côté du rideau qu'une main énergique releva brusquement pour livrer passage au superintendant Warren en personne drapé dans son macfarlane et plus oiseau maléfique que jamais.

– Désolé d'entrer chez vous sans m'être annoncé et sans y mettre plus de formes, Yuan Chang, mais il faut que je vous parle.

Si le Chinois éprouva de la colère, le profond salut qui lui courba l'échine la dissimula. En revanche, l'entrée brutale du policier ne lui inspirait certainement aucune crainte. Ce qu'Aldo décela dans sa voix unie ressemblait beaucoup plus à de l'ironie.

– Qui suis-je pour que le célèbre superintendant Warren daigne salir ses souliers dans la poussière de ma misérable boutique ?

– L'heure n'est pas aux politesses fleuries, Yuan Chang. Vous avez raison de penser qu'il fallait un sujet grave pour que je vienne jusqu'ici. Monsieur, ajouta Warren en se tournant vers Morosini sans avoir fait mine de l'avoir reconnu, je suppose que le taxi qui stationne devant la porte est le vôtre. Puis-je vous demander d'aller m'y attendre ?

– Aurions-nous à parler ? fit Aldo avec une certaine hauteur ainsi qu'il convenait à son personnage actuel. Je ne suis qu'un simple client... éventuel.

– Sans doute, mais moi je suis un homme extrêmement curieux et aucun des clients de l'honorable Yuan Chang ne saurait me laisser indifférent. S'il vous plaît !

Il ouvrait le passage que Morosini fut bien obligé d'emprunter en dépit du fait qu'il grillait de curiosité. Il trouva dans la rue une puissante voiture noire et une autre plus petite, ainsi que de nouveaux attroupements de gamins, cette fois tenus à distance par deux policiers en civil dont l'un était l'inévitable inspecteur Pointer. Sans se presser, Aldo remonta en voiture.

– Où allons-nous ? demanda Harry Finch.

– On ne va nulle part, mon ami. On reste là. Le fonctionnaire de police qui vient d'entrer dans le magasin m'a demandé un petit entretien.

– C'est loin d'être n'importe qui : superintendant Warren, le meilleur « nez » de Scotland Yard ! Un dur à cuire s'il en est !

– J'ignorais ce détail. On dirait que ce Yuan Chang est quelqu'un d'important.

– Le roi de Chinatown, rien de moins. Son âme doit être aussi noire que sa robe mais personne n'a encore réussi à le prendre la main dans le sac. Il est plus malin qu'une portée de singes !

– On vient peut-être l'arrêter ? Ce déploiement de police...

– Faut rien exagérer ! Ils ne sont qu'une demi-douzaine. Et puis quand le Super se dérange, il ne vient jamais tout seul ni à bicyclette. Question de prestige ! Et ça compte, à Limehouse, le prestige !

L'attente se prolongea un grand quart d'heure, à la suite de quoi Warren reparut, dit quelques mots à l'oreille de son fidèle second, s'engouffra dans le taxi, ordonna à Finch de le ramener à Scotland Yard, ferma la vitre de séparation et, finalement, se carra confortablement dans un coin de la voiture.

– Causons à présent ! soupira-t-il. J'espère que vous serez plus bavard que ce rat de Pékin aux yeux obliques...

– Vous espériez vraiment le faire parler ? Et de quoi ?

– Je pourrais vous répondre qu'ici c'est moi qui pose les questions, mais comme je ne vois pas d'inconvénient à vous renseigner, je dirais que je n'espérais pas grand-chose. Je voulais voir comment il allait réagir à mes dernières nouvelles : ce matin à l'aube, la brigade fluviale de Wapping qui cherchait le bateau d'un trafiquant d'opium a repêché près de l'Ile aux Chiens les cadavres de deux Jaunes étranglés et ligotés. Ils ont été identifiés comme étant les frères Wu, et certainement les assassins du bijoutier Harrison.

La nouvelle était de taille et Morosini mit quelques secondes à en apprécier la saveur pendant que son compagnon tirait une pipe et une blague à tabac de ses poches, bourrait soigneusement la première et l'allumait avant de cracher un véritable torrent de fumée âcre. Aldo se mit à tousser :

– Par tous les saints du Paradis ! Qu'est-ce que vous mettez là-dedans ? De la bouse de vache ?

Le ptérodactyle se mit à rire.

– Quel délicat vous faites ! C'est du tabac français ! Celui que, dans les tranchées, les soldats appelaient le « gros cul ». J'en ai pris le goût sur la Somme. Il vous réveille les idées d'un homme presque aussi bien qu'un bon whisky.

– Bon ! Mettons que j'exagère !... Mais si je comprends bien, voilà votre enquête terminée puisque les meurtriers sont morts ?

– Elle ne fait que commencer. C'est bien la preuve – mais nous n'en avons jamais douté ! – qu'ils étaient seulement des exécutants travaillant sur commande.

– Et vous pensez que Yuan Chang serait...

– Je ne pense rien du tout ! aboya soudain Warren. Je ne suis pas ici pour vous rendre des comptes. En revanche, j'ai pas mal de questions à vous poser : et d'abord que faisiez-vous chez Yuan Chang ?

– C'est tout simple : il est usurier mais aussi antiquaire comme moi. Dans ce métier on est toujours en chasse... fit Morosini avec désinvolture.

– Réellement ? Vous n'espériez pas, par hasard, apprendre quelque chose sur un certain diamant disparu ?... Allons, prince, ne vous payez pas ma tête ! Et d'abord comment avez-vous découvert Yuan Chang ?

Morosini hésita un instant, juste le temps de se choisir un mensonge convenable.

– Les bruits courent, vous savez, depuis la mort de Harrison. Le Ritz est plein de gens venus à Londres pour la vente. Il y a aussi des journalistes et l'on a parlé des assassins, des Asiatiques à ce qu'il paraît. Quelqu'un a lancé alors le nom de Yuan Chang... Il était naturel de vouloir faire sa connaissance.

– Hum !... Il va bien falloir que je me contente de cette réponse même si elle ne me convainc pas. Laissez-moi vous dire ceci : j'ignore quel jeu vous jouez au juste mais je subodore que vous ne seriez pas fâché de mettre la main sur la Rose d'York. Alors – et je vous prie d'en prendre bonne note ! – je ne veux à aucun prix que vous vous mêliez d'une enquête qui est notre travail à nous ! Compris ?

– Je n'aurais garde ! fit Morosini qui commençait à se sentir excédé.

Entre Aronov qui voulait l'empêcher de s'occuper d'Anielka et ce flic acariâtre qui lui défendait de rechercher le diamant, la vie ne serait pas facile. Il allait falloir jouer aussi serré que possible...

– Vous devez tout de même prendre en considération ma position actuelle : je suis venu à Londres, en mission avec l'intention d'acheter la Rose pour un... très noble client dont je ne peux révéler le nom.

– Je ne vous le demande pas.

– C'est encore heureux que vous respectiez mon secret professionnel ! Comprenez cependant que je trouve désagréable de rester ici les bras croisés sans rien faire pour tenter de retrouver cette pierre chargée d'histoire !

– Si vous vous entêtez, vous risquez de vous retrouver dans la Tamise, un lacet au cou comme les frères Wu ou un couteau entre les épaules. À présent, si ça vous amuse... Mais changeons de sujet ! J'espérais votre visite hier soir après celle que vous avez rendue à Brixton. N'avez-vous rien à me dire ?

– Si, et je comptais bien vous en faire part aujourd'hui.

– Après votre balade dans Chinatown ? fit Warren narquois. Alors, que dit notre jolie veuve ?

Morosini restitua, en gros, le récit d'Anielka. Ce qui lui valut la satisfaction de voir s'arrondir davantage encore, s'il était possible, les yeux jaunes du ptérodactyle qui émit un léger sifflement :

– Ainsi, elle considérerait la prison comme un refuge contre des espèces de terroristes décidés à protéger l'un des leurs à tout prix ? C'est nouveau ça, et pas complètement idiot ! À condition, bien sûr, que ce soit vrai.

Ça, le prince-antiquaire en était moins sûr ! C'était même son tourment secret le plus aigu, mais comme il ne voulait à aucun prix évoquer ses conversations avec Wanda et John Sutton, il se garda bien d'y faire la moindre allusion et laissa passer les secondes. Warren, tirant furieusement sur sa pipe, semblait plongé dans un abîme de réflexions dont il émergea pour grommeler :

– Si vous voulez mon avis, je me demande si cette histoire rocambolesque n'a pas été forgée pour vos seules oreilles, mon cher prince. La vérité est peut-être plus simple et plus féminine : lady Ferrals a retrouvé son ancien amoureux et le feu mal éteint s'est réveillé. Je ne sais pas ce qui s'est passé entre eux à Grosvenor Square mais je pencherais vers une aventure et maintenant, la belle Anielka aimerait bien parvenir à sauver elle-même et son amant.

– Elle n'hésite pourtant pas à le charger et à l'accuser du meurtre, fit sèchement Morosini.

– Alors pourquoi ne pas nous dire tout cela à nous ? Par crainte de vagues anarchistes polonais ? Un : je n'ai pas eu connaissance d'une cellule polonaise. S'il s'agissait de Russes il en irait autrement. Deux : nous possédons tous les moyens de protéger efficacement lady Ferrals jusqu'à la mise à l'ombre définitive de ce Ladislas et de sa bande. Enfin trois : elle aurait tort de croire que le comte Solmanski, son père, pourrait la tirer, sans une aide sérieuse, du mauvais pas dans lequel elle s'est mise.

– L'aide sérieuse elle l'aura : je lui ai conseillé de faire appel à sir Desmond Saint Albans.

– Espérons pour elle que vous serez écouté ! Ce dont je ne suis pas certain pour peu qu'elle entende parler des qualités de sir Desmond : elle aura du mal à lui cacher la vérité car, s'il s'entend si bien à cuisiner les témoins c'est d'abord parce qu'il commence par passer son client à un crible plein de pièges. Qu'elle le veuille ou non, il faudra qu'elle avoue ! Me voici arrivé ! ajouta Warren comme le taxi s'arrêtait devant le factionnaire de Scotland Yard. Merci de ce que vous m'avez appris. Comptez-vous rester à Londres quelque temps ? Si vous souhaitez attendre le procès, vos affaires risquent de péricliter.

– Pour l'instant, elles ne me causent d'autre souci que la disparition de la Rose d'York. Aussi vous comprendrez que je souhaite m'attarder encore un peu. Dans l'espoir, ajouta-t-il avec un sourire impertinent, de pouvoir assister à votre triomphe quand vous aurez récupéré la pierre. Ce dont je ne doute pas un instant!

– Moi non plus! riposta l'autre du tac au tac. Cela nous donnera l'occasion de nous revoir.

La grimace qui accompagnait ce souhait pouvait passer à la rigueur pour un sourire. Pourtant, Aldo ne parvint pas à s'en convaincre. Cela ressemblait davantage à une menace.

Une lettre l'attendait à l'hôtel; un billet plutôt, étant donné la brièveté du message, mais qui fit naître aussitôt dans son esprit un cortège de points d'interrogations.

« Lady B. a été transportée il y a quinze jours dans une maison de repos. Très discrètement, la famille ne tenant pas à donner la moindre publicité à un état mental regrettable. S.A. »

Dans ce cas, qui pouvait être la vieille dame que le malheureux Harrison avait accepté de recevoir pour qu'elle puisse contempler une gemme ancestrale ?

CHAPITRE 5

LES INVITÉS DE LA DUCHESSE

Quand, annoncés par un valet, Aldo et Adalbert pénétrèrent dans le salon où la duchesse de Danvers réunissait ses invités avant le dîner, le premier fut pris d'une furieuse envie de tourner les talons et de se sauver le plus vite possible. Il n'était déjà pas très chaud en venant : l'idée de rencontrer une Américaine, richissime et insupportable en proportion, ne lui souriait guère mais quand il reconnut, du seuil, la femme qui bavardait avec leur hôtesse et lady Winfield sur un canapé Regency, il se retrouva au bord de la panique. Il s'arrêta net, amorçant déjà un mouvement tournant. Vidal-Pellicorne s'en inquiéta aussitôt :

– Ça ne va pas ? Qu'est-ce que tu as ? chuchota-t-il de profil.

– Je n'aurais jamais dû venir ! Il est probable que je vais passer l'une des plus mauvaises soirées de toute ma vie d'antiquaire.

– Désolé, mais il est trop tard pour filer.

En effet, les noms ayant résonné grâce à la forte

voix de l'annonceur, la vieille duchesse leur envoyait, à travers son face-à-main et la largeur de la pièce, un sourire ravi. Il fallut bien s'exécuter. Un instant plus tard – qui lui parut beaucoup trop court – Aldo s'inclinait sur les doigts de son hôtesse. Celle-ci annonçait déjà :

– Voilà celui que je vous ai promis, ma chère Ava ! Quant à vous, prince, je sais de lady Ribblesdale que vous vous êtes déjà rencontrés avant la guerre en Amérique.

– Lady Ribblesdale ? murmura Aldo l'œil interrogateur en saluant la dame. Il me semble me souvenir d'un autre nom. Inoubliable d'ailleurs... comme milady elle-même !

En effet, une dizaine d'années plus tôt et au cours d'un séjour estival à Newport, la station balnéaire des milliardaires new-yorkais, Morosini avait eu l'honneur d'être présenté à celle que l'on considérait comme la plus belle femme des États-Unis bien qu'elle eût dépassé la quarantaine : Ava Lowle Willing qui, en dépit du divorce prononcé deux ans plus tôt entre elle et John Astor IV, n'en continuait pas moins à se laisser appeler Mrs. Astor. A vrai dire, l'ex-mari ne possédait plus guère de moyens de l'en empêcher, en dépit du fait qu'il se fût remarié aussitôt : revenant de son voyage de noces en Europe, il avait eu la fâcheuse idée d'embarquer sur le *Titanic* et d'y trouver une mort de grand seigneur après avoir contraint sa jeune femme à prendre place sur un canot de sauvetage. Ava, mère de deux enfants par ailleurs mais ignorant totalement la jeune veuve, demeura Mrs. Astor comme avant.

Ravissante, douée d'une extrême séduction, elle n'en était pas moins une mégère au cœur sec n'ayant jamais aimé son mari ni d'ailleurs ses enfants et même pas ses amants. Elle ne s'intéressait qu'à sa propre personne. En outre, et malgré son appartenance à l'une des meilleures et des plus riches familles de Philadelphie – les Lowle Willing prétendaient descendre de quelques rois anglais et d'un souverain français ! – elle avait été affreusement gâtée donc mal élevée et, par malheur, il lui en restait quelque chose. Aldo se souvenait avec horreur d'un dîner chez les Vanderbilt où Ava, voisine d'une noble dame anglaise – ce qui lui déplaisait fort parce qu'elle préférait la compagnie des hommes – s'était écriée en quittant la table : « Je me demande où j'ai entendu dire que lady X... pouvait être amusante et spirituelle ! » D'où un froid glacial. Quant à lui-même, Ava s'obstinait à penser qu'il passait sa vie en équilibre sur une gondole à gratter de la guitare en chantant *O sole mio!* Et à le lui seriner comme une excellente plaisanterie, ce qui avait le don de le mettre hors de lui.

S'il espérait qu'une décennie l'aurait calmée, il se trompait. Elle l'accueillit d'un claironnant :

– Mais c'est mon petit prince-gondolier ! Je suis ravie de vous revoir, mon cher !

– Moi aussi, lady... Ribblesdale ? C'est bien ça ?

fit-il, décidé à tenir sa partie dans le duo et à rendre insolence pour insolence, dût sa réputation de galant homme en souffrir.

– C'est bien ça ! approuva-t-elle avec un rayonnant sourire. Un mari très décoratif et très riche mais que je n'aurai pas la joie de vous présenter. Avant notre mariage il était le plus joyeux compagnon qui soit et donnait des fêtes étourdissantes, mais depuis on ne peut plus l'arracher à cet affreux manoir Tudor qu'il possède dans le Sussex et où il a remplacé les violons du bal par la lecture à haute voix des grands classiques. Ce qui est assommant même avec une voix aussi belle que la sienne ! Alors, de temps en temps, je viens me distraire à Londres. Beaucoup trop rarement à mon goût, mais il ne peut se passer de moi...

– Comme je le comprends ! Il ne devrait même jamais vous permettre de le quitter fût-ce un instant ! Puis-je vous présenter mon ami Adalbert Vidal-Pellicorne, égyptologue français de grande réputation ?

– Bonjour, monsieur, bonjour ! Un égyptologue c'est toujours amusant, encore que les Anglais soient bien supérieurs aux Français dans cet art...

– Disons qu'ils ont plus de moyens, lady Riblesdale ! flûta Adalbert. Pour le reste, je crois me souvenir que Champollion, le décrypteur des hiéroglyphes, était français...

– Oui, mais c'est tellement vieux ! D'ailleurs, sa pierre de Rosette est ici, au British Museum...

Mais puisque c'est votre métier, que faites-vous ici dans ce salon ? Ma fille Alice, elle, se trouve en Égypte avec notre très cher ami lord Carnavon et elle suit de près ses fouilles dans la Vallée des Rois.

– Mademoiselle votre fille est archéologue ?

– Mon Dieu non ! Quelle horreur ! La voyez-vous gratter le sable ? Elle est seulement passionnée par ce pays parce qu'elle est persuadée d'y avoir vécu dans une vie antérieure où, fille d'un grand prêtre d'Amon elle n'en suivait pas moins la doctrine solaire d'Akhenaton. Elle a même à ce sujet des cauchemars très amusants.

Le flot de paroles aurait pû continuer encore longtemps si la duchesse n'était intervenue avec une ferme douceur en se levant et en exprimant le souhait de présenter les nouveaux venus à ses autres amis.

– Vous serez voisins de table, dit-elle en manière d'apaisement. Vous aurez donc tout le temps de parler...

Elle prit, pour faire le tour du salon, le bras d'un Aldo accablé à la pensée du repas-calvaire qui l'attendait. Aussi salua-t-il sans beaucoup s'en rendre compte une dizaine de personnes, la conscience ne lui revenant que lorsqu'il se trouva en train de serrer la main de Moritz Kledermann...

– Heureux de vous rencontrer ! fit le banquier suisse sans la moindre chaleur. C'est une surprise inattendue que j'apprécie à sa valeur. Il semble que nous ayons des amis communs.

– En effet, répondit Morosini se rappelant à temps qu'au mariage d'Anielka et d'Eric Ferrals, la duchesse de Danvers et Dianora Kledermann occupaient des positions privilégiées. Je suppose que vous déplorez comme moi le sort tragique de sir Eric Ferrals... et de sa jeune épouse ?

Une lueur de curiosité teintée de surprise s'alluma dans le regard gris du Zurichois.

– La croiriez-vous innocente ?

– J'en suis persuadé, dit Aldo avec fermeté. Elle n'a pas vingt ans, monsieur, et en cette affaire, je la crois surtout victime...

La lueur persista, s'accompagnant d'un lent sourire qui mit une touche d'humour sur ce visage un peu sévère.

– Eh bien, vous ne seriez pas d'accord avec ma femme. Elle ne cesse de vouer à la potence l'épouse de son vieil ami... mais vous la connaissez, je crois ?

– J'ai cet honneur doublé de ce plaisir. Puis-je vous demander de ses nouvelles puisqu'elle ne semble pas vous avoir accompagné ? fit Aldo avec la plus sereine douceur.

– Elle va très bien, du moins je le crois. Elle souhaitait venir mais lorsqu'il s'agit d'une affaire importante, je préfère être seul. En l'occurrence, j'ai eu raison. Elle n'avait rien à faire dans l'atmosphère de crime crapuleux qui entoure la mort de ce pauvre Harrison.

– C'est le diamant du Téméraire qui vous a conduit ici ?

– Naturellement. Comme d'autres... et comme vous-même je suppose. J'ai l'intention de prolonger mon séjour quelque temps dans l'espoir de le voir réapparaître.

– Il en sera de même pour moi : j'ai grande confiance dans les talents de Scotland Yard.

L'annonce du dîner mit fin à la conversation. D'ailleurs le tour du salon était achevé et Morosini, résigné, alla offrir son bras à la redoutable lady Ribblesdale pour la conduire à table.

Ce fut pis encore qu'il ne l'avait imaginé. A peine assise devant le long plateau d'acajou dont le bois magnifiquement brillant s'ornait d'un archipel d'exquises porcelaines anglaises, de cristaux scintillants et d'un énorme surtout de vermeil d'où jaillissaient des fleurs, sa compagne, avec un sans-gêne remarquable, l'accabla de questions touchant son « petit commerce » et même sa vie intime. En outre, coincé entre elle et leur hôtesse, il fut obligé de faire honneur à ce qu'on lui servait : un potage clair et parcimonieux où nageaient des choses indéfinissables, un rôti de mouton trop cuit flanqué de pommes de terre qui ne l'étaient pas assez et de l'affreuse sauce à la menthe qu'il détestait, un excellent et tout petit morceau de fromage de Stilton, dont il aurait bien mangé une pleine assiette et, après un assortiment de « jellies » tremblotantes mais parées de fleurs en sucre, les élégantes « savouries », un raffinement destiné à effacer le sucre du dessert et qui consistait ce soir-là en toasts à la moelle épicés au point que, le palais en feu, il faillit se mettre à pleurer. Mais avant que l'on en vînt à cette extrémité, l'ex-Mrs. Astor lui avait fait entendre la raison pour laquelle sa présence avait été requise et qui tournait autour de la Rose d'York. Lady Ribblesdale voulait l'acheter et considérait comme une offense personnelle le manque de considération dont le pauvre Harrison avait fait preuve en se laissant assassiner et dépouiller.

– Il n'est pas du tout sûr que vous auriez pu l'acheter, remarqua Morosini. La concurrence était forte, lady Ava. Les Rothschild, anglais ou français, étaient sur les rangs... et vous avez en face de vous l'un des plus grands collectionneurs européens. Le plus grand de Suisse en tout cas.

– Pfft!... Qu'est-ce que tout cela? fit la dame, balayant de sa petite main chargée de bagues ces quantités négligeables. Moi, je l'aurais eu parce que j'ai toujours ce que je veux et, ce soir, vous le verriez briller sur moi.

La voix lente mais précise de Moritz Kledermann se fit alors entendre de l'autre côté de la table :

– Ce n'est pas une pièce que l'on peut porter. Elle est très belle sans doute mais moins brillante que vous ne l'imaginez. Vous n'avez pas pu la voir ?

– Non, mais c'est sans importance!

– Croyez-vous ? Elle vous aurait peut-être

déçue. D'abord c'est un cabochon, ce qui veut dire une surface arrondie, sans angles et simplement polie parce que c'est un très vieux diamant né au temps où la taille était inconnue.

– Certes ! approuva Aldo. La Rose d'York ne reflète pas la lumière autant que votre parure de ce soir.

L'Américaine enguirlandée de rivières, de girandoles, d'un diadème et de quelques bracelets brillait en effet de mille feux, dignes d'un arbre de Noël. De belles pièces d'ailleurs pour la plupart mais qui, trop nombreuses, s'atténuaient mutuellement. Un autre geste balaya l'objection.

– Quelle importance ? Je l'aurais fait tailler, voilà tout ! fit la dame avec insouciance.

Par-dessus le sombre miroir d'acajou, l'expert et le collectionneur échangèrent un regard horrifié que Morosini se hâta de traduire :

– On ne « taille » pas un joyau historique ! Surtout de cette importance, madame !

– Et pourquoi pas, dès l'instant où je l'ai payé ?

– Parce que la Couronne britannique dont il a dépendu longtemps pourrait vous en demander compte. Lorsqu'il s'agit d'une telle pièce les lois du marché sont sensiblement différentes. Surtout ici et lorsqu'il s'agit d'un monument historique, fit Aldo sévèrement. De toute façon, taillé, le diamant du Téméraire perdrait non seulement son image dans la mémoire des hommes mais une bonne partie de sa valeur marchande. En vérité, je ne comprends pas pourquoi vous teniez tellement à l'acquérir.

Le teint parfait de lady Ribblesdale rougit brusquement tandis que ses magnifiques yeux noirs étincelaient d'une colère qu'elle ne songeait même pas à réprimer.

– Vous ne comprenez pas ? Je vais vous expliquer, s'écria-t-elle sans se soucier d'interrompre toutes les conversations. Je ne supporte plus de voir, à la Cour ou dans les grandes réceptions, ma cousine lady Astor [1], cette pimbêche de Nancy qui a jugé bon de se faire élire à la Chambre des Communes, porter un diadème au milieu duquel brille le Sancy, l'un des plus beaux diamants de la couronne de France, et c'est pourquoi je voulais la Rose d'York.

– Même sur vous, madame, elle n'aurait jamais produit autant d'effet que le Sancy. C'est une des plus jolies pierres que je connaisse, dit Moritz Kledermann.

– En ce cas, je veux au moins l'équivalent... en plus gros bien sûr ! C'est la raison de notre rencontre, mon cher prince, ajouta-t-elle avec insolence. Puisque vous vendez des bijoux historiques trouvez-m'en un !

C'était si énorme que, bien loin de se fâcher, Morosini éclata de rire.

1. Ami du roi Édouard VII, William-Waldorf Astor, installé définitivement en Angleterre, avait été anobli par lui en 1916. Il a été la tige de la branche anglaise et le premier vicomte Astor of Hever. Il avait en effet acheté ce château qui vit naître Ann Boleyn. L'époux de Nancy Langhorne Shaw, qui fut en effet la première femme député, était le fils de cet Astor-là.

– En ce cas, lady Ava, il vous faut convaincre Sa Majesté de vous vendre l'une des pierres entreposées à la Tour de Londres, l'un des Cullinan par exemple, ou alors le duc de Westminster de se défaire du Nassak dont le poids est de quatre-vingts carats et demi alors que le Sancy n'en pèse que cinquante-trois...

– Ça ne m'intéresserait pas ! coupa la dame avec impatience. Je veux un bijou célèbre et porté par une ou plusieurs reines. C'est le cas du Sancy ! Nancy ne laisse ignorer son histoire à personne ! La fameuse Marie-Antoinette, par exemple, s'en est parée souvent.

– Alors, intervint de nouveau Kledermann mi-figue mi-raisin, il faut demander le Régent au musée du Louvre. Ses cent quarante carats rayonnaient même au bandeau de la couronne de France pour le sacre de Louis XV. Marie-Antoinette l'a porté ainsi que Napoléon...

– Ne soyez pas ridicule ! lança-t-elle sans trop s'encombrer de politesse. Il doit être possible de trouver ce que je veux ! Et puisque c'est votre métier, Morosini, arrangez-vous pour me donner satisfaction !

À cet instant du débat, la duchesse jugea bon d'intervenir. Bien qu'elle n'eût jamais été d'une grande finesse ni même intelligente, elle sentit que l'air se chargeait d'électricité et n'aima pas beaucoup la bizarre lueur verte qui s'allumait dans les yeux gris-bleu d'Aldo.

– Vous devriez vous calmer, ma chère amie ! Ce que vous demandez n'est pas très facile, mais je suis certaine que le prince fera... l'impossible pour vous êtes agréable. Il faut seulement un peu de patience.

Tout en parlant elle se levait, ce qui obligea les dames présentes à l'imiter. Les hommes restaient entre eux pour la rituelle cérémonie du porto.

– Quelle intéressante habitude ! chuchota Aldo avec un soupir de soulagement mais pour les seules oreilles de son ami Adalbert. Je ne l'ai jamais autant appréciée.

– Ce n'est qu'un répit. Tu ne t'en tireras pas si facilement. C'est une femme qui sait ce qu'elle veut ! Il est vrai qu'en l'occurrence, elle te demande la lune ou peut s'en faut !

– Pas sûr ! Il m'est venu une idée qui arrangerait peut-être les finances d'une vieille amie de ma mère. Elle possède monté en diadème un diamant un peu plus gros que le Sancy et dont je me suis toujours demandé s'il ne serait pas le Miroir du Portugal disparu depuis le vol des joyaux de la couronne de France dans le garde-meuble de la place de la Concorde en 1792. Celui-là, on ne sait absolument pas ce qu'il est devenu.

Il parlait assez bas, ne souhaitant pas être entendu de Kledermann qui d'ailleurs causait avec un colonel de l'armée des Indes, son voisin immédiat.

– Elle ne vaut rien ton idée. Cette dame n'a certainement pas envie de le vendre.

– Oh que si ! Je t'explique en deux mots. Elle est venue me voir quelques jours avant mon départ pour l'Écosse et me demanda s'il n'y aurait pas moyen de la débarrasser discrètement d'un « objet » – c'est son terme ! – qu'elle n'a jamais apprécié parce qu'elle le juge responsable de toutes les catastrophes qui se sont abattues sur elle depuis le jour de son mariage où elle l'arborait pour la première fois dans sa coiffure : elle s'est brisé un genou en sortant de l'église et depuis elle boite. Mais ce n'est pas tout : elle a perdu successivement un mari qu'elle aimait et ses deux fils dans des circonstances dramatiques sur lesquelles je ne m'étendrai pas ce soir. Il lui restait une fille mariée par amour à un autre Vénitien noble, très beau garçon mais plutôt fauché, bigot et avare comme il n'est pas permis. La fille n'est pas belle mais elle était follement amoureuse de ce personnage qui entendait bien monnayer son physique avantageux. Pour que ce mariage ait lieu, ma vieille amie s'est dépouillée, à l'exception de la malencontreuse parure parce qu'elle ne voulait pas que les maléfices auxquels elle croit retombent sur cette tête innocente. Seulement, maintenant elle est en mauvais état de santé et aimerait pouvoir se soigner tout en se débarrassant du diamant.

– Merveille ! Elle n'a qu'à le vendre !

– Ce n'est pas si facile que ça. Le gendre ne cesse de la cajoler pour qu'elle en fasse cadeau à sa fille. Et, naturellement, il la surveille. Qu'elle mette le joyau en vente et ce sera le drame.

– Il irait jusqu'à... ?

– La tuer, non, c'est un trop bon chrétien, mais il serait capable de la séquestrer. D'où la visite fort discrète qu'elle m'a rendue, un matin de bonne heure tandis que le gendre était à la messe. Je lui ai promis de faire de mon mieux pour trouver un acheteur intéressant, peut-être en profitant de la réunion provoquée ici par la Rose d'York et j'ai un peu honte d'avouer que je l'avais oubliée jusqu'à ce soir.

– Eh bien la voilà ton occasion! Saute dessus!

– Il y a un petit problème : je suis presque sûr qu'il s'agit du Miroir du Portugal mais je n'ai aucune preuve... à part évidemment le fait que c'est un porte-guigne...

– Ah! lui aussi!

– C'est souvent le cas avec ces pierres quasi légendaires. Le Sancy, par exemple, ne fait pas exception à la règle et lady Ribblesdale ne devrait pas tant envier sa cousine. Quant au Miroir, il est passé par les mains de Philippe II d'Espagne quand sa première femme Marie de Portugal l'a épousé. Elle est morte après deux ans de mariage. Par la suite, il a fait partie du trésor anglais jusqu'à Charles Ier, le roi décapité. Sa femme, fille d'Henri IV, fuyant en France avec ses joyaux et réduite à la misère, a dû l'abandonner à Mazarin. Enfin il a été, lui aussi, porté par Marie-Antoinette et je t'accorde qu'il y a de quoi faire sauter de joie cette Américaine mais, méfiante comme ses pareilles, elle ne l'acceptera peut-être pas si elle ne peut proclamer toute l'histoire du diamant. Or cette histoire, depuis 1792, même ma vieille amie ne la connaît pas. Son mari n'a jamais voulu lui dire comment il est entré en sa possession. J'aimerais mieux qu'elle s'adresse à un collectionneur qui saurait se taire comme Kledermann. D'abord, il possède l'un des dix-huit Mazarins parmi lesquels ont figuré le Miroir et le Sancy...

Il s'interrompit. Le porto ayant suffisamment circulé aux yeux de lady Danvers, elle venait d'envoyer son maître d'hôtel réclamer la présence de ses invités mâles.

– La récréation est finie, susurra Vidal-Pellicorne. Mais si j'étais toi, j'étudierais soigneusement la question : cette demi-folle est capable de payer une fortune.

– J'ai envie d'en toucher un mot à Kledermann. Après tout la concurrence ne peut pas faire de mal et, s'il s'y intéresse, cela pourrait la décider à surenchérir.

Cependant, il dut remettre à plus tard l'entretien qu'il prévoyait. Pendant le dîner qui réunissait un nombre restreint de personnes, l'un des salons s'était garni de tables de bridge et de nouveaux invités avaient fait leur apparition. Les parties s'organisaient et Aldo vit avec un peu de contrariété que le Zurichois était déjà installé. Lui-même n'aimait guère ce jeu qu'il jugeait trop lent et trop absorbant, lui préférant les joies plus fortes et plus nerveuses du poker. Il lui arrivait de faire le quatrième en cas de nécessité mais cette fois, constatant avec soulagement que sa persécutrice se préparait à jouer, il choisit de gagner l'autre salon où l'on se contenterait de converser de tout et de rien autour de la maîtresse de maison en buvant café et liqueurs.

Nanti d'une tasse et un peu désœuvré – Adalbert adorait le bridge – Morosini entreprit le tour du salon, plutôt écrasé par les dorures victoriennes mais où les murs montraient quelques belles toiles, paysages ou portraits. L'un de ceux-ci attira particulièrement son attention par sa facture et le type du personnage qu'il représentait. Un homme de haut rang et même de sang royal si l'on s'en tenait à l'apparat du tableau. Le modèle possédait le type Bourbon et ressemblait assez au roi Charles II [1], mais la masse de cheveux roux et frisés encadrant le visage et une certaine vulgarité dans le sourire et l'expression en étaient d'autant plus déroutantes. Aldo se pencha pour tenter de déchiffrer la signature de l'artiste lorsque, derrière lui, quelqu'un le renseigna :

– Kellner pinxit !... C'était comme vous le savez peut-être le peintre favori du roi George Ier. Un Allemand comme lui, bien entendu [2]. Une figure pittoresque à tous les sens du terme, n'est-ce pas ? Il est vrai que ses origines ne l'étaient pas moins...

1. Par sa mère, Henriette de France, il était le petit-fils d'Henri IV.

2. Le jeu des successions a placé George de Hanovre sur le trône anglais.

Armé lui aussi d'une tasse de café, un homme en qui Morosini reconnut le nouveau lord Killrenan se tenait auprès de lui, un sourire en coin animant son visage lourd et peu expressif.

– La rencontre est inattendue, lord Desmond. Comment se fait-il que je ne vous aie pas remarqué au dîner ?

– Simplement parce que je n'y étais pas. J'aurais dû mais j'ai été retenu à Old Bailey par une affaire importante. Ce portrait vous intéresse ?

– Il faut bien s'intéresser à quelque chose dans un salon. J'avoue qu'il m'intrigue un peu. Mais vous parliez d'origines... pittoresques ?

– Pour le moins. Sa mère a été marchande d'oranges puis comédienne avant de devenir la favorite de notre roi Charles, deuxième du nom. Il est le fils de la fameuse Nell Gwyn, mais son père l'a fait duc de Saint Albans.

Morosini releva un sourcil ironique :

– Comme vous ? Serait-ce l'un de vos ancêtres ?

– À Dieu ne plaise ! Même pour un titre ducal je n'aimerais pas compter la trop fameuse Nellie au nombre de mes aïeules. Je descends d'un autre Saint Albans qui fut médecin d'un roi de France au XIIe siècle avant de s'installer en Angleterre. Si nous nous asseyions ? Ce serait plus commode pour parler. Et puis ce café est froid...

Tandis qu'ils allaient se choisir deux fauteuils, Aldo jeta un dernier regard au bâtard royal. Les paroles de Simon Aronov quand, dans la voiture, ils parlaient de la Rose d'York lui revenaient en mémoire. « Un bruit de cour prétend que Buckingham la perdit en jouant aux cartes contre l'actrice Nell Gwyn, alors favorite du roi Charles et enceinte d'un fils... » Ce personnage à la mine un peu canaille dont le Boiteux n'avait pas mentionné le nom avait sans doute possédé le diamant. Tout à coup, Morosini pensa que les recherches d'Adalbert à Somerset House pouvaient n'être pas dépourvues d'enseignements...

En attendant, il pouvait être utile de cuisiner un peu le Saint Albans qu'il avait sous la main, descendant ou pas du fils de Charles II.

– Puis-je vous demander des nouvelles de lady Mary puisqu'elle ne vous accompagne pas ? Elle n'est pas souffrante, au moins ?

– Non, mais elle n'aime pas beaucoup ce genre de réunion et encore moins lady Danvers avec qui j'entretiens, moi, des relations quasi familiales. C'est la première fois que je m'en félicite, d'ailleurs : je crains qu'elle ne vous porte pas dans son cœur. Une histoire de bracelet que vous auriez refusé de lui vendre...

– Croyez que j'en suis navré, mais je n'avais pas le choix : les ordres du vendeur étaient formels : en aucun cas à un Anglais ni à une Anglaise.

– Je n'ai jamais compris pourquoi.

Morosini se mit à rire :

– Il n'entre pas dans mes attributions de percer les secrets de mes clients. Tout autant qu'un médecin... ou un avocat, je suis lié par le secret professionnel.

– Je l'admets volontiers mais, en vérité, Mary n'a pas de chance : elle commençait à oublier Mumtaz Mahal pour accrocher ses espoirs à la Rose d'York et voilà celle-ci qui disparaît ! Mais vous venez de faire allusion à ma profession et il semblerait que je doive vous remercier : lady Ferrals m'a laissé entendre que vous lui aviez recommandé de me confier sa défense. J'ignorais que l'on connût mon nom à Venise !

– Et vous aviez raison : je n'ai fait que lui transmettre le conseil d'un ami dont je tairai l'identité mais qui apprécie votre grand talent et qui, n'ayant pas l'honneur de la connaître, m'a chargé de lui conseiller un changement de défenseur. Un point c'est tout ! Et vous ne me devez en conséquence aucun remerciement.

Les coudes appuyés aux bras de son fauteuil, Saint Albans joignit ses mains par le bout des doigts et y appuya sa bouche dans une attitude méditative.

– Peut-être pas, en effet ! C'est une cause flatteuse, intéressante aussi mais qui risque de ne rien ajouter à ma réputation. Cette jeune femme est déroutante et je vous avoue que dans l'état actuel de nos conversations, je n'ai pas encore arrêté ma politique d'attaque du tribunal. À la voir, on jurerait qu'elle est innocente, mais à l'entendre il est difficile de se faire une opinion.

– Avez-vous déjà interrogé Wanda, sa femme de chambre ?

– Non. Je compte le faire demain.

– Vous aurez encore plus de mal après, mais selon moi je crois qu'il faut faire confiance à Ani... à lady Ferrals et tout tenter pour retrouver le Polonais en fuite.

– Aucun doute là-dessus ! Mais, dites-moi, prince, vous la connaissez bien, vous ?

– Qui peut se vanter de bien connaître une femme ? Nos relations remontent à quelques semaines avant son mariage.

– Un mariage où l'amour n'avait pas grand-chose à voir. Je ne vous cache pas que c'est l'un des éléments qui vont me gêner devant le tribunal si je ne parviens pas à la faire changer d'attitude : elle ne dissimule pas assez le dégoût que lui inspirait son mari. L'avocat de la Couronne aura beau jeu de glisser à la haine renforcée par des relations adultères avec ce Polonais fantôme...

– Son père vient d'arriver à Londres. L'avez-vous vu ?

– Pas encore. Nous avons rendez-vous demain.

– Vous devriez en tirer quelque réconfort, fit Aldo avec un sourire ironique. C'est un homme qui sait ce qu'il veut et qui a toujours imposé sa volonté à sa fille.

– Vraiment ?

– Vraiment ! Quelques secondes d'entretien avec lui vous suffiront à jauger le personnage...

Un gentleman aux cheveux et à la moustache poivre et sel dont Morosini avait oublié le nom, mais qui était un cousin de la duchesse, s'approcha d'eux pour prier sir Desmond de bien vouloir rejoindre les bridgeurs. Outre qu'un joueur de sa force ne pouvait qu'être souhaité, on avait besoin d'un quatrième. L'avocat se leva en s'excusant :

– J'aurais aimé parler plus longtemps avec vous, prince, mais j'espère que l'occasion nous en sera donnée sinon je saurai la créer : il faut que nous nous revoyions !

– Je ne crois pas que cette perspective enchante lady Mary.

– Son antipathie ne durera pas. Comme bien des femmes elle est assez versatile. Et puis elle oubliera l'histoire du bracelet pour ne plus voir en vous qu'un chasseur de pierres précieuses : quelqu'un de fascinant pour elle.

– Je pencherais volontiers vers une rancune plus tenace...

– Allons donc ! J'en fais mon affaire. Pourquoi ne viendriez-vous pas avec votre ami au nom imprononçable passer un week-end campagnard chez nous, dans le Kent ? J'aimerais vous faire admirer ma collection de jades...

La soudaine cordialité du ton, ce désir de nouer plus ample connaissance tellement inattendu chez cet homme peu sympathique et difficile à saisir, s'expliquèrent dès l'instant où il eut prononcé le mot « jade ». Apparemment, sir Desmond appartenait à cette race de collectionneurs qui aiment à faire admirer leur bien. Et comme le sort d'Anielka allait dépendre en grande partie de son talent, Aldo pensa que l'invitation ne devait pas être dédaignée.

– Pourquoi pas, dès l'instant où la maîtresse de maison ne nous considérera pas comme d'insupportables intrus ? Nous comptons rester encore quelque temps à Londres.

– À la bonne heure ! Bien sûr, il faudra vous attendre à subir un feu roulant de questions touchant la Rose d'York, mais si je peux me permettre un conseil, vous vous en tirerez sans peine en lui laissant entendre que vous avez toujours été persuadé qu'il s'agit d'un faux. Ce que j'aurais assez tendance à croire. Je viens, mon cher, je viens !

Les derniers mots s'adressaient à l'homme à la moustache qui, trouvant sans doute le temps long, revenait à la charge. L'avocat le rejoignit et passa avec lui dans le premier salon, laissant Morosini quelque peu surpris par sa dernière phrase. D'où donc tirait-il cette conviction ? Était-ce le simple et bien naturel désir d'avoir la paix chez soi, ou alors...

– Ou alors quoi ? marmotta Aldo entre ses dents. Il serait temps de mettre un frein à ton imagination, mon garçon, et de ne pas te laisser envahir par l'atmosphère fumeuse dans laquelle tu baignes depuis quelques jours ! Ce n'est pas parce que ce malheureux est affligé d'une femme à moitié folle qui préfère le fan-tan au bridge et court la nuit les quartiers interlopes qu'il faut le soupçonner d'abriter des pensées inavouables. En fait, son plus gros défaut est d'avoir une sale gueule, mais ça non plus ce n'est pas sa faute!

Cependant, renonçant à sa tasse vide et à son fauteuil, Aldo retourna se planter devant le fils de Nell Gwyn. Ce tableau, décidément, l'attirait plus que de raison. Cela tenait peut-être à l'œil goguenard, au sourire impudent, comme si ce Saint Albans-là le mettait au défi de percer un secret qu'il détenait depuis longtemps... Après tout, si quelqu'un avait pu savoir dans quel chemin s'était engagé le diamant c'était bien lui puisque, sans aucun doute, il l'avait possédé.

Cette fois, ce fut une voix de femme qui vint le tirer de sa méditation, celle aimable et amusée de lady Winfield.

– On dirait que ce tableau vous passionne, mon cher prince. Ce n'est pas très flatteur pour nous : notre compagnie masculine est réduite au seul général Elmsworth qui dort déjà à poings fermés...

En effet, un petit cercle de dames s'était formé autour de la duchesse et du général en question qui était en train de s'assoupir béatement au fond d'une bergère. Aldo se mit à rire.

– Triste situation en effet, lady Winfield, et si je peux vous distraire j'en serai ravi, mais quelle idée aussi d'installer des tables de bridge ? C'est la mort des soirées.

– Cela devient indispensable si l'on veut attirer du monde. Ce jeu envahit tout.

Invité à partager le canapé de son hôtesse qui lui demandait gentiment de « venir lui faire un petit frais comme on dit en France », Morosini ne tarda pas à regretter la compagnie de son duc peint sur toile. Il commença même à envier le général : ces dames échangeaient des potins londoniens tournant autour de Buckingham Palace. La question de ce soir concernait le duc d'York, second fils de George V et de la reine Mary, et pouvait se formuler ainsi : « L'épousera-t-elle oui ou non ? » Elle étant une charmante jeune fille de la haute noblesse écossaise, Elizabeth Bowes-Lyon, fille du comte de Strathmore, dont « Bertie [1] » était amoureux depuis deux ans mais qui ne semblait pas apprécier à sa juste valeur l'honneur qui lui était fait. Ce qui ne simplifiait pas la tâche à un prince plutôt séduisant mais si timide qu'il en bégayait. En outre, c'était un gaucher contrarié et il souffrait de maux d'estomac depuis l'enfance. Ces disgrâces ne le prédisposaient pas souvent à la gaieté alors que sa bien-aimée n'était que grâce, enjouement et joie de vivre.

– Il ne lui plaît pas, dit lady Danvers. On l'a bien vu en février dernier, au mariage de la princesse Mary où elle était demoiselle d'honneur. Je ne l'avais jamais vue si triste.

– Elle ne pourra cependant pas lui échapper !

1. Jusqu'à ce qu'il devienne le roi George VI, le duc d'York s'est appelé Albert de même que le prince de Galles, futur et temporaire Édouard VIII, s'appelait David.

assura lady Airlie qui était une proche amie de la Reine. Sa Majesté l'a choisie pour son fils et quand elle veut quelque chose...

– Pensez-vous vraiment qu'il serait souhaitable de forcer ainsi son consentement ? Je sais bien que sous son apparence renfermée, le prince est un charmant garçon et qu'il ferait tout pour rendre sa femme heureuse, mais une jeune fille est un être fragile...

– Pas Elizabeth ! protesta lady Airlie. Elle est forte au contraire. Sa santé morale égale sa santé physique et elle serait pour Albert une compagne parfaite.

– Je n'en disconviens pas et je serais tout à fait d'accord avec vous s'il s'agissait de l'héritier du trône, mais il y a peu de risque que le prince de Galles ne règne pas. Or il n'est pas marié et, dans ces conditions, il n'y a aucune raison de se précipiter pour caser le cadet. Croyez-moi, je viens d'avoir sous les yeux la preuve du désastre que peut causer un mariage où l'on a contraint une enfant de dix-neuf ans à épouser un homme qui ne lui convenait pas. Pourtant, Dieu sait que ce pauvre Eric Ferrals était profondément épris !

Un concert de protestations salua la déclaration de lady Clementine. Il était impensable d'établir une comparaison entre l'union d'un homme déjà âgé avec une jeune étrangère qui ne le connaissait pas et un projet de mariage touchant la famille royale anglaise ! À quoi pensait donc la duchesse en établissant un tel parallèle ? C'était inconcevable en vérité ! Et la plupart de ces dames se montraient persuadées de la culpabilité d'Anielka. Ce qui réussit à réveiller le général et fut vite insupportable à Morosini. Il parvint à dominer le tumulte.

– Mesdames, mesdames, je vous en prie ! Essayez de voir les choses sous un angle moins passionné ! Il est certain que Sa Grâce vient de faire allusion à un cas extrême qui serait choquant si lady Ferrals était la meurtrière de son époux, mais en ce qui me concerne je suis convaincu du contraire.

– Allons donc ! s'écria lady Winfield. C'est nier l'évidence ! Notre chère duchesse a vu cette malheureuse tendre à son époux un sachet antimigraine qu'il a versé dans son verre et qui l'a tué raide. Que vous faut-il de plus ?

– Un vrai coupable, lady Winfield ! Je suis persuadé qu'il n'y avait aucune substance nocive dans ce sachet... En revanche, mes soupçons s'attacheraient davantage au valet qui a servi le verre.

Personne ne le surveillait et il a fort bien pu mettre dedans ce qu'il voulait... Avec un peu d'habileté ce n'est pas difficile.

– Je pense un peu comme vous, mon cher prince, reprit la duchesse, et je me demande si cette manie qu'avait ce pauvre Eric d'ajouter sa fameuse glace aux boissons qu'il prenait dans son bureau ne lui a pas été fatale. Personnellement, je n'ai aucune confiance dans cette machine qu'il avait fait venir d'Amérique, installer derrière sa bibliothèque, et qu'il traitait avec autant de révérence que si c'eût été un coffre-fort.

– Ne dites pas de sottises, Clementine, fit lady Airlie. Un morceau de glace n'a jamais tué personne et c'est de la strychnine que l'on a trouvée dans le verre.

– De quelle machine parlez-vous, madame la duchesse ? demanda Morosini intrigué.

– De sa petite armoire à rafraîchir et à faire de la glace. C'est tout nouveau, même aux États-Unis, et celle d'Eric est sans doute la seule qui existe en Angleterre. Il en était très fier et prétendait que sa glace à lui était meilleure que n'importe quelle autre et que le whisky en prenait un goût particulier mais, outre que nous autres Anglais n'aimons guère boire très froid, je considérais cet outil comme un jouet un peu enfantin. Eric avait des goûts tellement bizarres !

– Vous en avez parlé à la police ?

– Mon Dieu non ! Personne d'ailleurs n'y a songé : Eric n'autorisait personne à manipuler cet objet dont il gardait la clef et il mettait lui-même la glace dans le verre que lui présentait le valet avant d'y verser l'alcool. Après, sous le choc, nous avons oublié ce détail mais par la suite, je me suis posé des questions : cette glace fabriquée artificiellement est peut-être nocive.

– Pas à ce point-là, dit lady Winfield, et vous avez eu raison de ne pas raconter ça à la police !

Ces messieurs de Scotland Yard n'ont déjà que trop tendance à prendre les femmes pour des folles.

La discussion se poursuivit pendant un moment. Aldo, cette fois, n'y participa pas, sans comprendre pourquoi cette histoire le tracassait ; peut-être parce que ni Anielka, ni la duchesse ni le secrétaire n'avait cru bon d'y faire allusion auprès de la police. Pourquoi l'auraient-ils fait d'ailleurs ? N'aimant guère les habitudes anglaises de boire tiède, surtout la bière, sir Eric s'était offert un jouet original, un gadget, et s'en servait lui-même. Ce n'était donc pas bien grave. Restait à savoir si cette machine était fiable et ne présentait pas quelque faiblesse comme il arrive souvent aux inventions quand on les met sur le marché. Après tout, la duchesse, bien qu'elle ne soit pas d'une intelligence transcendante, n'avait peut-être pas tort... Pourtant, la strychnine, c'était beaucoup !

Laissant les dames continuer leur discussion et se lancer dans des paris sur l'éventuel mariage du duc d'York [1], Morosini présenta une vague excuse que l'on entendit à peine tant l'affaire était chaude et se mit à la recherche d'Adalbert.

Il le trouva debout derrière la chaise de sa partenaire qui n'était autre que lady Ribblesdale, assumant son rôle de « mort » en surveillant son jeu. Il le tira à part.

1. Ce fut lady Airlie qui l'emporta : le 26 avril 1923, lady Elizabeth devenait duchesse d'York en épousant le futur George VI. Elle est aujourd'hui la reine-mère d'Angleterre.

– Je viens d'apprendre quelque chose qui me tracasse, dit-il.

Et de raconter l'histoire de l'armoire frigorifique.

– Tu ne trouves pas étrange que personne n'en ait parlé après la mort de Ferrals ?

– Pas vraiment ! Qu'il ait préféré fabriquer lui-même sa glace plutôt que se servir des pains que les glacières londoniennes livrent chaque jour dans toutes les grandes maisons n'a rien d'extraordinaire. Il prenait grand soin de sa santé et craignait peut-être que les pains en question ne soient pas assez propres... Je ne vois pas pourquoi ça te tourmente.

– Je ne sais pas. Une impression... Si tu veux tout savoir, j'ai très envie d'aller voir à quoi ressemble ce machin.

– C'est simple : retourne voir Sutton et demande-lui de te le montrer.

– Surtout pas ! Imagine – et ne commence pas à jeter les hauts cris, c'est une simple hypothèse ! – imagine que le poison ait été déposé dans la glace ?

Les sourcils d'Adalbert remontèrent au milieu de son front, disparaissant à moitié sous sa boucle rebelle.

– Au risque de tuer n'importe qui ? Tu rêves ? Imagine que la duchesse, par exemple, ait accepté un glaçon dans son verre ? Peu probable, je veux bien l'admettre, mais tout de même ?

– Et après ? Quelqu'un qui est décidé à tuer n'y

regarde pas de si près. Et si je ne veux pas m'adresser au secrétaire c'est pour le cas où j'aurais raison et où il serait l'assassin...

– Cette fois tu déraillles ! Il n'avait aucun motif pour assassiner un homme qu'il aimait et auquel il devait une situation des plus lucratives. Même en admettant que ce soit lui, il aura fait le ménage, changé l'eau par exemple. Ton élucubration ne tiendrait – et encore ! – qu'avec le Polonais comme coupable... Parce que, évidemment, comme il s'est enfui dès que Ferrals s'est écroulé, rien n'aura été nettoyé. Crois-moi, c'est une idée folle... puisque lui seul en possédait la clef.

– Pas tant que ça ! Et j'ai bien l'intention d'y aller voir. Avec ou sans ton aide. Avec ou sans clef ! Mais on reparlera de ça plus tard. Ta partenaire te réclame et elle n'a pas l'air de bonne humeur !

– Nous avons perdu, pardi ! Elle annonce comme une folle et s'étonne après que ça ne marche pas !

– Écoute, si ça ne t'ennuie pas, je vais rentrer. Tu me rejoindras à l'hôtel. Je commence à trouver le temps un peu long et...

Il n'acheva pas sa phrase. Quelque chose se passait autour de la table vers laquelle Adalbert se précipitait. La voix furieuse d'Ava Ribblesdale faisait éclater le silence qui est de règle dans un salon où l'on bridge. De toute évidence, elle contestait sa défaite. Il fut vite probant qu'elle s'en prenait aussi bien à ses adversaires – Moritz Kledermann et un jeune député conservateur – qu'à son partenaire qu'elle accusait de « lui avoir laissé un jeu impossible à défendre » et d'avoir « fait ses annonces en dépit du bon sens ».

– Je refuse de continuer à jouer dans ces conditions ! s'écria-t-elle en se levant. Mes habitudes vont à un jeu audacieux peut-être mais au moins intelligent ! Restons-en là, messieurs !

Aldo qui avait suivi son ami se rendit compte trop tard qu'il était allé au-devant du danger : quittant ses compagnons dans un grand envol de satin blanc et de dentelles noires, lady Ribblesdale accourait vers lui. Elle s'empara de son bras d'un geste péremptoire et, l'obligeant au demi-tour, lui fit rebrousser chemin.

– Je n'aurais pas dû me laisser aller à ma passion pour ce jeu alors que nous avons encore tant de choses à nous dire, soupira-t-elle en lui dédiant un rayonnant sourire. Il faut que vous me pardonniez de vous avoir malmené tout à l'heure et que nous soyons amis. C'est ce que nous allons être, n'est-ce pas ? J'y tiens beaucoup.

Elle parlait soudainement d'un ton de confidence doux et persuasif comme si cette amitié qu'elle réclamait était pour elle d'une importance vitale. Et Morosini comprit alors quel pouvoir de séduction cette femme imprévisible dégageait lorsqu'elle voulait bien s'en donner la peine.

– Comment n'être pas sensible à une si charmante invitation ? Nous n'avons, en effet, aucune raison de n'être pas amis.

– N'est-ce pas ? Et vous me trouverez ce que je désire tant ? Voyez-vous, prince, en vous demandant de faire pour moi un petit miracle – je me doute bien que ce ne doit pas être facile ! – j'obéis à une impulsion profonde, presque vitale ! Bien sûr, je ne manque pas de diamants, ajouta-t-elle en soulevant d'un geste négligent la cascade scintillante qui illuminait son décolleté, mais ce sont des pierres modernes et j'en veux un, au moins un, qui ait une âme... une véritable histoire !

– Je ne suis pas certain que vous ayez raison. Les pierres venues du fond des âges portent souvent en elles le reflet du sang, des larmes, des catastrophes qu'elles ont engendrés et si...

Elle l'arrêta d'un geste de la main.

– Certains pensent que j'ai beaucoup de défauts mais personne ne m'a contesté le courage. Je n'ai peur de rien au monde et surtout pas de cette prétendue malédiction attachée aux joyaux célèbres et qui n'existe que dans l'imagination populaire. Depuis que son beau-père lui a offert le Sancy, ma cousine n'a souffert en rien. Bien au contraire... Alors ?

– Que puis-je vous dire ? Je connais un diamant ancien taillé en table et un peu plus important que celui qui vous empêche de dormir. Il aurait appartenu à la couronne anglaise avant de passer aux mains du cardinal Mazarin. Je dis bien il « aurait », car je n'ai à vous offrir aucune assurance qu'il soit ce que je crois. Si c'est lui, on ne sait ce qu'il est devenu depuis 1792.

– Marie-Antoinette l'aurait-elle porté ?

– Je le crois, oui, mais toujours si...

– Ne répétez pas tout le temps la même chose : où est-il ?

– À Venise, chez une amie.

– Alors je pars demain pour Venise avec vous...

Aldo eut un sourire en considérant le visage de sa compagne transfiguré par la passion : ses yeux noirs étincelaient, ses narines frémissaient et elle humecta deux ou trois fois ses lèvres du bout de sa langue.

– C'est impossible, parce que sa propriétaire ne veut le vendre que dans le plus grand secret. Votre présence serait trop révélatrice...

– En ce cas allez le chercher ! Faites-le venir ! Je ne sais pas, moi, mais arrangez-vous pour que je le voie. Au fait : comment s'appelle...rait-il ?

– Le Miroir du Portugal... Écoutez, lady Ava, je vais essayer de le faire apporter ici par mon fondé de pouvoirs, mais je vous demanderai un peu de patience : on ne promène pas une pièce de cette importance à travers l'Europe sans y mettre quelques précautions. Et surtout, je vous demande de n'en point parler... à quiconque sinon aucun marché ne sera possible entre nous. Je ne veux pas que mon émissaire coure le moindre risque. Vous m'avez bien compris ?

Lady Ribblesdale planta son regard droit dans les yeux clairs de Morosini tout en posant sur la sienne une main dont la force le surprit.

– Vous avez ma parole! Je ferai porter un mot au Ritz vous disant où et comment vous pourrez me joindre. En tout cas et d'avance merci d'essayer de me faire plaisir! À présent, allons boire quelque chose de fort. Ces émotions m'en font sentir le besoin.

Leur conversation les avait conduits dans un jardin d'hiver qui prolongeait le salon où se tenait la duchesse. Ils le quittèrent en causant de futilités, et c'est seulement quand il les eut vus éloignés que Moritz Kledermann sortit de derrière le bosquet de hautes plantes vertes où il avait trouvé refuge. Il alla s'asseoir dans un fauteuil de rotin habillé de chintz fleuri, prit un cigare dans une poche intérieure de son smoking, l'alluma et, se renversant dans son fauteuil, se mit à fumer avec volupté. Il souriait.

Pendant ce temps, dans la voiture qui les ramenait à l'hôtel, Adalbert et Aldo reprenaient leur conversation là où ils l'avaient laissée.

– Dis-moi un peu, toi qui es franc comme l'or! Qu'est-ce que tu entendais tout à l'heure quand tu m'as déclaré que tu entrerais chez Ferrals avec ou sans mon aide?

– Je ne vois pas en quoi ma phrase demanderait une explication. Elle est claire, il me semble, bougonna Morosini. J'ajoute cependant que j'aimerais mieux ton aide. Je ne possède pas, hélas, tes talents de serrurier.

– C'est bien ce à quoi je m'attendais. Tu ne

manques pas d'audace, tu sais ? Pourquoi ne t'adresses-tu pas à ton amie Wanda ?

– Ça m'ennuierait de lui causer le moindre tort. Et puis son dévouement échevelé ne m'inspire qu'une confiance limitée. Avec ce genre de femmes on ne sait jamais ce qui peut arriver. Si l'on trouve quelque chose, elle est capable de se jeter à genoux pour clamer ses remerciements au Ciel et elle ameutera la maison. J'ai pensé aussi à Sally, la petite femme de chambre amie de Bertram Cootes, mais ça nous obligerait à le mettre dans la confidence et je n'y tiens pas. Alors, tu vois, il ne reste plus que toi, conclut Aldo avec sérénité.

– C'est du délire, non ? Tu me vois aller fracturer une porte sûrement barricadée, et en plein Grosvenor Square ?

– Comme si tu ignorais que les portes des cuisines sont beaucoup moins bien défendues et qu'elles se trouvent en sous-sol ?

Pour toute réponse, Vidal-Pellicorne marmonna quelque chose d'inintelligible et de peu aimable, et tournant la tête de l'autre côté s'absorba dans la contemplation des rues de Londres plongées à la fois dans la nuit et dans le brouillard. Morosini n'insista pas et fit de même, préférant laisser son idée trotter dans la tête de son ami mais à peu près certain d'avoir partie gagnée : Adal résistait difficilement à l'attrait d'une aventure un peu risquée...

Comme on allait arriver, l'archéologue sortit de sa méditation pour suggérer, dans l'espoir de détourner les idées d'Aldo :

– Je croyais que nous devions aller faire un tour sur la Tamise afin de pénétrer par le fleuve les secrets du Chrysanthème rouge ?

– L'un n'empêche pas l'autre et chaque chose en son temps ! Nous n'allons pas nous jeter sans préparation sur l'hôtel Ferrals : il faut au moins aller reconnaître les alentours. En attendant, on va se procurer un bateau pour demain soir. Tu es satisfait ?

– Ben voyons ! Voilà qu'au lieu d'une nous aurons deux superbes occasions de nous faire harponner par la police ! Le rêve ! J'exulte !

Avant de se coucher, Morosini prit le temps d'écrire une longue lettre à son ancien précepteur mais toujours ami Guy Buteau qui, à Venise, l'aidait à gérer sa maison d'antiquités. Parfait connaisseur en pierres anciennes et d'un dévouement à toute épreuve, Guy était l'homme idéal pour aller traiter discrètement avec la vieille marquise Soranzo et mener ensuite à bonne fin le transport jusqu'en Angleterre du bijou proposé. De plus, il adorait les voyages.

CHAPITRE 6

SUR LE SENTIER DE LA GUERRE...

Débarrassée du brouillard par un vent qui devait venir du pôle, la nuit était glaciale mais d'une inhabituelle pureté, et si quelques écharpes brumeuses traînaient au ras de l'eau elles étaient le fait de l'ambiance humide comme si, par instant, la Tamise se mettait à fumer. Pour une fois, en levant la tête on pouvait voir les étoiles étendre sur Londres leur scintillement, si rare à cette époque de l'année, mais aucun des trois hommes de la barque ne songeait à les contempler. Morosini et Vidal-Pellicorne, attelés aux avirons, ramaient avec l'énergie de gens qui éprouvent le besoin de se réchauffer. Quant à Bertram Cootes, assis à l'avant du bateau, il scrutait les rives noires piquées, de temps à autre, d'un lumignon blafard signalant un réverbère.

La présence du journaliste s'était révélée indispensable. Aller quelque part en taxi est une chose mais se rendre au même endroit par le fleuve et dans l'obscurité en était une autre, bien différente. Surtout pour des étrangers.

– À partir de Tower Bridge et dès que l'on atteint les Docks, les rives se ressemblent toutes. Même si tu as bien repéré la maison, on n'y arrivera jamais sans le secours d'un indigène. Déjà, de jour, ce ne serait pas facile mais aux environs de minuit...

Aldo ayant convenu que c'était la sagesse, on se disposait à téléphoner au quartier général du journaliste quand il s'était présenté de lui-même pour se mettre à la disposition de nouvelles relations aussi généreuses qu'efficaces. La pensée lui était venue que, s'il voulait poursuivre son enquête sur le diamant envolé dans les quartiers mal famés, il valait mieux profiter de la présence providentielle de ces deux hommes qui semblaient n'avoir peur de rien. Aussi était-il venu, l'oreille un peu basse mais dégoulinant de bonne volonté, proposer sa profonde connaissance de la ville en jurant ses grands dieux qu'on ne devait plus jamais « avoir peur de sa peur ».

Ainsi rentré en grâce, il avait fait preuve d'une bonne volonté touchante en dénichant une petite allège à fond plat que l'on alla prendre au Dock Sainte-Catherine, proche voisin de la Tour de Londres, où accostaient les grands navires chargés de thé, d'indigo, de parfums, de bois précieux, de houblon, d'écaille, de nacre et de marbre. C'était sans doute le dock le plus sympathique de la

Tamise et il était possible d'y louer un bateau sans risquer de se faire dévaliser. Depuis, on ramait sans trop de difficultés : la marée, étale, n'allait pas tarder à descendre et les aiderait.

– Qu'est-ce qu'on va chercher ? grogna Adalbert tout en tirant sur ses avirons. Tu as envie de visiter un tripot clandestin ou de t'assurer qu'il y a là une fumerie d'opium ?

– Je ne sais pas, mais quelque chose me dit qu'en explorant le repaire souterrain de Yuan Chang nous ne perdrons pas notre temps. C'est encore loin ? ajouta-t-il à l'adresse de Bertram.

– Pas très. Voilà les grands escaliers de Wapping. Encore un petit effort !

Quelques minutes plus tard, la barque venait s'amarrer doucement à un anneau placé à cet effet près de l'entrée ronde du tunnel qui intriguait tant Morosini. Le flot était presque au ras du seuil. Aldo et Adalbert y prirent pied et, laissant Bertram commis à la garde de leur esquif, ils s'enfoncèrent sous la maison. L'obscurité y était profonde mais grâce à la lampe de poche que l'archéologue allumait par brefs instants, ils purent s'y diriger sans risquer de s'étaler sur le sol visqueux. On devait être à la hauteur de la salle de fan-tan car on percevait le jacassement excité des joueurs.

Le tunnel n'était pas long. En pente douce, il aboutissait à quelques marches menant à une porte en bois grossier sous laquelle filtrait une lueur jaune. Elle était fermée à clef : sans rien dire, Adalbert tira quelque chose de sa poche, s'accroupit devant la serrure et se mit à fourrager dedans avec toute la délicatesse désirable pour éviter le bruit. Ce fut rapide. En quelques secondes, le battant s'écartait, découvrant un couloir faiblement éclairé par une lampe chinoise accrochée au plafond.

Morosini émit un léger sifflement admiratif :

– Quel talent ! Quelle habileté ! chuchota-t-il.

– C'est l'enfance de l'art ! fit l'autre avec désinvolture. Cette serrure n'a rien de rare.

– Et un coffre-fort ? Tu saurais ?

– Ça dépend... mais chut ! On n'est pas là pour bavarder.

Une seule porte donnait sur ce couloir, opposée au mur lépreux derrière lequel se trouvait la salle de jeu. Quelqu'un parlait de l'autre côté et, sans bien comprendre ce qu'il disait, Aldo crut reconnaître Yuan Chang. Soudain, une autre voix éclata. Une voix de femme déformée, amplifiée par la colère :

– Ne vous moquez pas de moi, vieil homme ! J'ai payé pour le service rendu et aujourd'hui je n'ai rien. Or, je veux ce dont nous étions convenus.

– Vous avez montré trop de hâte, milady ! C'est une impulsion d'autant plus dangereuse qu'elle vous a amenée ici sans même attendre que je vous appelle.

– Ne pouvez-vous comprendre mon impatience ?

– Elle est toujours mauvaise conseillère. À

présent, ne venez pas vous plaindre à moi si vous avez été attaquée en sortant d'ici.

– Vous êtes bien certain de n'y être pour rien ?

Il y eut un silence qui parut à Morosini plus inquiétant que des cris. Le doute n'était pas possible : la femme était Mary Saint Albans et il se sentait confondu par son audace. L'affaire qu'elle traitait devait être d'importance pour qu'elle ose s'attaquer ainsi à ce Chinois plus dangereux qu'un serpent à sonnette. Machinalement, il tâta dans sa poche l'arme qu'il avait pris soin d'emporter et dont il n'hésiterait pas à se servir s'il fallait courir au secours de cette folle.

Soudain, il y eut un raclement de siège déplacé suivi d'un craquement de parquet. Sans doute Yuan Chang s'approchait-il de sa visiteuse, car sa voix arriva plus aisément.

– Puis-je demander comment vous l'entendez ? fit-il.

– Oh c'est simple et j'aurais dû me douter que vous me joueriez un tour. Je n'ai pas payé assez cher, n'est-ce pas ?

– C'est moi qui l'ai demandé. Un prix raisonnable...

– Allons donc ! Il n'était si raisonnable que parce vous comptiez bien gagner sur toute la ligne. C'était si facile, n'est-ce pas ? Je suis venue vous apporter l'argent, vous m'avez donné ce que je venais chercher et ensuite vous avez envoyé vos hommes à mes trousses afin de récupérer le diamant.

Les deux hommes à l'écoute eurent peine à retenir une exclamation de stupeur mais ce n'était ni le lieu ni l'heure de se communiquer leurs impressions. Yuan Chang s'était mis à rire.

– Vous êtes intelligente pour une femme. Surtout pour une femme aussi avide, dit-il avec un dédain amusé, mais il n'y a pas lieu d'en tirer vanité car en fait vous avez joué exactement le jeu que j'attendais.

– Vous avouez ?

– Pourquoi me donnerais-je la peine de nier ? Comment n'avez-vous pas compris plus tôt que la somme demandée par moi était nettement insuffisante pour payer la vie d'un homme ?

– Il n'a jamais été question de tuer. Dans mon esprit...

– Votre esprit perd toute clarté dès qu'il s'agit de joyaux. Vous ne deviez pas vous soucier des moyens mais, à présent, ce sont trois hommes et non plus le seul bijoutier qui sont tombés. J'ai dû, en effet, faire exécuter les frères Wu, mes si fidèles serviteurs, parce que, après vous avoir repris la pierre, ils ont négligé de me la rapporter. L'appât du gain, que voulez-vous ! Heureusement, ils étaient surveillés et mes gens s'en sont emparés au moment où ils allaient rejoindre un navire pour gagner le continent. Une idée stupide qui leur a coûté cher : la police fluviale les a retrouvés dans la Tamise.

– J'ai lu les journaux et j'aurais dû me douter

que c'était vous, mais votre organisation ne m'intéresse pas. Je veux le diamant.

– Vous avez envie de subir une nouvelle attaque nocturne ? Je tiens à garder cette pierre pendant quelque temps encore et je suis même disposé à vous rendre votre argent.

– Cela veut-il dire que vous voulez autre chose ? Quoi ?

– Ah ! Voilà que vous devenez compréhensive. En effet, vous me connaissez assez pour savoir que je ne tiens pas à conserver indéfiniment ce diamant qui vous fait si fort envie. Ces... colifichets occidentaux ne représentent pas grand-chose pour moi.

– Peste ! souffla Adalbert. Comme il y va !

– En revanche, poursuivait le Chinois, retrouver les trésors de nos grands ancêtres impériaux est le but de ma misérable vie. Une partie s'en trouve chez vous et vous aurez votre babiole lorsque j'aurai, moi, la collection de jades de votre époux vénéré.

Le coup devait être aussi dur qu'inattendu. Un silence le souligna, puis lady Mary balbutia, et sa voix, pour la première fois, reflétait la crainte.

– Vous voulez que je vole mon mari ? Mais c'est impossible !

– Enlever le diamant sous le nez de Scotland Yard l'était tout autant.

– Je l'admets. Cependant, vous n'y seriez jamais parvenu sans mon aide.

– Personne ne dit le contraire. Vous avez joué

fort convenablement votre rôle, aussi n'entre-t-il pas dans mes intentions de vous demander d'agir vous-même. Vous n'aurez qu'à nous faciliter la tâche en me disant d'abord où se trouve la collection.

– Dans notre château du Kent. À Exton Manor.

– Bien, mais c'est encore insuffisant. Il me faut toutes les indications, tous les plans dont j'ai besoin pour mener à bien cette entreprise de... récupération de trésors volés chez nous jadis. Lorsque j'aurai les jades impériaux, vous aurez votre caillou.

– Pourquoi ne l'avoir pas dit plus tôt ?

– Je suis un adepte de la pêche : pour attraper certains poissons, il faut un appât de qualité, puis, avant de le sortir de l'eau, il faut se donner du mal, le fatiguer. C'est ce que j'ai fait parce que je vous connais bien, lady Mary, et cela depuis de longues années et que, de prime abord, vous n'auriez peut-être pas accepté le marché. C'eût été même dangereux pour moi. Il fallait que vous mûrissiez comme le fruit qui résiste à la main quand il est encore vert mais lui tombe tout naturellement dans la paume lorsqu'il est à point. Vous devrez donc nous faciliter l'accès de votre demeure... mais... vous voilà bien songeuse. Mon idée commencerait-elle à vous séduire ?

– Me séduire ? Alors que vous me demandez de dépouiller l'homme que je...

– Que vous n'avez jamais aimé. Le seul qui ait

réussi à toucher votre petit cœur si dur n'était-il pas ce jeune officier de marine rencontré dans un bal chez le gouverneur à Hong Kong ? Vous en étiez folle mais votre père ne voulait pas en entendre parler et vous a empêchée, de justesse, de partir avec lui. Sa carrière en aurait été brisée mais peut-être eussiez-vous été heureuse. D'autant qu'il n'aurait sans doute pas été tué pendant la guerre...

– Où avez-vous appris tout cela ? murmura la jeune femme atterrée.

– Ce n'est pas sorcier et Hong Kong est une petite île où l'on sait tout des gens importants pour peu que l'on s'en donne la peine. Or, vous aviez déjà pris goût au jeu et vous m'intéressiez. Plus tard, vous avez accepté Saint Albans pour sa fortune : au moins vous pourriez, grâce à elle, assouvir votre passion des pierres. À présent, vous êtes pairesse d'Angleterre et vous vous retrouvez l'épouse d'un des hommes les plus riches du pays. Vous pouvez obtenir tout ce que vous voulez.

– Ne croyez pas ça ! Je ne suis même pas certaine que Desmond m'aime. Il est fier de moi parce que je suis belle. Quant à ma passion, comme vous dites, elle l'amuserait plutôt mais il dépense beaucoup plus pour sa collection à lui. Je crois qu'il tient à ses jades plus qu'à tout au monde.

– Tant pis pour lui ! Êtes-vous décidée à m'aider ?

Cette fois, il n'y eut pas le moindre temps de réflexion et la voix de Mary s'était raffermie quand elle dit :

– Oui. À condition d'en être capable.

– Quand on veut quelque chose on peut accomplir des exploits. Les chrétiens ne disent-ils pas que la foi soulèverait des montagnes si l'on savait l'employer ? Alors, je vais poser ma question d'une autre façon : voulez-vous toujours le diamant ?

La réponse vint, immédiate, précise, affirmée :

– Oui. Je le veux plus que tout et vous le savez fort bien. Cependant, laissez-moi un peu de temps pour mettre mes idées en place, penser à tout cela et me préparer à vous satisfaire. Que voulez-vous au juste ?

– Un plan minutieux de la maison, le nombre des domestiques et leurs attributions. Vos habitudes et celles de vos invités lorsque vous en avez. La description des alentours et tout ce qui concerne la garde de la propriété. Dans ce genre d'entreprise, il faut une extrême précision. Je compte sur vous pour y parvenir.

– Vous savez que je ferai de mon mieux. Malheureusement je ne pourrai pas vous en apprendre davantage : j'ignore la combinaison qui ouvre la chambre forte.

– Une chambre forte ?

– C'est le terme qui convient. Mon époux l'a aménagée dans un caveau dont les murs, datant du XIIIe siècle, ont plusieurs pieds d'épaisseur. Une véritable porte de coffre fabriquée par un spécialiste la ferme. Sans le chiffre on ne peut l'ouvrir.

– C'est fâcheux mais pas insurmontable. Si je ne peux l'obtenir j'essaierai de m'en arranger... d'une façon ou d'une autre. L'homme le plus discret peut devenir bavard dès l'instant où l'on s'adresse à lui sur le ton qui convient.

Lady Mary eut une exclamation où perça une réelle angoisse.

– Songeriez-vous à... vous en prendre à sa personne ?

– Tous les moyens sont bons pour atteindre le but recherché mais... il est certain que je préférerais ne pas en venir là. Ce secret, milady, une femme aussi intelligente que vous devrait parvenir à l'atteindre. Ah, j'allais oublier : n'imaginez pas que vous pourriez me tendre un piège en prévenant la police ! De ce côté-là aussi je saurai prendre mes précautions et vous ne reverriez jamais la Rose d'York !

– Après ce que j'ai fait, je n'ai aucun intérêt à mettre Scotland Yard au courant de nos affaires... même pour sauver mon époux ! Comment dois-je vous faire parvenir les renseignements ?

– Pas de hâte ! Dans quelque temps, une femme viendra chez vous pour vous proposer de la lingerie parisienne. Rassurez-vous, c'est une Occidentale. Vous n'aurez qu'à lui remettre une enveloppe cachetée. Ensuite, je vous ferai savoir quand je compte agir car il faut, bien entendu, que vous soyez sur place... pour nous introduire ! À présent, partez et interdiction de revenir ici ! Je n'aime pas les risques inutiles.

– C'est entendu. Mais... avant que je m'en aille, ne me le montrerez-vous pas une fois encore ?

– Le diamant ?

– Il me semble que cela stimulerait mon courage !

– Pourquoi pas ? Il n'est jamais loin de moi.

Dans le couloir, Aldo tourna la tête. Son regard rencontra celui de son ami. La même pensée venait de leur traverser l'esprit : pourquoi ne pas profiter de l'occasion ? Faire irruption dans la pièce, s'emparer de la pierre après avoir neutralisé le Chinois et sa visiteuse semblait incroyablement facile ! Et aurait l'avantage de mettre tout le monde d'accord.

Aldo sortait déjà son arme et allait poser la main sur la poignée de cuivre quand Adalbert le retint, fit non de la tête et indiqua qu'il était temps de s'éloigner. Des pas, en effet, se faisaient entendre et se rapprochaient. Ils repartirent discrètement en prenant soin de refermer derrière eux le gros vantail de bois. Un instant plus tard, ils retrouvaient Bertram, aplati au fond de la barque pour éviter d'être vu si d'aventure un bateau était passé près de lui. Il accueillit leur retour avec un énorme soupir de soulagement mais ne dit rien. On embarqua sans souffler mot puis, tirant vigoureusement sur les avirons pour lutter contre la marée descendante, on se hâta de mettre une assez large distance entre la barque et le Chrysanthème rouge. Toujours en silence, le journaliste grillait de curiosité.

– Vous en avez mis du temps ! lâcha-t-il enfin en se frottant les mains pour les réchauffer. Je commençais à m'inquiéter. Est-ce qu'au moins vous avez découvert quelque chose ?

– Disons que cette visite en valait la peine, dit Morosini. Nous avons pu surprendre une conversation entre Yuan Chang et un personnage inconnu qui nous a donné la certitude que le diamant est bien en possession du Chinois. Yuan Chang l'a même montré à son visiteur...

– ... et nous avons eu toutes les peines du monde à ne pas faire irruption chez le Chinois pour lui reprendre la pierre, compléta Vidal-Pellicorne.

– Seigneur ! Vous avez bien fait de vous retenir car vous n'auriez rien repris du tout et à cette heure vous seriez peut-être en train de barboter dans la Tamise. Si j'en crois ce qu'on murmure sur les maisons du Chinois, elles seraient munies de trappes qui lui permettent de se débarrasser de façon simple et commode des visiteurs indiscrets ou indésirables.

– N'exagérons rien ! grogna Morosini. Il doit bien y avoir une part de légende là-dedans.

– Avec les Asiatiques, les pires légendes sont souvent en dessous de la vérité, fit Bertram d'une voix mal assurée. Et j'en ai entendu pas mal sur Yuan Chang. C'est peut-être pour ça que j'ai si peur de lui et de ce qui l'entoure. Puis, changeant soudain de ton : Que comptez-vous faire maintenant ? Aller raconter ça au superintendant Warren ?

– On va y réfléchir.

– Vaudrait mieux, sans ça il va me tomber dessus si je fais seulement allusion à la chose dans mon journal.

– Vous ne faites allusion à rien du tout, mon bonhomme ! Tout au moins pour le moment, protesta Adalbert. Je croyais que nous étions d'accord. Vous vous tenez tranquille en vous contentant de nous donner un coup de main. En échange, vous aurez l'exclusivité de l'histoire. Ça ne vous va plus ?

– Si... oh si ! Seulement la patience n'est pas ma vertu dominante.

– C'est un grave défaut chez un journaliste ! La patience, mon cher, c'est l'art d'espérer. Ce n'est pas Shakespeare qui l'a écrit mais un Français nommé Vauvenargues. Ce n'en est pas plus mauvais pour autant et je vous conseille de le méditer.

Le coup de sirène d'un paquebot qui descendait le fleuve en l'illuminant de ses feux coupa court à la discussion pour privilégier la stabilité de l'esquif secoué par le puissant sillage. Aldo, quant à lui, se désintéressait du bavardage de ses compagnons. En bon Italien facilement tenté par la mise sur piédestal de toute jolie femme, il éprouvait quelque peine à se remettre de leur récente découverte. À savoir que lady Mary se trouvait à l'origine d'un crime affreux et que, sans doute, elle y avait participé. Une phrase entendue tout à l'heure l'obsédait surtout : « Après ce que j'ai fait je n'ai aucun intérêt à mettre Scotland Yard au courant de nos affaires... » Quel rôle avait-elle donc joué dans l'assassinat de Harrison, cette ravissante créature dont le visage d'ange couvrait une âme si noire ?

Soudain, la vérité lui apparut évidente, éclatante même ! Pourquoi pas celui de la vieille lady Buckingham dont il avait la certitude qu'elle n'avait pu se rendre dans le magasin d'Old Bond Street ? Évidemment, il y avait la voiture et la femme qui était censée la soutenir. Peut-être l'infirmière de la vieille dame, celle qui avait refusé à Warren l'accès de sa chambre en la proclamant trop choquée pour répondre à des questions. Fallait-il supposer que lady Mary s'était assuré sa complicité ? Cette version expliquerait tant de choses...

Tout à l'heure, Adalbert et lui-même débarrassés des oreilles curieuses du journaliste auraient tout le loisir de débattre la question qui s'imposait : mettre ou ne pas mettre la police au courant. La première solution serait la plus sage, et la meilleure manière de protéger lord Desmond dont la vie lui devenait chère puisque, dans l'état actuel des événements, son talent seul allait se dresser entre Anielka et la potence. D'autre part, s'il se trouvait pris dans le tourbillon d'un affreux scandale, l'avocat n'aurait peut-être plus le droit de défendre sa jeune cliente. Au fond, le mieux serait d'attendre encore un peu puisque l'attaque prévue contre les jades d'Exton Manor n'était pas pour tout de suite.

Seulement, il était écrit que ce soir-là le pouvoir de décision serait ôté à Aldo.

Au moment où leur bateau reprenait sa place au quai du Dock Sainte-Catherine, une silhouette trop reconnaissable se dressa en haut de l'escalier près duquel il s'amarrait.

– Alors, messieurs ? Bonne promenade ? La nuit est un peu fraîche mais il y a tellement d'étoiles que vous avez sans doute voulu les contempler ?

La voix goguenarde du ptérodactyle était lourde de menaces qui ne parvinrent pas, cependant, à venir à bout de l'inusable bonne humeur de Vidal-Pellicorne.

– Superbe ! C'est si rare d'en voir ici que nous n'avons pas pu résister. Vous, les Anglais, ne connaissez le soleil que par les écrits de vos anciens. Alors, les étoiles !

– Toujours la mauvaise foi des Français ! Et où êtes-vous allés, comme ça ?

– Ici et là ! Nous nous sommes laissé guider par notre fantaisie...

– Jusqu'aux rives enchantées de Limehouse ? Je vous comprends : c'est tellement exaltant pour l'esprit, ce coin pourri !... Mais trêve de plaisanterie, messieurs ! Je crois que nous allons avoir, vous et moi, une conversation à cœur ouvert des plus passionnantes ! Si vous voulez bien me suivre.

– Vous nous arrêtez ? protesta Morosini. Il n'y a aucune raison pour ça !

– Aucune en effet ! Je vous invite à venir boire

un café ou un grog dans mon bureau du Yard. Vous devez avoir grand besoin de quelque chose de chaud...

– Peut-être, mais nous détestons l'idée de vous déranger.

– Du tout, du tout ! Je tiens beaucoup à bavarder avec vous deux, fit Warren en pointant un doigt autoritaire sur Aldo et son ami. Ne m'obligez pas à demander une escorte. Faisons les choses simplement.

– Je ne suis pas invité, moi ? émit Bertram partagé entre le soulagement et la vexation.

– Non. Vous pouvez filer mais pas trop loin ! Je vous convoquerai plus tard.

– Mais vous... vous n'allez pas les arrêter ?

Aldo crut que l'oiseau préhistorique allait s'envoler tant les ailes de son macfarlane battaient furieusement.

– Et si vous vous mêliez de ce qui vous regarde ? aboya-t-il, réalisant ainsi une assez jolie performance zoologique. Foutez-moi le camp ou je vous passe les menottes ! Et tâchez de venir quand on vous appellera !

Ainsi houspillé, Bertram Cootes se fondit dans la nuit avec la soudaineté d'un génie de conte oriental, laissant ses compagnons en conversation avec le grand chef. On quitta les lieux aussitôt.

Dans la journée les bureaux de Scotland Yard n'étaient pas accueillants, mais la nuit c'était franchement sinistre, les grands classeurs d'un brun presque noir et les lampes à abat-jour en opaline vert pomme ne contribuant guère à une atmosphère détendue. Les visiteurs forcés y reçurent l'accueil de deux chaises tandis que le superintendant rejoignait un fauteuil de cuir après avoir, comme promis, fait servir des grogs fumants par le policier de garde. Heureusement, l'odeur du rhum et du citron emplit la pièce.

– Bien ! soupira Warren après avoir absorbé la moitié de son verre. Qui de vous deux va parler ? Mais d'abord une question : Cootes a-t-il participé à votre discrète visite des entrailles du Chrysanthème rouge ?

– Non, fit Aldo qui venait de décider, après un coup d'œil échangé avec Adalbert, d'être aussi franc que possible. Il a une peur bleue des Chinois et nous l'avons laissé dans la barque pour faire le guet.

– Pourquoi l'avoir emmené alors ?

– Pour nous aider à nous repérer sur le fleuve ! Avant de poursuivre, j'aimerais savoir comment vous êtes si au courant de nos faits et gestes. Nous n'avons vu personne.

– Il n'y pas de mystère. À peu près persuadé que vous ne tiendriez aucun compte de ma mise en garde de l'autre jour, je vous ai fait suivre. Quand on vous a vus prendre un bateau aux Docks, votre destination était claire. Et maintenant, racontez-moi tout ! Si j'en juge par la mine soucieuse que vous arborez depuis que vous m'avez vu, il a dû se passer quelque chose que vous n'étiez guère disposé à me confier.

Comme il ne leur avait pas été possible de se concerter, Vidal-Pellicorne jugea utile de se porter à la rescousse.

– Ne croyez pas cela. Nous sommes, je l'avoue, encore sous le coup de ce que nous avons découvert, et prévenir la police ou ne pas la prévenir méritait réflexion, étant donné les conséquences de cette décision pour d'autres personnes.

– Hum ! Pas très clair votre discours, monsieur... Vidal-Pellicorne ? C'est bien ça ?

La prononciation était abominable mais, de toute façon, en français ou en anglais, l'intéressé y était habitué.

– À peu près. C'est déjà une belle performance que vous ayez retenu mon nom.

– Je vous écoute, prince.

Ainsi encouragé, Aldo se lança dans le récit de la conversation entre Yuan Chang et une dame dont il avait été impossible de voir le visage. Quant à sa voix, jeune et agréable, c'était celle d'une personne sûrement cultivée. Mais à cet instant du reportage, Warren l'interrompit.

– Ne finassez pas avec moi ! Je suis certain que vous l'avez reconnue. Ou bien me trompé-je en suggérant qu'il pourrait s'agir de lady Killrenan ?

La surprise fut d'autant plus forte que Morosini n'était pas encore parvenu à donner ce nom qui lui était cher à sa nouvelle propriétaire. Pas plus qu'Adalbert dont les yeux s'étaient arrondis, il ne chercha à le cacher.

– Vous savez ?

– Qu'elle se rend parfois dans Narrow Street ? Naturellement ! Voyez-vous, il est assez courant que des gens de la bonne société fréquentent le tripot de Yuan Chang mais ce sont surtout des hommes. Dès qu'une femme s'y rend seule, nous établissons une certaine surveillance.

– Pas très efficace ! Elle a été attaquée il y a quelques nuits.

– En effet, dit Warren sans se démonter, mais elle a été secourue si vite par deux gentlemen que toute intervention était inutile. À présent, reprenez votre narration sur de nouvelles bases : elle y gagnera en clarté.

– De toute façon, fit Adalbert, il aurait bien fallu en venir là...

Cette fois, la relation fut complète et alla sans autre coupure jusqu'à son terme. Tout en parlant Aldo s'efforçait de lire les impressions sur le visage de son vis-à-vis mais c'était impossible : la figure du superintendant ne bougeait pas plus que si elle avait été taillée dans le granit.

– Bien ! conclut enfin celui-ci avec un soupir. Je ne sais qui je dois remercier le plus de vous ou de la chance, mais il est certain que vous venez d'apporter à l'enquête des éléments essentiels. Maintenant, dites-moi pourquoi vous hésitiez à m'informer de tout cela.

– Par crainte de voir lady Ferrals perdre un défenseur dont elle a grand besoin. Ce qui ne manquerait pas de se produire si les agissements de Mary Saint Albans font sombrer son époux dans le scandale.

– Il y aurait scandale si je m'assurais dès maintenant de la personne de notre entreprenante comtesse, mais je n'en ai pas l'intention et pas davantage le droit.

– Comment ça, pas le droit ? Je viens de vous dire qu'elle est complice d'un meurtre, qu'elle s'apprête peut-être à en commettre un autre et ça ne vous suffit pas ? s'écria Morosini indigné.

– Non, ça ne me suffit pas ! Pour l'instant je ne peux m'appuyer que sur votre parole à tous deux : vous avez entendu une conversation, un point c'est tout. Devant n'importe quel tribunal ce serait insuffisant. D'autant plus que vous êtes étrangers. Or il me faut du solide et ce solide je ne l'obtiendrai qu'en laissant lady Killrenan poursuivre son entreprise. Si elle doit être arrêtée, elle le sera à Exton et la main dans le sac.

– Si elle doit être arrêtée ? s'étrangla Aldo qui n'avait pas apprécié l'allusion au poids des étrangers devant un tribunal britannique. On dirait que vous n'en êtes pas sûr. Vous n'envisageriez pas, par hasard, de l'épargner alors que vous n'avez pas hésité à envoyer lady Ferrals en prison sur une simple dénonciation... anglaise il est vrai ?

La main de Warren s'abattit sur sa table avec

tant d'énergie que les dossiers placés dessus sursautèrent.

– Personne ne m'a jamais dicté mon devoir, monsieur Morosini. Un coupable est un coupable quel que soit son rang, mais jusqu'à ce que je sois sûr de mon fait et de mes arrières, je ne porterai pas la main sur l'épouse d'un pair d'Angleterre et j'agirai avec la prudence qui s'impose quand on approche l'entourage royal. N'oubliez pas que les Saint Albans sont des amis du prince de Galles.

– Ah! Voilà le grand mot lâché! Les gens de Buckingham Palace! Alors écoutez, superintendant Warren! Nous vous avons tout dit et moi, j'en ai assez de vous servir de cobaye... et de cobaye maltraité. Avec votre permission je vais me coucher! Débrouillez-vous avec vos Saint Albans, vos Chinois, vos diamants et votre famille royale! Merci pour le grog! Tu viens, Adal?

Et, sans laisser à son adversaire le temps de respirer, Morosini quitta le bureau dont Vidal-Pellicorne retient la porte juste avant qu'elle ne s'abatte sur son nez. Prudent, il articula quelques vagues paroles d'excuses à l'adresse du ptérodactyle, qui semblait avoir reçu les soins d'un taxidermiste. Puis il se lança à la poursuite d'Aldo, mais l'indignation emportait celui-ci à une allure si vive qu'il le rejoignit seulement une fois franchi le poste de garde.

Morosini était tellement furieux que son ami jugea plus prudent d'appeler un taxi avant d'entreprendre de le calmer. Ce qui ne fut pas facile : Aldo mâchonnait son indignation en bouts de phrases dans la grande tradition italienne, imagées et colorées, visant les origines douteuses des Anglais en général et du superintendant Warren en particulier.

Quand, enfin, il s'arrêta pour reprendre souffle, Adalbert qui avait attendu patiemment la fin de l'orage demanda doucement :

– Tu as fini ?

– Même pas ! Je pourrais vitupérer ainsi la nuit entière ! C'est indigne, c'est scandaleux, c'est...

Il allait repartir. Vidal-Pellicorne le fit taire d'un vigoureux :

– C'est normal, sacrée fichue mule italienne ! Cet homme est un policier, de haut rang par-dessus le marché ! Il est au service de son pays et doit en respecter les lois !

– C'est ça que tu appelles respecter les lois : laisser les mains libres à une criminelle britannique et enfermer une malheureuse innocente dont le seul tort est d'être polonaise comme tu es français et moi italien ! Même si on s'époumonne à clamer la vérité, on ne nous écoutera jamais ! C'est ça les Anglais !

– Quand il s'agit d'une enquête de police, c'est la même chose à Paris, à Rome, à Venise et tu devrais le savoir. Alors cesse de t'agiter !

– Je ne m'agite pas mais ce qui m'exaspère c'est de voir le peu de cas que l'on fait de ce que nous disons. Et tu aurais voulu que je lui parle de l'armoire frigorifique de Ferrals ? Il m'aurait pris pour un fou.

– Je n'ai jamais voulu que tu lui en parles. Tu sais ce que je pense de cette histoire abracadabrante !

– Pas si abracadabrante que ça ! Et je le prouverai !

– Seigneur, ayez pitié !

Il ne fut pas possible, cette nuit-là, de lui arracher un mot de plus. Pour la première fois de sa vie, peut-être, Aldo Morosini boudait... mais comme il était près de trois heures du matin, Adalbert ne s'en formalisa pas outre mesure, ayant beaucoup trop sommeil pour s'attarder sur un moment d'humeur. Il s'étonnait seulement, et il le regrettait, qu'Aldo fût si vite revenu sur ses belles résolutions concernant lady Ferrals. Décidément, quand ils se laissaient mener par leur cœur, ces Italiens devenaient imprévisibles !

Il était un peu plus de neuf heures, le lendemain matin, quand un taxi déposa Morosini devant l'entrée principale du Victoria and Albert Museum qui n'ouvrait qu'à dix heures, mais le prince considérait que ce musée constituait un excellent alibi au cas où un sbire de Scotland Yard serait encore attaché à ses pas. Quoi de plus normal, en effet, pour un Vénitien cultivé que d'aller admirer l'important ensemble de sculpture italienne qui s'y trouvait ? Naturellement, il ne put y entrer, joua les visiteurs déconfits, regarda sa montre, puis d'un pas de flânerie fit quelques pas sur le trottoir pour aller vers l'église voisine – de style Renaissance italienne –, où il espérait bien rencontrer Wanda.

N'étant jamais entré dans l'Oratoire, il fut surpris par son faste : l'intérieur n'était que marbres diversement colorés. Par ses dimensions aussi, mais comme l'assistance était peu nombreuse, il repéra vite celle qu'il cherchait : agenouillée à la table de communion, elle était en train de recevoir l'hostie. Il fit alors une courte prière puis alla s'asseoir près d'une statue d'apôtre en marbre et attendit la fin de la messe qui ne tarda guère. On en disait une chaque demi-heure dans cette église.

Cependant, il dut patienter : écroulée sur son prie-Dieu, Wanda éternisa son oraison et quand enfin elle se releva ce fut pour aller chercher un cierge qu'elle vint allumer devant la Pietà de la chapelle des Sept Douleurs proche de l'endroit où Aldo la guettait. En la voyant venir il nota qu'elle pleurait mais comme personne d'autre ne venait prier devant l'honorable copie d'une œuvre de Francesco Francia, il la rejoignit. Une nouvelle messe commençait à l'autre bout de l'église et c'était vraiment l'endroit idéal pour causer.

En le découvrant debout derrière elle, Wanda poussa un cri de souris apeurée et leva sur lui un visage boursouflé par les larmes, tellement douloureux qu'il sentit l'inquiétude l'envahir.

– Que vous arrive-t-il, Wanda ? demanda-t-il

avec sollicitude. Auriez-vous de mauvaises nouvelles de lady Ferrals ? Venez vous asseoir là, ajouta-t-il en montrant un banc coincé entre le mur et un confessionnal. Nous y serons tranquilles.

Elle se laissa conduire, heureuse peut-être au fond de sa douleur de rencontrer une main amicale. La vie ne devait pas être toujours rose dans la maison du défunt sir Eric habitée par la haine vigilante de son secrétaire. Une fois qu'elle fut installée, il prit sa main dont il sentit la froideur à travers le gant de filoselle.

– Dites-moi tout ! Vous savez que vous pouvez vous fier à moi et que je souhaite l'aider.

– Je sais, je sais, monsieur le prince, et je suis bien contente de vous rencontrer. Mon pauvre petit ange ! Elle est si malheureuse ! Elle supporte de plus en plus mal cette affreuse prison et quand je suis allée la voir hier, je l'ai trouvée si pâle, avec ses beaux yeux tout rouges et son pauvre petit corps secoué de frissons. Elle est en train de tomber malade, ça j'en suis sûre ! Vous pensez : enfermée entre quatre murs et d'horribles barreaux qui lui laissent tout juste apercevoir un bout de ciel gris, elle qui ne peut pas vivre sans grand air et sans jardin !... Elle dépérit, monsieur le prince, elle dépérit et peut-être qu'elle mourra avant même qu'on la juge !

Et de pleurer de plus belle en entrecoupant ses sanglots d'invocations à la Vierge et à quelques saints polonais. Devinant que ce flot de paroles et de larmes soulageait la pauvre femme, Aldo laissa passer l'orage. Il savait bien qu'Anielka avait fait le mauvais choix en s'imaginant que la prison pouvait être un abri. Elle était trop jeune pour savoir qu'une fois refermé, ce genre de piège ne s'ouvre pas facilement.

– Vous ne croyez pas, fit-il enfin, qu'il serait temps pour ce Ladislas Wosinski de se manifester ? Qu'attend-il pour venir jouer les preux chevaliers ? Que les juges coiffent leurs perruques et endossent leurs robes rouges afin de décider si votre maîtresse doit être pendue ou non ? Si vous l'aimez et si vous avez la moindre idée de l'endroit où il se trouve, il faut me le dire maintenant. Bientôt il sera trop tard !

– Mais je l'ignore. Je vous le jure devant la Vierge Sainte qui m'entend. Si vous me voyez dans cet état c'est parce que j'ai très peur. Si je savais où il est, j'irais le voir tout de suite pour lui expliquer ce que mon pauvre agneau endure parce qu'il doit être bien loin de s'en douter. Les journaux ne parlent plus de rien et Ladislas doit penser que la police poursuit son enquête. Donc qu'il vaut mieux rester encore caché...

– Mais c'est idiot ! Il devrait comprendre que lorsque la police a livré un coupable supposé elle se donne beaucoup moins de mal pour en trouver un autre ! À ce propos, lady Ferrals a dû rencontrer son nouvel avocat. En est-elle satisfaite ?

– Elle dit qu'il paraît très habile mais qu'il est très dur, qu'il la harcèle de questions.

– Et que fait le comte Solmanski ? Attend-il lui aussi le secours céleste ? Il priait beaucoup, m'a-t-on dit, après l'enlèvement de sa fille le jour de son mariage.

– Il est très, très en colère ! Il n'a apporté aucune aide à mon pauvre petit ange. Il n'est venu la voir qu'une seule fois à Brixton et il s'est montré cruel. Il a traité son enfant de tous les noms, lui reprochant de s'être conduite comme une malheureuse créature sans volonté, une sotte... et il a posé des questions. Il voulait savoir où était le jeune amoureux !

Connaissant le faux comte polonais et les buts qu'il poursuivait en mariant sa fille à Ferrals, Morosini ne mettait pas en doute le commentaire de Wanda. Solmanski devait être furieux que le retour de l'étudiant nihiliste soit venu enrayer le mécanisme tortueux mais délicat de ses combinaisons. À Venise, Simon Aronov avait prédit la mort de Ferrals parce qu'elle était nécessaire pour que Solmanski puisse mettre la main sur la fortune de son gendre, mais il n'était pas question, dans son esprit, qu'Anielka s'y trouve impliquée d'une façon ou d'une autre.

– Je ne peux pas lui donner tort. Il est naturel qu'il pense avant tout à sauver sa fille. Laissons-le donc agir à sa guise et voyons ce que nous, nous pouvons faire.

Wanda éleva vers la Pietà un regard noyé et des mains implorantes.

– C'est ça qui est terrible ! Nous ne pouvons rien faire, Sainte Mère de Dieu !

– Oh que si ! C'est la raison pour laquelle je suis ici ce matin : il faut que vous me fassiez entrer chez vous. Je dois examiner le cabinet de travail de sir Eric.

– Entrer dans la maison ? souffla Wanda terrifiée. Mais c'est impossible ! Mr. Sutton ne voudra jamais !

– Il n'est pas question de lui demander sa permission ! Allons, ce n'est pas si difficile ! Tout ce que je demande c'est que vous vous arrangiez pour que la nuit prochaine la porte des cuisines ne soit pas fermée. Il faut aussi m'expliquer où se trouve la pièce en question et la chambre de Sutton. J'ai besoin de connaître les habitudes des domestiques et leurs horaires pour être certain de ne rencontrer personne. J'ajoute que la vie d'Anielka dépend peut-être de ce que je trouverai.

Elle ne répondit pas, rendue muette par l'épouvante qu'il put lire dans ses yeux d'un bleu de faïence. Il insista.

– Croyez-moi, Wanda ! Il est temps que vous laissiez de côté vos rêves d'amours romantiques et que vous regardiez en face la réalité ! Ce que je vous demande ne vous fera pas courir un bien grand risque ! Quand tout le monde sera couché vous n'aurez qu'à descendre aux cuisines ouvrir la porte. Ensuite vous rentrerez dans votre chambre. Je me charge du reste ! À quelle heure ferme-t-on les portes chez vous ?

– À onze heures, sauf quand Mr. Sutton dit qu'il rentrera tard. Alors le maître d'hôtel l'attend.

– Il ne s'absente jamais ?

– Presque jamais. Il est le gardien de la demeure jusqu'à ce que le procès ait eu lieu et il prend son rôle au sérieux.

– De toute façon, je n'en ai pas pour longtemps : un quart d'heure... une demi-heure peut-être ? Vous m'aiderez ? Je serai chez vous à... disons minuit et demi.

– Et si Mr. Sutton sort ?

– Vous n'aurez qu'à téléphoner au Ritz. Si je ne suis pas là, laissez votre nom. Je comprendrai et la partie sera remise à demain même heure ! Un peu de courage, Wanda ! J'espère sincèrement pouvoir être utile à votre « petit ange ». Demandez donc à la Madone ce qu'elle en pense !

Sur ce chapitre, Wanda n'avait pas besoin d'encouragements et quand Morosini s'éloigna elle était quasi prosternée devant la Pietà et plongée dans une prière dont la ferveur devait se mesurer à sa peur. Mais elle lui avait fourni une bonne description de l'intérieur de la maison.

Par acquit de conscience, Aldo alla faire un tour au musée et se planta quelques instants devant une *Lamentation sur la mort du Christ* de Donatello comme s'il n'était venu que pour ça, puis fit demi-tour et repartit. Le temps se maintenant clair quoique froid, il décida de rentrer à pied. Un peu d'exercice calmerait peut-être ce désir lancinant qui lui était venu de se rendre à Brixton Jail dans l'espoir d'approcher Anielka. Une idée aussi stupide qu'insensée puisqu'il n'avait pas d'autorisation de visite, mais à la savoir souffrante et sans doute apeurée, il retrouvait intact son premier élan d'amour vers elle et voulait oublier les mensonges et les contradictions dont elle l'abreuvait depuis leur première rencontre. Aussi, quand il fut au bout du chemin, caressait-il l'idée de pousser jusqu'à Scotland Yard afin de demander à Warren un nouveau laissez-passer. Ce n'était pas une très bonne idée étant donné la façon dont ils s'étaient quittés cette nuit, mais il avait tellement envie de « la » revoir !

Un sursaut d'amour-propre le sauva du ridicule lorsqu'il pensa que, ce soir, il travaillerait pour elle et que cela devrait suffire pour le moment. Si les choses se passaient comme il l'espérait, c'est peut-être en triomphateur qu'il se rendrait chez le superintendant. La permission souhaitée irait de soi afin qu'il puisse porter la bonne nouvelle à la chère prisonnière.

Les rares passants attardés dans Grosvenor Square ne prêtèrent guère attention à cet homme en tenue de soirée, haut-de-forme en tête, cape noire et écharpe blanche sur les épaules, canne à la main, qui effectuait une petite promenade paisible en respirant l'air vif de la nuit. Ce genre de noctambule n'était pas exceptionnel dans ce quartier élégant où les gentlemen rentraient volontiers de leur club à pied quand le temps le permettait. Mais personne, pas même le policeman qui le croisa en portant un doigt à son casque, n'aurait imaginé que celui-là s'apprêtait à pénétrer indûment dans une demeure étrangère. Le grand apparat était, au fond, un excellent alibi et pour le justifier Morosini était allé passer la soirée à Covent Garden où il avait tué le temps en compagnie du ballet *Giselle.* Vidal-Pellicorne qui passait sa journée avec un confrère du British Museum n'avait pas reparu et Aldo avait dîné seul au grill de l'hôtel.

Il était un peu plus de minuit et demi quand, n'apercevant plus personne, il poussa la grille et s'élança dans le petit escalier conduisant à la porte de service. Apparemment Wanda s'était acquittée très consciencieusement de sa mission.

Au moment de pénétrer dans la maison, Aldo respira profondément. Il était encore du côté de la légalité mais dès qu'il aurait franchi cette porte il sauterait la barrière séparant les honnêtes gens des délinquants. On pouvait l'arrêter, le jeter en prison, détruire l'univers fort agréable et surtout passionnant qu'il s'était construit... mais cette pensée de prison lui rappela celle qui était peut-être en train d'y mourir.

– Ce n'est pas le moment de reculer, mon garçon ! se dit-il.

Et il poussa le vantail en espérant qu'il ne grincerait pas. Ainsi qu'on le lui avait dit, il se trouva dans le couloir desservant d'un côté les cuisines et de l'autre les chambres des serviteurs. Au fond, l'escalier de service reliant le sous-sol au rez-de-chaussée largement surélevé. Pour être bien sûr de ne pas faire de bruit, il ôta ses souliers vernis, les mit dans ses poches, trouva les marches presque à tâtons et attendit d'avoir tourné un coude pour allumer la lampe électrique emportée par précaution. Un instant plus tard, il était dans le grand hall et rengaina sa lampe : les becs de gaz de la rue éclairaient suffisamment pour qu'il pût se reconnaître. Il retrouva la belle et noble ellipse montant à l'étage, puis les bustes d'empereurs romains, le sarcophage et le reste des objets dont il gardait le souvenir.

Repérer le cabinet de travail de Ferrals fut facile : il était voisin de la petite pièce où Sutton l'avait reçu quelques jours plus tôt, mais cette fois il put rallumer : les fenêtres étaient occultées par d'épais rideaux soigneusement tirés. Dans un sens c'était une bonne chose : on ne risquait pas de le voir de l'extérieur. Restait maintenant à découvrir la fameuse armoire frigorifique dont la duchesse croyait se souvenir qu'elle était voisine de la table de travail et « cachée par la bibliothèque ». Or la pièce assourdie par des tapis persans était vaste et, à l'exception de la cheminée où achevaient de mourir quelques braises, elle était tapissée de livres.

– Raisonnons un peu ! Les murs ne sont pas si épais. Il doit y avoir quelque part des rayonnages en trompe-l'œil habillés de dos de reliures.

Ôtant sa cape et son chapeau qu'il déposa sur l'un des fauteuils, il entreprit d'explorer la vaste bibliothèque en commençant par la partie la plus proche de la table de travail. Ses longs doigts gantés couraient sur les reliures, tirant à demi un livre, ici ou là, sur chaque rayonnage. Cet exercice lui prit quelque temps, jusqu'à ce qu'enfin le dos relié auquel il s'attaquait refusât de bouger parce qu'il était soudé à ses voisins. Il tira un peu plus et une plaque de faux livres et de faux rayons se détacha, tournant sur des charnières invisibles. Dessous, il y avait une porte d'acier peinte dans la couleur du bois. Aucune poignée pour l'ouvrir mais un trou de serrure. Restait à savoir où était la clef.

Laissant les choses en l'état il commençait à chercher dans les tiroirs du bureau quand la pièce s'éclaira tandis qu'une voix froide s'élevait :

– Haut les mains et surtout pas un geste !

Aldo laissa échapper un soupir agacé en pensant que ce type devait avoir des oreilles de chien de garde car il avait conscience de n'avoir pas produit le moindre bruit. Quoi qu'il en soit, John Sutton drapé dans une robe de chambre en soie lie-de-vin, le cheveu hérissé, le tenait sous la menace d'un revolver.

– Vous pouvez abaisser ce machin, je ne suis pas armé, dit Morosini calmement...

– Je ne suis pas obligé de vous croire, aussi resterons-nous comme nous sommes. Alors, prince, ajouta-t-il en appuyant sur le titre avec un dédain insultant, on en est à fouiller les placards? Qu'espériez-vous trouver là-dedans? Si vous pensez que c'est un coffre-fort...

– Je sais que ce n'est pas un coffre-fort mais une glacière électrique. En Amérique, ça s'appelle je crois un Frigidaire d'après le nom du constructeur. C'est l'unique raison de ma présence ici.

Il étalait une désinvolture qu'il était loin d'éprouver et cela pour la plus stupide des raisons : il est difficile d'avoir grand air quand on se retrouve en chaussettes, même de soie, devant un bonhomme dont les yeux se fixent sur ce détail de toilette.

– Vraiment? Et vous croyez que je vais avaler ça? dit Sutton.

– Vous devriez. J'ajoute que si vous aviez la clef pour ouvrir ça m'arrangerait bien. De même que j'aimerais comprendre pourquoi personne, pas même vous, n'a eu l'idée d'en parler à la police.

– Pourquoi en aurions-nous parlé? C'était le joujou de sir Eric. Lui seul y mettait de l'eau, lui seul s'en servait. Vous n'imaginez pas que le poison s'y trouvait et que mon maître s'est empoisonné? Trouvez autre chose si vous voulez que je vous laisse filer!

– Mais je n'ai aucunement envie de filer. Je serais même très content si vous preniez ce téléphone afin de prier le superintendant Warren de se joindre à notre joyeuse réunion. Seulement, il faudrait trouver la clef.

– Vous espérez quoi ? Que je vais baisser ma garde pour manier le téléphone ? Soyez sûr que je le ferai dès que vous m'aurez confié la vraie raison de votre présence ici.

– Vous êtes quoi, écossais ou irlandais, pour être aussi têtu ? Si ça vous arrange, je peux appeler moi-même ! Je suis certain que le ptéro... le superintendant va la trouver passionnante votre petite armoire. En attendant, si vous le permettez, je baisse les bras et je remets mes chaussures. Tirez si ça vous chante mais j'ai froid aux pieds.

Joignant le geste à la parole, il se rechaussa. L'autre semblait perplexe et marmotta, traduisant tout haut sa pensée :

– C'est une histoire de fou. Je croirais plutôt que vous êtes toujours à la recherche de votre fameux saphir...

– Dans une glacière ? Car vous convenez qu'il s'agit là d'une glacière ?

– J'en conviens mais qui diable a bien pu vous en parler ?

– Vous allez être surpris : c'est la duchesse de Danvers. Elle pense que la glace fabriquée par cette machine peut être nocive. L'idée de poison ne l'effleure même pas : elle s'attache uniquement aux procédés de fabrication mais j'en ai tiré, moi, d'autres conclusions.

– Lesquelles ?

– C'est simple. Ce meuble n'est pas défendu par une serrure à secret, j'imagine, mais une simple clef... qu'il suffit de trouver. À moins qu'avec un outil on parvienne à l'ouvrir. Rien de plus facile ensuite que de vider le bac à glace puis de le remplir avec de l'eau additionnée de strychnine.

– Ridicule ! Sir Eric gardait toujours la clef sur lui.

– Et il l'a emportée dans la tombe ? Je suppose qu'avant de procéder à l'autopsie on l'a débarrassé de ses vêtements pour les remettre à la famille : vous en l'occurrence puisque sa femme était déjà arrêtée.

– Non. J'avoue ne m'en être pas soucié. Tout cela a dû être remis à son valet de chambre...

– On peut le lui demander. En attendant...

Tout en surveillant Sutton qui semblait désorienté, Aldo décrocha le téléphone et appela Scotland Yard. Comme il le craignait, Warren n'était pas là. En revanche, l'inspecteur Pointer annonça son arrivée dans les plus brefs délais.

– Dans cinq minutes, dit Morosini, nous saurons ce que la police pense de notre petit différend. Mais peut-être ne tenez-vous plus à ce qu'elle vienne ?

– Que voulez-vous dire ?

– C'est clair, il me semble. Au cas où vous auriez vous-même introduit le poison.

Les yeux de Sutton s'agrandirent tandis que son visage s'empourprait sous une violente poussée de colère.

– Moi ?... moi j'aurais tué un homme que je

vénérais ? Mais je vais vous casser la gueule, mon petit prince !

Les poings en avant il bondit sur Aldo, mais emporté par sa fureur, il calcula mal son élan. Son adversaire l'évita en s'effaçant à la manière d'un torero en face du taureau et le secrétaire s'étala contre la porte de l'armoire frigorifique. Il dut se faire mal car le choc le calma et, en se relevant, il jeta sur Morosini un regard plein de haine.

– Votre histoire à dormir debout va s'écrouler comme un château de cartes et vous allez être arrêté pour vous être introduit ici par effraction. En attendant, je vais vous montrer, moi, si cette glace est empoisonnée !

Hâtivement, avec des gestes maladroits, il fouilla les tiroirs du bureau puis deux trois boîtes à courrier qui s'y trouvaient avant d'extraire, finalement, d'une sorte de plumier le petit objet qu'il cherchait.

– La voilà ! s'écria-t-il.

– Que voulez-vous faire ?

– Vous allez voir.

Il prit, dans un meuble bas, une bouteille de whisky et un verre qu'il remplit à demi, puis se dirigea vers la glacière qu'il ouvrit sans peine, découvrant deux ou trois bouteilles de bière et un bac à demi plein. Quelques glaçons en train de fondre se trouvaient dans un bol de cristal. Il allait en prendre un quand Morosini s'interposa, le rejeta en arrière et referma la porte en la calant de son dos.

– Ne faites pas l'idiot ou alors attendez l'arrivée de Pointer ! Je n'ai aucune envie que l'on me découvre en compagnie de votre cadavre.

À ce moment, une sirène de police se fit entendre. Avec un mouvement d'épaules découragé, John Sutton alla s'asseoir en vidant d'un trait ce qu'il s'était versé tandis qu'Aldo cherchait une cigarette, l'allumait et tirait une longue bouffée avec volupté.

– Vous pensez vraiment qu'il y a du poison là-dedans ? demanda le secrétaire d'une voix mal assurée.

– Je ne peux dire que j'en suis certain mais admettez que l'hypothèse mérite d'être soulevée. Cette histoire de sachet antimigraine est un peu grosse, non ?

– Vous feriez n'importe quoi, n'est-ce pas, pour venir en aide à cette petite garce ?

– Je cherche la vérité. Si j'ai raison, il n'y aura plus aucune raison de la maintenir en détention.

– Ne croyez pas ça. Il demeure qu'elle a introduit son amant dans cette maison et qu'à eux deux ils ont machiné la mort de sir Eric. Vous l'avez dit vous-même : on doit pouvoir se passer de clef, à moins qu'on ne l'ait volée ou fait copier. N'oubliez pas ce que j'ai entendu et la fuite du complice. Enfin, elle a été arrêtée sous l'inculpation de meurtre ou d'incitation au meurtre. On ne la lâchera pas.

– Et ça vous fait plaisir ! fit Aldo qui commençait à craindre que l'autre n'eût raison.

– Mais bien sûr ! Libre à vous de penser ce que vous voulez ! Moi, je n'ai jamais caché que je la haïssais. Elle a tué ou fait tuer un homme admirable, tout de générosité, de bonté...

– Étant donné la source de sa fortune, c'est l'évidence même.

– Oh, et puis, pensez donc ce que vous voulez ! C'est sans importance ! Tenez, j'entends nos visiteurs !

– Vous allez avoir la satisfaction de me faire arrêter.

– Même pas. Vous ne m'intéressez pas. Je ne ferai état que des inquiétudes de la duchesse de Danvers et d'une... visite un peu tardive pour me faire part de votre hypothèse.

– Quelle grandeur d'âme ! Cependant, je me sens peu enclin à vous remercier.

Mis au fait de la situation, l'inspecteur Pointer déplora que l'on n'ait pas pensé, au moment de la mort, à mentionner le curieux gadget de la victime mais loua beaucoup les deux hommes pour leur grand souci de vérité. Puis il se mit au travail avec l'aide du sergent qui l'accompagnait.

Enlevés avec beaucoup de soin, le bac et le bol à glaçons furent déposés dans une cuvette que l'on enveloppa de deux ou trois serviettes, après quoi le tout fut emporté à destination du laboratoire de Scotland Yard.

Cela fait, l'assistant préféré de Warren déclara dans un large sourire qui découvrit ses dents de lapin et fit disparaître son menton qu'en ce qui le concernait il ne croyait pas à la présence d'un poison quelconque dans ce qu'il appelait l' « armoire à glace », puisque sir Eric était le seul à pouvoir l'ouvrir.

– Je ne sais pas ce qu'en pensera le superintendant, conclut-il au moment de se retirer, mais je suis presque certain que ça l'amusera beaucoup.

Le côté amusant de la chose échappait à Morosini. Cependant il reprit un peu espoir quand, le lendemain, il reçut un coup de téléphone le convoquant au siège de la police métropolitaine en général et chez Warren en particulier. Il y courut.

– Curieuse idée que vous avez eue là, déclara celui-ci en lui serrant la main. Comment vous est-elle venue ?

– Elle ne me serait jamais venue si la duchesse de Danvers ne l'avait pas eue avant moi. Il est vrai qu'elle ne songeait pas au poison. Cette espèce de conspiration du silence n'en est pas moins incroyable. On aurait dû songer à parler de tout ce qui était entré dans ce fichu verre. Le plus fort c'est que je me suis demandé hier si votre Pointer ne me prenait pas pour un fou.

– Vous voulez quoi ? Des excuses ? aboya Warren. Il est certain qu'il y a eu négligence. Volontaire peut-être de la part des témoins...

– Permettez-moi de plaider pour lady Danvers. Elle n'a rien prémédité.

– Je ne crois pas que son intelligence lui permettrait de préméditer quoi que ce soit, mais pour en revenir à la négligence, elle est à peine excusable de la part de mes hommes. Je suis assez vexé de vous l'apprendre mais c'est vous qui avez raison : il y avait dans ce machin assez de strychnine pour tuer un cheval. Ou la maison entière si l'on s'était avisé de toucher à la sacro-sainte glace de sir Eric.

S'il n'avait écouté que son tempérament italien, Aldo eût volontiers crié de joie. Il y avait longtemps qu'il n'avait éprouvé une telle allégresse.

– C'est merveilleux ! s'écria-t-il. Vous allez pouvoir relâcher lady Ferrals ? Oh, je vous en prie, accordez-moi d'aller lui porter la bonne nouvelle !

– Je dois d'abord en informer l'avocat de la Couronne et sir Desmond, et je vous demande de vous calmer ! Il ne peut être question de la libérer ; les charges qui pèsent sur elle sont encore trop lourdes.

– Mais vous avez la preuve maintenant que ce n'est pas le fichu sachet d'antalgique qui a tué ?

– Sans doute, mais cela ne veut pas dire qu'elle ne soit pas la meurtrière ou la complice. D'ailleurs, Mr. Sutton maintient son accusation en la fondant sur la conversation qu'il a surprise.

– Je croyais, fit Aldo amèrement, que d'après votre loi, chaque prévenu était réputé innocent jusqu'à ce que l'on prouve sa culpabilité ?

– Sans doute mais tant que l'on n'aura pas retrouvé le Polonais elle restera à Brixton. Je vous autorise bien volontiers à aller la voir. Tâchez d'obtenir qu'elle en dise un peu plus sur lui. Je suis persuadé, ajouta Warren plus doucement, que c'est lui l'assassin mais tant que nous ne lui aurons pas mis la main dessus...

– Écoutez, c'est injuste, inhumain ! J'ai appris qu'elle était malade, qu'elle supportait de plus en plus mal la prison... et elle n'a pas vingt ans ! Ne pouvez-vous obtenir sa libération sous caution ?

– Ce n'est pas de mon ressort. Voyez cela avec son avocat... et puis faites-lui une visite !

Mais quand Aldo se présenta à Brixton, il lui fut impossible de voir Anielka : elle était souffrante et on l'avait hospitalisée à l'infirmerie de la prison.

Il repartit la mort dans l'âme.

CHAPITRE 7

LISA

Aldo Morosini vécut les trois jours qui suivirent dans un marasme déprimant. Ayant fait tout ce qu'il pouvait pour aider Anielka, il aurait dû s'en remettre, comme le lui avait conseillé Simon Aronov, au talent de Scotland Yard, à la conscience des autorités judiciaires et même à Dieu, mais c'était impossible. Il avait peur pour la jeune femme et, à cette peur, il mesurait le pouvoir qu'elle possédait encore sur lui. Il ne croyait plus à l'amour qu'elle prétendait lui porter puisqu'elle était redevenue la maîtresse de Wosinski, mais il avait assez de hauteur d'âme pour s'estimer satisfait s'il pouvait lui rendre sa liberté. Son esprit, à lui, s'en trouverait allégé d'un grand poids, lui permettant ainsi de mieux seconder Vidal-Pellicorne dans leur tâche commune à la recherche de la Rose. Mais dans l'état actuel de l'affaire c'était impossible : Anielka le hantait et il en était d'autant plus malheureux.

Les deux entretiens qu'il eut avec sir Desmond n'arrangèrent rien, lui procurant seulement l'amère satisfaction de parler d'elle, encore que l'avocat se montrât soucieux de l'état d'esprit de sa cliente bien plus que de sa santé. Selon lui, elle se serait beaucoup mieux porté si elle avait mangé davantage.

– Elle ne fait pas la grève de la faim ? s'inquiéta Morosini.

– Pas tout à fait, mais c'est chez elle une attitude délibérée. Elle cherche à s'affaiblir pour avoir la paix. Tant qu'elle est à l'infirmerie, personne n'est autorisé à la visiter, sauf moi pour les besoins de sa défense. Je peux vous dire qu'elle se referme comme une huître au seul nom de Ladislas.

– Elle l'aime à ce point ?

– Je croirais plutôt qu'elle a peur. Sa gardienne a trouvé dans son lit un billet rédigé en polonais la menaçant de mort si elle parlait.

– Et le père ? Que fait-il ? Que dit-il ?

– Il ne décolère pas. C'est surtout à cause de lui, je crois, qu'elle a choisi d'être malade et de faire ainsi interdire les visites. Dès qu'il la voyait c'était pour la passer au gril. Il est persuadé qu'elle sait où se cache Wosinski et il la harcèle.

– Et vous ? Qu'en pensez-vous ?

– Que Solmanski n'a pas tort et qu'elle cache quelque chose.

C'était aussi l'avis d'Adalbert, avec cette nuance qu'il estimait inutile de tarabuster la jeune femme. On pouvait faire confiance à Scotland Yard et à Warren, bien déterminé à mettre la main sur le Polonais.

– S'il pouvait même s'emparer du groupe qui terrorise ta petite amie, ce n'en serait que mieux : elle pourrait au moins respirer ! Mais je te déconseille de te lancer dans cette chasse en solitaire.

L'archéologue avait fait amende honorable pour l'histoire de l'armoire frigorifique et, depuis, il considérait son ami avec un respect nouveau. Cela n'était pas pour déplaire à Morosini qui, relevant un nez arrogant et couvrant Adalbert d'un œil bleu étincelant, susurra :

– Tu n'aurais pas le cœur de m'abandonner ? J'ai toujours cru que nous étions plus ou moins associés.

– Dans l'affaire du diamant, mais moi je ne me suis jamais enrôlé dans le corps des chevaliers servants de la ravissante Anielka.

– Je veux bien admettre que je t'ai un peu laissé tomber ces jours-ci, mais, je ne sais pas pourquoi, il me semble que ces deux affaires sont liées. A propos, où en es-tu ?

– J'avance, j'avance ! Je crois que Simon a raison en prétendant que la Rose n'a jamais quitté l'Angleterre. Le duc de Saint Albans l'a bien héritée de sa mère mais ne l'a pas transmise à son descendant. Par une sorte de miracle dû à mon ami Barclay, l'archéologue, j'ai relevé sa piste au début du XIXe siècle. Elle aurait été offerte en toute innocence par le prince Régent à sa maîtresse favorite, Mrs. Fitzherbert. Après, c'est de nouveau le noir complet. Mais ce résultat m'a mis en appétit et je ne désespère pas de percer ce nouveau mystère. Curieux comme ce joyau royal semble avoir pris plaisir à élire domicile chez les « reines de la main gauche » ! Et à propos de domicile, que penserais-tu de déménager ? J'en ai un peu assez de la vie d'hôtel. Sans compter qu'étant donné nos activités plus ou moins... régulières nous aurions davantage les coudées franches.

La proposition n'enchanta pas Morosini. Outre qu'il avait toujours aimé l'atmosphère impeccable des hôtels de Cesar Ritz, il ne voyait pas de raison valable à un emménagement dans un domicile inconnu et peu à son goût, avec l'obligation de trouver du personnel et tous les petits inconvénients que cela présentait.

– Ce serait valable si nous devions rester des mois en Angleterre mais en ce qui me concerne, il faudra que je me résigne à regagner Venise. J'ai une maison de commerce à faire marcher. Quant à l'affaire du faux diamant, Warren en fait son affaire personnelle et c'est normal. Nous l'avons prévenu : à lui de protéger lord Desmond et de mettre la jolie Mary et Yuan Chang hors d'état de nuire. Après tout, nous cherchons le vrai diamant. Pas le faux.

– Tu n'as pas l'intention de partir avant le procès ? Tu seras peut-être témoin, tu sais ?

– Je n'ai pas envie de m'éloigner. A ton avis, on va juger dans combien de temps ?

– Peut-être pas avant janvier. Je me suis renseigné. Encore faut-il s'estimer satisfait : s'il s'agissait d'une pairesse d'Angleterre cela demanderait beaucoup plus de temps parce qu'il faudrait réunir le Parlement, mais pour l'épouse d'un simple baronnet, même célèbre, on va un peu plus vite. Quant aux recherches pour retrouver la Rose, j'ai peur qu'il n'y en ait pour un moment puisque le pétard préparé par Simon nous a explosé à la figure. Alors, moi, je cherche un logis, je fais venir mon fidèle Théobald flanqué au besoin de son jumeau et je serai comme un coq en pâte. Sans compter qu'à eux deux, ils représentent une force non négligeable en cas de problème.

Aldo retourna l'idée pendant quelques instants. Elle n'était pas si mauvaise puisqu'elle présentait l'avantage de diminuer leurs dépenses tout en protégeant davantage leur liberté.

– D'accord ! déclara-t-il. Mais je reste encore ici quelques jours parce que j'attends Guy Buteau avec le bijou dont j'ai parlé à lady Ribblesdale. Et puis, je ne te cache pas que Kledermann m'intrigue. Voilà un banquier de classe internationale, brassant d'énormes affaires, et qui s'attarde à Londres où il n'a pas l'air de s'amuser beaucoup. Pourquoi ?

– Il te l'a dit : il attend que la Rose reparaisse parce qu'il tient à l'acheter. Tu connais mieux que moi la passion des grands collectionneurs.

– Possible ! N'empêche que j'éprouve la bizarre impression qu'il m'observe.

Vidal-Pellicorne partit d'un éclat de rire :

– Il a pour ça quelques bonnes raisons : tu aurais pu épouser sa fille et tu as été l'amant de sa femme. Reste à savoir auquel des deux il s'intéresse.

– A aucun j'espère et surtout pas au second ! Non, je pencherais plutôt pour l'expert en pierres anciennes. Quand nous sommes ensemble nous ne parlons jamais d'autre chose.

– Eh bien voilà ! Ceci explique cela. Je vais écrire à Théobald puis me mettre à la recherche d'un appartement convenable.

Tandis que son ami quittait l'hôtel d'un pas allègre en sifflotant un air de *Phi-Phi*, une opérette qui faisait fureur à Paris depuis la fin de la guerre, Aldo choisit de remonter chez lui. La sacro-sainte heure du thé approchait et des habitués arrivaient. Ayant aperçu de derrière la plante verte où il s'abritait la duchesse de Danvers et lady Ribblesdale – toque de violettes de Parme et capeline de velours noir soutachée d'or ! –, il demeura caché jusqu'à ce qu'elles aient rejoint la jeune maîtresse de cérémonie et se dirigea vers l'ascenseur. Il n'avait aucune envie de potiner. En outre, l'ex-Mrs. Astor recommençait à l'agacer : elle ne cessait de l'appeler au téléphone sous les prétextes les plus divers, mais en réalité pour savoir si ce qu'elle attendait n'arrivait pas. Aussi Aldo était-il partagé entre la hâte de voir arriver Buteau et le regret d'avoir parlé du diadème de sa vieille amie Soranzo...

Mais s'il pensait jouir en toute quiétude du calme du petit salon qu'il partageait avec Adalbert, il se trompait. Il n'était pas plutôt installé près d'une fenêtre donnant sur les frondaisons roussies de Green Park que le téléphone sonna. Au bout du fil, la voix onctueuse, quasi épiscopale, du chef de la réception l'informa qu'une jeune dame venait d'arriver et le demandait. Il s'agissait de miss Van Zelden et...

– Je descends ! s'écria-t-il en reposant l'appareil pour se précipiter au-dehors, talonné par une soudaine inquiétude qui pouvait se résumer en une seule question : qu'est-ce que Mina, sa secrétaire, venait faire à Londres quand il attendait Guy Buteau ? Pourvu qu'il ne soit rien arrivé à celui-ci ! Depuis qu'il l'avait retrouvé à Paris dans un état proche de la misère, Aldo veillait sur son ancien précepteur avec une affection quasi filiale.

Mais c'était bien Mina. Quand il arriva dans le hall, il la vit tout de suite dans cet appareil vestimentaire que son patron n'était pas encore parvenu à lui faire abandonner : tailleur grisâtre en forme de sac à peine éclairé par un chemisier en piqué blanc, chaussures à talons plats, chapeau de feutre enfoncé jusqu'aux larges lunettes à verres brillants et laissant à peine dépasser le bas du chignon sévère disciplinant une chevelure rousse qui, mieux traitée, n'eût sans doute pas manqué de beauté. Un vaste cache-poussière se drapait vaguement autour de la longue silhouette informe.

Le soupir résigné de Morosini se changea soudain en un reniflement de colère à la vue du spectacle qu'il découvrait : planté devant Mina mais à moitié plié en deux, Moritz Kledermann riait à s'en faire éclater la rate. Mina, consternée, s'efforçait de le calmer sans y parvenir. C'était intolérable ! Aldo fonça sur le banquier qu'il empoigna par le bras.

– Vous n'avez pas honte de vous moquer ainsi de cette pauvre fille ? Je vous croyais un homme du monde mais en vérité vous vous conduisez d'une manière indigne ! Et vous, Mina, pourquoi restez-vous là ? Venez avec moi et dites-moi ce qui se passe. J'attendais M. Buteau.

– On a dû le conduire à l'hôpital San Zanipolo avec une crise d'appendicite. Je vous rassure : ça s'est bien passé mais il fallait que quelqu'un vienne...

Au bord des larmes, elle se laissait entraîner vers un fauteuil mais Kledermann, que leur bref dialogue semblait avoir calmé, les suivit aussitôt et même se glissa entre eux :

– Un instant ! Je veux des explications, commença-t-il.

– Vous avez assez ri ? fit Aldo méprisant. Si quelqu'un a des comptes à demander, c'est plutôt moi : je vous trouve en train de vous moquer de ma secrétaire et vous devriez vous estimer heureux que je ne vous aie pas cassé la figure, mais ça ne va pas tarder si vous ne nous laissez pas tranquilles ! Mina vient d'effectuer un long voyage et elle a besoin de repos.

– Mina ? Mina comment, s'il vous plaît ? fit le banquier goguenard.

– Je ne vois pas en quoi ça vous regarde, mais enfin... Mina Van Zelden. Mademoiselle est hollandaise. Cela vous suffit ?

Sans doute nageait-on en plein surréalisme car soudain, Kledermann eut l'air très malheureux.

– Que tu aies pris un nom d'emprunt, je peux le comprendre, mais que tu oses renier ton pays c'est impardonnable ! Toi, tu as honte d'être suissesse ? Et d'abord retire ces lunettes ridicules. Je veux voir tes yeux.

La jeune fille obéit mais les tint baissés, ne sachant plus que faire et affreusement gênée.

– C'est mieux, mais je veux que tu me regardes pour m'expliquer comment il se fait que je te trouve auprès de cet homme à qui l'on a un jour fait l'honneur d'offrir ta main et qui n'a même pas voulu te voir ?

Du coup, Mina se rebiffa.

– C'est justement pour cela que j'ai voulu le connaître et que je me suis arrangée pour qu'il ne puisse établir aucun rapprochement avec ce que je suis en réalité ! En outre, je ne vous ai jamais caché que j'adorais Venise, que je voulais y vivre. Alors je me suis arrangée pour rencontrer le prince. Surtout quand j'ai appris quel métier passionnant il faisait !

– Et tu espérais quoi ? Le séduire ? Accoutrée comme te voilà ? C'est grotesque !

– Mais c'est parce qu'il n'a jamais été question de séduction que j'ai choisi cette apparence. Surtout quand je me suis rendu compte que les femmes lui couraient après.

– En ce cas, pourquoi n'es-tu pas repartie ?

– Je ne sais pas... Ou plutôt si. J'ai voulu voir à quoi il ressemblait et j'ai été bien punie de ma curiosité parce que je suis tombée amoureuse. Pas de lui ! De sa maison, des gens qui y vivent et qui sont adorables !... Oh, Père, pourquoi a-t-il fallu que vous soyez ici aujourd'hui ?

– Dites-moi, tous les deux, vous ne croyez pas que c'est à présent mon tour de parler ? s'écria Morosini que la stupeur avait réduit au silence. Vous êtes là à vous jeter je ne sais quels griefs incompréhensibles à la tête et moi je reste comme un benêt à vous écouter ! J'ai droit à des explications ! Alors, si vous le voulez bien, allons nous asseoir là-bas, dans ce bosquet d'aspidistras, et causons ! J'ai l'impression de me trouver chez des fous. Ou alors je vais le devenir.

Les deux autres le suivirent et l'on s'installa autour d'une table dont un valet s'approcha pour demander si l'on souhaitait prendre quelque chose.

– Bonne idée ! approuva Morosini. Donnez-moi une fine à l'eau... mais sans eau. Et vous Mina ? Un chocolat ?

– Je m'appelle Lisa !

– Je ne veux pas le savoir ! Un chocolat, mon ami. Il est excellent ici et mademoiselle adore ça.

– Elle est au moins restée suisssesse de ce côté-là ! soupira Kledermann. C'est consolant ! Je prendrai la même chose que le prince !

– Parfait ! Alors voyons maintenant où nous en sommes !... Si j'ai bien interprété votre échange de propos, vous seriez, ma chère Mina...

– J'ai déjà dit que je m'appelais Lisa !

– Et moi je ne veux pas vous connaître sous ce nom. Mademoiselle Kledermann m'est tout à fait étrangère. En revanche, j'avais beaucoup d'estime et d'amitié pour Mina Van Zelden. Mon entourage aussi. Alors souffrez que pour un temps encore, nous restions ce que nous étions l'un pour l'autre il y a seulement dix minutes ! C'est-à-dire un patron et sa... parfaite secrétaire ! Vous devriez l'utiliser, Kledermann ! Elle est au-dessus de tout éloge ! Un peu revêche parfois mais tellement efficace !

De nouveau les yeux de la jeune fille s'emplirent de larmes et, bien qu'il s'efforçât de détourner la tête, Morosini ne put s'empêcher de les admirer. Seigneur ! Ils avaient la couleur exacte des violettes ! Deux lacs sombres et veloutés bordés de cils aussi épais que des roseaux ! Du fond de sa mémoire s'éleva soudain la voix de Mme de Sommières, sa très sage et très perspicace grand-tante. Elle avait dit : « Même si tu t'obstines à ne pas voir en elle une femme, c'en est une malgré tout. À vingt-deux ans elle a aussi le droit de rêver ! » Tante Amélie avait suggéré que Mina pouvait être amoureuse de lui mais là elle se trompait : on venait de lui signifier ce qui retenait chez lui la fille du richissime banquier zurichois : le charme de sa demeure et de ses serviteurs joint à celui, tout-puissant, de Venise...

– Allons, ne pleurez pas ! dit-il. Emprunter une identité fictive n'est pas un si grand crime. Même si je m'en trouve blessé.

– Vous venez de dire que vous aviez de l'estime et de l'amitié pour moi, murmura Mina. Cela veut-il dire que vous n'en éprouvez plus à présent que vous savez la vérité ?

– Quelle vérité ? Vous avez voulu voir quel homme j'étais et vous en avez conclu avec satisfaction que vous aviez affaire à un coureur de jupons qui ne vous inspirait pas le moindre regret mais qui était amusant à regarder s'agiter. Une espèce d'insecte curieux ! Pendant ce temps-là, moi je vous donnais ma confiance. Alors, ce qu'il en reste, je suis incapable de vous le dire. Il me faut au moins une bonne nuit pour savoir au juste où j'en suis. Mais avant de nous quitter nous devons en finir avec nos affaires : vous avez ce que j'ai demandé à M. Buteau ?

Elle fit oui de la tête et se pencha pour prendre à ses pieds le nécessaire de cuir qu'elle y avait posé.

– Ne l'ouvrez pas ici ! Je vous dois des remerciements pour avoir accompli ce voyage en si dangereuse compagnie. Vous devinez sans doute que, mis au courant de l'accident survenu à mon ami Guy, je ne vous aurais pas permis de prendre sa place. Ce genre de transport est trop dangereux pour une jeune fille.

– Je ne vois pas pourquoi je ne l'aurais pas fait ! dit Mina retrouvant soudain son aplomb et ses réactions habituelles. Il n'y a pas si longtemps que j'ai porté de Paris à Venise un bijou aussi important sinon plus...

– Lequel ? ne put s'empêcher de demander Kledermann que cette partie de la discussion intéressait de plus en plus. Encore un joyau royal ?

– Un, ça ne vous regarde pas, grogna Morosini, et deux personne n'a jamais parlé ici de joyau royal.

– Allons donc ! fit le banquier. Croyez-vous que j'ignore ce qu'il y a là-dedans ? ajouta-t-il en désignant le sac de sa fille. Vous vous apprêtez à vendre une pièce chargée d'histoire à une créature à moitié folle chez qui elle se sentira aussi mal que possible ! Y avez-vous réfléchi sérieusement ? Le Miroir du Portugal sur la tête d'une fille du corned-beef, des cacahuètes ou de je ne sais quelle délirante production américaine ?

– Incroyable ! s'écria Morosini. Où diable êtes-vous allé chercher tout ça ?

Les yeux de Kledermann se plissèrent.

– Dans le jardin d'hiver de la duchesse, mon cher ! Caché derrière un buisson de gardénias où je m'étais retiré pour fumer un cigare, j'ai eu le privilège de suivre votre conversation avec la redoutable Ava. Je jure que je ne l'ai pas fait exprès !

– Tout comme votre fille n'a pas fait exprès, elle non plus, de venir m'espionner à domicile ? C'est un tic familial ?

– Disons un concours de circonstances ! Allons, Morosini, soyez beau joueur ! Montrez-moi le Miroir !

– Ne l'appelez pas comme ça ! Je n'en suis pas sûr !

– Moi je le serai ! N'oubliez pas que je possède déjà deux de ses frères Mazarins. Pour celui-ci je suis prêt à faire des folies et, sans savoir le prix que vous allez en demander, je le double !

– Vous êtes fou ?

– Quand il s'agit de pierres ? Toujours. D'ailleurs vous vous éviterez des palabres difficiles. Ces Américaines ont la fâcheuse habitude de marchander comme des usuriers. Celle-là, croyez-moi, vous fera baisser votre prix ! Pensez à votre vieille amie !

– Vous ne me connaissez pas.

– Peut-être, mais vous êtes un gentilhomme. Elle pas ! En outre, je peux vous assurer que je garderai le secret, ce qui est douteux chez cette femme... et que le diamant trouvera chez moi un cadre digne de lui. Alors, vous me le montrez ?

– Pas ici en tout cas ! Mina...

Il n'eut pas le temps de poursuivre. Soudain rouge de colère, celle-ci venait de se lever brusquement, repoussait le plateau sans trop se soucier des dégâts, posait sa mallette sur la table, l'ouvrait, en tirait un paquet enveloppé de papier ordinaire et soigneusement ficelé qu'elle jeta sur les genoux de Morosini.

– Vos bijoux! Vos sacrés bijoux!... Il n'y a que ça qui compte pour vous deux, n'est-ce pas? Alors je vous laisse en leur compagnie! Et je vous salue bien!

Avant que les deux hommes n'aient pu réagir, elle avait refermé le bagage et quitté la table en courant, faisant voler derrière elle son vaste cache-poussière. Aldo voulut s'élancer à sa poursuite mais Kledermann le retint.

– C'est inutile! En admettant que vous la rattrapiez – ce qui m'étonnerait car elle court comme Atalante et doit avoir déjà investi un taxi! – vous ne la ferez pas changer d'avis. Je sais de quoi je parle : c'est ma fille et elle est aussi têtue que moi!

– Mais enfin vous la laissez partir comme ça, sans savoir où elle va et dans une ville qu'elle ne connaît pas?

– Lisa connaît Londres comme sa poche! Elle y a des amis. Quant à savoir où elle va, bien malin qui en serait capable. Une chose est certaine : ni vous ni moi ne sommes près de la revoir, conclut le banquier avec une tranquillité toute helvétique mais que Morosini jugea insupportable.

– Et c'est tout l'effet que ça vous fait? C'est monstrueux! Cette pauvre enfant risque de manquer d'argent et je me sens responsable! Sans compter que je lui en dois, de l'argent...

Kledermann tapota d'un doigt apaisant la main de son compagnon :

– Ne vous souciez pas de ça ! Ma fille possède un fortune personnelle dont elle a la jouissance depuis sa majorité. Elle la tient de sa mère, une comtesse autrichienne qui était une femme adorable mais de petite santé.

– Une comtesse autrichienne riche ? C'est difficile à croire : le pays est ruiné depuis la guerre, tout comme l'Allemagne.

– Le pays est peut-être ruiné mais il existe encore des particuliers fortunés. Les Adlerstein sont de ceux-là. Alors ne vous tourmentez pas pour Lisa !

– Vous êtes un drôle de père ! Il y a environ un an et demi que votre fille travaille pour moi et je ne crois pas qu'elle ait quitté Venise depuis ce temps. Vous ne la voyez jamais ?

Une ou deux petites rides qui se formèrent sur le front de Kledermann apprirent à son interlocuteur qu'il se faisait peut-être plus de souci qu'il ne voulait l'admettre. Cependant sa voix était toujours aussi unie quand il répondit :

– Non. Elle ne vient plus à la maison depuis qu'après votre refus – que je comprends d'ailleurs et qui, somme toute, vous faisait honneur ! – j'ai voulu lui présenter un autre parti. Vénitien lui aussi puisqu'elle est folle de cette ville, et celui-là était consentant. Lisa lui a ri au nez, puis elle a plié bagages. Cet incident coïncidait d'ailleurs avec une prise de bec avec ma seconde femme. Elles ne se sont jamais entendues, et je crois qu'elles se détestent.

Cela, Aldo voulait bien le croire. Il connaissait suffisamment Dianora pour l'imaginer dans son rôle de marâtre : elle n'avait certainement fait aucun effort pour se concilier une fille dont la présence au foyer paternel la vieillissait.

– Mais au fait, reprit Kledermann, j'aimerais que vous m'appreniez comment Lisa s'y est prise pour entrer chez vous.

Morosini raconta alors comment ils avaient lié connaissance dans le rio dei Mendicanti où la jeune fille était tombée en reculant pour mieux admirer la statue du Colleone alors qui lui-même sortait de la messe de mariage d'un de ses amis à SS. Giovanni e Paolo.

– C'était un simple incident ! conclut-il.

– Ne croyez pas cela ! fit le banquier en riant. Quand Lisa veut quelque chose elle s'arrange pour l'obtenir. Or, elle souhaitait, vous l'avez entendu, connaître l'homme qui n'avait pas voulu d'elle et elle a dû se livrer à une enquête minutieuse. Soyez certain que votre accident n'a rien eu de fortuit. Il était programmé, comme disent les Américains.

– Mais enfin, elle risquait de se noyer puisqu'elle ne sait pas nager ?

– Elle nage mieux qu'une truite ! A quinze ans, elle traversait déjà le lac de Zurich. Je vous dis qu'elle avait tout réglé d'avance. La fausse identité et les faux papiers aussi, bien sûr ! Et je suis certain que vous avez perdu une assistante de valeur ! Maintenant... peut-être retournera-t-elle chez vous ?

– Ça m'étonnerait. Et de toute façon, je ne veux plus la garder dans ces conditions. Comme tout bon Vénitien j'aime les mascarades, mais pas chez moi! J'ai besoin d'avoir une absolue confiance dans mes collaborateurs. Ce qui ne veut pas dire que je ne la regretterai pas! Voulez-vous, à présent, que nous en finissions avec ceci? ajouta-t-il en prenant le paquet abandonné par la jeune fille.

– Avec plaisir!

Dans les minutes qui suivirent, Aldo oublia un peu ses tourments. Comme toujours lorsqu'il lui était donné de contempler des pierres parfaites. Le diadème de la comtesse Soranzo était une pièce ravissante composée de nœuds de diamants retenant des branchettes fleuries ordonnancées harmonieusement autour d'une superbe pierre taillée en table formant le cœur d'une marguerite de perles et de diamants. Quant à Kledermann, il délirait presque.

– Magnifique! Splendide! Une parure de reine! De vraie reine j'entends, et qui a dû briller sur des fronts illustres! Ma tête à couper qu'il s'agit bien du Miroir du Portugal! Il faut que vous me le vendiez!

– Et que vais-je dire à lady Ribblesdale?

– Mais... qu'il a déjà trouvé preneur, que votre amie renonce à s'en défaire... Que sais-je? Notre Américaine ne saura jamais qu'il est chez moi. Ma femme elle-même l'ignorera. Ce sera le plus sûr moyen d'avoir la paix, ajouta-t-il avec un sourire.

Sans cela, elle ne cesserait de me harceler pour que je lui permette de le porter. Et j'ai le malheur d'être beaucoup trop faible avec elle... Voulez-vous à présent me donner un prix ?

Depuis qu'ils étaient remontés dans son appartement, Aldo réfléchissait. Sa brutale séparation d'avec Mina – arriverait-il à l'appeler Lisa ? – le mettait dans une situation difficile, puisque Guy Buteau se trouvait encore à l'hôpital. Il allait falloir rentrer à Venise pour veiller lui-même à sa maison d'antiquités, régler les affaires courantes – grâce à Dieu, sa secrétaire enfuie n'était pas femme à laisser du désordre derrière elle ! – et aussi assister à deux ventes annoncées pour la fin du mois, l'une à Milan, l'autre à Florence... Tout cela lui laissait peu de temps pour une discussion de « marchand de tapis » avec lady Ribblesdale. Et puis l'idée de voir le diadème gagner l'une des principales collections européennes lui souriait assez. Ce serait plus réconfortant que de le voir naviguant dans les salons sur la chevelure ondée d'une beauté déjà un peu sur le retour... En fait, sa décision était prise depuis un moment.

L'affaire fut rapidement conclue. Non seulement Kledermann ne discuta pas le prix demandé, mais, ainsi qu'il l'avait annoncé, il l'augmenta. En vérité, Dianora n'exagérait pas quand elle affirmait que son Moritz était un seigneur. Il en apportait la preuve flagrante et, en imaginant la joie qui serait bientôt celle de Maria Soranzo, Morosini se sentait un peu moins désolé d'être obligé de partir.

Car, pour la première fois de sa vie, Aldo n'était pas ravi de devoir rentrer. Jusqu'à présent chaque retour à la maison lui causait une joie profonde. Il adorait sa ville, son palais et ceux qui l'habitaient, l'atmosphère de Venise, sa population vive, colorée et cependant si digne. Rien à voir avec Londres qu'il n'aimait pas beaucoup. Et pourtant...

Kledermann, lui aussi, allait partir mais dans une disposition d'esprit différente : il avait ce qu'il voulait et la brièveté de son entrevue avec une fille qu'il n'avait pas rencontrée depuis deux ans ne semblait pas le traumatiser outre mesure. Il résumait l'événement en deux petites phrases : « Lisa est comme ça. Il est inutile de se mettre en travers du chemin qu'elle a choisi. » L'important devait être, pour ce Suisse calme et pondéré, qu'elle soit en bonne santé et satisfaite de son sort !

Les deux hommes se quittèrent dans les meilleurs termes. Aldo fut invité avec une cordialité paisible à visiter la grande demeure des Kledermann à Zurich.

– Ma femme, que vous avez dû rencontrer quand elle était vénitienne, sera ravie de vous recevoir et de parler d'autrefois avec vous, assura le banquier avec la bienheureuse innocente d'un mari qui connaît mal son épouse.

Aldo, bien sûr, promit de venir mais en se jurant bien de n'en rien faire. Il ne doutait pas un instant des bonnes dispositions de Dianora à son égard mais tenait surtout à vivre désormais aussi loin d'elle que possible.

Libéré de son visiteur et du diadème Soranzo, Aldo écrivit à lady Ribblesdale un de ces mensonges qui constituent le fondement de toute société dite civilisée : il y faisait état de difficultés inattendues rencontrées auprès du possesseur du diadème qui le mettaient dans l'obligation de regagner Venise au plus vite pour essayer de dénouer la situation. Ajoutant à cela quelques compliments aussi discrets que bien choisis, le scripteur estima non sans satisfaction qu'il venait de terminer une affaire assez mal engagée et qu'avec un peu d'adresse, il n'entendrait plus guère parler de l'ex-Mrs. Astor.

Il achevait de clore ce petit chef-d'œuvre quand Adalbert, le visage rose et l'œil animé, portant avec lui les senteurs humides du dehors, effectua son entrée. L'archéologue était d'une humeur charmante : il venait de dénicher à Chelsea, sur Cheyne Walk, une charmante maison ancienne pourvue d'un atelier qui avait abrité jusqu'à sa mort le peintre Dante Gabriel Rossetti.

– J'ai pensé que tu te trouverais bien dans les murs d'un artiste d'origine italienne et, tu verras, nous y serons comme des coqs en pâte dès que Théobald aura pris possession des lieux !

– Je n'en doute pas un instant. Malheureusement tu en profiteras seul : moi je rentre !

Et de raconter l'événement qui venait de bouleverser ses projets pour le renvoyer s'occuper platement de sa maison de commerce.

– Sans compter, soupira Vidal-Pellicorne, que tu vas devoir te trouver une autre secrétaire. C'est facile chez toi ?

– Oh non ! Quant à espérer une autre Mina, cela relève de l'impossible ! Imagine : elle parlait quatre langues, connaissait l'histoire de l'art aussi bien que moi et reconnaissait une tourmaline d'une améthyste. Et puis ordonnée, drôle, pleine d'humour sous ses dehors épineux. L'entendre rire était un vrai plaisir. Peut-être parce que c'était assez rare... Où veux-tu que je retrouve une perle pareille ?

Tandis qu'Aldo parlait, Adalbert le considérait avec un vague sourire tandis que son œil s'arrondissait.

– Ça paraît difficile mais pourquoi n'essaierais-tu pas de la rattraper ? Elle est peut-être repartie pour Venise, puisque, à ce qu'il paraît, c'est par amour pour la Sérénissime qu'elle est venue chez toi ? Il doit bien y avoir des objets auxquels elle tient et qu'elle veut récupérer ? Puisque tu dois partir, tente ta chance !

– Serait-ce vraiment une chance ? Maintenant que j'ai appris qui elle est, nos relations ne seraient plus les mêmes. Le jeu est faussé et mieux vaut que j'en prenne mon parti... Ce qui me désole c'est que je n'ai aucune idée de la date de mon retour.

– Dès que ton Buteau sera d'aplomb, voyons ! Avec ou sans secrétaire, il arrivera bien à s'en tirer : tu ne diriges pas une usine. Quelques semaines tout au plus et tu seras là. Pour l'instant, je peux me débrouiller seul avec nos recherches...

– Je sais que je peux compter sur toi, mais ça m'ennuie de manquer de parole à Simon Aronov.

– Tant qu'on n'aura pas découvert la véritable Rose d'York, tu n'as rien à te reprocher. À la vérité, je croirais plutôt que ça t'embête de t'éloigner de Brixton Jail...

– Oui. J'ai fini par comprendre que je n'ai pas grand-chose à attendre d'Anielka puisque je n'arriverai jamais à savoir qui elle aime au juste, mais j'aurais tellement voulu l'aider à sortir de ce mauvais pas !

– Sur ce plan-là aussi j'essaierai de te remplacer. Je vais m'arranger pour nouer de bonnes relations avec son avocat et je te tiendrai au courant.

– Je t'en remercie, mais au cas où ce maudit Ladislas croiserait ton chemin, tu ne le reconnaîtrais pas puisque tu ne l'as jamais vu. Moi il ne m'échapperait pas. Et puis il y a aussi l'affaire Yuan Chang-lady Mary que j'aurais aimé suivre de près...

– ... et pourquoi donc pas tout le boulot de Scotland Yard ? Cette histoire-là ne nous concerne plus, mon fils ! Quant à ton Anielka, elle ne va pas passer en jugement la semaine prochaine. Alors va faire tes bagages ! Pendant ce temps-là, j'appellerai la réception pour tes réservations de trains et de bateau. Plus vite tu seras chez toi, mieux ça vaudra !

Adalbert mettait dans ses injonctions un tel

entrain que Morosini, vexé, ne put s'empêcher de remarquer :

– Ma parole, je vais finir par croire que tu es content de te débarrasser de moi !

– Ben voyons ! Si tu veux la vérité, je serai content de ne plus t'entendre te lamenter sans raison valable. En outre... Je ne désespère pas, si tu te dépêches un peu, de voir la chance te donner un petit coup de pouce en te faisant retrouver ta Mina dans le train ou sur le bateau. Parce que si tu veux mon opinion, ce qui t'embête le plus, c'est de l'avoir perdue...

– Tu es fou ?

– Pas du tout. Que tu le veuilles ou non, et même si c'est uniquement pour ton confort, tu y tiens. Alors, si tu parvenais à la rejoindre, mets ton orgueil dans ta poche et tâche de t'entendre avec elle. Parce que c'est, je crois, la meilleure manière pour toi de revenir rapidement !

Le lendemain, Aldo prenait place dans le *boat-train* qui allait, *via* Douvres, lui permettre de gagner Calais et Paris où il ne ferait qu'une brève escale avant d'embarquer sur le Simplon-Orient-Express. Il n'aurait même pas la consolation d'aller déjeuner chez tante Amélie. À cette époque de l'année, elle devait voyager quelque part en Europe.

Il avait refusé qu'Adalbert l'accompagne. Il détestait les adieux sur un quai où les minutes, selon le cas, semblent trop brèves ou interminables.

Et puis entre hommes c'était plutôt ridicule, et la vue de Vidal-Pellicorne agitant un mouchoir tandis que le convoi s'ébranlerait ne serait d'aucun effet sur la morosité d'une humeur que la perspective d'un voyage n'arrangerait pas. Il faisait, en plus, un temps affreux : pluie et vent mélangés, la Manche allait être au mieux de sa forme pour secouer les estomacs des passagers.

Aldo s'en tira sans trop de dommage. Arrivé à Paris, il enregistra ses bagages à la gare de Lyon puis, libre de son temps comme de ses mains, se fit conduire en taxi rue Alfred-de-Vigny où, comme il le pensait, il ne trouva que Cyprien, le vieux maître d'hôtel : madame la marquise et Mlle du Plan-Crépin voyageaient en Italie.

– Avec un peu de chance, je les trouverai chez moi ! fit Morosini réconforté par cette idée.

En attendant, il fit un peu de toilette, passa un coup de téléphone à son ami Gilles Vauxbrun, l'antiquaire de la place Vendôme, et prit rendez-vous avec lui pour déjeuner. On se retrouverait à midi et demi au restaurant Albert, l'une des meilleures tables de Paris qui tenait ses assises aux Champs-Élysées, en face du Claridge.

L'automne parisien se révélant plus clément que celui de Londres, le voyageur se fit déposer place de la Concorde dans l'intention de remonter à pied la plus belle avenue du monde. Il pensait pouvoir savourer en paix les jeux d'un soleil adouci sur les frondaisons rousses des grands arbres. Il aimait s'arrêter près des manèges où les enfants, montés sur des chevaux de bois, essayaient d'attraper au passage des anneaux de fer avec une tige assez semblable à une alène de cordonnier : celui qui en enlevait le plus au bout de quelques tours gagnait l'estime générale et un sucre d'orge. Mais ce matin-là il n'y avait presque personne : la grisaille anglaise avait dû voyager dans le même bateau que Morosini car le ciel se voila soudain, le vent se leva et la pluie se mit à tomber. Ce que voyant, il prit sa course en direction du restaurant où il arriva en avance.

La salle était encore vide, mais un maître d'hôtel déférent conduisit l'arrivant à la table réservée par M. Vauxbrun en l'informant que « monsieur Albert » serait heureux de venir le saluer un peu plus tard. Morosini n'était pas inconnu dans cette maison où il s'était rendu à plusieurs reprises lors de ses voyages à Paris. Quant à « monsieur Albert », qui serait un jour le célèbre maître d'hôtel de Maxim's, c'était un Suisse de Thun qui avait conquis ses grades dans divers palaces et restaurants de luxe avant d'ouvrir sa propre maison et de devenir le meilleur hôte de Paris.

Il venait de faire son apparition et se disposait à rejoindre la table où Morosini lisait un journal pour tuer le temps quand la porte à tambour s'ouvrit, livrant passage à une jeune femme grande et mince, très élégante dans un ensemble de velours vert foncé garni de renard aussi roux, mais moins doré, que la masse brillante des cheveux sur lesquels un petit tricorne de même velours était posé cavalièrement.

– Albert, s'écria l'arrivante, j'espère que vous ne me refuserez pas l'hospitalité ! C'est horriblement vulgaire d'arriver en avance mais j'ai été surprise par la pluie en sortant de chez Guerlain et j'ai pensé que je serais aussi bien chez vous pour attendre mon cousin Gaspard.

– Mademoiselle Lisa ? s'écriait déjà Albert Blazer en se précipitant vers l'arrivante pour la débarrasser des menus paquets noués de faveurs qui l'encombraient. Mais quel plaisir trop rare ! Voilà au moins... oh, oui... au moins deux ans que je ne vous ai vue ! Puis-je demander ce que vous étiez devenue ?

– Oh, pas grand-chose ! J'ai voyagé ici et là... Je ne suis d'ailleurs que de passage à Paris pour y faire des achats !

– Pas encore mariée ?

– Oh non, Dieu m'en garde ! J'espère que vous allez m'installer dans un coin tranquille ! Il y a toujours tellement de monde, chez vous...

– Mais bien sûr. Veuillez me suivre ! Je vais vous mettre dans la rotonde. C'est l'endroit où je place mes clients préférés.

Et il se dirigea droit vers une table proche de celle occupée par un Morosini qui, ne sachant trop quelle contenance prendre, hésitait entre se cacher derrière son journal ou s'avancer vers elle. Si

Albert ne l'avait appelée Lisa, il eût hésité à reconnaître l'ex-Mina dans cette jolie femme portant avec tant de grâce une évidente création de grand couturier. Le visage était le même, et pourtant si différent ! Les taches de rousseur étaient toujours présentes sur le petit nez droit mais aucun verre un peu trop brillant ne dissimulait l'éclat des prunelles violettes sous la frange épaisse des cils foncés par un maquillage aussi léger que celui accentuant les contours de la bouche rieuse. Le décolleté de la robe révélait un long cou mince jusque-là toujours raccourci par des chemisiers à col haut et des vestes engonçantes. C'était en vérité à n'y pas croire ! Qu'est-ce qui avait bien pu pousser cette charmante créature à s'affubler de la sorte pendant près de deux années ?

Il choisit de se lever et d'aller la saluer. En le reconnaissant elle pâlit, eut un mouvement de recul.

– Mettez-moi ailleurs, Albert ! Plus près de l'entrée...

Elle tournait déjà les talons quand Aldo la rejoignit.

– Je vous en prie, ne partez pas ! C'est moi qui m'en irai mais accordez-moi quelques instants d'entretien ! Il me semble... que c'est nécessaire. Que nous nous les devons tous deux !... Vous voulez bien nous laisser seuls un moment, Albert ? Je vais conduire mademoiselle Kledermann à sa table, ajouta-t-il à l'adresse du Suisse médusé par la soudaineté de l'événement.

– Bien sûr, monsieur le prince... si toutefois mademoiselle Kledermann y consent.

La jeune fille n'hésita que deux ou trois secondes.

– Pourquoi pas ? Finissons-en puisque personne n'est encore arrivé ! Ensuite, il n'y a aucune raison pour vous priver de déjeuner. Il suffira qu'Albert nous éloigne !

Elle s'installa, ouvrant plus largement le col de fourrure de son manteau, et dégagea un parfum frais et léger, vrai parfum de jeune fille que le nez sensible d'Aldo identifia. C'était « Après l'ondée » et, en l'occurrence, de circonstance... Pendant un moment, il resta là, à contempler sa voisine en silence.

– Eh bien ? s'impatienta-t-elle. Qu'avez-vous à me dire ?

– Pas grand-chose dans l'instant présent. Je vous regarde et j'essaie de comprendre...

– De comprendre quoi ?

– Comment vous avez pu avoir l'affreux courage de vous ensevelir vivante sous les défroques incroyables que vous nous avez imposées.

– C'était indispensable pour atteindre le but que je me proposais ; c'est-à-dire vous connaître de l'intérieur et surtout m'introduire dans ce magnifique palais Morosini, l'un des plus beaux de Venise et celui qui me séduisait le plus ! Je voulais y entrer, je voulais y vivre... et puis voir de près un homme qui, ruiné, avait préféré travailler que conclure un mariage avantageux. Une sorte d'oiseau rare !

– J'entends bien, mais pourquoi le déguisement ? Pourquoi n'avoir pas machiné une rencontre sous un faux nom ? Vous aviez tout pour me séduire, ajouta-t-il avec beaucoup de douceur. Une douceur que d'ailleurs elle refusa.

– Pour obtenir quoi ? Devenir l'une de vos maîtresses ?

– Vous m'en avez vu beaucoup ?

– Non, mais j'ai eu connaissance d'une ou deux aventures : l'une ici, l'autre à Milan. Elles n'ont pas duré bien longtemps et aucune n'est venue vivre au palais. Or c'est cela que je voulais : m'intégrer à ses murs anciens, m'imprégner de leur atmosphère chargée d'histoire, être à l'écoute de ce qu'ils racontent. Ce n'était possible qu'en devenant ce que j'ai choisi d'être : une secrétaire quelconque, bien terne mais intelligente et capable. Le genre de personnage dont on a peine à se séparer. Et j'ai été payée des petits inconvénients qu'il a fallu subir. Il y a d'abord eu Cecina. Chaleureuse, généreuse, à la fois volcan et corne d'abondance. Irrésistible ! Et puis le majestueux Zaccaria, et Zian le gondolier et les chambrières jumelles... Votre cousine aussi avec sa passion de la musique et des beaux objets... Au fond je dois vous dire merci. J'ai été heureuse chez vous.

– Alors revenez ! Pourquoi tout casser ? Reprenez votre place. Vous serez différente, bien sûr, mais...

D'un geste vif, la main de Morosini venait d'emprisonner celle de sa compagne mais elle la retira aussitôt et coupa :

– Non. Ce n'est plus possible. On en ferait des gorges chaudes et cela je ne le supporterais pas. D'ailleurs... je ne serais peut-être plus restée bien longtemps...

– Pourquoi ? Vous en aviez assez de ce déguisement ?

– Non, mais travailler auprès d'un célibataire est une chose qui se transforme dès qu'il s'agit d'un homme marié.

– Où avez-vous pris que j'allais convoler ?

– N'y songiez-vous pas ce printemps lorsque je suis venue vous rejoindre chez Mme de Sommières ? Vous étiez très amoureux de cette comtesse polonaise.

– N'ai-je pas assisté à son mariage ?

– Si, mais avec une arrière-pensée. Et il ne reste plus grand-chose aujourd'hui de cette union !

– Il ne reste même rien. Lady Ferrals est en prison, en grand danger d'être...

– Exécutée pour meurtre. Je sais. Depuis que vous êtes parti je me suis procuré les journaux anglais. Vous devez être très malheureux ? Cela explique pourquoi vous essayez de me convaincre de revenir : mon départ vous a obligé à quitter l'Angleterre, ce dont vous n'aviez aucune envie, admettez-le.

– C'est vrai. J'en conviens. Outre la situation de lady Ferrals, d'autres intérêts m'y retenaient.

Pour la première fois elle eut pour lui un sourire, mais plein d'ironie.

– Le fameux diamant du Téméraire qui a été volé sous votre nez et malheureusement au prix d'une vie humaine ? Ne me dites pas que vous attendez qu'il réapparaisse ?

– Pourquoi pas ? Les gens de Scotland Yard gardent confiance. Ils ont même une piste. Alors pourquoi ne pas espérer ? De toute façon, mon ami Vidal-Pellicorne reste sur place. Il me tiendra au courant.

– Alors, tout est pour le mieux dans le meilleur des mondes !... Je crois qu'à présent il est temps de nous quitter ! Je suppose que vous attendez M. Vauxbrun ?

– En effet. Et vous ?

– Mon cousin Gaspard Grindel. Il dirige la succursale française de la banque Kledermann et c'est un bon ami..

Lisa se détourna, laissant ainsi entendre que l'entretien était terminé. Pourtant, Morosini éprouvait une curieuse difficulté à s'éloigner. Il n'est pas facile d'effacer deux ans de vie commune et de confiante collaboration. Il voulut gagner encore quelques minutes.

– Est-il indiscret de vous demander quels sont vos projets ?

– Je n'en ai aucune idée.

– Pourrez-vous... oublier Venise ?

Elle éclata d'un petit rire léger, pétillant de gaieté et horriblement moqueur.

– Est-ce une manière détournée de me demander si je pourrai vous oublier ?... Je crois, oui ! Pour Venise, bien sûr, ce sera plus difficile. Dans l'immédiat, je vais aller y réfléchir à Vienne, chez ma grand-mère. Ah ! Voilà Gaspard qui arrive !

Le tambour venait de lâcher une sorte de dieu nordique, blond et gris, arborant un sourire ravi, qu'Aldo jugea antipathique. Voyant sa cousine en conversation avec un inconnu, il marqua un temps d'arrêt en fronçant le sourcil, mais Lisa l'appelait du geste. Elle fit les présentations, annonçant Morosini comme un « ami rencontré à Venise » pendant son dernier séjour, après quoi elle tendit la main à ce dernier qui s'inclina mais fut bien obligé de regagner sa propre table.

D'ailleurs, au même moment, Gilles Vauxbrun, Napoléon sur le retour habillé à Savile Row, fonçait droit sur lui après avoir serré au passage la main d'Albert Blazer. Mais, tandis qu'il approchait, son regard demeurait attaché à Lisa dont le box était séparé de celui d'Aldo par un buisson de plantes fleuries.

– Y aurait-il une Parisienne que je ne connaisse pas encore ? chuchota-t-il la mine gourmande. Elle est ravissante et tu devrais me présenter.

– Un elle est suissesse et deux tu la connais.

– Moi ? Je m'en souviendrais.

– Je veux dire que tu l'as connue, bougonna Morosini. Quand elle s'appelait Mina Van Zelden et qu'elle était ma secrétaire...

– Quoi ?

– Tu as très bien entendu. C'est ma Mina que tu vois là habillée par Madeleine Vionnet ou Jean Patou et qui est en train de se faire embrasser par cette armoire blonde ! Il faut te dire que, de son vrai nom, elle s'appelle Lisa Kledermann, qu'elle est la fille...

– Du banquier collectionneur ?

– Tu as tout bon ! A présent si tu veux que je te raconte l'histoire, dépêche-toi de m'offrir à boire ! J'en ai le plus grand besoin !

Tandis qu'Aldo faisait à son ami le récit des dernières quarante-huit heures, la salle s'emplissait de monde : hommes politiques saluant le président du conseil, Raymond Poincaré, qui venait de prendre place à une table avec deux secrétaires d'État, certains accompagnés d'une femme en vue, notamment la cantatrice Marthe Chenal et la poétesse Anna de Noailles venue avec une cour d'admirateurs, l'écrivain Henry Bordeaux, le poète Paul Géraldy. D'autres plus anonymes, mais arborant sur le visage cet air épanoui de qui s'apprête à faire un bon déjeuner. Le bruit des conversations isola bientôt Gilles et Aldo, empêchant ce dernier d'entendre ce que se disaient Mina et son cousin.

Ceux-ci ne s'attardèrent pas. Ils partirent les premiers, salués par Albert et suivis des yeux par Aldo qui ne put se défendre d'un petit pincement au cœur quand les vitres tournoyantes de la porte avalèrent la jolie fille en velours vert qu'il ne reverrait peut-être jamais. Posant son couvert sur son assiette encore à demi pleine, il alluma une cigarette, figé dans la contemplation de cette porte où il ne passait plus personne. A son tour, Vauxbrun cessa de disséquer son perdreau aux choux.

– Tu es toujours amoureux de ta Polonaise ? demanda-t-il.

– Je crois... oui, dit-il distraitement.

Du geste, l'antiquaire fit signe au serveur de remplir les verres.

– Après tout c'est ton affaire, conclut-il avant d'entamer un autre sujet de conversation.

Pourtant quand, le soir venu et un peu avant huit heures et demie, Aldo s'embarqua, au quai 7, dans l'Orient-Express qui allait le ramener à Venise, il n'était pas encore parvenu à dégager son esprit de celle qui ne serait plus jamais Mina. Il avait l'impression désagréable qu'on venait de lui voler quelque chose.

Deuxième partie

LE SANG DE LA ROSE

Automne 1922

CHAPITRE 8

UN APPEL AU SECOURS...

L'odeur suave du café de Cecina emplissait le salon des Laques où Aldo achevait de déjeuner en compagnie de sa cousine Adriana. Comme toujours, le repas avait été une réussite : heureuse de retrouver un maître qu'elle appelait toujours son « petit », la cuisinière des Morosini donnait libre cours à son talent inspiré, et ses plats comme son café venaient d'atteindre au sublime. Pourtant Morosini n'arrivait pas à éprouver l'euphorie que lui procurait habituellement la bonne chère. Tout en remuant dans une minuscule tasse de porcelaine française l'onctueux breuvage, il gardait sur sa cousine un œil chargé d'un orage qui, du gris-bleu, le faisait passer au vert : pour la première fois, Adriana refusait de lui rendre service.

La veille, il s'était rendu à l'Ospedale San Zanipolo dans l'espoir d'en ramener Guy Buteau, opéré maintenant depuis une dizaine de jours, mais le chirurgien avait émis le désir de garder son malade quarante-huit heures de plus pour certaines vérifications : tout irait bien ensuite si l'ancien précepteur acceptait de se montrer raisonnable et de vivre une convalescence de trois bonnes semaines avant de reprendre une activité normale.

Cela ne faisait pas du tout l'affaire de Morosini qui allait devoir fermer sa maison pour se rendre aux deux ventes importantes annoncées à Milan et à Florence à quelques jours d'intervalle. Cependant, il s'était bien gardé de montrer son souci à son ami Guy déjà suffisamment désolé. Le départ de Mina lui avait donné un choc et, sachant d'expérience quel travail attentif exigeait l'un des magasins d'antiquités les plus fameux d'Europe, il s'était inquiété.

– Comment allez-vous vous y prendre, Aldo ? Il y a les deux vacations où je devais me rendre, et puis nous avons aussi le señor Montaldo qui nous arrive de Carthagène pour la parure mongole que nous avons achetée il y a trois mois...

– Ne vous tourmentez pas ! Je vais faire appel à ma cousine Adriana. Ce ne sera pas la première fois qu'elle gardera la boutique et elle saura très bien s'arranger du señor Montaldo. Elle le séduira et arrivera peut-être même à lui vendre d'autres pièces.

Ce bel optimisme ne dura guère : juste le temps de se mettre à table avec Adriana. Dès les premiers mots, celle-ci arrêta son cousin.

– Désolée, Aldo, mais je pars pour Rome après-demain !

– Pour Rome ? Ne me dis pas que tu vas rejoindre la troupe des thuriféraires du signor Mussolini ?

Dans les derniers jours d'octobre 1922, l'Italie vivait une transformation profonde, rendue nécessaire par l'état d'anarchie dans lequel le pays vivait depuis la guerre, un état devant lequel le roi Victor-Emmanuel III se trouvait dépassé. Des anciens combattants réduits à la misère et au chômage, une petite bourgeoisie ruinée par la chute de la monnaie et une agitation ouvrière sans cesse grandissante faisaient lever à l'horizon le spectre du bolchevisme. Un homme, alors, était apparu, un instituteur fils de paysans romagnols et devenu journaliste, un ancien combattant en qui s'était ancrée l'idée qu'une nation armée et mobilisée représenterait le meilleur exemple pour une communauté démocratique. Et, le 23 mars 1919, Benito Mussolini fondait à Milan les premiers « faisceaux » de combat, composés d'anciens soldats pourvus d'aspirations plutôt antinomiques où tentaient de se rejoindre le nationalisme pur et dur et un vague socialisme républicain. L'uniforme de ces « fascistes » était la chemise et le calot noirs, leur arme préférée la violence, et pourtant devant eux les foules se levaient en masse, avides d'un ordre oublié depuis longtemps et animées d'une brûlante envie de voir l'Italie, si affaiblie, se relever pour retrouver l'éclat perdu et la puissance de la Rome antique.

Au congrès de Naples, celui qui se faisait appeler le Duce se sentit assez fort pour réclamer la dissolution de la Chambre et sa propre participation au pouvoir. Ensuite, il organisa la marche sur Rome (27-29 octobre 1922). Le roi, peut-être, aurait pu stopper l'avancée de ces furieux trop populaires, mais il aurait fallu faire donner l'armée, proclamer l'état de siège, et Victor-Emmanuel s'y refusa. Le 30 octobre, il demandait à Mussolini de former le nouveau gouvernement et le Romagnol troqua sa chemise noire pour la jaquette, le pantalon rayé et le chapeau haut de forme.

Naturellement, les intellectuels, de gauche ou moins à gauche, les hommes de pensée libre, l'Église et les classes élevées de la société ne voyaient pas sans une certaine inquiétude le pouvoir tomber aux mains de gens dont il n'était pas difficile d'imaginer qu'ils comptaient instaurer une dictature aussi rude peut-être que celle des Soviets. Pourtant ils étaient assez nombreux, par patriotisme et regrets de la grandeur passée, à accorder le bénéfice du doute à ce Mussolini qui se voulait sorti vivant d'une légende césarienne. Cependant, Mussolini jouait sans faiblir le jeu de la légalité. On put voir ses milices se rendre en cortège au Quirinal pour y rendre hommage au roi puis déposer une couronne au monument du Soldat inconnu, enfin assister en l'église Santa Maria degli Angeli, avec le nouveau gouvernement, à une messe de requiem que présidaient le roi et la reine. Oui, tout cela était beau, noble, pompeux, grandiloquent même, et le prince Morosini n'aimait pas la grandiloquence. Pas plus que le faciès brutal, vulgaire et arrogant, du nouveau maître. Déjà on parlait d'émeutes jugulées dans le sang, d'étudiants emprisonnés, malmenés, de descentes d'une police parallèle qui, trop sûre d'un pouvoir qu'elle voulait total, dressait des listes, établissait des fiches pour mieux surveiller ceux qui feraient mine de respirer sur un autre rythme.

Et puis, Aldo croyait encore entendre, au fond de sa mémoire, la voix grave de Simon Aronov dans les souterrains de Varsovie : « Sachez qu'un ordre noir va bientôt se lever sur l'Europe, une antichevalerie, la négation forcenée des plus nobles valeurs humaines. Il sera, il est déjà l'ennemi juré de mon peuple qui aura tout à craindre de lui... à moins qu'Israël ne puisse renaître à temps pour l'éviter... » Comment ne pas croire à une similitude, à une étrange prémonition du gardien du pectoral ? Alors, sans même le connaître, il savait qu'il détestait ce Mussolini parce que d'instinct il s'en méfiait.

Le sarcasme contenu dans sa dernière phrase fit ouvrir de grands yeux surpris à la comtesse Orseolo.

– Ne me dis pas qu'à cet instant où il rassemble le pays tu lui es déjà hostile, Aldo ? Que vous n'ayez aucune affinité, je n'en doute guère, mais c'est le but poursuivi qu'il faut voir. Cet homme ne veut que la grandeur de l'Italie. C'est un patriote, comme toi. Il s'est bien battu, comme toi.

– Moi, je me suis battu contre l'ennui dans mon nid d'aigle autrichien où j'étais prisonnier! Remarque : j'admets volontiers que l'Italie était en train de se dissoudre, de s'écrouler sous les coups de la corruption et des appétits communistes, qu'il était grand temps qu'un homme se lève pour tenter de remettre un peu d'ordre dans notre pagaille. Mais je n'ai pas l'impression que celui-ci soit le bon. Ce que j'apprends de ses méthodes ne m'inspire pas confiance.

– Tu y viendras, crois-moi! J'ai des amis qui le connaissent et crient au génie. Cependant, si je vais à Rome ce n'est pas pour le voir ou tenter de l'approcher : c'est pour Spiridion.

– Ton valet de chambre?

– Je dirais plutôt mon majordome. Il possède – je ne sais si je te l'ai dit – une voix admirable mais qui a besoin d'être travaillée, amplifiée, menée à sa perfection. Il a un grand avenir devant lui et je me dois de l'aider à réussir. J'ai obtenu pour lui une audition chez le maestro Scarpini et, naturellement, je l'emmène. Si Scarpini s'intéresse à lui, Spiridion pourra espérer chanter sur les plus grandes scènes lyriques et moi j'aurai le bonheur d'avoir découvert une nouvelle étoile.

L'enthousiasme un peu délirant qu'elle manifestait déplut à Morosini qui ne put résister au malin plaisir de jeter de l'eau sur ce feu trop brûlant à son gré :

– Et les leçons, qui va les payer ? Il ne doit pas les donner, ton Scarpini ?

– Non, bien sûr, c'est moi qui vais m'en charger.

– Tu en as les moyens ?

– Ne t'en soucie pas. Grâce à toi et... à certains placements judicieux, je n'ai plus de problèmes d'argent. Je peux sans me gêner préparer l'avenir de Spiridion. Il me le rendra d'ailleurs au centuple.

– A condition que ça marche ! Les très grandes voix sont rares, même chez nous. Tu risques de faire un sérieux trou dans ton budget et c'est pourquoi tu ferais peut-être bien de reconsidérer ma proposition d'assistante. Ton voyage à Rome ne me paraît pas un obstacle infranchissable : tu emmènes ton Grec, tu le présentes. Si on s'intéresse à lui tu le laisses, et s'il essuie un échec tu le ramènes en attendant une autre occasion et voilà tout ! Je te paierai, tu sais ?

Adriana arrangea la voilette qui enrobait son minuscule chapeau, lissa ses gants, croisa et décroisa ses jambes toujours fort belles, et finalement sourit d'un air un peu gêné.

– Je te connais trop pour en douter et j'aimerais pouvoir t'aider, mais pour l'instant c'est impossible. Je ne peux pas laisser Spiridion seul à Rome : il n'y connaît personne ; il serait perdu...

– Ce n'est pas un gamin et il n'a pas la tête de quelqu'un qui se perd facilement ! grogna Morosini évoquant le profil de médaille, l'air arrogant et la silhouette musclée du Corfiote. Tu ne crois pas que tu en fais un peu trop ?

– Non. Outre que tu ne le connais pas, tu as toujours eu, pour lui, un préjugé défavorable. En réalité, quand je m'éloigne de lui il ne fait que des sottises, tout comme un enfant. Et comme je suis certaine du jugement de Scarpini, je compte rester là-bas un mois ou deux.

Une brusque colère s'empara de Morosini.

– Ne me dis pas que tu vas vivre avec lui ? Ou alors c'est que tu as perdu la tête, lança-t-il avec brutalité. Tu es ma cousine. Nous sommes du même sang par les hommes et tu vas t'acoquiner avec un domestique ? Ne t'imagine pas que je te laisserai agir !

S'il pensait la blesser, il se trompait. Elle se contenta d'éclater de rire, mais d'un rire, à vrai dire, un peu forcé.

– Ne sois pas stupide, Aldo ! Je n'habiterai pas avec lui, encore que je ne voie pas en quoi ce serait choquant : voilà plusieurs années qu'il vit sous mon toit sans que personne y trouve à redire. Où irions-nous s'il fallait loger ses serviteurs à deux ou trois kilomètres de chez soi ? Mais j'admets que dès l'instant où il n'appartient plus à ma maison, certaines distances doivent s'établir... Si Scarpini ne peut le loger, je lui trouverai une pension et quant à moi, je compte sur l'hospitalité de mes cousins Torlonia. Ils sont férus de musique, surtout de bel canto, et...

Elle continuait à parler, un peu sur le ton de quelqu'un récitant une leçon, enfilant des paroles, des phrases, des raisons qu'Aldo écoutait à peine, uniquement sensible à l'espèce de jubilation que ce flot verbal trahissait : visiblement, la sage comtesse Orseolo exultait à la pensée des jours heureux qu'elle allait couler à Rome auprès de ce garçon, trop beau, trop jeune, mais à qui – Morosini l'aurait juré ! – l'attachait un autre sentiment que l'amour de la musique.

Un peu agacé, il coupa court à la conversation en s'excusant d'un rendez-vous chez son notaire. Il se leva, escorta sa cousine jusqu'à la gondole qui l'attendait, l'embrassa en lui souhaitant bon voyage.

– Donne de tes nouvelles de temps en temps ! lança-t-il.

Et il rentra chez lui, beaucoup plus mécontent qu'il ne voulait se l'avouer. À quelle femme se fier, mon Dieu, si le parangon des veuves de Venise, Adriana l'exemplaire avec sa beauté un peu sévère de madone contemplative, aux abords de la cinquantaine se mettait à courir le guilledou comme n'importe quelle créature ?

Comme il aimait bien sa cousine, il se reprocha ce jugement téméraire et, rencontrant dans le vestibule la personne olympienne mais surtout le regard interrogateur de son fidèle Zaccaria, il haussa les épaules, grimaça un sourire et soupira :

– Eh bien voilà ! Il faut que je m'arrange autrement pour trouver une aide à M. Buteau quand il pourra reprendre son travail ! Notre contessa part pour Rome où elle séjournera plus d'un mois.

Il n'eut pas le temps d'ajouter autre chose et le maître d'hôtel pas davantage : une voix furieuse faisait résonner les échos de la vaste salle.

– Je n'aurais jamais cru vivre assez vieille pour voir, de mes yeux, un scandale comme celui-là ! Il faut que donna Adriana soit devenue folle ! Madona Santissima ! Qui aurait pu croire à pareille conduite de la part d'une si grande dame !

Telle une frégate entrant au port sous grand pavois, Cecina, les oripeaux multicolores dont elle se vêtait le plus volontiers mal contenus par le tablier blanc amidonné tendu sur sa vaste personne, les rubans de sa coiffe volant au vent de sa colère, venait de surgir du « cortile » menant tout droit à sa cuisine. Zaccaria, son époux, tenta bien de l'attraper au vol mais elle le repoussa d'une main vigoureuse et vint se planter devant Aldo en clamant :

– Et toi, prince Morosini, toi son cousin, tu vas laisser faire ça ?

Il était inutile de demander ce qu'elle entendait par « ça ». Cecina, reconnue comme la meilleure cuisinière de Venise, était une puissance pourvue d'un service de renseignements qui lui permettait de savoir tout ce qui se passait dans la ville sans bouger du palais Morosini.

– Tu devrais te calmer, ma Cecina, fit Aldo en

s'efforçant à la désinvolture. Et surtout ne pas trop écouter tes cancanières favorites. Elles interprètent tout de travers et je crois que c'est le cas : donna Adriana s'en va passer quelques jours à Rome afin de confier son valet à un célèbre maître de chant...

– Son valet ? ricana la grosse Napolitaine. Tu veux dire son amant !

– Cecina ! fit Morosini avec sévérité. Je te savais bavarde, mais pas mauvaise langue. Où as-tu été pêcher ça ?

– Je n'ai pas eu besoin d'aller le pêcher. Tout Venise en parle. Si je te dis qu'elle couche avec son Spiridion c'est parce que sa pauvre vieille Ginevra est venue ce matin pleurer dans mon tablier. Sachant que donna Adriana déjeunait ici, elle espérait que toi, au moins, tu réussirais à l'empêcher de faire cette... cette... indécence ! Et toi, tout ce que tu as trouvé à lui dire c'est « Bon voyage ! » sans même chercher un instant à la retenir !

– Je n'ai aucun moyen de la retenir ! Elle est veuve, libre, majeure...

– Ça oui... et depuis un moment ! Je te garantis bien que ta pauvre mère, notre sainte princesse Isabelle, aurait su dire ce qu'il fallait et ce qu'il fallait c'était ceci : une femme de cinquante ans et un godelureau de trente ça ne va pas ensemble... même si ça s'entend très bien au lit !

– Mais enfin, s'emporta Morosini, tu ne peux pas toi non plus croire une chose pareille ? Fais un peu la part du feu : Ginevra est vieille, jalouse de l'influence prise par ce garçon au demeurant antipathique, mais de là à clamer qu'il est son amant il y a une marge. Elle n'a tout de même pas tenu la chandelle ?

– La chandelle non, mais elle a vu ! clama Cecina d'un ton dramatique appuyé d'un mouvement de bras accusateur. Elle a vu, te dis-je, celle qu'elle appelait sa petite Madone, dans les bras de l'Amalécite comme elle dit. C'était une nuit où ses rhumatismes l'empêchaient de dormir, la pauvre vieille ! Elle est descendue à la cuisine pour se faire chauffer du lait. Il était très tard et Ginevra pensait que tout le monde dormait. Seulement, en passant devant la porte, sans doute mal fermée, de donna Adriana, elle a vu un peu de lumière et, surtout, elle a entendu des bruits... bizarres. Des soupirs, des gémissements... Un peu inquiète parce que la contessa pouvait très bien être malade, elle a poussé la porte...

– ... et jeté un coup d'œil ? fit Aldo narquois. Et de pure curiosité car je ne crois pas un instant à son inquiétude. Si les bruits qu'elle entendait étaient ce que j'imagine, ils n'ont aucun rapport avec la douleur. Et tu le sais très bien !

– Bien sûr que je le sais ! Quoi qu'il en soit, elle n'a pas eu besoin d'y regarder à deux fois pour comprendre ce qu'ils faisaient. Ça lui a donné un tel coup qu'elle est partie en courant !

– En dépit des rhumatismes ? Une guérison miraculeuse en quelque sorte ! ironisa Morosini, retenant mal sa colère parce qu'il ne mettait pas en doute un seul instant le rapport de la vieille Ginevra, une de ces fidèles servantes à l'ancienne mode qui se dévouent corps et âme à ceux qu'elles servent, et qui connaissait Adriana depuis le berceau.

– C'est pas bien de rire de ça ! protesta Cecina. La pauvre, elle n'a pas osé remonter dans sa chambre. Elle est restée dans sa cuisine jusqu'à l'heure de la première messe à Santa Maria Formosa où elle est allée verser toutes les larmes de son corps. Et aujourd'hui, on l'abandonne dans cette grande baraque où elle va mourir de peur, à coup sûr, en pensant que sa chère maîtresse est en train de se damner à Rome !

– Il n'y a pas d'autre gardienne ? Cette pauvre Ginevra ne devait plus pouvoir faire grand-chose dans la maison.

– Pour le ménage, une femme venait chaque matin mais donna Adriana l'a remerciée. On a tout mis sous housse et les pièces de réception sont fermées. Ginevra aura assez avec la cuisine et sa chambre...

Aldo n'écoutait déjà plus. Tournant les talons, il gagna son cabinet de travail, décrocha le téléphone et demanda le numéro de sa cousine en espérant ne pas tomber sur l'Amalécite. Par chance, ce fut Adriana qui répondit. Un peu essoufflée d'avoir sans doute grimpé quatre à quatre son magnifique escalier gothique.

– Dis-moi, Adriana, quand pars-tu ?

– Je croyais te l'avoir dit. Après-demain.

– Et tu laisses ton palais sans autre gardienne que cette malheureuse Ginevra qui tient à peine sur ses jambes ? Elle est bien vieille pour une tâche si rude : il y a encore pas mal de belles choses chez toi...

Il y eut un silence qui s'anima bientôt de la respiration un peu oppressée de la comtesse.

– Je n'ai pas les moyens de prendre du personnel supplémentaire. Aussi allons-nous nous contenter de tout fermer le mieux possible et de nous en remettre à la grâce de Dieu.

– C'est un peu facile et tu ferais mieux de me dire la vérité : il te coûte une fortune, ton Spiridion ! Et moi je n'aime pas ça...

– C'est parce que tu ne le connais pas. C'est un brave cœur et je t'assure que tout me sera rendu...

– Au centuple, tu l'as déjà dit, et s'il ne te rend rien tu te retrouveras ruinée. Alors tâche au moins de protéger ce qui te reste. Ça existe, les cambrioleurs, même à Venise.

Au bout du fil, Adriana commençait à s'énerver.

– Mais enfin, que veux-tu que je fasse ? Je pars dans quelques heures et je n'ai plus le temps de prendre d'autres dispositions. Je vais dire à Ginevra qu'elle essaie de faire venir l'un de ses neveux de Mestre, mais si on ne le paie pas...

– Tu ne paieras rien du tout ! Préviens Ginevra que, dès ton départ, j'enverrai Zian coucher chez toi. En même temps, Zaccaria va essayer de trouver une compagne pour la pauvre vieille. Quant à l'argent, ne te tourmente pas. Tu me rembourseras quand Spiridion le Magnifique aura fait couler sur toi un flot d'or. Et ne me remercie pas sinon tu vas entendre des choses désagréables.

Cecina l'avait suivi et elle écoutait depuis le seuil de la porte. Il lui jeta un regard noir.

– Tu es satisfaite comme ça ?

– Oui. C'est déjà beaucoup mieux et je vais cesser de me tourmenter pour Ginevra, mais est-ce que tu as dit la vérité ?

– Quelle vérité ?

– Tu as vraiment l'intention d'aller la chercher si elle reste trop longtemps là-bas ?

– Bien entendu ! Je n'ai pas envie que l'honneur de la famille serve à épousseter les planches sur lesquelles le Grec est censé triompher, ni, surtout, que cette folle se ruine pour lui !

– C'est déjà fait en grande partie ! Demain, quand Zian ira s'installer, va donc faire un tour à la Cà Orseolo. D'après Ginevra, tu auras des surprises...

– Je n'ai pas coutume d'aller fouiller chez les gens dès qu'ils ont le dos tourné... Ah non ! Pas de protestations ! Pour l'instant, je vais chez maître Massaria voir s'il ne pourrait pas me trouver une secrétaire convenable.

– Pourquoi pas « un » secrétaire ? Les garçons travaillent mieux que les filles, en général, et ne cherchent pas à faire les yeux doux à leur patron.

– Mina ne m'a jamais fait les yeux doux.

– Non, et elle a eu tort parce que c'était quelqu'un de bien. Tu aurais dû l'épouser !

Morosini se contenta, en fait de réponse, d'un haussement d'épaules, préférant garder pour lui ses pensées. Épouser Mina avec ses tailleurs en forme de cornets de frite, son allure de quakeresse mâtinée d'institutrice, ses cheveux tellement tirés qu'ils semblaient peints sur son crâne et ses énormes lunettes ? Ridicule ! Il est vrai que si elle avait été différente il ne l'aurait pas engagée et c'eût été dommage ! Quelle collaboratrice hors pair elle avait été ! Il n'avait pas fini de la regretter...

Presque aussitôt, l'image fagotée de la fausse Hollandaise s'effaça sous l'impulsion d'une autre : une éclatante jeune femme en velours vert dont les yeux ressemblaient à de larges violettes surgissant d'une jeune et tendre mousse. Celle-là, oui, il aurait peut-être eu l'idée d'en faire sa femme. Seulement elle ne voulait pas de lui. Le jugement sévère qu'elle avait proféré à Londres ne laissait guère de doute à ce sujet : il n'était pour elle qu'un irrécupérable coureur de jupons et rien ne la ferait changer d'avis. En admettant qu'il en eût envie...

– Ce qui n'est pas le cas ! fit-il à haute voix tandis qu'il enfilait un imperméable et se coiffait d'une casquette. Il est grand temps de classer cette affaire et de passer à autre chose !

Sur ces fortes paroles, il sortit dans le vent et la pluie qui depuis quelques jours s'abattaient sur

Venise, noyant ses toits roses et ses campaniles avec une obstination digne d'un automne londonien. Dédaignant son motoscaffo et sa gondole, d'ailleurs bâchés, il gagna par les rues le Rialto près duquel se trouvait l'étude de son notaire, maître Massaria. Celui-là même qui, au jour de son retour de la guerre, était venu lui offrir, afin de le sauver de la ruine, un mariage avec une inconnue, une jeune Zurichoise, fille d'un banquier collectionneur, qui s'était mis en tête de s'intégrer à Venise comme une pierre dans un mur pour la seule raison qu'elle aimait cette ville.

Drapé dans sa fierté, campé sur son honneur qui renâclait devant un mariage d'argent, Morosini avait refusé net. Et ne le regrettait toujours pas, puisque cette prise de position avait incité Lisa à devenir Mina pour voir de près à quoi ressemblait un si curieux personnage. Telle qu'il la connaissait à présent, elle l'eût sans doute méprisé s'il avait accepté. Quel couple, alors, auraient-ils formé ?

Ce fut ce qu'un moment plus tard il expliquait au vieil ami qui l'écoutait sagement, les coudes appuyés à son vieux fauteuil de cuir noir et les mains jointes par le bout des doigts, la mine grave mais avec, au fond des yeux, une étincelle amusée et certains tressaillements de barbiche qui pouvaient bien cacher une envie de rire.

– Alors je suis venu vous demander deux choses, conclut-il sur un soupir. D'abord si vous étiez au courant de la mascarade montée par Mlle Kledermann ?

La gravité vola en éclats tandis que le notaire sursautait :

– Moi ? Au courant ? Jamais de la vie ! Je connais assez bien, je crois, Moritz Kledermann et, sachant à la fois votre qualité et vos difficultés d'alors, nous avions formé ce projet sans trop entrer dans les détails. Il avait pris votre refus comme il devait être pris : avec estime et compréhension, et tout s'est arrêté là.

– Et elle, vous ne l'aviez jamais vue ?

– L'occasion ne m'en a pas été donnée, sinon vous pensez bien que je l'aurais reconnue, même sous son déguisement. Quelle autre question voulez-vous me poser ?

– Ce n'est pas une question, c'est un service que je viens vous demander : j'ai besoin de quelqu'un pour remplacer... Mina, et j'ai pensé que vous seriez le plus qualifié pour cela. Il me faut, bien sûr, quelqu'un de confiance...

– Votre profession ne rend pas la chose facile. Il est vrai qu'une fois M. Buteau rétabli, il pourra se charger de former cette nouvelle collaboratrice...

– Je n'aurais rien contre un garçon. Et même je me demande si, à la limite, ce ne serait pas préférable.

– Pourquoi pas ?... J'ai un jeune clerc passionné d'histoire et d'art, bien plus que de droit, et je me demande s'il ne ferait pas votre affaire. Seulement il est absent pour le moment, ayant dû se rendre en Sicile pour une affaire de famille.

– Un Sicilien ? Quelle horreur ! Vous me voyez affublé d'un mafioso ? fit Morosini en riant.

– N'ayez crainte ! Il s'agit de l'héritage d'une tante qui vivait à Palerme mais c'est un Vénitien de bonne souche. Il sera peut-être difficile de convaincre son père, un de mes confrères qui souhaite que le garçon lui succède. Bah, après tout, ce ne serait peut-être que pour un temps et votre réputation professionnelle sera pour lui une garantie. Voulez-vous que nous essayions ? Je pense qu'il sera là dans une dizaine de jours.

Aldo retint une grimace. Dix jours, c'était une éternité, alors qu'il devait se rendre à Milan le surlendemain, mais puisqu'il n'y avait pas moyen de faire autrement, il fermerait boutique jusqu'à son retour et voilà tout.

– Nous verrons quand il reviendra. Pardonnez-moi de vous avoir pris une partie de votre temps, ajouta-t-il en constatant que le téléphone avait sonné au moins trois fois dans l'étude sans que maître Massaria répondît.

– Pas du tout ! Vous savez combien j'aime bavarder avec vous. Cela me rappelle le temps où notre chère princesse Isabelle faisait appel à moi. Un temps vraiment heureux... ajouta-t-il avec un soupir qui traduisait toute la nostalgie, toute la mélancolie d'un amour qui n'avait jamais osé dire son nom...

– Pour elle aussi, assura Aldo gentiment. Je sais qu'elle appréciait beaucoup les instants que vous passiez auprès d'elle...

Ce fut magique. L'aimable visage dont un lorgnon chevauchait le nez arrondi s'illumina comme si une soudaine lumière venait l'éclairer de l'intérieur. Le vieil et fidèle amoureux d'Isabelle Morosini allait vivre durant des semaines, des mois peut-être, sur ce bonheur qu'il venait de lui donner. Content de lui, Aldo prit congé, mais au moment où il allait quitter son cabinet, maître Massaria le retint d'une main posée sur son bras.

– Pardonnez ma curiosité mais j'aimerais savoir ! Je connaissais assez bien votre secrétaire et je me demande comment elle est sous son aspect véritable. Y a-t-il... une grande différence ?

Sous son arcade soucilière touffue l'œil du notaire pétillait de curiosité amicale, à laquelle Aldo répondit par un sourire impertinent :

– Une très grande différence ! Assez pour me donner quelques regrets, si c'est ce que vous voulez savoir, mais il est trop tard pour l'un comme pour l'autre. À bientôt !...

En dépit de ce qu'il avait dit à Cecina, Aldo, le lendemain, accompagna Zian quand il alla prendre son poste chez la comtesse Orseolo. Bien que sa mission fût transitoire et qu'il dût y passer les nuits, le gondolier des Morosini ne voulait pas s'installer sans que son maître et la vieille Ginevra eussent effectué une sorte d'état des lieux.

Ce n'était pas inutile. Le salon de musique où se tenait habituellement Adriana, si agréable avec ses soieries feuille-morte et ses juponnages de tables rondes en velours turquoise, n'avait pas changé depuis la dernière visite d'Aldo. En revanche, à peine fut-on entré dans le petit salon voisin que Ginevra, d'un bras vengeur dans le meilleur style Cecina, désigna un grand miroir ovale entouré d'un cadre d'or un peu terni, beau sans doute mais XIXe siècle et plutôt banal, installé à la place d'une superbe glace vénitienne du XVIe siècle. Manquait également un ancien fanal de galère, sous lequel le père d'Adriana s'installait pour écrire quand il se tenait dans cette pièce servant à la fois de bureau et de bibliothèque.

A cette vue, Aldo sentit la moutarde lui monter au nez.

– Il y a longtemps que ces objets sont partis ?

– Deux mois, répondit la vieille servante. Il fallait de l'argent pour le voyage à Rome et les leçons du misérable ! Il est en train de la ruiner, Excellenza, et quand il aura fini, il la jettera comme une paire de chaussettes usées... ajouta-t-elle en crachant par terre comme une chatte furieuse.

– Si je peux l'empêcher, soyez certaine qu'il n'y arrivera pas. C'est son antiquaire milanais qui est venu chercher ça ? Ce... Sylvio Brusconi ?

– Oui. Ça s'est passé la nuit, ce mauvais coup !

Morosini commençait à se sentir inquiet. Il fallait qu'Adriana éprouvât un sentiment de culpabilité pour agir de cette façon. Jusque-là, et comme il savait qu'elle pratiquait un peu la brocante mondaine, il l'y avait aidée, au besoin en lui prêtant de l'argent, mais s'agissant de pièces de cette importance, elle n'aurait pas manqué de s'adresser à lui. Qu'elle eût été rechercher Brusconi grâce à qui elle s'était procuré de l'argent pendant la guerre pour survivre était plus que significatif : son Spiridion la tenait et même la tenait bien. Elle devait être folle de lui. À son âge c'était plus que dangereux !

Comme Ginevra s'était mise à pleurer en se laissant choir sur le bord d'un siège, il posa sur son épaule une main ferme et apaisante.

– Je regrette de n'avoir pas su cela plus tôt, mais consolez-vous, je me rends à Milan ce soir. Demain je verrai Brusconi. Peut-être pourrai-je racheter le miroir et le fanal.

– Oh, ne vous donnez pas cette peine, don Aldo ! Si vous les lui rendez, elle les revendra huit jours après.

– Aussi ne les lui rendrai-je pas. Tout au moins tant qu'elle n'aura pas recouvré la raison. Ayez confiance, Ginevra ! Et tâchez de bien vous entendre avec Zian. C'est un gentil garçon...

Trois jours plus tard, Morosini revenait de Milan plutôt satisfait : non seulement il avait emporté certaines enchères importantes, mais il avait réussi à arracher les dépouilles d'Adriana à son confrère Brusconi, un homme qu'il n'aimait pas, bien qu'il fût obligé de lui reconnaître une certaine honnêteté : c'était un malin, sachant manier à merveille les gens à court d'argent, mais il ne les truandait pas. Avec un homme de la force de

Morosini, il n'était pas question de jouer au plus fin : il savait la valeur des choses. En outre, le Vénitien disposait d'atouts importants : sa grande mine, son charme personnel et son titre de prince. Brusconi sut se contenter d'un bénéfice infime en espérant un éventuel retour d'ascenseur dans un avenir incertain.

Aldo était donc très content, mais il le fut plus encore devant la surprise qui l'attendait : sa grand-tante, la marquise de Sommières, était arrivée la veille, flanquée de son inséparable Marie-Angéline du Plan-Crépin, et l'on pouvait entendre Cecina bramer le grand air de *Norma* depuis le Grand Canal.

Il trouva la vieille dame et son satellite dans le salon des Laques où Zaccaria leur servait dévotement du champagne bien qu'il ne fût guère plus de cinq heures de l'après-midi, mais le vin des rois était le seul breuvage que supportât la marquise en dehors de son café au lait du matin, et il n'était pas question de lui servir autre chose aux repas ou à l'heure du thé, « cette insupportable tisane que les Anglais vous déversent à pleins seaux à n'importe quelle heure de la journée ».

– Te voilà enfin ? s'écria la marquise en l'attirant sur son vaste giron tout scintillant de longs sautoirs d'or, de perles et de pierres fines. Nous commencions à désespérer de te rejoindre un jour !

– Ne renversez pas les rôles, tante Amélie ! Quand je suis passé chez vous en revenant d'Angleterre, votre Cyprien m'a dit que vous « voyagiez en Italie » sans trop préciser où...

– Il en aurait été bien incapable ! car nous avons fait beaucoup de chemin. Souviens-toi que tu devais te rendre, en septembre, en Angleterre. Nous sommes donc allées, Plan-Crépin et moi, nous embêter ferme chez lady Winchester mais comme tu n'étais nulle part, ni au Ritz ni ailleurs, nous sommes parties pour Venise... où nous avons appris que toi tu venais de partir pour l'Angleterre. Comme, selon Mina et M. Buteau, tu n'étais pas censé y rester plus de quinze jours ou trois semaines, nous avons passé vingt-quatre heures au Danieli avant d'aller faire notre petit tour de péninsule. Nous avons séjourné à Florence, à Sienne, à Pérouse et enfin à Rome que nous avons eu la douleur de voir envahie par une horde de fourmis noires que nous avons trouvées profondément antipathiques. Elles ont même prétendu contrôler notre identité sous prétexte que nous étions des étrangères ! Peut-on concevoir chose pareille ? Les clients de l'hôtel Quirinal... et les autres étaient scandalisés, se demandant même à quoi pensait le roi pour s'en remettre à ce Mussolini !

– Je crois qu'il n'avait pas le choix ! soupira Aldo. L'Italie vivait dans un grand désordre depuis la guerre et la menace bolchevique, mais je me demande si cet ordre-là lui conviendra longtemps.

– Il conviendra à ceux qu'il enrichira ! Et, crois-moi, il y en aura pas mal. Pour en revenir à nous, Marie-Angéline et moi, nous nous sommes donc hâtées de prendre le premier train pour Venise... d'où tu avais encore disparu.

– Heureusement que, cette fois, vous avez eu la bonne idée de m'attendre. Vous n'imaginez pas à quel point votre présence me fait plaisir ! J'espère que vous allez rester quelque temps même si novembre n'est pas le mois le plus agréable avec les grandes marées qui nous ramènent souvent l'acqua alta [1]...

Marie-Angéline, que l'on n'avait pas encore entendue, émit un soupir ravi :

– J'avoue que ça me plairait beaucoup ! Traverser la piazza San Marco sur des petits ponts de planches qui tiennent lieu de trottoirs doit être une expérience très amusante.

– J'ai toujours pensé, Plan-Crépin, que vous nourrissiez secrètement un goût pervers pour l'aventure ! soupira la marquise. Au fait, Aldo, ton ami Buteau a été ramené ce matin de l'hôpital. Il n'a pas une mine bien fameuse mais je pense que dans quelques jours il n'y paraîtra plus : Cecina est aux petits soins pour lui.

– Je vais monter me changer mais, avant, je passerai par sa chambre.

Il était écrit, cependant, que Morosini ne gagnerait pas ses appartements de sitôt. Il traversait le vestibule en direction de l'escalier quand Zian sur-

1. L'inondation.

git de la gondole qu'il avait tout juste pris le temps d'amarrer. Il semblait hors de lui et les nouvelles qu'il apportait justifiaient son émotion.

– Le palais Orseolo a été cambriolé ! jeta-t-il sans autre préambule. Quand je suis arrivé pour prendre mon service de nuit, j'ai trouvé Ginevra en larmes entourée de trois ou quatre commères du quartier qui se lamentaient. Il y avait aussi deux carabiniers qui essayaient de démêler quelque chose dans ce concert de clameurs mais moi j'ai tout de suite compris : on a brisé les vitrines où étaient l'argenterie d'une part et des petits bijoux précieux d'autre part. Je vous en prie, Excellenza, venez ! Ils sont capables de m'arrêter, ces hommes de police.

– Allons-y ! Ça s'est passé quand, à ton avis ?

– Dans la journée, bien sûr, pendant l'une des interminables stations que la vieille Ginevra fait à l'église. Elle y va au moins trois fois par jour.

– Et personne n'a rien vu ?

– Vous savez bien qu'il y a un mur de jardin en face du palais. En tout cas une chose est certaine : aucune serrure n'a été forcée à part celles des meubles. À croire que les voleurs possédaient les clefs...

Zian n'exagérait pas. Il régnait chez Adriana une atmosphère de fin du monde, au milieu de laquelle s'agitait le commissaire Salviati, essayant d'obtenir un peu de calme. Il accueillit l'arrivée de Morosini avec un visible soulagement, d'autant que cette apparition détourna sur elle l'attention des pleureuses : Ginevra transformée en fontaine se traîna à genoux pour se pendre à sa main et le supplier de mettre fin aux méfaits de l'Amalécite. Reprise en chœur par ses compagnes.

– Heureux de vous voir, prince ! exhala Salviati. Vous arriverez peut-être à tirer quelque chose de ces folles. Et à m'apprendre qui est cet Amalécite.

– Je suis là pour ça, mais si vous voulez un bon conseil, envoyez donc Ginevra et ses amies se préparer un café à la cuisine et nous en préparer un par la même occasion.

Ce qui fut dit fut fait. Débarrassés de la horde, les deux hommes parcoururent les différentes pièces du palais devant lequel veillaient à présent deux carabiniers. En quelques mots, Aldo avait résumé la situation, identifié le mystérieux Amalécite, parlé de l'absence de sa cousine et des raisons altruistes qui la motivaient. La passion de la comtesse Orseolo pour la musique était connue du Tout-Venise et permettait de jeter un voile pudique sur la réalité de ses relations avec son trop séduisant valet.

Aldo expliqua aussi comment il avait chargé Zian de veiller sur la tranquillité nocturne de la vieille femme et de la maison, sans imaginer un seul instant que le pillage pourrait se produire en plein jour.

– Qui aurait pu penser ça ? Ginevra sortait plusieurs fois par jour, surtout pour aller à l'église...

– À heures fixes ?

– À peu près, oui. Son temps se trouvait rythmé par les divers offices : messe matinale, vêpres, complies, que sais-je encore ? Je n'ai jamais été très ferré sur la question, ajouta-t-il avec un sourire d'excuses.

– Moi non plus, fit le commissaire, mais des habitudes aussi régulières ont pu être observées facilement. Je suppose qu'elle emportait les clefs ?

– Oui. Zian attendait son retour de la messe puis vaquait à ses propres occupations. Comme je ne l'emploie pas à plein temps, il utilise ses talents au service des clients du Danieli : il possède sa propre gondole.

– Il habite chez vous ?

– Oui, et cela depuis des années. Il n'est pas marié et j'en réponds comme de moi-même. Sinon je ne l'aurais pas proposé à donna Adriana.

– J'en suis persuadé. Le plus étonnant, c'est que l'on soit entré sans difficulté : pas d'escalade de mur, un peu trop voyante sans doute de jour, pas de bris de serrures ! À croire que ces gens avaient les clefs...

– Et personne n'a rien vu ?

– Si. Vers quatre heures, une voisine qui étendait du linge à sa fenêtre a remarqué une petite barge de charbonnier arrêtée devant le palais. Elle allait rentrer chez elle quand elle a vu deux hommes y revenir, portant sur leurs dos des piles de sacs à bois et à charbon qu'ils avaient dû vider.

– Ou plutôt remplir. J'imagine qu'à l'aller ils

portaient chacun un sac contenant l'un du bois et l'autre des sacs vides. Il faudra vérifier à la cuisine. Ensuite ils se sont mis à l'œuvre et il est assez enfantin de faire croire qu'on porte des sacs de jute vides s'ils sont empilés à la diable et pas trop bien pliés. Ces deux-là sont les coupables.

– On va chercher de ce côté-là, bien entendu, cependant ça m'étonnerait qu'on trouve quelque chose. Je connais ceux qui se livrent à ce commerce, ce sont de braves gens...

– Mais le meilleur entrepreneur du monde peut toujours embaucher un élément douteux. D'autant que ces gens pouvaient venir de Mestre... D'autre part, si je peux me permettre de vous donner un conseil, signor Commissario, c'est d'essayer d'en connaître un peu plus sur celui que Ginevra appelle l'Amalécite : ce Spiridion Mélas, Corfiote évadé des prisons turques et recueilli « mourant de faim sur la plage du Lido ». Je cite mes auteurs, puisque c'est à peu près tout ce que j'en sais.

– Vous pensez que la comtesse Orseolo, entraînée par sa charité bien connue et par son amour de la musique, pourrait avoir introduit chez elle un loup d'une espèce particulière ?

– Exactement ! fit Aldo d'un air de doux émerveillement. C'est une vraie joie d'être si bien compris.

Le petit Salviati se rengorgea, content d'être apprécié à sa juste valeur par un homme de l'importance du prince Morosini.

– Merci. De votre côté, prince, soyez sûr que mon enquête ira au fond des choses. Voulez-vous que nous passions au premier étage ?

– Avec plaisir. Je doute, bien sûr, que ma cousine ait commis la folie de laisser ses bijoux derrière elle à moins de les avoir confiés à un coffre de banque, mais il y a là-haut beaucoup d'objets jolis et précieux.

La chambre d'Adriana, si féminine et presque virginale avec ses draperies blanches et bleues, avait reçu la visite des voleurs. La coiffeuse était vide : plus de brosses ni de bougeoirs en vermeil, plus de napperons en dentelles anciennes, plus aucun de ces mille riens fragiles et très chers qui fleurissent si joliment la chambre d'une grande dame doublée d'une jolie femme. Les petits tiroirs de marqueterie gisaient sur le tapis et les deux têtes d'anges de Titien qui veillaient jusque-là de chaque côté du lit brillaient par leur absence : de format réduit, ces deux tableaux étaient des plus faciles à emporter.

Cependant, quelque chose intrigua Morosini : le plus beau meuble de la pièce était un cabinet du XVIe siècle florentin fait d'ébène, d'ivoire, de nacre et d'écaille rehaussé d'or. Aldo le connaissait bien : il venait du palais Morosini et Adriana, qui l'avait reçu en cadeau de mariage du prince Enrico, père d'Aldo, l'avait apporté avec elle. Il ne fermait pas à clef mais au moyen d'un secret que le prince-antiquaire n'ignorait pas. Or, ce magnifique objet était intact : il ne portait les traces d'aucune tentative d'ouverture et moins encore de brutalité. Comme si une consigne était passée : surtout ne pas y toucher, ne rien faire qui pût en diminuer la valeur ! D'autant qu'avec ce qu'ils avaient récolté, les malandrins possédaient de quoi réaliser une belle somme d'argent, même au prix des receleurs.

Profitant de ce que Salviati entreprenait, à l'autre bout de la chambre, un examen soigneux de la coiffeuse – placée entre deux fenêtres – puis d'une commode, il enfila ses gants, appuya sur une feuille d'ivoire : les deux battants s'ouvrirent, découvrant une multitude de petits tiroirs et une niche dorée servant de cadre à une statuette de Minerve, en ivoire casquée d'or, dont Adriana prétendait faire son emblème. Ce qui arracha une grimace ironique à son cousin. La folle comtesse, aux prises avec le démon de midi, n'avait pas dû contempler cette belle image depuis longtemps et, surtout, devait fermer les portes du cabinet quand elle recevait son amant dans son lit... Quel gâchis, en vérité ! Et quelle stupidité !... L'amour, il le savait d'expérience, pouvait faire commettre des sottises, mais à ce point c'était beaucoup !

Mettant de côté son habituelle discrétion, il ouvrit les tiroirs l'un après l'autre. Ils contenaient des babioles : chapelet de première communion, médailles, cachets aux armes, lettres anciennes dont il se garda de dénouer les rubans pâlis par le temps. Sur certaines, il reconnut sa propre écriture.

Quelques papiers de famille aussi. Le tout sans grand intérêt.

Il allait refermer quand son œil vif décela, presque sous le socle de la statuette, un coin de papier un peu jauni qui dépassait, et il se souvint que la niche, elle aussi, avait un secret.

Un coup d'œil du côté du commissaire lui apprit qu'il ne lui restait plus beaucoup de temps. Un autre policier venait de le rejoindre, muni du matériel à relever les empreintes digitales. Alors, poussé par une irrésistible curiosité, Aldo ôta Minerve, poussa la planchette où elle s'appuyait et qui, mal fermée, laissait passer le menu rectangle, plongea la main dans l'ouverture, en tira un paquet de lettres qu'il fit disparaître dans la poche de son imperméable avant de tout remettre en place, mais il s'abstint de refermer le cabinet : de toute façon, Salviati voudrait l'ouvrir et il venait vers lui.

– Superbe, ce meuble ! commenta le commissaire. Comment avez-vous fait pour l'ouvrir ?

– C'est mon métier, sourit Morosini. En tant qu'antiquaire, j'ai beaucoup étudié ce type de meubles qui portaient jadis à travers l'Europe le renom de nos ébénistes. En outre, il se trouve que celui-ci vient de chez moi : cadeau de noces offert par mes parents !

Il laissa Salviati ausculter les tiroirs, poussa même la complaisance jusqu'à faire jouer la cachette défendue par Minerve avec une sorte de plaisir pervers. Peut-être à cause de ces quelques papiers qui, dans sa poche, lui brûlaient les doigts. Rien d'important, ne fut trouvé et le policier respecta pieusement les liasses nouées de satin bleu.

Rentré chez lui, Morosini remit au dîner le récit de ce qui venait de se passer et gagna sa chambre pour y prendre le bain que le cher Zaccaria lui avait préparé. Contrairement à son habitude, il ne s'y attarda guère. Il enfila un peignoir en éponge épaisse et regagna sa chambre où Zaccaria avait disposé sur le lit la chemise et le smoking dont son maître allait se vêtir comme chaque soir, surtout quand il y avait des hôtes au palais. Les autres soirs, il allait plus volontiers s'asseoir à la grande table de la cuisine pour bavarder avec Cecina. Guy Buteau à la clinique et Mina disparue, les divers salons où selon l'humeur on disposait la table, de préférence à l'immense « sala da pranzo » taillée pour des banquets, lui semblaient encore trop vastes. Comme dans son enfance, Aldo éprouvait de soudains besoins de chaleur et cette chaleur nul ne savait mieux la dispenser que Cecina.

Un coup d'œil à la pendule lui apprit qu'il lui restait encore trois bons quarts d'heure avant de descendre rejoindre ses invitées.

– Tu peux me laisser, dit-il à Zaccaria. Je m'habillerai dans un moment. J'ai envie de quelques instants de repos.

– Est-ce que vous n'irez pas voir M. Buteau ? Il attendait votre retour avec tant d'impatience !

– Seigneur !

Avec cette histoire, il avait oublié son ami !

– Va lui dire que je me décrasse et que je passerai chez lui avant de descendre. Il doit garder la chambre encore combien de temps ?

– Le docteur Licci pense qu'à la fin de la semaine, il pourra risquer sa cicatrice toute neuve dans les escaliers sans trop en souffrir.

– On l'y aidera et au besoin on le portera. Il doit s'ennuyer à périr... Va vite ! Va lui dire que je viens !

À peine Zaccaria éclipsé, Aldo alla prendre le petit paquet qu'il avait, en entrant, jeté dans le tiroir de son ancien bureau de jeune homme, s'installa dans un fauteuil et commença à lire. Il faillit s'arrêter dès les premières lignes : c'étaient des lettres d'amour, datant des deux dernières années de la guerre. Il ne se reconnaissait pas le droit de violer ainsi l'intimité de sa cousine. Pourtant il continua, poussé par quelque chose de plus fort qu'une banale curiosité, atteignant même à une espèce de fascination.

Cela tenait au ton des lettres. Écrites d'une grande écriture autoritaire, elles émanaient sans doute d'un amant passionné mais aussi d'un maître. Au fil des phrases, Aldo éprouvait la bizarre impression d'assister à la montée d'une emprise toujours plus impérieuse. Le mystérieux R. – il n'y avait aucune autre signature – évoquait avec la passion que lui inspirait sa maîtresse certaine cause à laquelle il se dévouait.

Les lettres, dont aucune enveloppe n'avait été conservée, indiquaient différentes villes de Suisse : Genève, Lausanne, Interlaken et surtout Locarno où, semblait-il, l'amour d'Adriana et de R. était éclos. La dernière, datée d'août 1918, provenait de cette ville. Elle était plus sibylline encore, plus autoritaire aussi : « Le temps est venu ; la guerre va s'achever et il reviendra. Tu dois accomplir ce que la cause attend de toi plus encore que celui dont tu es toute la vie. Spiridion t'aidera. Il n'est auprès de toi que pour cela... R. »

Avec l'impression que le plafond à caissons de sa chambre venait de s'abattre sur sa tête, Aldo resta de longues minutes immobile, la lettre pendant au bout de son bras, avec l'affreuse sensation que l'un des cercles infernaux du Dante venait de s'ouvrir devant lui. Il découvrait, chez cette Adriana qu'il aimait comme une sœur aînée au point d'avoir un instant caressé l'idée d'un délicieux inceste, une vie cachée, secrète, charnelle et fleurant le soufre. Qu'était cette cause à laquelle on lui demandait de se dévouer en lui laissant espérer une ardente compensation ? Et quelle était cette tâche qu'il était temps d'accomplir ? Qui était ce R. ? D'où sortait au juste le trop beau Spiridion que l'on n'avait pas découvert par hasard sur la plage du Lido ? L'amant caché l'avait envoyé et il semblait qu'à présent il eût pris sa place dans le lit d'Adriana. Pourquoi pas sur ordre ? Pourquoi, en effet, R. ne s'en serait-il pas servi autant pour amener la comtesse à ce qu'il souhaitait que pour se débarrasser d'une maîtresse devenue peut-être encombrante ? Il était étonnant, en effet, que la dernière lettre soit vieille de quatre ans.

Les questions affluaient, toutes sans réponse. Ou presque. Morosini n'aimait pas la concordance entre les leçons romaines du Corfiote tellement suspect à présent et l'éclatement du « fascio » mussolinien auquel Adriana ne paraissait pas hostile. Se pouvait-il que la fameuse « cause » fût celle-là et, en ce cas, en quoi consistait le service qu'elle attendait de la comtesse Orseolo ? La première chose était d'essayer de découvrir qui pouvait être R., l'homme auquel Adriana semblait avoir juré d'appartenir corps et âme...

Avec une initiale on n'allait pas bien loin, mais le personnage qui aimait tant la Suisse devait appartenir à l'une ou l'autre de ces cellules révolutionnaires que les remous de leurs pays respectifs obligeaient à y chercher refuge...

Le tintement d'une cloche, celle du dîner, arracha Morosini à son amère songerie, le précipita sur sa chemise puis dans son habit de soirée dont il noua la cravate un peu n'importe comment. Il n'avait pas vu passer le temps et il lui restait à peine une minute à consacrer à Guy Buteau.

Chaussant ses escarpins vernis tout en marchant, ce qui représentait un exercice difficile, il se rua hors de sa chambre afin de se rendre chez son ancien précepteur... qu'il rencontra au seuil, appuyé sur une canne, un peu pâle mais tiré à quatre épingles.

– Guy ! s'écria-t-il. Vous n'êtes pas fou ? Vous devriez être au lit.

– J'en ai plus qu'assez du lit, mon cher Aldo ! Et puis, ajouta-t-il avec le sourire chaleureux et un peu timide qui rappelait si fort le jeune éducateur frais émoulu de sa Bourgogne natale auquel on avait confié un gamin à instruire, quelque chose me disait que vous aviez besoin de moi...

– J'ai surtout besoin que vous soyez en bonne santé ! Comment avez-vous fait pour vous lever, vous habiller ?

– Zaccaria m'a donné un coup de main. J'en ai profité pour réclamer mon couvert à table. La présence de Mme la marquise de Sommières, de Mlle Marie-Angéline et de vous-même va faire merveille pour me remettre tout à fait. Surtout si l'on y ajoute une vieille bouteille de mes chers hospices de Beaune !

– Vous aurez la cave entière si vous voulez ! C'est fou ce que je suis heureux de vous retrouver ! s'écria Morosini. Mais vous allez prendre mon bras.

Et ce fut appuyés l'un sur l'autre que les deux hommes rejoignirent dans le salon des Laques les moires quasi épiscopales de Mme de Sommières, le crêpe de Chine gris nuage de Marie-Angéline et l'explosion joyeuse d'un bouchon de champagne.

En dépit de ses soucis qu'il se garda bien d'étaler, Aldo prit un vif plaisir à ce dîner familial animé par la verve caustique de tante Amélie. D'autant qu'il y avait beaucoup à dire. On parla bien sûr du meurtre d'Eric Ferrals, de l'accusation pesant sur sa femme et plus encore peut-être de l'étonnante transformation de Mina Van Zelden, austère Hollandaise, en fille de milliardaire suisse.

– Tu me reconnaîtras un certain flair, fit la marquise. Ne t'avais-je pas dit que, si j'étais toi, j'essaierais de gratter cette carapace un rien trop sévère pour voir ce qu'il y avait en dessous ?

– Que n'avez-vous été plus explicite ! soupira Aldo. Vous m'auriez évité bien des tourments, et surtout de me retrouver dans une situation difficile.

– Je ne vois pas ce que j'aurais pu ajouter. C'était à toi de te montrer plus perspicace dès l'instant où je t'avais fait connaître mes impressions...

– Je peux prendre ma part de reproches, dit M. Buteau. J'avoue qu'elle m'intriguait car, à force de la regarder, j'avais fini par conclure qu'une jolie fille se cachait sous ce harnachement invraisemblable et je n'arrivais pas à comprendre pourquoi elle s'affublait de la sorte. Alors que tant de laides rêvent de devenir belles, Mina... permettez-moi de l'appeler encore comme ça... faisait tout son possible pour être terne, effacée, quasi invisible.

– Elle y était fort bien arrivée avec moi ! Dès l'instant où j'ai compris qu'elle ne changerait pas en dépit de mes conseils, j'ai cessé de la voir. En revanche, elle était bigrement présente et j'avais en elle une confiance absolue. Sans compter ses très profondes connaissances en matière d'art et d'antiquités. Jamais je ne retrouverai son équivalent ! Elle savait dater un bijou et ne confondait pas une porcelaine de Rouen décor pagode avec une vraie chinoise...

Mlle du Plan-Crépin cessa un instant d'égratigner de sa cuillère sa portion d'œufs brouillés aux truffes blanches et, relevant son long nez, eut un petit sourire entendu :

– Ça, c'est l'enfance de l'art, déclara-t-elle avec une autorité inattendue. Il suffit de connaître les signatures, les formes, les couleurs, les matières aussi. Lorsque j'étais enfant, mon cher papa qui était passionné d'antiquités m'emmenait volontiers dans les ventes. Il m'a aussi beaucoup instruite et fait lire nombre d'ouvrages. Je peux l'avouer maintenant, mais s'il n'avait été inconcevable pour une jeune fille de notre monde d'ouvrir boutique... et aussi, bien entendu, si j'avais possédé les fonds nécessaires, j'aurais aimé être antiquaire.

Le bruit d'un couvert reposé sur une assiette fit tourner les têtes vers la marquise qui considérait sa lectrice avec stupeur.

– Vous m'avez caché ça, Plan-Crépin ? Pourquoi donc ?

– Je ne pensais pas que ce détail pût être de quelque intérêt pour nous, répondit la vieille fille qui ne s'adressait à sa cousine et employeuse qu'à la première personne du pluriel. Ce n'est qu'un violon d'Ingres, mais j'éprouve un vif plaisir à visiter un musée...

– Plus que moi ! J'ai toujours trouvé ces dépotoirs d'art plutôt ennuyeux...

– Il est dommage que vous passiez seulement quelques jours ici, Marie-Angéline, dit Aldo en souriant. Je vous aurais peut-être demandé votre assistance. Il est vrai que vous n'êtes pas secrétaire...

– Elle est la mienne et c'est déjà pas mal, bougonna Mme de Sommières. J'ai horreur d'écrire et elle me débarrasse des paperasses. On faisait du bon travail au couvent des Oiseaux ! On lui a même appris l'anglais et l'italien...

– Si l'on y ajoute votre aptitude aux prouesses aériennes, on peut dire que vous avez reçu une éducation très complète ! fit Aldo en riant. J'ai presque envie de vous demander un coup de main, ajouta-t-il plus sérieusement en reculant sa chaise pour mieux considérer la demoiselle. Maître Massaria aura peut-être quelqu'un à me proposer mais pas avant trois semaines. Êtes-vous si pressée de repartir, tante Amélie ?

– Pas du tout. Tu sais que j'adore Venise, cette maison et ceux qui l'habitent. Vois donc ce que tu peux faire avec ce phénomène. Cela permettra à notre ami Buteau de se reposer encore un peu.

– Pas trop de repos ! protesta celui-ci. Dès l'instant où je ne me déplace pas, je peux recevoir des clients et si Mlle Marie-Angéline veut bien se débattre, sous la direction d'Aldo, avec les chinoiseries du secrétariat, nous arriverons à un assez bon résultat !

– D'autant qu'en dehors de cette vente à Florence, je n'ai pas l'intention de m'absenter. Je vais écrire à ma cousine pour l'informer de ce qui s'est passé chez elle. À elle de voir si elle veut revenir ou pas.

– Est-ce que tu ne devrais pas retourner à Londres ? dit tante Amélie.

L'œil soudain assombri, Aldo demanda à Zaccaria de remplir les verres.

– Il faudra que j'y retourne mais je pense que rien ne presse. On n'a pas besoin de moi, ajouta-t-il avec un rien d'amertume.

Or, la lettre arriva le lendemain...

Elle venait de Londres. Sur l'enveloppe, la suscription d'une écriture maladroite portant seulement : « Monsieur le prince Aldo Morosini. Venise. Italie. »

À l'intérieur, quelques phrases signées d'Anielka : « Je confie ce billet à Wanda pour qu'elle vous l'envoie selon mes directives. Il faut que vous veniez, Aldo ! Il faut que vous veniez à mon secours parce que j'ai peur à présent. Très peur ! Et c'est peut-être mon père qui m'effraie le plus parce que je le crois en train de devenir fou. Et moi, je me sens abandonnée, surtout de Ladislas que l'on n'arrive pas à retrouver. Maître Saint Albans m'a dit ce que vous avez fait pour moi et qui n'a hélas servi à rien. Et puis vous êtes parti. Vous seul pouvez me sauver de cette horrible alternative : la potence ou la vengeance des compagnons de Ladislas ! Il n'y a pas si longtemps vous disiez que vous m'aimiez... »

Sans un mot, Aldo tendit le billet à tante Amélie. Elle le lui rendit avec un sourire et un haussement d'épaules :

– Eh bien, soupira-t-elle, je crois que nous pouvons nous préparer à hiverner ici, Plan-Crépin et moi, car je ne vois pas comment tu pourrais t'empêcher d'enfourcher ton fougueux destrier pour voler au secours de la beauté en danger ! Ce que je vois moins encore, c'est comment tu vas pouvoir t'y prendre.

– Je n'en sais rien, mais elle me le dira peut-être. Nous sommes persuadés, son avocat et moi, qu'elle n'a pas dit toute la vérité.

– Et puis, c'est si agréable de pouvoir appeler au secours un paladin tel que toi ! Fais attention où tu vas mettre les pieds, mon garçon. Je n'aimais pas ce malheureux Ferrals et je t'avoue que je n'aime guère plus sa ravissante et si jeune épouse, mais s'il lui arrivait malheur sans que tu aies tout tenté pour la sauver, tu te le reprocherais ta vie durant et il n'y aurait plus pour toi de bonheur possible. Alors va ! Plan-Crépin – qui va être ravie – et moi-même allons jouer les divinités domestiques en t'attendant. Après tout c'est peut-être amusant, l'antiquité !...

Pour toute réponse, il la prit dans ses bras et l'embrassa avec toute la tendresse qu'elle avait su lui inspirer. Cette espèce de bénédiction qu'elle lui donnait, c'était un peu comme si sa mère elle-même venait de la tracer sur lui.

Grâce à Dieu on était jeudi, l'un des trois jours où l'Orient-Express touchait Venise en direction de Paris et même de Calais. Aldo avait juste le temps d'envoyer Zaccaria lui retenir un sleeping, de régler quelques affaires avec Guy et de préparer ses bagages. Quant aux lettres mystérieuses d'Adriana, il remit leur étude à plus tard et les rangea dans son coffre-fort, à l'exception de la dernière qui était aussi la plus intrigante, et qu'il fourra dans son portefeuille.

A quinze heures précises, le grand express transeuropéen quittait la gare de Santa Lucia...

CHAPITRE 9

CLAIR-OBSCUR

En débarquant à Londres en gare de Victoria, Morosini regretta de ne pouvoir se rendre à son cher Hotel Ritz dont il appréciait tant l'atmosphère et le confort douillet. Bien qu'en digne descendant de tant de seigneurs de la mer il pût se vanter d'avoir le pied marin, la Manche l'avait si malmené, secoué, tiraillé, trituré, concassé, qu'il s'était vu contraint, pour la première fois de sa vie, de lui accorder un tribut humiliant. Revenu sur la terre ferme, il se sentait encore verdâtre et les jambes molles. Aussi fut-ce avec un soupir de regret qu'il découvrit Théobald sur le quai de la gare. Le fidèle valet d'Adalbert venait le chercher pour le conduire jusqu'au nouvel appartement de Chelsea. Pas question d'y couper ! Aldo ne pouvait s'en prendre qu'à lui-même, puisqu'il avait annoncé son arrivée par télégramme. D'autre part, Vidal-Pellicorne n'eût pas apprécié de n'être pas prévenu.

– Monsieur le prince n'a pas bonne mine, remarqua Théobald en s'emparant des valises. La mer, je suppose ? Et aussi ce fichu climat débilitant ! Comment peut-on être anglais ?

– Parce que vous appelez ça un climat ? grogna Morosini en remontant le col de son pardessus.

Londres baignait dans l'un de ces brouillards glacés dont elle détient le secret, où se dissolvent formes et bâtiments et dans lesquels les plus puissants réverbères se réduisent à des lueurs jaunes et diffuses évoquant la lumière pauvre des chandelles.

– Monsieur le prince se sentira mieux quand nous serons à la maison. Nous avons réussi à en faire quelque chose d'assez coquet. Ce dont je ne me féliciterai jamais assez, vu l'humeur de monsieur Adalbert ces jours-ci.

– Il lui est arrivé quelque chose ? demanda Morosini en casant ses longues jambes dans la voiture de location dont on lui ouvrait la portière.

– Monsieur le prince ne lit donc pas les journaux ?

– Pas depuis que j'ai quitté Venise. J'ai tué le temps en dormant le plus possible et en luttant contre le mal de mer... Qu'y trouve-t-on, dans ces journaux ?

– La découverte, voyons ! L'incroyable découverte que vient de faire en Égypte, dans la vallée des Rois, Mr. Howard Carter : la tombe d'un pharaon de la dix-huitième dynastie avec tout son trésor intact ! C'est inouï, prodigieux ! La découverte du siècle !

– Et cela ennuie votre maître ? En bon égyptologue il devrait plutôt être content ? La dix-huitième dynastie c'est son dada favori, si je ne m'abuse ?

– Oui, mais Mr. Carter est britannique.

En raison des difficultés de la circulation par temps de brouillard, Morosini cessa de poser des questions et le trajet s'effectua sans anicroches jusqu'à ce que Théobald arrête son véhicule devant une vieille – et charmante – demeure en brique rouge encore ornée de ses anciennes grilles de fer forgé.

– Si nous pouvions obtenir du ciel un jour digne de ce nom, ce dont je commence à désespérer, monsieur le prince pourrait voir que Chelsea est un quartier pittoresque et plutôt agréable, un beau vieux quartier aristocratique devenu avec le temps une sorte de Montparnasse. Il y a partout des ateliers habités par des peintres, des sculpteurs, des étudiants des Beaux-Arts qui amènent avec eux une atmosphère nonchalante et bohème et qui...

– Votre exposé est parfait, grogna Morosini, coupant court à l'envolée lyrique de Théobald, mais je connais déjà. C'est même pour ça que je suis inquiet...

À tort. L'ancienne demeure de Dante Gabriel Rossetti, autrefois nommée maison de la Reine en souvenir de Catherine de Bragance, était non seulement fort belle mais des plus plaisantes. Le voyageur y trouva son ami étalé devant un feu pétillant, au milieu d'une véritable marée de journaux qu'il épluchait avec fièvre. Réchauffé par de grands rideaux d'un velours jaune doux et un archipel de tapis diversement colorés, le salon où se déroulait cette scène de genre apparut d'autant plus aimable à Morosini qu'une table servie attendait non loin de la cheminée de marbre blanc.

– Juste à l'heure ! s'écria Adalbert en se relevant et en secouant le pli de son pantalon. Avec ce brouillard c'est un record ! Tu as fait bon voyage ?... Non, tu n'as pas fait bon voyage, rectifia-t-il aussitôt. Et en plus, tu es bourré de soucis : ta mine est épouvantable. Viens que je te montre ta chambre.

Là aussi, Théobald avait fait merveille : le feu brûlait près d'un bon fauteuil et un bouquet de marguerites d'automne corrigeait la sévérité du mobilier et des tentures en velours vert.

– Toi aussi tu as des soucis, fit Aldo avec un demi-sourire. La tombe découverte par ce Carter aux environs de Louxor...

– Une veine incroyable ! soupira Vidal-Pellicorne les yeux au plafond. Un tombeau indemne : celui de Toutankhamon, un pharaon sans grande importance qui n'a régné que huit ans mais qui pendant ce temps-là s'est amassé un sacré trésor funéraire ! C'est à en pleurer quand je pense à mon cher M. Loret, mon bon maître qui, là-bas, s'évertue sans grands résultats ! Il est vrai que nous autres, pauvres Français, ne bénéficions pas des largesses d'un mécène tel que lord Carnavon !... j'aimerais bien aller voir ça de près !

– Qu'est-ce qui t'en empêche ? Tu as un peu avancé l'affaire de la Rose ?

– Pas vraiment ! J'ai déjà exploré deux impasses sans résultat. J'ai écrit à Simon pour lui demander s'il n'aurait pas d'autres lumières... Je t'avoue que je commence à perdre courage.

– Et l'affaire d'Exton Manor ? Toujours rien ?

– Rien. Le ménage Killrenan semble vivre dans une entente parfaite. Il est vrai que Yuan Chang, lui, a eu quelques petits ennuis qui ont dû retarder ses projets. Mais le ptérodactyle te racontera ça, je l'ai invité à dîner. Au fait, qu'est-ce qui te ramène ?

Pour toute réponse, Aldo tendit la lettre d'Anielka.

– Ouais ! fit Adalbert en la lui rendant. Les affaires ne s'arrangent pas pour elle non plus. Elle passe en justice dans une dizaine de jours. En voyant ta tête, j'ai un peu regretté d'avoir convié Warren, maintenant je commence à croire que j'ai eu raison.

– Tout à fait. Il me faut d'urgence une autorisation de visite pour Brixton.

– Je m'en doute. Alors installe-toi, fais un brin de toilette et repose-toi un peu ! On dîne à huit heures.

Pour être policier on n'en est pas moins homme du monde, et le smoking du superintendant n'avait rien à envier à ceux de ses hôtes.

– Content de vous voir ! fit-il en serrant la main de Morosini. C'est parce que vous arriviez que j'ai accepté de venir ce soir. Lady Ferrals nous pose de gros problèmes...

– Je pensais pourtant avoir apporté une preuve de non-culpabilité en démontrant comment son époux avait été empoisonné.

– Vous savez bien que c'est insuffisant. Demeure la quasi-certitude de complicité avec un autre meurtrier, en admettant qu'il y en ait un. En outre, un domestique jure avoir vu lady Ferrals seule dans le bureau de son époux à plusieurs reprises.

– Je suppose qu'étant dans sa propre demeure elle avait le droit d'aller dans toutes les pièces ?

– Alors, pourquoi nous refuse-t-elle toujours – à son père, son avocat et moi-même – son aide pour retrouver ce damné Polonais ?

– Peut-être me parlera-t-elle à moi ? Je suis venu à cause d'une lettre : celle-ci...

Warren la parcourut rapidement puis la rendit à son propriétaire.

– Demain vous aurez votre autorisation de visite. Je vous la ferai porter par un planton. Autant que vous le sachiez : elle a eu une véritable crise de désespoir lorsqu'elle a appris que vous étiez reparti pour Venise.

– De désespoir ?

– Interrogez maître Saint Albans, il vous le confirmera. Pas de champagne, s'il vous plaît ! ajouta-t-il à l'intention de Vidal-Pellicorne qui lui tendait une coupe : je ne bois du vin qu'à table et encore pas tous les jours.

En fait, il buvait beaucoup plus qu'il ne mangeait, sans que son comportement s'en trouvât affecté. Non sans surprise, Aldo, qui choisit de garder le silence la majeure partie du repas, s'aperçut qu'en son absence l'archéologue et le policier avaient noué des liens d'amitié. C'était peut-être difficile à comprendre mais c'était un fait qui pouvait avoir son utilité. Les deux hommes parlèrent de l'affaire du tombeau égyptien qui, à les entendre, passionnait l'Angleterre. Face à son invité, Adalbert se gardait de montrer sa frustration. Le dialogue était courtois, aimable, érudit même quand c'était Adalbert qui menait mais, au bout d'un certain temps, Morosini en eut assez. Profitant de ce que le Super attaquait le rosbif sans lequel il n'est pas de repas convenable pour tout bon Anglais, il lança :

– À propos, avez-vous réussi à reprendre le diamant du Téméraire à Yuan Chang ?

– Non, en dépit de la perquisition poussée à laquelle mes hommes se sont livrés au Chrysanthème rouge et dans sa boutique. Cependant, nous avons réussi à mettre Yuan Chang à l'ombre. Grâce à la trahison d'une femme, l'amie d'un des frères Wu, nous avons pu lui tendre un piège. Il a été pris sur un bateau en train de réceptionner une importante quantité d'opium et de cocaïne. Il a perdu son sang-froid et deux policiers ont été blessés. On l'a arrêté avec plusieurs de ses hommes.

– Et lady Mary ?

– Sage comme une image. J'ai interrogé moi-même le Chinois et, sans entrer dans les détails, je lui ai dit que je savais le diamant en sa possession, mais je n'ai pas réussi à l'amener à « mouiller » sa complice. C'est un homme d'une grande patience et il ne tient pas à perdre cet atout qu'il garde caché dans sa manche.

– Jusqu'à quel point a-t-elle trempé dans le meurtre de George Harrison ?

– Je pense qu'elle a joué le rôle de la vieille lady dont elle est cousine et qu'elle voyait souvent, assez peut-être pour s'attirer le dévouement de gens au service d'une maîtresse connue pour son avarice : d'où la femme qui l'accompagnait et la voiture... à moins que celle-ci n'ait été louée. Pointer a cherché de ce côté-là mais n'a rien trouvé. Nous avons encore du pain sur la planche ! Quant à notre ravissante lady, elle mène une agréable vie mondaine et profite de la publicité que le procès Ferrals procure à son époux. Presque chaque week-end, elle reçoit à Exton Manor... que nous continuons à surveiller de près.

– Sir Desmond ne sait toujours rien ?

– Des activités de sa femme ? Non. Je vous l'ai dit, je souhaite la prendre la main dans le sac. Mais du danger qui le menace, oui. Après l'arrestation de Yuan Chang je lui ai « confié » au cours d'un entretien que, selon certains renseignements sur lesquels je ne me suis pas étendu, le Chinois guignait sa collection de joyaux impériaux. Il est donc mis en garde : à lui de prendre les précautions nécessaires.

– Elles ne serviront pas à grand-chose s'il ne soupçonne pas sa femme, puisque c'est sur elle que comptait Yuan Chang.

– Il ne soupçonne pas davantage que son château est surveillé. En effet, que le chef de la bande soit en prison ne me suffit pas. D'abord parce qu'il réussira à en sortir un jour ou l'autre ; ensuite parce que nous ignorons beaucoup de choses concernant ceux qu'il emploie. Et je crains qu'ils ne soient nombreux. Alors...

– Il est évident que dans ces conditions il ne reste plus qu'à attendre...

– D'autant plus, compléta Vidal-Pellicorne lorsque le superintendant eut pris congé, que nous nous fichons que l'on retrouve ou non le faux diamant. C'est le vrai qui nous intéresse et j'en arrive à me demander si nous relèverons sa trace un jour ou l'autre.

– Puisque tu as prévenu Aronov, attends qu'il te réponde, il aura peut-être une idée, lui qui sait toujours tout, ajouta Morosini avec une vague rancune en évoquant la promenade autour de Hyde Park où le Boiteux lui avait fait promettre de laisser Solmanski et les avocats s'occuper seuls du sort d'Anielka. Si tu veux bien m'excuser, je vais dormir. Une traversée impossible et un policier inquiet, c'est trop pour le vieil homme fatigué que je suis...

Se laissant aller au fond de son fauteuil, Adalbert offrit ses semelles au feu de la cheminée et se mit à tirailler la mèche rebelle qui, une fois de plus, lui tombait sur le nez.

– Encore une petite question qui ne t'épuisera pas : où en es-tu avec l'adorable lady Ferrals ? Tu l'aimes toujours ou bien, en volant à son secours, tu obéis à ton célèbre instinct chevaleresque ?

– Ça, mon bonhomme, c'est une question à laquelle je répondrai quand je l'aurai vue.

De nouveau la petite pièce grise, étroite, mal éclairée par une fenêtre haut placée, de nouveau la table de bois, les deux chaises et puis la porte qu'ouvrit une gardienne en uniforme pour livrer passage à la jeune veuve. Aldo s'inclina en étouffant un soupir de soulagement.

Tout au long du chemin il appréhendait cette entrevue tellement souhaitée. Il craignait, l'ayant sue malade, de voir apparaître une ombre, la forme presque désincarnée de l'éblouissante jeune fille dont il était tombé si facilement amoureux. Il craignait un visage pâle, creusé par l'angoisse et la souffrance, des yeux rougis, plombés, pleins d'une infinie lassitude, mais Anielka était semblable au souvenir qu'il gardait de leur dernière entrevue : la même robe noire gainait le corps mince et gracieux, les cheveux moussaient comme une auréole autour du fin visage au teint si pur, et surtout, il y avait, dans les larges prunelles dorées, une étincelle de joie. En le voyant elle eut un sourire, un peu tremblant peut-être, mais un sourire tout de même.

– Vous êtes revenu ? murmura-t-elle comme si elle n'y croyait pas.

– Ne m'avez-vous pas appelé ?

– Si... mais sans y croire. Wanda aurait pu se tromper dans la suscription de l'adresse, la lettre pouvait ne pas vous parvenir et surtout vous auriez pu être absent... Pourquoi êtes-vous parti ?

– Pour la plus banale des raisons : ma maison avait besoin de moi, mais vous voyez que je n'ai pas hésité un instant à vous rejoindre. Comment allez-vous ? La dernière fois que j'ai voulu vous rendre visite vous étiez malade, hospitalisée...

– Je sais. Un moment même j'ai cru que j'allais mourir et j'en étais presque heureuse, mais cela va mieux... puisque vous venez m'aider, n'est-ce pas ?

– Depuis que je vous le demande, reprocha-t-il doucement, vous m'accorderez que ce n'est pas ma faute si je suis resté si longtemps dans l'incapacité de vous porter secours.

Un élan soudain la jeta vers lui les mains tendues. Il les prit en les serrant contre lui, désolé de les sentir si froides.

– Mon Dieu ! Vous êtes glacée !

Il allait la prendre dans ses bras quand la voix de la gardienne leur parvint :

– Vous devez vous asseoir de chaque côté de la table. C'est le règlement.

– Quel règlement stupide ! grommela Morosini

qui, sans la lâcher, fit asseoir Anielka et s'installa en face d'elle. Voilà ! Essayons à présent de nous mettre au travail, dit-il avec un sourire tellement communicatif qu'elle ne put que lui répondre. Cependant il demeurait inquiet. Il la sentait fragile, nerveuse. Son regard, instable, était celui d'un être traqué. Allait-il pouvoir, dans ces conditions, obtenir d'elle un aveu ?

– Je suppose, reprit-il plus bas, que vous désirez me dire quelque chose ?

– Oui, et vous êtes sans doute le seul être au monde à qui je puisse me confier sans courir de risques et cela pour une seule raison : Ladislas ne vous a jamais vu, il ne vous connaît pas. Ses amis non plus.

– Moi je le connais, fit Aldo qui n'avait aucune peine à revoir sur l'écran fidèle de sa mémoire le jeune homme en noir des jardins de Wilanow. Et quand il m'intéresse je n'oublie plus un visage. Sauriez-vous par hasard où l'on a une chance de le retrouver ?

– Peut-être. C'est une chance assez mince mais elle est la seule qui me reste si je ne veux pas être condamnée.

– Pourquoi n'avez-vous pas parlé plus tôt ? Sinon à la police, puisque vous craignez des représailles, au moins à votre père ?

– Mon père ? Il ne connaît qu'une attitude : la manière forte. Qu'il se trouve en face de Ladislas et il l'abattra sans lui laisser le temps d'un soupir : il n'écoute que sa haine !

– Pourquoi pas de temps en temps son amour ? Vous êtes sa fille et la seule façon de vous sauver c'est d'amener le Polonais bien vivant devant les juges...

– Peut-être avez-vous raison ? Quoi qu'il en soit, je ne veux pas courir ce risque. J'en ai accepté bien assez jusqu'à présent.

– C'est ce que je n'arrive pas à comprendre. Vous pouviez, dès la mort de votre époux, charger ce Ladislas et réclamer la protection de la police. Or vous vous êtes laissé arrêter, enfermer, en vous contentant de proclamer votre innocence. C'est idiot !

– Peut-être faisais-je un peu trop confiance à la grande réputation de Scotland Yard. J'espérais qu'ils le trouveraient sans mon aide. Et puis je croyais aussi en lui : « Sois tranquille, disait-il, si nos affaires en venaient à tourner mal, nous saurions bien, mes amis et moi, te sortir de là. »

– Et vous l'avez cru ? Enfin, Anielka, ne pensez-vous pas qu'il serait temps de me dire enfin la vérité ?

– Quelle vérité ?

– La seule valable : qu'y a-t-il au juste entre cet homme et vous ? Il a été votre amant, vous me l'avez dit, mais Wanda semble persuadée que vous êtes liés l'un à l'autre par un amour comme il n'en fleurit que dans les légendes et que vous l'aimez autant qu'il vous adore.

Le petit rire d'Anielka eût été charmant s'il n'eût été si triste.

– Vous pouvez juger de cet amour par l'abandon dans lequel il me laisse. Pauvre Wanda ! Elle ne cessera jamais d'être une enfant nourrie de contes de fées et de récits héroïques comme on les aime tant dans notre chère Pologne !

– Ce qu'elle pense est une chose ; ce que vous pensez en est une autre. Je veux savoir si vous aimez encore ce garçon et je vous avoue que je ne suis pas loin de le croire.

Elle ouvrit de grands yeux embués de larmes, semblables à deux lacs d'or liquide, contemplant avec une sorte de désespoir le visage fier de celui qui lui faisait face et s'attachant surtout au regard d'acier bleu comme si elle voulait s'y noyer.

– Il me semblait vous avoir dit, à plusieurs reprises, que je vous aimais, que je voulais être à vous. Avez-vous oublié le Jardin d'Acclimatation ? Je vous avais offert d'être votre maîtresse alors même que je devais épouser Eric. Je vous l'ai même écrit...

– Il est difficile de vous croire, Anielka. John Sutton affirme que Ladislas était redevenu votre amant, qu'il l'a vu sortir de votre chambre.

Se laissant aller sur le dossier de sa chaise avec un soupir de lassitude, elle retira ses mains d'entre celles d'Aldo et ferma les yeux.

– Si vous préférez croire cet abominable menteur, libre à vous ! En ce cas, je crois que nous n'avons plus grand-chose à nous dire... Laissez-moi à mon destin quel qu'il soit et ne parlons plus de rien !

Elle ébauchait déjà un mouvement pour se relever mais, se jetant en avant, il la retint d'une poigne solide.

– Oh si, nous allons parler ! Vous n'imaginez pas que j'ai parcouru tout ce chemin pour rien ? N'y aurait-il qu'une chance de vous sauver je la courrais. Ensuite, rendue à la liberté, vous ferez de vous-même ce que bon vous semblera ! Y a-t-il un endroit où vous pensez qu'il serait possible de trouver Ladislas, fût-il retourné en Pologne !

– Non. Je suis certaine qu'il est toujours en Angleterre parce que la mort de mon époux n'était pas l'achèvement prévu de sa mission. Mais si je vous donne une adresse, me jurerez-vous de n'en parler ni à mon père, ni à un membre quelconque de la police, ni à mon avocat ?

– Je ne dirai rien. Vous avez ma parole.

– Vous agirez seul ?

– Pas obligatoirement. Vous avez quelque chose contre Adalbert Vidal-Pellicorne ? Il s'est pourtant déjà dévoué pour vous.

Un court instant, elle retrouva un sourire d'enfant espiègle et l'atmosphère du parloir en fut tout éclairée.

– L'égyptologue un peu timbré ? Il est là lui aussi ?... S'il veut vous aider je ne demande pas mieux : il s'est montré un bon ami au moment de cet affreux mariage, et Ladislas ne le connaît pas non plus. Vous comprenez, ce qu'il faudrait, c'est que vous parveniez à entraîner Ladislas, à l'enlever au besoin comme si vous aviez un compte privé à régler avec lui. Cela m'évitera peut-être la vengeance de ses amis.

– Ce qui ne serait pas le cas s'il était pris par la police, même par l'entremise de sir Desmond. J'ai compris, soyez tranquille ! J'agirai de façon à éviter de vous mettre en danger. Où dois-je aller ?

– A Shadwell. C'est un faubourg de Londres. Dans Mercer Street il y a l'église polonaise – Polish Roman Catholic Church – dont le sacristain est un ami de Ladislas. Le seul qu'il m'ait indiqué, sans doute parce que c'est le seul que Scotland Yard n'aurait pas l'idée de soupçonner, sa réputation étant celle d'un saint homme. Ladislas me l'avait désigné pour le cas où j'aurais besoin de l'atteindre d'urgence durant l'un de ses jours de repos, ou si j'avais besoin d'un refuge devant un danger pressant.

– Il avait pensé à vous mettre à l'abri ? dit Aldo avec un dédain non dissimulé.

– Même quand il m'a fait chanter, il n'a pas cessé un instant de me répéter qu'il m'aimait et voulait vivre avec moi.

– Mais pas mourir à votre place ?... Magnifique ! Quel grand cœur ! Et, à votre avis, qu'est-ce qu'il attend pour tenter de vous aider ? Le procès ? J'imagine mal un coup de théâtre. Il n'a pas eu l'idée d'envoyer des lettres à la police, anonymes même, pour dire et répéter que vous êtes innocente. Il a bien trop peur que l'on retrouve l'expéditeur !

Non seulement c'est un meurtrier, mais c'est un lâche.

Le bruit de la porte qui s'ouvrait suivi d'un raclement de gorge marqua le retour de la gardienne. Le temps imparti était écoulé. Morosini devait se retirer. Il n'essaya pas d'obtenir de prolongation, se leva, baisa la main qu'il tenait toujours.

– Je vais remuer ciel et terre pour vous. Soyez tranquille !

– Dites-moi seulement que vous m'aimez.

– Comme si vous ne le saviez pas ? Je vous aime, Anielka, et je vous sauverai ! Au fait, il s'appelle comment, votre bedeau ?

– Dabrovski, Stephan Dabrovski.

Shadwell, c'était un peu la mémoire de l'empire maritime anglais. On y jouissait de larges vues sur le trafic fluvial et, en outre, on y avait ouvert, quelques mois plus tôt, le King Edward Memorial Park où se trouvait un monument dédié aux grands marins qui, au XVIe siècle, couraient les mers pour la plus grande gloire de leur pays : sir Martin Frobisher, sir Hugh Willoughby et quelques autres. Tout cela conférait une certaine noblesse à ce quartier plutôt paisible. Quant à Mercer Street, c'était une petite rue où l'église polonaise ne tenait pas grand-place.

S'agissant d'un sanctuaire catholique, Morosini ne vit aucun inconvénient, bien au contraire, à y réciter une courte prière qui lui permit d'inspecter les lieux. Par chance l'église était vide, à l'exception d'un homme d'une trentaine d'années, blond et d'aspect vigoureux sous ses vêtements noirs usagés, qui s'occupait à enlever les restes de cierges et les coulures de cire sur l'un des deux plateaux disposés devant une grande statue de la Vierge.

Pensant qu'il s'agissait de celui qu'il cherchait, Aldo se munit du plus gros cierge qu'il put trouver et s'approcha de l'autel. Il alluma la mèche de coton blanc, planta la longue chandelle sur la pointe la plus centrale du porte-cierges nettoyé, puis observa un moment de silence. Le sacristain, qui lui tournait le dos, ne lui prêtait aucune attention et poursuivait son ouvrage. Enfin, Morosini se tourna vers lui.

– Êtes-vous Stephan Dabrovski ? demanda-t-il en français.

L'autre fit volte-face. Il considéra cet homme de si grande allure sous des vêtements plutôt modestes. Ses yeux bruns, enfoncés sous l'arcade, s'attachèrent aux traits fiers et au regard droit et calme avant d'admettre dans la même langue :

– C'est bien moi. Qui êtes-vous ?

– Je crains que mon nom ne vous dise pas grand-chose. Je m'appelle Aldo Morosini, je suis vénitien et antiquaire. Je voudrais vous parler sans crainte d'être entendus. Où pourrions-nous aller ?

– Pourquoi pas ici ? Il n'y a personne sinon Celle qui peut tout entendre et ne répète rien, ajouta-t-il avec un léger salut à l'adresse de la statue.

– Vous avez raison, d'autant plus qu'en pareille présence seule la franchise est de mise. J'irai donc droit au but : je veux voir celui qui se faisait appeler ici Stanislas Razocki mais dont le nom réel est Ladislas Wosinski. On m'a dit que vous le connaissez et surtout ne dites pas le contraire, ce serait un mensonge.

– Je le connais en effet. Qu'est-ce que vous lui voulez ?

– Lui parler.

– De quoi ?

– C'est une affaire entre lui et moi, si vous le permettez.

– Qui vous a donné mon nom ?

Questions et réponses partaient à un rythme rapide, comme un échange de balles. Aldo pensa que ce jeune homme d'aspect si paisible devait être plus coriace qu'il ne l'imaginait. Avec un bref coup d'œil à la Madone pour s'excuser à l'avance des mensonges qu'il allait devoir proférer, il offrit à Dabrovski un sourire bon enfant.

– Un Polonais qui travaille dans les bureaux de la Légation à Portland Place, mais j'aurais aussi bien pu m'adresser à n'importe qui dans ce quartier. Tous vos compatriotes londoniens – ils ne sont pas si nombreux – connaissent ce sanctuaire, ses desservants et son sacristain, puisque c'est la seule église catholique et polonaise. Si on veut retrouver quelqu'un c'est sans doute le meilleur endroit. Alors, me direz-vous où je peux trouver Ladislas ?

– Vous êtes un de ses amis ?

– Disons que nous avons des amis communs mais je l'ai rencontré au printemps dernier à Wilanow. Voulez-vous que je vous le décrive ?

– C'est inutile. Si vous voulez le voir, vous n'avez qu'à retourner à Varsovie. Il y est reparti. Bonsoir, monsieur !

Morosini leva un sourcil étonné bien qu'il s'attendît un peu à ce genre de réponse.

– Déjà ?

– Oui. Si vous le permettez, je dois préparer le prochain service religieux.

– Ce n'est pas ce que je voulais dire mais bien : il est « déjà » reparti ? Quand revient-il ?

– Sauf votre respect, monsieur, vous dites des sottises. Pourquoi devrait-il revenir ?

Il se détournait pour se diriger vers la sacristie mais Aldo le retint d'une poigne de fer : le jeu à fleurets mouchetés était terminé. L'explication plus musclée, destinée à faire naître la crainte, commençait.

– Et pourquoi pas pour sauver la vie d'une jeune femme qui a cru en lui, qui l'a abrité sous son toit et qu'il abandonne avec la dernière des lâchetés ?

L'autre devint pâle et se mordit les lèvres, et ses prunelles se rétrécirent jusqu'à devenir de petits points sombres.

– Vous êtes de la police ? J'ai déjà vu quelques-uns de vos semblables et j'aurais dû m'en douter. Il est vrai que vous ne ressemblez pas aux autres...

– Pour l'excellente raison que je n'en suis pas. Je le jure sur la Madone ! Voulez-vous voir mon passeport ? ajouta-t-il en tirant le document d'une poche intérieure. Dabrowski le prit et y jeta un coup d'œil tandis qu'il ajoutait : Vous voyez, je suis prince chrétien et, sur mon honneur, je jure que je ne suis l'envoyé de personne, que ce soit Scotland Yard, le comte Solmanski ou l'avocat de la prisonnière, sinon de cette même prisonnière. C'est elle qui m'a donné votre nom parce que Ladislas le lui avait confié afin qu'en cas de danger pressant, il puisse être prévenu. Or le danger est pressant. Quand on aime une femme...

– Il ne l'a que trop aimée ! Elle s'est jouée de lui comme de quelques autres dont vous me semblez faire partie. Aller l'aider, c'est se passer la corde au cou et nous, ses frères, ne le permettrons jamais. Qu'elle se sorte elle-même du piège où elle l'a entraîné ! D'ailleurs je vous l'ai dit : il est parti mais vous pouvez aller à Varsovie si vous voulez essayer de le convaincre. Ce qui m'étonnerait.

– Ce qui m'étonnerait, moi, c'est qu'il ait quitté ce pays. Il y a des semaines que la police le cherche et elle fait bonne garde. Alors, ce départ, je n'en crois rien.

– Personne ne vous y oblige... À présent, il faut j'aille à mon ouvrage : les premiers fidèles arrivent pour le salut.

– De toute façon et où qu'il soit, je le retrouverai, mais s'il vous arrive de le voir, dites-lui ceci : je suis prêt à lui verser une grosse somme d'argent en échange de la confession écrite qui sauvera lady Ferrals. J'irai même jusqu'à l'aider à sortir d'Angleterre en le faisant passer pour mon serviteur. De cela je vous donne ma parole mais, s'il ne fait rien pour elle, s'il la laisse condamner, je vous jure qu'elle sera vengée !

– À votre aise. Moi, je n'ai rien d'autre à vous dire.

Aldo n'insista pas. La petite église commençait à se remplir. Il se signa en adressant à l'autel une brève génuflexion puis se dirigea vers la sortie, passant à le frôler près de Théobald qui, entré discrètement un moment auparavant, se tenait agenouillé sur un prie-Dieu, plongé dans une profonde oraison.

– À vous de jouer ! souffla-t-il.

Morosini savait que l'on pouvait lui faire confiance et qu'une fois attaché aux pas du sacristain, il ne le lâcherait pas plus qu'un chien son os favori.

Pourtant, il ne s'en alla pas.

Les mains au fond des poches de son imperméable, la casquette enfoncée jusqu'aux yeux, il venait de quitter l'église quand un taxi s'arrêta devant le portail. Tournant la tête par un réflexe de curiosité, il reconnut le comte Solmanski. Celui-ci demandait à son chauffeur de l'attendre et pénétra dans la chapelle. Du coup, Aldo y retourna sous l'impulsion d'une inquiétude. Se pouvait-il qu'Anielka eût aussi renseigné son père en dépit des craintes qu'elle affichait ? En ce cas il était bien inutile de vouloir l'appeler, lui, à son secours...

Le salut était commencé. À l'autel, un prêtre vêtu d'une chasuble blanche brodée d'un soleil doré officiait, servi par le sacristain qui avait, lui, revêtu une aube blanche. Solmanski étant allé s'agenouiller dans les premiers rangs, Aldo choisit de s'installer près de Théobald qui tourna vers lui un regard surpris.

– Qu'est-ce qui se passe ? chuchota-t-il.

D'un signe de tête, Morosini indiqua l'homme vêtu d'un élégant pardessus noir :

– Solmanski. Je me demande ce qu'il vient faire.

Puis, profitant de ce que le « Tantum ergo » clamé par une trentaine de gosiers solides emplissait l'espace, il ajouta sans plus de crainte d'être entendu :

– Il ne va pas s'attarder : un taxi l'attend devant la porte. S'il s'approche du sacristain, ne bougez pas ou alors suivez discrètement. Sinon, je m'en charge.

Ayant dit, il mit l'espace de quelques chaises entre le serviteur d'Adalbert et lui. Il n'y avait plus rien d'autre à faire que suivre l'office jusqu'au bout.

Quand ce fut terminé, le prêtre et son acolyte regagnèrent la sacristie. Quelques personnes s'attardèrent encore tandis que d'autres s'en allaient. Solmanski resta assis un moment puis, se levant, se dirigea vers la sacristie. Aldo ne bougea pas mais Théobald changea de place pour se rapprocher.

Le comte reparut en compagnie de celui qui avait procédé au salut et qui portait à présent une douillette noire sur sa soutane et un chapeau rond. Parlant à voix basse, les deux hommes quittèrent l'église, suivis par Morosini. Caché sous le porche, il les vit monter dans le taxi qui démarra aussitôt. Aucune autre voiture publique n'étant en vue, il dut renoncer à les suivre et rentra une fois de plus dans la chapelle où Dabrovski était en train de tout éteindre.

Théobald, pour sa part, avait disparu. Sans doute était-il allé s'assurer qu'il n'y avait pas d'autre sortie dans la sacristie ? Il se faufila au-dehors quelques secondes plus tard, aperçut Morosini et vint à lui.

– Il n'y a aucune autre issue que le portail et la petite porte de côté, souffla-t-il. Sortons à présent ! Je vais l'attendre dehors, je n'ai pas envie de me faire enfermer là-dedans.

– Voulez-vous que je reste à proximité ?

– C'est inutile. Je vais suivre notre homme et attendre afin de voir s'il ne ressort pas. Rentrez à la maison, monsieur le prince. Je téléphonerai si par hasard j'avais besoin d'aide. Il y a au coin de la rue une espèce de pâtisserie qui fait aussi café.

– Ils appellent ça une cukierna en Pologne et là-bas, en général, les gâteaux sont très bons...

– Ça peut servir. Partez vite à présent. Il vaut mieux qu'on ne nous voie pas ensemble.

Morosini approuva de la tête et se fondit dans la brume du soir. Un taxi en maraude le ramena à Chelsea où il trouva la maison vide. Au lieu et place d'Adalbert, un petit billet l'informait qu'il s'en allait excursionner à Whitechapel « où il se pourrait qu'il y eût quelque chose à glaner ».

Whitechapel ! Le quartier juif dont la réputation n'était plus à faire depuis les sanglants exploits de Jack l'Éventreur ! Qu'est-ce que Vidal-Pellicorne pouvait bien y « glaner » ? Aldo n'aimait pas beaucoup l'idée de son ami errant là-bas à la nuit tombée. Cependant, il le savait prudent, habitué aux expéditions bizarres – n'appartenait-il pas plus ou moins au 2e Bureau français ? – dans lesquelles il ne se lançait jamais sans se munir d'une arme. Après tout, pourquoi donc l'introuvable Rose d'York n'aurait-elle pas fleuri, à un moment ou à un autre de sa tumultueuse existence, chez ces seigneurs de l'usure que sont les fils d'Israël ? D'autre part, si c'était le cas, comment se faisait-il que Simon Aronov ne l'ait pas su ?

– Quel imbécile je suis ! s'écria-t-il au bout d'un moment de réflexion. Ne m'a-t-il pas dit qu'il lui avait écrit ? Il a dû recevoir une réponse...

Rassuré, il s'en alla prendre un bain chaud puis, comme personne ne rentrait, il explora le garde-manger, s'adjugea une cuisse de poulet froid, un morceau de cheddar, un verre de bordeaux, et transporta le tout dans le fumoir pour attendre plus commodément la suite des événements. Il achevait son repas quand le téléphone sonna. Au bout du fil, la voix un peu haletante de Théobald :

– Je suis à la gare de London Bridge. Notre homme s'apprête à partir pour Eastbourne et je vais le suivre.

– Eastbourne ? Qu'est-ce qu'il va faire là-bas ?

– C'est ce que je vais essayer d'apprendre.

– Moi aussi. Je vous rejoins.

– On n'a pas le temps, le train part dans sept minutes.

– Alors, je prendrai le train suivant. Vous connaissez Eastbourne ?

– Pas du tout !

– Moi non plus, mais je suppose qu'aux environs immédiats de la gare il doit bien y avoir un ou deux hôtels. C'est une station balnéaire réputée. Je vous rejoindrai dans celui qui sera en face de la sortie...

– Et s'il y en a deux ?

– Le plus à droite. J'y prendrai deux chambres à mon nom. Faites de même si vous arrivez avant moi. À quelle heure le prochain train ?

– Huit heures douze. Il doit arriver vers dix heures.

– Parfait. Bonne chance, Théobald, mais surtout ne faites rien sans moi ! Quoi que vous découvriez, venez d'abord me rejoindre et nous verrons ensemble comment agir... Si c'est ce que je crois, ces gens-là sont dangereux. Vous êtes armé ?

– Quand je file quelqu'un, toujours...

– Partez à présent ! Ce serait trop bête de rater le train.

Après avoir raccroché, Aldo rassembla quelques objets de toilette et un peu de linge dans une mallette, s'habilla, écrivit à l'intention d'Adalbert une lettre brève mais suffisamment explicite, s'assura que son étui avait le plein de cigarettes, vérifia que son Browning était chargé et se munit de cartouches supplémentaires, enfin éteignit tout, ferma la porte à clef et quitta la maison. Il héla un taxi qui le conduisit sans encombres à London Bridge Station où il s'embarqua pour un voyage d'une centaine de kilomètres.

Il ne comprenait pas bien ce qu'un sacristain polonais plutôt minable pouvait aller faire à Eastbourne. Lui-même n'y était jamais allé, mais la réputation de cette ville balnéaire construite au milieu du siècle précédent par le duc de Devonshire pour concurrencer Brighton auprès de la haute aristocratie n'était plus à faire. C'était peut-être la plus somptueuse de toutes les cités égrenées entre Portsmouth et Douvres, et même si la mauvaise saison la vidait en grande partie de ses élégants et épisodiques habitants, elle n'en demeurait pas moins le lieu de retraite favori de toute une classe de la société riche.

En arrivant vers dix heures un quart à Eastbourne, Morosini trouva du premier coup d'œil l'hôtel désiré : presque en face de la sortie, le Terminus lui tendait les bras. Une de ces haltes pour voyageurs affairés ou pressés ; rien à voir avec les palaces du bord de mer, mais ce genre d'auberge avait ceci de commode que l'on n'y prêtait pas trop attention aux allées et venues des clients. Il s'annonça comme étant M. Morosini et prit deux chambres qu'il paya d'avance, une pour lui et l'autre, communicante, pour son domestique retardé par une affaire de famille et qui devait le rejoindre dans la nuit. Un portier somnolent mais rendu sourd et aveugle par le don fabuleux d'un billet d'une livre offert avec le plus aimable des sourires lui tendit deux clefs en l'informant qu'il logerait au troisième étage mais que l'ascenseur était en panne. L'homme poussa la complaisance jusqu'à annoncer qu'il monterait lui-même dans un instant la bouteille de whisky, le soda et les deux verres qu'on lui demandait.

Installé dans une chambre sans âge ni autre intérêt que d'être à peu près propre, Aldo se disposait à une longue attente mais elle fut plus brève qu'il ne le craignait. Peu après minuit, on frappa à la porte et Théobald fit son entrée.

– Déjà ? fit Morosini en lui tendant un verre que celui-ci accepta avec reconnaissance et vida d'un trait. Vous avez pu suivre notre homme jusqu'au bout ?

– Pas tout à fait... à moins que vous ne teniez à ce que je retourne à Londres avec lui. Je viens de le laisser à la gare où il se dispose à attendre le premier train du matin dans la salle idoine. Il n'est resté qu'une heure environ dans la maison où il se rendait. Encore le terme maison est-il impropre pour désigner la magnifique villa où je l'ai vu entrer... Et il n'a même pas pris la porte de service ! C'est presque incroyable.

– Vous pouvez me la décrire, cette villa, et me dire où elle se trouve au juste ?

– Sur Grand Parade, la promenade qui borde la mer et où sont les plus beaux hôtels, mais le plus simple est encore que je conduise monsieur le prince.

– Vous vous êtes suffisamment fatigué comme ça. Contentez-vous de m'expliquer et vous resterez ici.

– Je remercie beaucoup monsieur le prince, mais je ne connais pas assez bien la ville pour vous expliquer le chemin ; je préfère la mémoire de mes pieds et ce n'est pas loin ! D'autant que ce verre m'a ragaillardi.

– Dans ce cas, allons-y !

Quitter l'hôtel sans éveiller l'attention fut facile : le portier ronflait tel un feu de cheminée. Et comme l'avait annoncé Théobald le chemin n'était pas très long. Un moment plus tard, les deux hommes déambulaient sur Grand Parade la bien nommée : un étonnant assemblage de bâtiments datant de l'époque victorienne. De toute évidence, l'homme qui avait suscité cette ville étonnante l'avait voulue un hommage à l'orgueil britannique plus encore qu'à la gloire de la fameuse souveraine : ne s'agissait-il pas de l'emporter sur Brighton dont la Cour faisait ses délices ? Brighton la bruyante, l'agitée. Ici devait régner, même en été, le calme solennel d'une aristocratie se jugeant au-dessus de toutes choses et ne tolérant que la mer en face de sa grandeur. À cette heure tardive, c'était celle-ci qui régnait. Le bruit soyeux de son ressac troublait seul la nuit opaque, chargée de froide humidité.

La villa devant laquelle on s'arrêta ne déparait pas un ensemble que le Vénitien jugea sévèrement. Il était trop imprégné de la pure beauté de la Sérénissime pour goûter cette incroyable réunion de tourelles, de clochetons, de pilastres, de coupoles, de terrasses et de colonnes où se retrouvait la patte de Paxton et de ses confrères.

– Un vrai gâteau de mariage ! marmotta-t-il. C'est là ?

– Aucun doute, c'est bien là ! Il n'y en a pas beaucoup qui forment le coin d'une rue...

– Je ne me ferai jamais au goût anglais ! Par où entre-t-on ?

– Si vous sonnez, c'est par là, dit Théobald en désignant la haute porte cintrée, abritée d'un porche et surélevée de quelques marches descendant, entre quatre énormes bow-windows, jusqu'au boulevard maritime. L'entrée de service est sur l'autre rue.

Aldo ne répondit pas. Son œil évaluait la hauteur de l'étage où deux fenêtres soulignées d'un balcon gothique laissaient paraître un peu de lumière. Après tout, le style victorien avait du bon, qui semait tant d'aspérités utiles à qui voulait tenter une escalade ! Une idée qui le séduisait de plus en plus...

Examinant rapidement les alentours, il apprécia ses chances : elles étaient grandes. Pas un chat en vue ! Une nuit obscure à peine trouée ici et là par un parcimonieux bec de gaz alors qu'en été maisons et hôtels devaient ruisseler de lumières. Ôtant son manteau qui eût gêné ses mouvements, il le jeta dans les bras de Théobald :

– Restez là et arrangez-vous pour être invisible. Surtout en cas de ronde, mais si dans une heure je ne suis pas revenu, prévenez la police.

Le fidèle valet opina du chef sans songer à émettre la moindre observation. Il était trop habitué aux excentricités de son maître pour s'étonner de celles du prince-antiquaire. D'autant que, semblable en cela à Romuald, son frère jumeau[1], il ne détestait pas vivre un peu dangereusement. Il se contenta de murmurer :

– Monsieur le prince ne veut pas que je l'accompagne ?

– Non merci. Dans ce genre d'affaire un guet-

1. Voir tome 1, *L'Étoile bleue*.

teur est toujours un auxiliaire précieux. Souhaitez-moi seulement bonne chance !

– J'espère que monsieur le prince n'en doute pas.

Déjà Aldo s'attaquait aux grosses pierres d'angle au-dessus desquelles régnait une corniche d'autant plus attirante que le grimpeur croyait distinguer, à cette hauteur, une fenêtre entrouverte. Il n'eut guère de peine à l'atteindre : l'escalade était facile pour son corps vigoureux et bien entraîné. C'était la première fois qu'il allait s'introduire chez quelqu'un par la fenêtre et il n'en éprouvait pas le moindre remords. Plutôt une joyeuse excitation qui lui rappela Adalbert. Il comprenait tout à coup le plaisir un peu pervers que celui-ci éprouvait lorsque, tournant le dos à ses occupations officielles d'archéologue, il se livrait à l'une de ses aventures en marge des lois pour le plus grand bien de la France. Cette fois, c'était pour le plus grand bien d'une jeune femme aimée. Ce qui revenait à peu près au même...

Ayant franchi la fenêtre relevée sans le moindre bruit, Aldo se retrouva dans l'obscurité et empêtré dans les plis de rideaux soyeux qu'il se hâta de refermer derrière lui dès qu'il en fut sorti. Puis il alluma brièvement sa lampe de poche pour se reconnaître. Il découvrit alors qu'il était dans une chambre de femme, assez encombrée de meubles mais vide de toute présence. Une coiffeuse surchargée et une abondance de passementerie jointes à une trace de parfum à laquelle se mêlait curieusement une odeur de cigare confirmaient son diagnostic. Un couple, sans doute, habitait cette pièce et, s'il n'était pas couché en dépit de l'heure tardive, il ne devait pas être loin. Dans la pièce voisine, celle qui était encore éclairée...

Le visiteur s'approcha de la porte sous laquelle filtrait un rai de lumière, saisit la poignée d'une main attentive mais ferme et ouvrit doucement. Juste assez pour apercevoir des pieds masculins posés sur un pouf en velours brun. Il allait élargir son champ de vision quand le bruit d'une autre porte, ouverte sans précaution cette fois, l'immobilisa. Presque aussitôt une voix d'homme se fit entendre :

– Vous avez l'intention de rester debout toute la nuit ? La marée descend, ce ne sera pas encore pour aujourd'hui.

– Je me demande si ça viendra un jour. Voilà des semaines que j'attends ! grogna une autre voix, mâle elle aussi mais pourvue d'un accent d'Europe centrale. Et il serait peut-être temps de se dépêcher : la visite de ce soir n'a rien de rassurant.

– J'en conviens. Il va d'ailleurs falloir que j'aille à Londres demain matin pour voir où en sont les choses... Il faut dire que nous jouons de malheur avec cette histoire de trafic d'opium venue s'ajouter à celle du meurtre du joaillier à laquelle Buckingham Palace s'intéresse de si près. Toutes les polices sont sur les dents et ce n'est pas le moment de mettre des armes en circulation...

– C'est possible, mais moi je ne veux pas rester ici plus longtemps. Quelqu'un me cherche et s'il a su trouver Dabrosvki, cet Italien arrivera peut-être à remonter jusqu'à moi.

– Dabrovski sait ce qu'il fait et il n'a pas été suivi. Il en est certain.

Dans son coin sombre, Aldo envoya un coup de chapeau mental à Théobald. Celui-là aussi connaissait son métier...

– Cependant, reprit la voix anglaise, il vaut mieux prendre des précautions. Je vais voir Mr. Simpson et lui demander de vous trouver une autre planque en attendant le départ. Dire que ce sera aussi sûr qu'ici, c'est une autre affaire, mais on fera pour le mieux. En attendant, couchez-vous ou ne vous couchez pas, ça vous regarde. Moi, je vais dormir !

Après la sortie de son compagnon, l'homme étendu, dont Morosini était à peu près sûr qu'il s'agissait de Ladislas, poussa un profond soupir, se releva, éteignit une lampe et se dirigea vers l'endroit où se trouvait le prince, qui recula vers la fenêtre mais n'eut pas le temps de la franchir : déjà l'électricité inondait la chambre. D'un geste vif, il tira son revolver et le braqua sur celui qui venait d'entrer et qui était bien Ladislas.

– Bonsoir ! dit-il aussi tranquillement que s'il eût rencontré son adversaire au coin d'une rue.

Le jeune homme sursauta, considérant avec stupeur la haute silhouette de cet inconnu dont les yeux d'un bleu si clair semblaient vouloir le clouer sur place.

– Qui êtes-vous ?

– L'Italien dont on vient de vous parler. Vous voyez que votre sacristain était plus facile à suivre qu'il ne le croyait...

Tout en parlant, il pensait que l'étudiant anarchiste n'avait pas beaucoup changé depuis les jardins de Wilanow : il était toujours brun, romantique et décoiffé, avec en plus une ombre de barbe et une robe de chambre trop grande pour lui : rien qui explique un amour capable d'amener une fille ravissante jusqu'au suicide...

– Que voulez-vous ? fit Ladislas.

– On a déjà dû vous le dire : que vous tiriez Anielka du pétrin dans lequel vous l'avez jetée... Je suis même prêt à vous offrir de l'argent pour cela et à vous aider à rentrer chez vous...

– Filer d'ici, je ne demande que ça, mais où avez-vous pris que je l'aie mise dans le pétrin ? Elle s'y est bien mise toute seule !

– Vraiment ? Qu'êtes-vous venu faire chez elle, alors ? Elle n'est pas allée, que je sache, vous chercher en Pologne !

– Non, j'en conviens. Je lui ai demandé de me rendre... certains services... Dites, cela vous ennuierait de baisser ce machin ? Vous n'avez pas l'intention de me tuer ?

– Pas dans l'immédiat parce que vous valez plus cher vivant que mort. Alors restons comme nous sommes et parlez-moi de ces « petits services », que vous avez d'ailleurs obtenus en la faisant chanter, non ?

– Si peu ! La fin justifie les moyens, monsieur, et nous avons besoin d'argent et d'armes. L'occasion était trop belle : ma belle amie qui s'en va épouser le plus gros marchand de canons d'Europe...

– Pourquoi diable avez-vous autant besoin de munitions en tout genre ? La Pologne est libre que je sache ?

– Ah ! vous trouvez ? On voit bien que vous ne connaissez pas le glorieux maréchal Pilsudski, notre héros national. D'abord, qu'est-ce qu'un Italien peut bien comprendre à la Pologne ?

– Assez pour avoir appris que le Pilsudski en question n'est plus au pouvoir...

– Il va y revenir, et puis c'est lui qui mène la danse. Libre, dites-vous ? Mettez-vous dans la tête que ce n'est rien d'autre qu'un dictateur et nous ne voulons pas d'un dictateur. Fût-il polonais !

– Vous voulez quoi, alors ? La Révolution comme en Russie ? Vous et vos petits amis êtes nihilistes, sans doute ?

– Cela ne vous regarde pas. En tout cas, pour ce qui est de lady Ferrals, pas question pour moi d'endosser la mort de son mari. Je n'y suis pour rien...

– C'est pour cela sans doute que vous vous êtes enfui dès que vous l'avez vu tomber ?

– Mettez-vous à ma place ! J'ai compris que la police allait venir et que je serais arrêté.

– Vous n'avez tout de même pas oublié de rafler les bijoux de lady Ferrals ?

– Je n'ai rien volé : elle me les a donnés pour que j'en fasse de l'argent.

Morosini éprouvait une vague nausée mais ne put s'empêcher de ricaner en pensant à l'image presque sainte que la pauvre Wanda se faisait de ce garçon. Un paladin ! Un amoureux de légende ! Grotesque !

– Dire qu'il y a des gens assez stupides pour penser que vous l'aimez.

Le visage crispé du garçon se détendit comme si un souffle de douceur venait de le toucher.

– Pourquoi pas ? Je l'ai aimée... follement et je crois qu'il en reste quelque chose. Pas assez cependant pour accepter d'être pendu.

– Vous préférez que ce soit elle ? C'est elle qui a tué, selon vous ?

Ladislas passa dans ses cheveux ébouriffés une main qui tremblait.

– Peut-être. Je n'en sais rien. C'est à la justice britannique d'en faire la preuve.

– Moi je pense que ladite justice prouverait beaucoup plus facilement votre culpabilité à vous. Si vous voulez mon opinion, vous êtes un lâche assez bien conditionné.

– Je vous défends de m'insulter. Si j'avais une seule chance de la sauver sans y laisser ma vie, je la saisirais.

– Mais je vous l'apporte, cette chance ! En

échange d'une somme d'argent, vous m'écrivez une confession qui ne sera remise à la police qu'après notre départ à tous deux. Je vous sortirai d'Angleterre sous une fausse identité et je reviendrai.

– Mais qu'est-ce que vous voulez que je confesse ? Que je l'ai tué ?

– Bien sûr. Si vous tenez à le savoir, j'en suis persuadé.

– Vous êtes fou. Comme je l'ai été d'entrer dans cette maudite maison de Grosvenor Square. Vous n'imaginez pas l'atmosphère qui y régnait ! Cela suait la haine. Nous étions trois à désirer la même femme et elle se jouait de nous...

– Il me semble avoir entendu dire pourtant qu'elle vous donnait la préférence ? fit Morosini d'une voix soudain glacée à laquelle répondit le rire amer de Ladislas.

– C'est vrai. Nous avons repris un moment nos jeux de Varsovie mais le cœur n'y était plus. Là-bas, elle m'aimait. Ici, elle voulait que je la débarrasse d'un homme qui lui faisait horreur. Seulement ce n'est pas moi qui ai fait le travail.

– Vraiment ? Eh bien c'est ce que nous allons voir puisque vous ne voulez pas de ma proposition généreuse, soupira Aldo en repoussant d'une main le double rideau, révélant la large ouverture de la fenêtre. Vous allez venir avec moi et vous pourrez donner à la police toutes les explications que vous voudrez. Par ici, s'il vous plaît, ajouta-t-il en indiquant la sortie du canon de son revolver.

– Vous voulez que je passe par la fenêtre ?

– J'y suis bien passé, moi. Et vous êtes plus jeune. Soyez tranquille.

Il allait dire : « Il y a quelqu'un qui vous attend en bas », mais le projectile fut plus rapide et lui coupa la parole. Atteint à la tempe par un objet lancé d'une main sûre, Morosini eut un cri bref puis, laissant échapper son arme, s'écroula sur le sol.

CHAPITRE 10

OÙ L'ON FAIT DE SINGULIÈRES DÉCOUVERTES

Quand Morosini revint à une conscience à peu près claire, il était dans une obscurité mouvante et plutôt mal en point. Sa tête lui faisait d'autant plus mal qu'un bâillon serré sur sa bouche y maintenait le sang. Son corps n'était guère plus confortable : ficelé comme un salami, il glissait, tressautait et se cognait contre une caisse à chaque secousse du véhicule qui devait être une fourgonnette bringuebalant sur un chemin où les ornières ne manquaient pas.

Essayant d'aligner une idée après l'autre, le prisonnier conclut que sa situation n'avait rien d'enviable. Quant au destin qu'on lui réservait, il n'était pas impossible qu'il soit définitif... Où l'emmenait-on ?... D'après le sol sur lequel roulait l'engin on avait quitté la ville, mais dans quelle direction ?

Il fut assez vite renseigné quand, par-dessus le bruit du moteur, il reconnut la voix de Ladislas :

– N'allons pas trop loin avec la voiture! Vous savez que les falaises sont dangereuses...

– Je les connais mieux que vous, grogna l'homme qui aurait dû être en train de dormir. Et je sais où m'arrêter pour ne pas avoir à le porter trop longtemps. Il est lourd, le bougre!

Eh bien voilà, pensa Morosini sur le mode lugubre, ces deux lascars vont tout simplement me flanquer à la mer d'une hauteur qui ne pardonnera pas...

Il n'avait jamais eu peur de la mort qu'il avait souvent vue de près pendant la guerre et, au fond, mourir comme ça ou autrement lui était égal, mais la fin qui l'attendait choquait son sens de l'élégance : être jeté comme un vulgaire sac d'ordures le contrariait, comme d'ailleurs l'idée de quitter une existence plutôt passionnante.

– Là, fit le chauffeur. Ça devrait aller! Dépêchons-nous, il ne faudrait pas tomber sur une patrouille de douaniers.

Quand on ouvrit les portes arrière pour le tirer dehors, Aldo vit que la nuit était plus claire. Surtout moins brumeuse : la marée sans doute qui, en descendant, avait un peu nettoyé la côte. Par instant, l'éclat blanc d'un phare balayait un nuage attardé. L'ange gardien du Polonais l'empoigna par les cordes qui le liaient et le jeta à terre sans autre précaution, ce qui, en dépit de son courage, lui arracha un gémissement de douleur. A sa surprise, Ladislas protesta :

– C'est peut-être inutile de le faire souffrir ?

– Il ne souffrira plus longtemps. Allez, cœur sensible! Prenez-lui les pieds!

Aldo sentit qu'on l'enlevait de terre et qu'on se mettait en marche. Pensant qu'il n'avait plus grand-chose à attendre de ce monde, il dit mentalement une prière, ouvrit les yeux et regarda le ciel dont il espérait qu'il l'atteindrait bientôt. Il était sombre, sans étoiles. Un digne ciel anglais aussi peu encourageant que possible, alors que mourir sous celui de Venise, tendre et velouté, eût été si doux ! Une bouffée de joie, cependant, la pensée qu'il allait sans doute retrouver sa mère était très consolante...

Soudain, son ascension mystique se trouva cassée net. Une voix venait de crier :

– Posez-le doucement et levez les mains en l'air ! Au moindre geste suspect, je tire. Et je tire juste !

Théobald ! Par Dieu sait quel miracle, il avait réussi à suivre ses ravisseurs et, du coup, Aldo mordit de nouveau à belles dents au cœur juteux de la vie. La reprise de contact fut tout de même un peu rude car, au lieu de le remettre à terre avec quelques précautions, les deux sacripants le laissèrent tomber avec un ensemble parfait. Heureusement, l'herbe était encore épaisse et il y atterrit sans trop de mal. Pendant ce temps, l'inconnu venait de faire feu mais Théobald tira presque simultanément. Il y eut un cri de douleur, puis aussitôt, la voix affolée de Ladislas :

– Filons !

Ils détalèrent sans demander leur reste. Le pinceau lumineux du phare permit à Morosini de les apercevoir tandis qu'ils se précipitaient vers la camionnette mais cette fois, ce fut Ladislas qui se mit au volant. L'autre soutenait l'une de ses épaules qui devait lui faire mal. De Théobald aucune trace. Sans doute s'était-il jeté à terre avant de tirer. La voiture effectua une marche arrière précipitée, fit demi-tour. Les phares s'allumèrent et bientôt de ce qui avait failli être le char funèbre de Morosini, on ne vit plus qu'un feu rouge vite avalé par l'obscurité.

La vague inquiétude touchant le sort de son compagnon fut vite effacée : le faisceau d'une lampe électrique se promenait sur la falaise. Pour l'aider, il se mit à gémir et quelques secondes plus tard, Théobald s'agenouillait près de lui.

– Pas trop de mal ?

– Hon, hon... émit le paquet ficelé.

Le fidèle valet eut vite fait d'enlever le bâillon et le rescapé aspira une grande bouffée d'air frais.

– Je vous dois la vie, mon vieux ! soupira-t-il tandis que Théobald s'activait à trancher ses liens et à frictionner ses membres endoloris. Comment avez-vous fait ?

– J'ai entendu un cri et j'ai pensé que c'était vous. Alors j'ai escaladé à mon tour et j'ai pu voir ces gens vous ficeler et vous bâillonner. L'un a parlé des falaises de Beachy Head et comme je pensais bien qu'ils n'allaient pas vous y porter sur leur dos, je suis allé vers le garage et j'ai attendu la sortie d'une voiture pour m'accrocher à l'arrière...

– C'était plutôt risqué, non ?

– J'ai déjà fait ça plusieurs fois. Si j'avais raté mon coup j'aurais tiré dans les pneus mais c'était encore plus risqué : je ne sais pas combien ils sont dans cette maison et s'ils m'étaient tombés dessus on pouvait y passer l'un et l'autre.

– Moi je n'ai vu que ces deux-là ! Ouille ! Je suis rouillé comme une vieille ferraille... ajouta Aldo en éprouvant l'élasticité de ses bras et de ses jambes.

– Vous allez pouvoir marcher jusqu'à la ville ?

– Il faudra bien. Allons-y !

Soutenu par son sauveur, il entreprit de redescendre vers Eastbourne dont les luxueuses constructions blanches commençaient à se révéler dans le petit jour mais, en arrivant aux premières maisons, la tête d'Aldo lui tournait et il dut s'asseoir sur un muret.

– Vous n'auriez pas, par hasard, quelque chose d'un peu fort dans vos poches ?

– Non, hélas ! Et je le regrette. Même que c'est bien la première fois ! Mais je vais aller frapper à l'une de ces maisons pour obtenir de l'aide.

Il n'avait pas fini de parler que la porte d'un cottage s'ouvrait pour livrer passage à un policeman qui achevait d'ajuster son casque. Il eut vite repéré les deux hommes et les rejoignit.

– Puis-je vous aider, gentlemen ? Vous n'avez pas l'air bien.

– Votre aide sera la bienvenue, soupira Aldo après un bref coup d'œil d'avertissement à Théobald. Hier soir, je me promenais dans ces magnifiques falaises et il m'est arrivé un accident : je suis tombé dans une crevasse. Je m'y suis plus ou moins assommé et j'y suis resté jusqu'à ce que mon secrétaire, inquiet de ne pas me voir rentrer à l'hôtel, se mette à ma recherche et réussisse à me retrouver.

– Sûr que nos falaises sont belles mais c'était une grave imprudence de vous y aventurer, surtout le soir ! fit l'homme d'un ton important qui conforta Morosini dans sa conviction que mieux valait ne rien révéler de son aventure à ce policier local capable de le jeter en prison pour avoir pénétré sans permission dans une riche demeure. Il ajoutait d'ailleurs avec une pointe de soupçon : une drôle d'idée de se promener hier soir ! Faisait pas si beau. Et vous m'avez l'air étranger !

– Je le suis ! Prince Morosini, de Venise, pour vous servir ! Et je suis aussi un incurable romantique ! J'adore les terres du bout du monde au crépuscule. C'est excellent pour les peines de cœur...

Il était certain que le policeman comprendrait ce genre de langage. Effectivement, il embraya :

– Vous n'auriez pas eu dans l'idée de vous suicider ?!

– Dans ce cas, je ne me serais sûrement pas raté. Elles sont parfaites pour ça, vos falaises. Écoutez, sergent, tout ce que je voudrais c'est quelque chose de chaud ou quelque chose de fort, puis rentrer à l'hôtel me changer avant de regagner Londres.

– Bon. Écoutez, vous allez venir chez moi !

Mrs. Potter vous fera un bon thé pendant que j'irai vous chercher une voiture. Vous êtes à quel hôtel ?

– Le Terminus. J'ai pris le premier qui m'est tombé sous la main en sortant de la gare.

– Pour un prince vous auriez pu trouver mieux. Nous avons ici les meilleurs du pays, vous savez : le Cavendish, le Grand, le Burlington...

Pensant qu'il allait avoir droit à la liste de tous les hôtels ainsi qu'à une description détaillée des charmes d'Eastbourne, Aldo fit semblant de se trouver mal. Ce qui lui valut quelques claques avant d'être traîné entre ses deux compagnons jusqu'à la maisonnette du sergent Potter où une jeune femme qui ressemblait à une pomme d'api se fit un plaisir de réconforter un si bel homme possesseur d'une si belle voix et qui s'adressait à elle comme à une lady.

Cependant, et en dépit de son air un peu épais, son époux était peut-être moins bête et surtout plus curieux qu'il n'en avait l'air. Quand la voiture de police qu'il était allé chercher l'emmena vers le Terminus en compagnie de ses rescapés, il posa une nouvelle question traduisant que, dans son esprit, quelque chose n'était pas clair.

– Si j'ai bien compris, vous êtes venu juste pour faire un tour sur les falaises, avec un secrétaire, et maintenant vous repartez ?

– Je sais que ça peut paraître bizarre mais la promenade romantique faisait partie d'un tout. Voyez-vous, je suis étranger mais la vie anglaise me plaît et j'ai beaucoup entendu vanter le charme d'Eastbourne. J'ai voulu constater par moi-même. Il se peut, en effet, que je songe à acheter... ou à louer pour la prochaine saison estivale...

– Je comprends ! Mais vous aimeriez quel genre de maison ? Un cottage comme le mien ?

La voiture roulait sur Grand Parade. Une idée vint à Aldo qui fit un peu traîner sa réponse jusqu'à ce qu'il aperçoive une façade qu'il n'était pas près d'oublier.

– Le vôtre est charmant, dit-il enfin, mais il me faut quelque chose de plus vaste afin de pouvoir inviter des amis. Je compte recevoir beaucoup et je verrais bien... tenez ! Une maison comme celle-là ! Elle serait parfaite.

D'abord suffoqué, le sergent Potter éclata d'un bon gros rire :

– Ah ben en effet ! Vous n'êtes pas difficile, dites donc ? Seulement, celle-là, elle n'est ni à vendre ni à louer.

– Vous êtes sûr ? fit Morosini jouant les naïfs incrédules. Peut-être en y mettant le prix ?

– Vous pourriez offrir des millions, c'est impossible ! Sachez, sir, ajouta-t-il en prenant un air de tête superbe, que cette villa appartient à Sa Grâce la duchesse de Danvers...

– Hum, hum ! évidemment ! fit Aldo en se raclant la gorge pour cacher sa surprise. Dans ces conditions, il vaudra mieux que je cherche ailleurs.

Quelques heures plus tard, assis auprès du feu

dans l'un des deux grands fauteuils de cuir noir de leur salon à Chelsea, Adalbert écoutait son ami affalé dans l'autre lui faire le récit de son étonnante odyssée sans songer un instant à dissimuler son étonnement.

– La maison de la duchesse servant d'asile à l'assassin supposé de Ferrals dont on sait qu'elle l'aimait beaucoup mais surtout qu'il l'aidait à conserver un train de vie normal pour son rang ? C'est une histoire de fous !

– J'ai retourné la question dans tous les sens pendant mon voyage de retour et j'en suis venu à penser que ce n'est peut-être pas insensé. Si j'ai bien compris les propos des deux hommes qui ont failli me tuer, Ladislas attendait un bateau pour s'embarquer à destination de la Pologne avec une livraison d'armes. Tu me suis ?

– Pas à pas. Il est certain qu'une aussi aristocratique demeure est une planque idéale pour un trafic clandestin, même si ça paraît un peu difficile à avaler.

– Ce n'est pas mon avis. Sir Eric vendait des armes au grand jour. Du moins en principe. C'était, si j'ose dire, la partie visible de l'iceberg mais je suis persuadé qu'une grande partie de ses affaires se traitait sous le manteau, que la duchesse l'y aidait – consciemment ou non d'ailleurs...

– Que veux-tu dire ?

– Qu'elle me paraît un peu trop sotte pour mener à bien des affaires aussi délicates. En revanche, quelque chose m'est revenu à la mémoire quand les deux hommes ont parlé d'un certain Simpson qu'il convenait de consulter au plus vite.

– Tu le connais ?

– Disons que je l'ai déjà vu : chez lady Danvers justement. C'est son maître d'hôtel...

Armé du plateau de café, Théobald, aussi frais que s'il avait passé une bonne nuit dans son lit au lieu de courir les falaises, fit son entrée et entendit la fin de la phrase.

– Si je peux me permettre, dit-il, et d'après ce que monsieur le prince a bien voulu m'apprendre dans le train, je serais tenté de penser que Sa Grâce n'est au courant de rien et qu'elle ignore tout de ce qui se passe chez elle...

– Ça ne te paraît pas un peu gros ? émit Vidal-Pellicorne en s'emparant de sa tasse fumante pour la promener sous son nez avec gourmandise. L'argent qu'elle recevait, elle devait bien savoir d'où il venait ?

– Jusqu'à présent, sans doute. Mais... pourquoi ce Simpson n'aurait-il pas jugé bon de poursuivre un commerce fort lucratif, maintenant que sir Eric Ferrals a disparu ? dit Théobald.

– Je serais un peu de l'avis de Théobald, reprit Morosini. Resterait à savoir à qui nos clandestins s'adressent pour se fournir.

– Ça, il n'y a guère que Sutton qui pourrait le dire. Et encore ! Tu penses bien que les rouages d'une affaire comme celle-là doivent être infiniment complexes et délicats... En tout cas, conclut Adalbert, une chose est certaine : il faut que tu ailles tout raconter à Warren !

– Je sais. J'y pense depuis ce matin mais je n'en ai pas le droit. J'ai promis à Anielka de ne pas prévenir la police.

– Ça, c'est la meilleure ! Et qu'est-ce que tu en aurais fait de ton Ladislas si tu avais réussi à l'extraire de la villa et à l'emmener avec toi ?

– Il dit qu'il n'est pour rien dans le meurtre.

– C'est peut-être vrai. Reste à savoir qui tu veux croire, lui ou elle, et surtout qui tu désires sauver. Anielka elle-même, à moins d'être devenue stupide, doit savoir que si tu réussissais à attraper ce garçon, il te faudrait bien le livrer.

– Oui, mais à condition que ce soit moi qui le prenne et pas une escouade de policiers.

– Afin qu'il n'ait pas l'air d'avoir été dénoncé par elle ? Subtile distinction ! grogna Adalbert. Seulement maintenant, avec l'entrée en scène de la duchesse, les choses vont trop loin ! Songe qu'en gardant le silence tu risques la complicité dans une affaire de trafic d'armes dont tu ne sais pas où elle pourra te mener. Quelques dizaines d'années à Pentonville ou à Dartmoor, ça te plairait ?

Aldo réfléchit un instant puis essaya de changer le sujet de la conversation afin de se donner encore un peu de temps.

– Au fait et toi ? Ton excursion à Whitechapel a-t-elle donné des résultats ?

– N'essaie pas de noyer le poisson ! J'ai des choses à te raconter mais ça attendra ce soir... Tu vas chez le Super ou je dois y aller à ta place ?

– Non, soupira Morosini, je vais y aller. Il vaut mieux que ce soit moi étant donné que je peux décrire l'ennemi. J'espère seulement que je pourrai obtenir qu'il agisse avec discrétion et, au besoin, fasse appel à moi quand on aura une chance d'arrêter le Polonais. Il pourrait me faire cette faveur : avec ce que je lui apporte il devrait être content...

C'était faire preuve d'une grande candeur et les espoirs de Morosini, une fois à Scotland Yard, s'écroulèrent plus vite que les murs de Jéricho sous la trompette de Josué. Le ptérodactyle se montra modérément heureux de revoir le prince-antiquaire mais quand celui-ci entreprit de lui raconter son aventure balnéaire, il passa sans transition d'une indifférence polie à une sorte de transe et prit son vol à travers le bureau en battant furieusement des ailes.

– Comment ? s'écria-t-il. Vous avez recueilli des informations de cette importance et vous me les apportez seulement maintenant, alors que vous avez tout gâché ? Savez-vous que je pourrais vous arrêter pour obstruction à l'action de la police ?

– Ça vous avancerait à quoi ? fit Aldo sans se démonter. Puis-je vous rappeler que les informations en question m'ont été confiées sous le sceau du secret par lady Ferrals afin que je me charge personnellement d'appréhender – c'est bien comme ça que l'on dit ? – son ancien amoureux et de telle sorte qu'elle ne puisse être accusée de l'avoir...

– ... donné et donc de risquer la vengeance de ses amis anarchistes, récita Warren d'un ton excédé. Je connais l'antienne. Et à présent, vos scrupules vous ont abandonné ?

– Pas vraiment, mais dès l'instant où je me trouvais confronté à une affaire de trafic d'armes intéressant peut-être la sûreté de l'État et mettant en cause une personnalité proche de la Couronne, j'ai considéré que je n'avais plus le droit de me taire...

– C'est encore heureux !

Le superintendant revint s'asseoir à son bureau, prit un bloc de papier et dévissa son stylo.

– Alors, si vous le voulez bien on reprend tout à zéro. Et en détail !

– Vous... vous n'appelez pas votre secrétaire pour prendre ma déposition ?

– Nous devons agir dans la discrétion, n'est-ce pas ? aboya Warren. Alors je vais écrire moi-même et ensuite, je verrai comment on pourra essayer de préserver le secret imbécile que cette jeune idiote exige de vous !

Soulagé d'un grand poids, Aldo reprit son récit en s'efforçant d'être aussi précis que possible et sans rien omettre. Pendant un assez long moment, on n'entendit plus que sa voix assourdie et le grincement de la plume sur le papier...

Quand ce fut fini et tandis que Warren relisait

ce qu'il venait d'écrire, Morosini, après une courte hésitation, demanda :

– M'accorderez-vous une faveur ?

– Laquelle ?

– Celle de m'avertir lorsque vous saurez où se trouve Wosinski afin que je puisse le prendre moi-même. Je ne vous empêche pas de protéger les arrières mais laissez-moi l'honneur d'achever seul ce que j'ai commencé à Eastbourne...

Les yeux ronds et jaunes du ptérodactyle se fixèrent sur le visage crispé de son visiteur.

– Maintenant qu'il vous connaît, ce serait une grave imprudence. Il n'hésitera pas à vous tirer dessus. Vous avez envie de risquer votre vie ?

– Sans hésiter. Je veux remplir la mission qui m'a été confiée. Même si c'est à ce prix. Je me tiens dès à présent à votre entière disposition.

Le policier ne répondit pas, jaugeant l'homme qui lui faisait face. Finalement, il referma son stylo et le jeta devant lui parmi ses papiers.

– Je n'ai jamais douté que vous ne soyez un homme de cœur et je comprends votre dilemme. Aussi, je vous promets de tout faire pour vous donner satisfaction mais à la condition, bien sûr, qu'en vous laissant agir, nous ne risquions pas de faire échouer l'opération. Naturellement, il faudra obéir strictement – et il appuya sur le mot – aux ordres que je vous donnerai.

– Vous avez ma parole.

Quelqu'un frappa à la porte et, sans attendre de

réponse, l'inspecteur Pointer pénétra dans le bureau de son chef, vint se pencher à son oreille et lui parla bas. Il s'agissait sans doute d'une nouvelle importante car le superintendant tressaillit, mais il écarta du geste son subordonné.

– Nous verrons ça plus tard ! J'en finis avec le prince.

– Je n'arrive pas à comprendre comment cela a pu se produire, sir ! La surveillance était sans défaut, pourtant...

– Laissez-moi pour le moment, Pointer ! Je vous rappellerai.

À regret, l'inspecteur s'en alla. Morosini se disposa à l'imiter. Warren, lui, ne bougeait pas. Il semblait perdu dans une rêverie profonde tandis que ses longs doigts pianotaient sur le bras de son fauteuil. Soudain, il déclara :

– Nous n'allons pas pouvoir garder cela secret bien longtemps, alors autant vous l'apprendre : Yuan Chang s'est pendu dans sa prison avec un cordon de soie jaune.

– Pendu ? souffla Morosini abasourdi. Mais ne disiez-vous pas l'autre soir que vous ne réussiriez pas à le garder sous clef très longtemps ? Alors pourquoi se tuer ? Il ne risquait pas la peine de mort.

– Et pourtant il y est venu de lui-même. Enfin presque...

– Que voulez-vous dire ? Il ne se serait pas donné la mort volontairement ?

– C'est un peu ça. Je dirais que c'est un suicide sur ordre. Connaissez-vous la Chine, prince Morosini ?

– Non. Je connais son art, sa culture mais je n'y suis jamais allé.

– Sa culture ? Savez-vous quelque chose des anciens usages impériaux ? En particulier de ce que l'on désignait sous le terme de « cadeaux précieux » ? Non ?... Alors j'explique : lorsque l'empereur avait à se plaindre de l'un quelconque de ses sujets de haut rang ou de ses dignitaires et qu'en raison des services rendus il ne souhaitait pas l'envoyer au bourreau, il lui faisait parvenir ce qu'on appelait les « cadeaux précieux » : une cordelette de soie jaune – couleur impériale ! – un sachet de soie contenant du poison et un poignard. Cela signifiait qu'il lui laissait le choix de sa mort...

– Et s'il choisissait la vie ?

– Impossible ! c'était alors l'exécution immédiate. Dans le cas qui nous occupe, je pense que Yuan Chang n'a pas eu le choix : tout ce que l'on a dû réussir à lui faire parvenir c'est le cordon, dans une miche de pain ou Dieu sait quoi. Il n'en a pas moins obéi... comme doit le faire tout mandarin. Ce qu'il était à n'en pas douter !

– Attendez, attendez ! contesta Morosini. Vous dites qu'il a obéi. Mais à qui ? Vous parlez d'une coutume impériale, mais la Chine est en révolution depuis quelques années. C'est Sun Yat Sen le maître et je ne pense pas qu'il se soucie de ressusciter les empereurs mandchous !

– Avec la Chine, vous savez, il faut s'attendre à tout : à l'impossible, à l'inconcevable, à l'inconnaissable, au délirant mais surtout à des racines plongeant si profondément dans la nuit des temps qu'en dépit des labours et des sarclages, les plus solides demeurent toujours. Le pays vit sa révolution, oui ! Cependant le jeune empereur Pou Yi, aujourd'hui destitué, demeure toujours dans ses palais de la Cité interdite. Cela laisse supposer un certain nombre de fidèles disséminés à travers l'empire pulvérisé. Yuan Chang devait être de ceux-là. Bien qu'il habite Londres depuis des années, il n'en vient pas moins de Hong Kong où les conspirations s'épanouissent comme fleurs au soleil...

– Est-ce que son « suicide » change quelque chose pour vous, en dehors du fait que les chances de récupérer le diamant de Harrison s'amenuisent ?

Warren prit, sur sa table, une belle pipe en bruyère d'Écosse qu'il se mit à bourrer d'un pouce rêveur avant de l'allumer et d'en tirer une longue bouffée qui parut le détendre.

– Bien entendu ! répondit-il enfin. Cela signifie que nous avons fait erreur en lui accordant trop de puissance, en imaginant qu'il œuvrait seul, en pieux collectionneur, à la recherche des trésors disparus. Force nous est à présent de constater qu'il n'était qu'une tête, celle pointée sur l'Angleterre, d'une des hydres implacables que l'on appelle triades et qui, pour atteindre leurs buts, élèvent le crime à la hauteur d'une institution. Tout leur est bon : trafic d'armes, de drogues, de femmes, d'esclaves, d'enfants même. Si vous voulez mon sentiment, je commence à regretter Yuan Chang. Avec lui, au moins, on savait à peu près où l'on en était. A présent nous allons naviguer dans le brouillard...

– Et lady Mary ? Va-t-elle, comme vous, naviguer dans le brouillard ?

– Je l'ignore. Si elle est persuadée que le diamant lui échappe, il se peut qu'elle abandonne.

– Ça m'étonnerait. Sous des dehors gracieux, elle ressemble assez à un bouledogue à qui l'on a pris son os. Elle ira jusqu'au bout de sa folie.

– De toute façon, elle demeurera sous surveillance... et tant mieux si elle me donne la joie de pouvoir un jour la jeter devant ses juges ! conclut Warren avec une intonation tellement sauvage que Morosini en eut froid dans le dos.

– Vous en faites une affaire personnelle ? s'étonna-t-il.

– Pour une fois, oui ! Elle a tué George Harrison aussi sûrement que si elle l'avait frappé elle-même. Sans sa cupidité, un homme de bien serait encore parmi nous.

La gravité du ton laissait entendre qu'en ce qui concernait Warren son jugement serait sans appel mais, après tout, Aldo n'éprouvait pas la moindre envie de plaider la cause de la nouvelle comtesse de Killrenan. D'autant moins qu'au cours d'une de ses nombreuses songeries il lui était arrivé de se demander si elle n'était pas aussi responsable de l'assassinat de sir Andrew. Pour une femme disposant de telles complicités, faire acheter à Port-Saïd un voleur doublé d'un tueur ne présentait peut-être pas d'immenses difficultés. Et il croyait se souvenir qu'elle voulait, après l'échec de sa visite au palais Morosini, se lancer dans le sillage du *Robert-Bruce*... Mais il garda pour lui ses réflexions. Il était temps, d'ailleurs, de se retirer. Il reprit son chapeau et ses gants laissés sur un siège.

– Je crois qu'à ce sujet je partage votre opinion et j'avoue qu'en ce moment j'aurais tendance à vous plaindre. On dirait que la haute société vous en veut personnellement : après lady Mary, la duchesse de Danvers...

– Vous avez raison, ce n'est pas un mince problème. Encore que je croie celle-ci trop sotte pour manigancer quoi que ce soit... A ce propos je compte sur vous pour garder tout cela secret.

– Vous n'en doutez pas, j'espère ?

– Non, mais je me méfie de ce journaliste de l'*Evening Mail* que notre ami archéologue voit assez souvent.

Aldo se mit à rire.

– Vous devriez savoir que Vidal-Pellicorne garde les yeux rivés sur la Vallée des Rois et les exploits de Mr. Carter. Grâce à Bertram Cootes, il apprend les nouvelles un peu plus vite. La duchesse ne les intéresse ni l'un ni l'autre...

– Pourvu que ça dure!... A bientôt peut-être...

On dit qu'il suffit de parler du loup pour en voir la queue. En rentrant à Chelsea, Aldo tomba presque dans les bras de Bertram qui dévalait l'escalier à toute allure en fredonnant une vieille chanson galloise. Reconnaissant l'arrivant, il lui offrit des excuses volubiles avec un sourire rayonnant, lui saisit les deux mains qu'il serra avec une affection inattendue et se précipita au-dehors dans un envol d'imperméable usagé découvrant un complet de cheviotte avachi, en criant :

– La vie est belle! Vous ne pouvez pas savoir ce que la vie peut être belle quelquefois!

Aldo n'essaya même pas de démêler si c'était là du Shakespeare ou du Bertram. L'ayant vu disparaître dans la brume du soir, il rejoignit Vidal-Pellicorne qu'il trouva occupé à faire une réussite. Voyant entrer son ami, Adalbert leva les yeux.

– Alors? Le ptérodactyle ne t'a pas dévoré?

– Il a bien essayé mais nous sommes finalement parvenus à un accord. Dis-moi, je viens de rencontrer Bertram en pleine liesse. Un vrai feu follet! Que lui est-il arrivé? Un héritage?

– Disons qu'il a hérité de cinquante livres que je viens de lui donner à titre de gratification, de remerciement et d'incitation au silence. Pour quelque temps encore tout au moins...

– Cinquante livres! Tu es généreux.

– Ça les vaut, crois-moi! C'est grâce à lui si j'ai pu recouper une nouvelle piste de la Rose. Beaucoup plus proche de nous, cette fois, puisqu'elle s'achève dans les premières années du siècle.

– Parce qu'elle s'achève aussi, celle-là ? Le contraire m'aurait étonné. Mais dis-moi, tu n'as pas révélé à ce journaliste que la pierre volée chez Harrison était un faux ?

– Pour qui me prends-tu ? Il croit toujours à notre version officielle mais comme il n'a pas grand-chose à mettre sous sa plume ces temps dernier vu qu'on ne lui laisse toujours que les chiens écrasés, l'idée lui est venue d'écrire des papiers pour en faire peut-être un bouquin en racontant des histoires de pierres bizarres ; le tout, bien sûr, tournant autour de la disparition de la Rose. Il est donc venu me voir pour savoir ce qu'au cours de ma longue vie d'archéologue j'ai pu apprendre sur des bijoux étranges, apparus soudain dans des endroits inattendus. Son projet n'est pas bête et j'ai voulu savoir d'où il le sortait. C'est alors qu'il m'a parlé de son ami Lévi, un tailleur juif de Whitechapel chez qui il a pris ses habitudes.

Au souvenir du complet de cheviotte avachi dont le journaliste était paré tout à l'heure, Aldo ne peut s'empêcher de rire.

– Un tailleur ? Bertram Cootes ? J'aurais juré qu'il s'habillait dans une friperie.

Vidal-Pellicorne darda sur son ami un regard sévère.

– Quand on est aussi élégant que toi, on se montre un peu plus charitable ! Bertram se débrouille comme il peut. Quant à l'histoire que lui et son tailleur m'ont racontée, elle ne prête pas à rire. Elle est excitante, sans doute, mais plutôt terrifiante.

– Tu n'exagères pas un peu ? Les histoires terrifiantes de Whitechapel c'était il y a une quarantaine d'années, au temps de Jack l'Éventreur...

Les yeux bleus d'Adalbert, soudain graves, se plantèrent dans ceux de son ami tandis que ses mains bouleversaient les cartes étalées sur la table.

– Tu vas avoir la surprise de ta vie comme je l'ai eue moi-même, mais ce fameux diamant, cette pierre royale qu'ont maniée tant de gens illustres, a bel et bien roulé jusqu'aux ruisseaux sanglants où le monstre sans visage abandonnait ses victimes. J'en ai la certitude !

– Quoi ? Tu as rêvé ?

– Oh non ! D'ailleurs, tu vas pouvoir en juger. Hier soir, j'ai convaincu Bertram de m'emmener là-bas en lui promettant une jolie gratification s'il décidait son copain à partager avec moi ses souvenirs de ce qu'il appelle « la pierre juive ».

– La pierre juive ? Et ce serait...

– Écoute plutôt ! Dans la nuit du 29 septembre 1888, vers une heure du matin, un colporteur polonais – et juif ! – entra avec sa carriole dans la cour du Club éducatif des travailleurs étrangers qui se trouvait dans Berner Street. Soudain, son cheval fit un écart et, en dirigeant sa lanterne vers le sol, le colporteur découvrit le corps d'une femme égorgée.

En même temps, dans l'obscurité de la cour, il aperçut une silhouette sombre qui s'enfuyait. D'abord paralysé de terreur, il voulut crier sans y parvenir et se laissa tomber à genoux près du cadavre qui était encore chaud. C'est alors qu'il vit, près de sa main, quelque chose de brillant : une sorte de caillou taché de boue. Il le ramassa, le mit dans sa poche et réussit enfin à appeler au secours. Un instant plus tard, les gens qui étaient encore au club accouraient, bientôt rejoints par la police. On réconforta le colporteur à moitié mort de peur : ce crime, en effet, était le troisième commis par l'Éventreur, bien que la victime n'ait pas été éventrée, l'arrivée de la carriole ayant mis l'assassin en fuite. La nouvelle victime s'appelait Elizabeth Stride : c'était une veuve d'une quarantaine d'années venue à la prostitution depuis l'internement et la mort en prison de son mari, mais qui avait connu des jours meilleurs... Oublions-la ! Rentré chez lui après avoir passé un bon moment au poste de police, le colporteur se souvint de sa trouvaille, la tira de sa poche et entreprit de la nettoyer. Bien qu'il n'eût jamais vu de diamant poli et non taillé et que sa culture fût des plus sommaires, il comprit que cette pierre n'était pas comme les autres. L'idée lui vint de la rapporter à la police mais comme il n'avait pas pensé à la donner tout de suite, il eut peur des conséquences de son geste tardif et préféra soumettre le problème à son voisin, le rabbin Eliphas Lévi, qui était un peu son parent.

C'était un homme pieux, sage, prudent et en qui l'on pouvait avoir toute confiance.

Le rabbin commença par approuver le colporteur d'être venu à lui. Puisqu'il avait commis l'imprudence de ramasser quelque chose sur les lieux du crime et de n'en pas parler, mieux valait continuer dans cette voie. Depuis le début du cauchemar que l'on vivait à Whitechapel, la police agissait trop souvent avec brutalité et sans trop de discernement. Ainsi, l'imagination collective des gens du quartier ayant fait surgir, pour l'un des meurtres précédents, la vague silhouette d'un homme en tablier de cuir, un malheureux cordonnier juif polonais nommé John Pizer s'était vu arrêter tandis qu'un début de pogrom commençait à attaquer ses proches. Heureusement, il avait un alibi et on l'avait relâché. Eliphas Lévi, qui avait senti le vent du boulet, ne tenait nullement à ce que cela recommence. Le mieux était de se taire mais, afin que son voisin ne se sentît pas lésé, il lui proposa de lui confier le caillou afin de l'étudier et, en attendant, lui remit un peu d'argent.

Resté seul, le rabbin examina la pierre avec grand soin. Il s'était toujours intéressé à la minéralogie et possédait un petit équipement parmi lequel figurait une loupe. Il eut vite fait de discerner sur la face la plus plate du cabochon une minuscule étoile de David. Dès lors, pensant qu'il tenait entre ses mains un objet sacré et cela d'autant plus qu'il connaissait la légende du pectoral perdu, il en fit son plus cher trésor, se souciant peu de sa valeur marchande, persuadé qu'il lui venait du fond des âges. Prudent, néanmoins, il enferma la pierre dans un coffret solide et n'en parla à personne à la seule exception de ses deux fils quand ils furent en âge de comprendre. L'un d'eux est Ebenezer, le tailleur...

– Magnifique ! s'écria Morosini enthousiasmé. Nous n'avons plus qu'à convaincre ce brave homme de nous la vendre. J'admets que ce sera un peu difficile, mais si on lui dit que le pectoral existe toujours et qu'il en a besoin...

– Si tu me laissais finir ? grogna l'archéologue. Si le diamant était encore à Whitechapel j'aurais commencé par te le dire... seulement il n'y est plus. Il y a une dizaine d'années, le rabbin et son fils aîné, destiné lui aussi à la voie religieuse, furent assassinés par une nuit d'hiver bien noire. Et le coffret disparut...

– Oh non ! gémit Aldo découragé. Je commence à croire que nous n'arriverons jamais à retrouver ce foutu diamant ! Il est possédé du Diable !

– C'est un peu mon sentiment. Veux-tu que je te dise ? Si on y parvient, on se dépêchera de le faire passer à Simon pour qu'il le remette à sa place. Cette pierre me dégoûte et me fait peur : il y a trop de sang dessus !

– Ce que je n'arrive pas à comprendre, c'est ce qu'elle faisait avec une prostituée de bas étage.

– Va savoir ! Son mari, dont la disparition l'a

jetée sur le trottoir, était un voleur. Il avait pu se la procurer Dieu sait où.

– Avec un héritage pareil, cette Elizabeth Stride aurait préféré le ruisseau à une confortable existence ? Elle pouvait la vendre.

– Difficilement ! Elle devait avoir compris que son mari ne l'avait pas trouvée en se promenant dans Hyde Park. Et puis, ce vieux diamant poli n'est pas une pierre très séduisante. Elle en ignorait sans doute la valeur et peut-être même y voyait-elle un souvenir qu'elle devait porter sur elle. L'assassin a eu juste le temps de l'égorger et de déchirer sa robe... La pierre s'est évadée, voilà tout !

– Il est certain que les explications les plus simples sont souvent les meilleures, soupira Aldo. Cependant, on peut rêver. Et si l'Éventreur cherchait la pierre ?

– Ce n'est plus du rêve, c'est du délire ! fit Adalbert en haussant les épaules...

– Je ne sais pas si tu l'as entendu dire, mais ce criminel hors pair ne serait autre que le duc de Clarence, petit-fils de la reine Victoria, mort en 1892 mais dont on chuchote qu'il est encore vivant, interné dans une maison de fous où on le soigne d'une syphilis inguérissable...

– D'où sors-tu ça ?

– C'est lord Killrenan qui avait raconté cette version à ma mère. Une version à laquelle il croyait : il est étrange qu'après avoir tenté d'impliquer les Juifs dans cette abomination, on ait arrêté brusquement les recherches...

Théobald vint annoncer que le dîner était servi et les deux amis passèrent à table en se contentant de se laver les mains, ni l'un ni l'autre n'ayant envie de faire toilette.

Tandis qu'ils dégustaient la bisque de homard, Morosini garda un silence plein de réflexions, mais quand il eut vidé son assiette, il revint aux meurtres de Whitechapel.

– Le tailleur de Bertram n'a-t-il aucune idée sur l'assassin de son père et de son frère ?

– Peut-être, mais il s'est refermé comme une huître lorsque j'ai posé cette question. Je croirais volontiers qu'il a peur...

– De quoi, mon Dieu ?

– De la police. Lorsque l'on a découvert le corps des deux hommes, il n'a osé formuler aucune accusation : il aurait fallu pour cela parler de « la pierre juive » et il était sûr d'être inculpé de recel, de vol peut-être... La police telle que nous la connaissons – les bureaux et les grands hommes de Scotland Yard ! – n'a rien à voir avec celle qui opère dans les quartiers misérables. Là où les étrangers, les Juifs surtout, sont en majorité.

– A propos de Juifs et dans le récit que tu m'as fait, il était question de Polonais. Il y en a tellement là-bas ?

– Il paraît mais, étant donné les circonstances, on ne m'a guère parlé d'eux. En résumé, je pense qu'on y trouve un assez bel échantillonnage de toute l'Europe centrale. Tu penses à quoi ?

– Qu'un Polonais reste un Polonais même s'il n'est pas né dans un ghetto et que les fils d'Israël ont toujours pratiqué l'hospitalité. À l'heure qu'il est, Wosinski n'est plus à Eastbourne. Il doit se cacher ailleurs...

– S'il attend un bateau, ce doit être quelque part sur la côte. Pourquoi veux-tu qu'il aille se fourrer dans le bourbier de Whitechapel ?

– Tes paroles, mon frère, sont empreintes de sagesse et de logique, déclama Morosini. Pourtant, j'ai très envie d'aller faire un tour là-bas. Crois-tu pouvoir retrouver le tailleur nommé Ebenezer Lévi ?

– Oui, bien sûr, mais n'es-tu pas en train de tout mélanger ?

– En aucune façon. On peut toujours espérer faire d'une pierre deux coups. On ira demain, si tu es d'accord, parce que pour ce soir...

Oubliant tout décorum, Aldo s'étira et bâilla. Depuis son sauvetage sur les falaises de Beachy Head, la journée avait été longue et, à l'exception de deux petites heures dans le train, il n'avait pas dormi depuis la veille. La fatigue commençait à peser sur lui. Aussi son bâillement s'acheva-t-il en grimace.

– Décidément je vieillis ! constata-t-il. Avant la guerre j'aurais pu passer trois jours sans dormir et rester frais comme l'œil. C'est une chose à laquelle on devrait penser avant de s'intéresser à une fille de vingt ans...

– De toute façon, la marche nuptiale n'est pas près de retentir pour elle et toi. Alors, passe une bonne nuit et n'y pense plus ! fit Adalbert avec un demi-sourire narquois. On ira demain dans la journée : ça fera plus naturel.

Le temps n'avait aucun effet sur l'activité commerciale de Whitechapel. Le taxi qui emmenait les deux hommes se frayait un chemin précautionneux au milieu de la foule qui encombrait la rue rétrécie par les tréteaux des étalages volants accolés aux boutiques. Des vendeurs juifs en manches de chemise braillaient à qui mieux mieux, proclamant l'excellence de leur marchandise. Linge grossier, vêtements plus ou moins usagés, chaussures, bottes de mer, chapeaux, gilets fantaisie, montres, étoffes, tout s'offrait, tout se vendait. Des femmes, crottées jusqu'aux épaules, affublées de casquettes d'homme et serrant autour d'elles des châles troués discutaient les prix en yiddish, ne s'interrompant que pour rappeler près d'elles des gamins sales qui tentaient de prendre le large. Juste le temps d'administrer une taloche et l'on reprenait le marchandage.

L'échoppe du tailleur se trouvait devant une petite synagogue mais le taxi ne s'y arrêta pas. Adalbert lui indiqua une place située à une centaine de mètres et lui recommanda de les attendre après lui avoir remis une partie de la course et promis un bon pourboire.

Lorsque les deux hommes arrivèrent devant la boutique, ils constatèrent qu'elle était fermée au cadenas et qu'aucun signe de vie ne se montrait au-delà de la vitrine à petits carreaux. Ni d'ailleurs à l'étage où le tailleur avait son logement.

– Où a-t-il pu passer ? marmotta Vidal-Pellicorne en tournant sur lui-même comme il arrive quand on se trouve devant une porte close et que l'on espère voir apparaître le propriétaire.

Ce qui parut, ce fut une grosse femme qui revenait du marché en traînant après elle un lourd cabas débordant de poireaux et de choux.

– Vous vouliez voir le tailleur, gentlemen ? demanda-t-elle avec un large sourire.

– Oui, répondit Aldo. Nous avons entendu vanter son habileté.

Le regard appréciateur de la femme détailla les vêtements des visiteurs.

– C'est pourtant guère votre genre, constata-t-elle, mais après tout c'est votre affaire. Seulement, pour aujourd'hui, vous perdez votre temps parce qu'Ebenezer Lévi n'est pas là. Je suis sa voisine et je l'ai vu partir ce matin avec un sac de voyage.

– Si vous êtes sa voisine, il ne vous a rien dit ?

– Rien du tout. Il est pas très causant vous savez ? Autrefois je lui faisais son ménage et puis on a eu des mots. Alors maintenant, il se débrouille tout seul.

– Puisque vous avez l'air de le connaître, vous

n'auriez pas une idée de l'endroit où il a pu se rendre ?

– Pas la moindre ! Pour autant que je le sache il est seul au monde et on ne le voit jamais aller nulle part.

– Une maison à la campagne peut-être ?

La femme manqua s'étrangler de rire.

– Vous croyez que les gens de Whitechapel ont les moyens de s'offrir ça ? Non, gentlemen, je ne peux rien vous dire de plus... Ah si, il avait l'air très pressé !

– Eh bien, nous reviendrons dans quelques jours, soupira Morosini en tirant quelques pièces de sa poche sous l'œil intéressé de la voisine qui accepta volontiers.

– Ça m'étonnerait qu'il soit longtemps absent, reprit-elle. Si vous voulez que je vous prévienne de son retour, laissez-moi votre adresse.

– Non, c'est inutile. Nous repasserons à l'occasion...

Ayant salué la voisine, ils rebroussèrent chemin pour rejoindre leur taxi.

– Bizarre ! commenta Vidal-Pellicorne. On dirait que notre homme a pris peur.

– Oui, ça ressemble assez à une fuite. Et l'autre soir, il n'a fait aucune difficulté pour te raconter l'histoire de sa pierre juive ?

– Non. Il avait même l'air assez content d'en parler. Un peu comme un gamin qui connaît une belle légende et trouve plaisir à la répéter.

– Une belle légende avec un double meurtre à la clef ?

– Oh tu sais, les Juifs ont tellement l'habitude du malheur ! Il a commencé à prendre peur quand je l'ai un peu poussé dans ses retranchements pour savoir si, à l'époque du vol, il n'avait soupçonné personne...

– C'est ça qui est extraordinaire ! Une affaire vieille de dix ans ! Dans ces conditions, pourquoi a-t-il raconté ça à Bertram Cootes ?

– Il ne roule pas sur l'or et un peu d'argent, c'est toujours bon à prendre. Qu'est-ce qu'on fait maintenant ? Il serait peut-être profitable de faire rechercher le tailleur par Scotland Yard ? proposa Aldo.

– Ce pauvre type a eu assez d'embêtements comme ça et Warren en a déjà suffisamment sur les bras avec le faux diamant et l'affaire Ferrals. Il n'y a qu'à attendre : Ebenezer finira peut-être par revenir...

Le taxi venait de prendre le chemin du retour, tout aussi encombré, ce qui obligeait le chauffeur à rouler au pas, quand Aldo, soudain, saisit le bras de son ami.

– Regarde les deux hommes qui sont arrêtés devant le magasin d'épicerie.

– L'un avec un manteau noir et l'autre avec un manteau gris et une casquette enfoncée jusqu'aux sourcils ?

– Oui. Examine bien le manteau gris : tu le connais.

Une dispute entre deux marchands venait d'obliger la voiture à s'arrêter, ce qui permit à Adalbert de mieux considérer le personnage lancé dans une conversation animée. Il dit enfin :

– On dirait... oui, c'est notre vieil ami le comte Solmanski. Quant à l'autre...

– Je l'ai déjà vu avec lui l'autre soir : c'est le curé de l'église polonaise de Shadwell. Quant à ce qu'ils font là, en plein quartier juif, je n'en sais pas plus que toi, mais pourquoi ne pas nous dégourdir les jambes ?

Aldo se diposait à payer le taxi avant de descendre quand Adalbert l'arrêta du geste. Solmanski et son compagnon venaient de se mettre en marche pour rejoindre une voiture rangée dans une ruelle transversale. Ils y montèrent et le véhicule démarra. La dispute étant enfin terminée, le taxi reprit sa route peu après.

– Suivez cette voiture sans trop vous faire remarquer, ordonna l'archéologue.

Mais la filature se révéla décevante : le Polonais ramenait seulement son compatriote à son église après quoi il se fit conduire au Claridge. Aldo et Adalbert rentrèrent chez eux en se promettant d'essayer d'en savoir un peu plus sur les agissements du père d'Anielka.

Une surprise désagréable les y attendait : en quelques phrases brèves, le superintendant Warren leur apprit que le procès de lady Ferrals était fixé au lundi 10 décembre, de nouvelles charges étant intervenues contre la jeune femme.

CHAPITRE 11

LE PROCÈS

C'est par une rare matinée ensoleillée que s'ouvrit le procès d'Anielka. Aussi Aldo et Adalbert choisirent-ils de passer par les berges de la Tamise pour gagner le lieu où allait se dérouler le drame, Central Criminal Court, plus connu sous le nom d'Old Bailey, afin de profiter d'un moment d'exceptionnelle douceur avant de plonger dans les ténèbres d'une affaire qui se présentait de plus en plus mal.

En dépit de recherches minutieuses, la police n'avait pas réussi à mettre la main sur Ladislas Wosinski, peut-être sorti du pays à présent. De leur côté, les deux amis s'étaient partagé la filature du comte Solmanski et du prêtre polonais sans parvenir au moindre résultat : l'abbé menait la vie la plus austère comme la plus régulière ; quant au père de l'accusée, il avait promené ses suiveurs dans les quelques églises catholiques de Londres où il faisait de longues prières et dépensait une fortune en cierges mais sans jamais retourner à Shadwell.

Il les conduisit aussi à la prison, à l'ambassade polonaise et chez certains membres éminents de son personnel, chez la duchesse de Danvers et, bien entendu chez sir Desmond... Toujours vêtu de noir, il était l'image même du père douloureux.

Le temps était superbe : un vent frais envoyait de petits nuages blancs se pourchasser à travers le ciel bleu, cependant qu'un escadron de mouettes se livrait à une activité frénétique, tournoyant au-dessus de Temple Gardens avant de piquer droit vers le fleuve... C'était un spectacle apaisant pour le cœur, pourtant vint le moment où il fallut bien se résoudre à lui tourner le dos.

Old Bailey apparaissait comme un imposant bâtiment datant des débuts du siècle et qui, avec sa tour et son dôme, ressemblait un peu à la cathédrale Saint Paul. A cette différence qu'une grande statue de la Justice régnait sur la coupole grise. Une statue qu'Aldo considéra d'un œil dubitatif : les tribunaux britanniques avec leur appareil d'un autre âge lui semblaient aussi peu rassurants que possible. L'intérieur ne lui parut pas plus encourageant.

Les hautes fenêtres derrière lesquelles l'azur du ciel faisait des clins d'œil souriants éclairaient une vaste salle habillée de boiseries sombres dont le point d'orgue était le fauteuil du juge placé sous un haut-relief représentant l'épée de justice pointée vers les armes d'Angleterre. Le juge, sir Edward Collins, allait siéger là, au-dessus de divers juristes, pour arbitrer le combat qu'accusation et défense se livreraient dans un moment.

Les us et coutumes du système judiciaire britannique différaient beaucoup de ceux des continentaux. Un procès, en Grande-Bretagne, n'était pas une enquête pour déterminer ce qui s'était passé – enquête au cours de laquelle le juge est une sorte d'inquisiteur, le rôle de l'avocat se trouvant assez réduit – mais bien un affrontement, une espèce de match entre l'avocat de la Couronne représentant le ministère public et celui de la défense dont le juge est supposé être l'arbitre impartial et imperturbable. La question, alors, n'est pas de savoir si l'accusé est coupable mais si le ministère public a suffisamment prouvé qu'il l'était. À charge pour le défenseur de se montrer plus convaincant aux yeux des douze jurés.

La disposition intérieure différait beaucoup elle aussi : face au juge, la loge de l'accusé à laquelle on accédait par un petit escalier venant du sous-sol. A droite et perpendiculairement à celle-ci, quelques rangées d'avocats en toge noire, col à rabats et petite perruque blanchâtre à rouleaux serrés perchée au sommet du crâne. Accusation et défense y tenaient le premier rang, leurs représentants se contentant de se lever pour intervenir. Enfin, de l'autre côté de la salle, sur la même ligne que l'espèce de chaire à prêcher où se succéderaient les témoins, le jury qu'aucun magistrat n'accompagnerait au moment des débats et qui devrait statuer sur sa seule conscience. Le public avait accès aux galeries supérieures, style poulailler de théâtre, les divers témoins occupant des sièges placés derrière l'accusé avec les amis des deux parties.

Comme il ne s'agissait pas d'un procès ordinaire mais d'une affaire intéressant la haute société, le public, trié sur le volet, était admis sur présentation de tickets délivrés par les « shérifs » chargés du maintien de l'ordre. Quant au banc de la presse, il regorgeait et, à la surprise de ses compagnons d'aventure, Bertram Cootes, proprement vêtu pour une fois, y avait pris place, arborant une mine triomphante.

Lord Desmond Killrenan ayant averti Morosini qu'il l'appellerait peut-être à la barre, celui-ci trouva place, avec Adalbert, dans les rangs des privilégiés, proche voisin de la duchesse de Danvers qui arborait ce jour-là une toque de tulle et de velours noirs ressemblant assez à un nid de cigognes et sans doute fort gênante pour les gens assis derrière. Elle accueillit les deux amis avec une sorte de soulagement.

– L'angoisse me tient la gorge nouée, confia-t-elle à Aldo, mais je vais me sentir un peu mieux de vous savoir auprès de moi. Être obligée de témoigner est une terrible épreuve...

– Vous avez tort de vous tourmenter ainsi : le juge et les avocats seront pleins d'égards envers vous... Lord Desmond est votre ami...

– Sans doute, mais sir John Dixon, l'avocat de

la Couronne, ne me porte pas dans son cœur. Il a toujours trouvé scandaleuse mon amitié pour ce pauvre Eric et ne s'en est jamais caché. Je sais que notre justice oblige les avocats à une parfaite politesse et même à une grande courtoisie, mais j'en connais qui savent dissimuler là-dessous des phrases, des allusions... fort désagréables !

– Allons, rassurez-vous ! Je suis certain que tout se passera bien.

– Dieu vous entende ! Vous croyez que sir Desmond ira jusqu'à appeler Anielka à la barre des témoins ?

Cela aussi était un des droits de la législation anglaise : l'accusé pouvait être entendu en tant que témoin, ce qui permettait à son avocat de l'interroger directement. Ce contre-interrogatoire pouvait se révéler bénéfique ou désastreux selon les cas... et la tête de l'accusé.

– Je l'espère ! murmura Morosini pensant à la jeunesse et à la beauté de la jeune femme : si le jury se montrait sensible et compréhensif, cette comparution l'influencerait peut-être favorablement.

L'entrée du juge mit la salle debout. Drapé de pourpre et d'hermine, son long visage encadré d'une vaste perruque XVIIe siècle ressemblant assez à un châle frisé, sir Edward Collins fit son entrée et gagna son fauteuil surélevé dans un silence quasi religieux. Dès qu'il fut installé, un juriste annonça l'ouverture du procès intitulé « Le roi contre lady Ferrals », curieuse formule qui aurait pu être celle d'un duel, à cette différence près que l'un des adversaire ne se trouvait pas là en personne. Aussitôt après retentit l'ordre :

– Faites entrer l'accusée !

Toutes les têtes se haussèrent et, à la galerie, le public se pencha pour mieux voir. Aldo, quant à lui, sentit son cœur se serrer en pensant que peut-être, dans deux ou trois jours, le juge se coifferait d'une toque noire ainsi qu'il en était coutume lorsqu'il devait prononcer une sentence de mort.

Lorsque, flanquée de deux gardiennes, Anielka émergea des ombres de l'escalier dans la lumière des hautes fenêtres, un murmure passa sur la foule comme une risée sur l'eau et là-haut, sur son trône, sir Edward Collins ajusta un lorgnon sur son nez afin de mieux la voir. Jamais, en effet, même au jour fastueux de son mariage, la jeune Polonaise n'avait été plus blonde, plus ravissante, plus fragile et plus touchante que dans ce tailleur de crêpe romain noir, sans autre ornement que l'éclat de ses cheveux et de son teint qui faisait de sa mince silhouette la sombre tige d'une fleur d'or...

– Quel dommage ! murmura la duchesse. Elle vient d'avoir vingt ans et regardez où elle en est...

Aldo ne répondit pas. L'avocat de la Couronne lisait l'acte d'accusation.

– Anielka-Maria-Elwiga Ferrals, vous êtes accusée d'avoir assassiné votre époux, sir Eric Ferrals, au soir du 15 septembre 1922. Êtes-vous coupable ou non coupable ?

– Non coupable.

La voix de la jeune femme était calme, claire et ferme, en accord parfait avec son maintien plein de modestie et de dignité. Elle avait regardé son accusateur droit dans les yeux sans insolence, mais avec une assurance qui parut lui plaire, car l'ombre d'un sourire flotta sur ses lèvres.

On ne pouvait rêver personnages plus différents que sir John Dixon et sir Desmond. L'un grand et maigre avec un visage taillé à coups de serpe qu'animait un regard brun particulièrement vif ; l'autre plus trapu, plus enveloppé, donnant une impression de force ramassée. Sous la perruque encore moins seyante pour lui que pour les autres, il ressemblait assez à un bouledogue mais, en considérant son regard d'un gris terne possédant la dureté du granit, on sentait que, les crocs plantés dans un adversaire, il ne devait pas lâcher prise facilement. Pour l'instant la parole était au premier : c'était à lui d'ouvrir le feu.

Sir John Dixon exposa l'affaire en commençant par retracer rapidement les relations entre le défunt et sa jeune épouse depuis le début de leur mariage, insistant tout de même sur une disproportion d'âge peu favorable à l'éclosion d'un grand amour chez une fille de dix-neuf ans. Instantanément sir Desmond intervint.

– Mon distingué confrère devrait posséder suffisamment d'expérience pour savoir que, dans un couple, une grande différence d'âge ne représente pas un empêchement majeur à l'éclosion de l'amour. La personnalité de sir Eric Ferrals... j'oserais même dire son charme pouvaient séduire une jeune fille.

– Nous en viendrons tout à l'heure à interroger lady Ferrals sur la nature exacte de ses sentiments envers son époux. Pour l'instant je souhaite en venir à la soirée du drame où, après avoir bu un whisky soda dans lequel il avait dilué un sachet de poudre antimigraine offert par sa femme, sir Eric a trouvé la mort en quelques instants...

Il fit un bref récit de cette dernière soirée sans s'appesantir sur les détails et, pour avoir un tableau plus complet, pria « Sa Grâce la duchesse de Danvers » de bien vouloir prendre place à la barre des témoins.

– Mon Dieu, gémit celle-ci. C'est déjà mon tour ?

Ce ne fut pas un succès, loin de là. Apparue d'abord dans le box avec une majesté qui impressionna le public tenté un instant de croire qu'elle était peut-être bien la reine Mary en personne, lady Danvers perdit aussitôt tous ses moyens. Nerveuse, au bord des larmes, la noble dame eut toutes les peines du monde à lire la formule du serment. Quant à son récit de la soirée, il fut si confus, si bredouillant que le juge se lança à son secours.

– Je vous en prie, remettez-vous, Votre Grâce ! Nous comprenons fort bien votre émotion à vous trouver ici et je pense qu'il eût été préférable de ne pas vous faire intervenir si tôt. Peut-être, ajouta-t-il avec un regard sévère en direction de l'avocat de la Couronne, devrions-nous remettre cette audition à plus tard, lorsque Sa Grâce se sentira mieux ?

La reconnaissance de la malheureuse fut touchante.

– Oh merci, mylord ! exhala-t-elle en tamponnant ses yeux à travers le grillage de sa voilette tandis que sir John s'inclinait en silence et que la défense approuvait avec un demi-sourire sardonique traduisant bien sa satisfaction. Son adversaire avait voulu frapper un grand coup sur l'imagination des jurés en appelant d'entrée une si haute dame, mais comme cette initiative se révélait désastreuse il n'en était pas mécontent. Aussi fut-ce d'un front serein qu'il entendit appeler l'inspecteur Pointer qui s'était livré aux premières constatations.

En homme habitué à ce genre de situation, celui-ci fit une déposition brève et précise de ce qu'il avait trouvé, dans la nuit du 15 septembre en arrivant chez les Ferrals : l'affolement du personnel, les larmes des deux dames et la colère du secrétaire n'hésitant pas à accuser de meurtre la femme de son patron. Comme il s'agissait en quelque sorte d'un état des lieux, sir Desmond ne jugea pas utile de se livrer à un contre-interrogatoire. Il allait avoir mieux à faire avec celui qui allait suivre puisque, justement, sir John Dixon appelait John Sutton.

Dans son complet de serge noire sans autre éclairage que la chemise blanche, le secrétaire parut plus grand qu'il ne l'était, plus mince et si visiblement en deuil qu'Aldo le jugea ostentatoire. Sous ses cheveux blonds et plaqués, son visage était très pâle.

– S'il entend incarner la statue du Commandeur, c'est réussi ! chuchota Vidal-Pellicorne. On ne fait pas plus sinistre !

– Il est là pour demander une tête, tu ne voudrais pas qu'il ait l'air guilleret...

Morosini s'interrompit. Prenant la Bible d'une main, Sutton, sans un regard au texte placé là à l'intention des témoins, prêtait serment les yeux fixés droit devant lui : il avait dû l'apprendre par cœur.

– Je jure par Dieu Tout-Puissant d'apporter ici un témoignage fidèle et de dire la vérité, rien que la vérité, toute la vérité...

La voix calme de sir John Dixon lui fit écho.

– Vous vous appelez John-Thomas Sutton, né à Exeter le 17 mai 1899 et, depuis trois ans, vous exerciez les fonctions de secrétaire particulier auprès de sir Eric Ferrals.

– En effet...

– Au soir de sa mort, vous vous trouviez dans son cabinet de travail en compagnie de votre patron, de son épouse et de Sa Grâce la duchesse de Danvers. A quelle occasion, cette réunion ?

– Rien de plus extraordinaire que boire un

verre avant d'aller dîner. Sir Eric m'avait prié de retenir une table au Trocadero. Il aimait particulièrement la cuisine et l'atmosphère de ce restaurant et il n'était pas rare qu'il y aille prendre un repas avec lady Ferrals... Parfois il conviait Sa Grâce à se joindre à eux.

– Et vous ? Il ne vous invitait jamais ?

– Si, mais je l'accompagnais plus volontiers quand il était seul ou avec un autre homme.

– Pourquoi cela ?

– Lady Ferrals ne m'aimait guère et, de mon côté, je lui rendais cette... inimitié. Il le savait.

– Il le savait... et cependant l'idée ne lui était pas venue de se séparer de vous ?

Un éclair de colère brilla dans les yeux du jeune homme.

– Pourquoi l'aurait-il fait ? Je l'ai connu bien avant qu'il n'épouse la comtesse Solmanska. Nous étions... assez proches et, d'autre part, mon travail lui convenait. Je crois pouvoir affirmer qu'il avait toute confiance en moi.

– Je n'en doute pas un instant, mais est-ce que cet antagonisme entre son épouse et vous ne le contrariait pas ?

– Il m'est arrivé de penser qu'il s'en amusait. « Vous êtes tout simplement jaloux, mon petit John, disait-il parfois, mais cela vous passera avec le temps... »

– Et... c'était vrai ?

– Que j'étais jaloux ? Oui, monsieur. J'ai toujours considéré ce mariage comme une erreur parce qu'il le perturbait. Même dans les affaires. Le cerveau de sir Eric n'était plus cette belle mécanique fonctionnant à la perfection qui faisait l'admiration de tous, même de ses concurrents. J'en prends pour preuve qu'il buvait... davantage.

– Et cela vous inquiétait ?

– Un peu, je l'avoue. J'étais et je demeure très attaché à sir Eric parce que je lui dois beaucoup.

– Est-ce la raison pour laquelle, dès que Scotland Yard est apparu sur les lieux du meurtre, vous n'avez pas hésité à en charger lady Ferrals ?

– En partie, oui, mais ce n'est pas la seule raison. Depuis quelques semaines, lady Ferrals avait convaincu son époux de prendre l'un de ses compatriotes comme valet.

– De chambre ?

– Non. Un valet simplement : nous en avons quatre sous les ordres du maître d'hôtel. Il servait à table, entre autres...

– Il vous a sans doute déplu ? Mais, je vous en prie, poursuivez !

– A première vue, il n'y avait aucune raison pour qu'il me déplaise : il accomplissait son service avec soin et discrétion ; sa tenue était sans reproches et il parlait parfaitement notre langue. Peut-être n'aurais-je conçu aucun soupçon si le hasard ne m'avait mis en face d'une réalité déplaisante. Ce soir-là, sir Eric dînait chez le Lord-Maire et je m'étais rendu au théâtre. Lady Ferrals était seule à la maison... du moins je le croyais car, en rentrant sur le tard et en évitant de faire du bruit, j'ai vu ce Stanislas...

– Un instant. Comment s'appelait-il au juste ?

– Il avait été engagé sous le nom de Stanislas Razocki mais j'ai appris par la suite que ce n'était pas son vrai nom. Il s'appelle...

– Ladislas Wosinski, dit l'avocat de la Couronne après consultation d'une de ses notes. Poursuivez, s'il vous plaît !

– Qu'il s'appelle comme il veut, c'est de peu d'importance. Ce qui en a, c'est que je l'aie vu se glisser hors de la chambre de lady Ferrals en compagnie de lady Ferrals elle-même dans une tenue inconvenante pour quiconque. À plus forte raison pour un valet...

– Vous savez bien que pour une grande dame, un valet n'est pas un homme, fit sir John avec un demi-sourire.

– Au baiser passionné qu'ils ont échangé, je peux vous assurer qu'elle le considérait tout à fait comme un homme. Il y a mieux encore...

Le brouhaha qui secoua la salle lui coupa la parole et le juge frappa sur son bureau.

– Nous ne sommes pas au théâtre. Je prie la salle de faire silence. Veuillez continuer, monsieur Sutton. Qu'avez-vous de mieux à nous apprendre ?

– Ceci, mylord : quatre jours avant la mort de sir Eric j'ai entendu lady Ferrals dire à cet homme : « Si tu veux que je t'aide, il faut d'abord que je sois libre. Aide-moi, toi le premier... »

– Il est certain que c'est étrange, dit sir John, mais plus étrange encore que lady Ferrals se soit exprimée en anglais. Sa langue maternelle eût été plus sûre.

– Peut-être et j'avoue en avoir été surpris moi-même, pourtant les choses se sont passées ainsi. À partir de ce moment, j'ai eu la conviction que quelque chose menaçait sir Eric, mais sachant quel amour insensé il portait à cette femme j'ai choisi de ne pas l'avertir. J'espérais parvenir à lui ouvrir les yeux sans être obligé de parler. Quand je l'ai vu tomber, je n'ai pas douté un seul instant : les deux amants venaient de le tuer devant moi.

– Pourquoi ? Parce que vous aviez vu lady Ferrals donner un médicament à son mari ?

– Bien entendu...

– C'était faire preuve de peu d'intelligence, il suffisait de faire analyser le sachet...

– Seulement on ne l'a pas retrouvé. Quelque main diligente a dû le jeter au feu allumé dans la cheminée. Sans doute celle de ce valet polonais qui, d'ailleurs, s'est enfui avant l'arrivée de la police.

– J'entends bien, j'entends bien. Pourtant, si l'on demeure dans l'incertitude touchant le contenu du sachet, la présence de poison a été détectée dans les glaçons de l'armoire frigorifique installée par sir Eric dans son bureau. Une... fantaisie qu'il s'était offerte et dont il gardait toujours la clef afin d'être seul à bénéficier d'une glace dont il était sûr qu'elle était faite d'eau pure...

– Je sais. J'étais présent lorsqu'on a découvert ce nouvel indice. Il faut croire que quelqu'un avait pu se procurer cette clef ou en faire exécuter une semblable.

– Quelqu'un ? À qui pensez-vous ? À lady Ferrals ?

– Elle ou son complice. De toute manière, si elle n'a pas accompli le crime en personne, elle l'a commandé. Elle est une meurtrière, j'en suis persuadé.

– C'est ce que nous devrons établir et, dans ce but, j'aimerais que la Cour entende à présent...

Sir Desmond bondit hors de son siège.

– Un instant, sir John ! Si vous en avez fini avec ce témoin c'est à moi qu'il appartient. Ou bien prétendez-vous m'ôter le droit de contre-interrogatoire ?

– Nullement, mais...

Le juge intervint alors.

– Pas de mais, sir John ! Ou bien comptez-vous remettre en cause les us et coutumes de ce tribunal ? Le témoin est à vous, sir Desmond !

– Merci, mylord ! Monsieur Sutton, vous avez admis tout à l'heure que vous étiez jaloux. Était-ce uniquement de l'influence prise par lady Ferrals sur son époux et que vous jugiez néfaste, ou bien s'y ajoutait-il un sentiment plus trouble ?

– Lorsqu'on déteste une personne, il est difficile de démêler ce qui est trouble de ce qui ne l'est pas...

– N'ergotons pas, si vous le voulez bien!Lady Ferrals est très jeune. Elle a, si je compte bien, trois ans de moins que vous. En outre il est inutile, je crois, de souligner sa beauté : même dans cette Cour elle est évidente pour tous. Êtes-vous bien sûr de n'être pas amoureux d'elle, auquel cas votre jalousie prendrait une tout autre couleur ?

– Non. Je ne l'ai jamais aimée, mais je reconnais volontiers l'avoir désirée...

– ... au point de vous être comporté envers elle comme un soudard avec une fille publique, l'entraînant dans des coins sombres pour essayer de la violenter...

– Ça ne tient pas debout, monsieur! Si coins sombres il y a dans la maison de sir Eric, ils sont beaucoup trop exposés aux regards pour y entreprendre un viol. J'imagine que c'est une entreprise difficile... et plutôt bruyante si l'on ne bâillonne pas l'intéressée...

– J'admets que vous n'avez sans doute pas eu le loisir d'aller jusque-là. Lady Ferrals s'est plainte qu'à plusieurs reprises vous ayez tenté de la caresser, de l'embrasser...

– Je l'admets. Pourquoi me serais-je gêné, ajouta le jeune homme avec insolence, dès l'instant où elle accordait de telles privautés à un domestique ?

– C'est votre point de vue, pas le mien. Une chose est certaine : durant le dernier mois, vous avez passé beaucoup de temps à épier lady Ferrals en dépit du fait que vous la poursuiviez de vos assiduités. Votre travail... si satisfaisant n'en souffrait-il pas ?

– En aucune façon ! J'ai surveillé lady Ferrals et son valet mais je n'ai pas passé mon temps derrière eux. Je vous l'ai dit : je désirais faire en sorte que sir Eric découvre lui-même quel genre de femme il avait épousée. Mais dans les derniers temps, elle et son amant faisaient preuve de prudence.

– Bien. A présent, monsieur Sutton, nous allons examiner un autre point de votre situation auprès de sir Eric. Vous travailliez bien, vous aviez sa confiance et, en retour, vous lui aviez voué une sorte de culte, une... affection dépassant de beaucoup les sentiments habituels d'un employé envers son patron...

– C'est vrai. J'aimais profondément sir Eric. La loi s'y oppose-t-elle ?

– Nullement ! Il semble d'ailleurs que vous ayez été payé de retour. Dans son dernier testament dont sa femme est la bénéficiaire, sir Eric vous lègue une somme de... cent mille livres ! Une somme énorme si j'en crois la réaction du public...

Celui-ci, en effet, venait d'émettre un « oh ! » à la fois admiratif et stupéfait.

– Je crois avoir dit qu'il m'appréciait, dit calmement Sutton, et il m'est arrivé de penser qu'il me portait une certaine affection.

– Une certaine affection ? Mais il devait vous adorer pour vous faire un cadeau pareil. Qui ne vous surprend pas, d'ailleurs, on le notera! Alors moi je me pose une question : vous occupiez une situation agréable sans doute, mais sachant quelle fortune vous tomberait dans les mains à sa mort vous avez fort bien pu être tenté d'en avancer l'heure. Après tout, c'est vous qui vous trouviez le plus souvent dans son bureau, auprès de lui... Subtiliser un instant une petite clef assez simple pour en prendre l'empreinte vous était facile et...

Ce fut au tour de sir John d'intervenir.

– Je proteste, mylord! Mon distingué confrère est en train de faire du roman et tente d'influencer le témoin...

Mais le juge n'eut même pas le temps d'ouvrir la bouche.

– Avec votre permission, mylord, je répondrai moi-même à sir Desmond. J'ai juré de dire la vérité et je vais la dire tout entière. Oui, j'aimais sir Eric et il me rendait mes sentiments! C'est assez naturel, n'est-ce pas, puisqu'il était mon père!

De nouveau la rumeur du public emplit la salle et l'avocat fut un instant désarçonné. Ses yeux se rétrécirent jusqu'à n'être plus qu'une mince fente grise comme une feuille d'ardoise. À son banc, la presse s'activa.

– Votre père? Où avez-vous pris cela?

– Il me l'a appris lui-même. Mieux, il me l'a écrit. J'ai de quoi le prouver largement...

– Comment se fait-il, alors, qu'il ne vous ait pas reconnu?

– Par respect pour la réputation de ma mère et l'honneur de celui qui devenait mon père. Ils sont morts tous deux à présent... et j'ai juré de dire la vérité. Vous comprenez maintenant pourquoi je l'aimais ? Il ne m'a pas donné son nom mais il ne m'a jamais abandonné. Il a veillé sur moi de loin. J'ai eu les meilleures écoles, Eton, Oxford... Lorsque j'ai été diplômé, il m'a pris avec lui...

Sir Desmond tira de sa poche un vaste mouchoir blanc et en épongea les gouttes de sueur qui sourdaient de sa perruque. Il ne s'attendait évidemment pas à cette péripétie qui bouleversait le public et cherchait une parade. Pour s'en donner le temps, il demanda :

– Pouvez-vous nous en apprendre davantage ?

– Sir Desmond, rappela le juge avec une ferme sévérité, vous n'avez pas à poursuivre votre interrogatoire dans une direction qui n'intéresse pas cette affaire. Les raisons pour lesquelles la naissance de ce jeune homme est demeurée secrète ne regardent personne. Je pense que ce serait aller contre les intentions de sir Eric Ferrals de les étaler. À présent, vous pouvez reprendre.

– Pour le moment je n'ai plus de questions, mylord.

John Sutton salua la Cour, le jury, et se retira. À aucun moment son regard n'avait effleuré la tête blonde de l'accusée.

– Eh bien, chuchota Adalbert, voilà du nouveau ! Curieuse famille que celle de ce pauvre Ferrals !

– J'ai bien peur que ça n'arrange pas les affaires d'Anielka, répondit Aldo. Un secrétaire dépité, aigri, haineux pouvait se manipuler, mais un fils! L'impression a dû être forte sur le jury...

– On verra bien. Attendons la suite!

La suite, ce fut l'interrogatoire du maître d'hôtel et de Wanda. Le premier, Soames, apparut comme le modèle du serviteur discret qui refuse de laisser monter jusqu'à sa grandeur les potins de cuisine. Aussi ignora-t-il délibérément les relations de lady Ferrals avec le valet polonais.

– Cet homme faisait bien son travail, il était poli et discret. Je n'ai jamais eu à m'en plaindre. D'autre part, ignorant tout de la langue polonaise, il m'était impossible de savoir ce que milady lui disait lorsqu'elle s'adressait à lui.

Interrogé sur les relations entre ses patrons, il se borna à déclarer qu'il y avait, certes, des frictions, des moments tendus mais que ce n'était pas étonnant dans un couple formé d'êtres aussi différents. Quant à la scène violente du dernier soir, il n'en avait rien su.

– Ce qui se passe dans les chambres se situe au niveau des caméristes. Pas au mien!

– Un serviteur modèle! murmura Morosini. Il ne voit rien, n'entend rien et ne dit rien. On aurait aussi bien pu se passer de lui...

– Wanda sera sûrement plus intéressante.

Seulement, Wanda, c'était pour plus tard. Ayant tiré sa montre de son flot de pourpre et d'hermine, sir Edward Collins déclara que l'heure du lunch étant arrivée, une interruption de séance lui semblait souhaitable. Les débats reprendraient à quatorze heures trente.

Heureux d'échapper un temps à l'atmosphère pesante du tribunal, les deux amis choisirent d'aller se restaurer au grill du Savoy. Toujours galant, Aldo proposa d'y emmener lady Danvers mais, après sa pénible prestation, celle-ci avait obtenu d'aller prendre quelque repos. On ne put la retrouver.

En revanche, la sortie du public leur réservait une surprise dont ils se seraient bien passés. Dans le grand hall d'Old Bailey, ils furent rejoints par lady Ribblesdale qui, sans autre préambule, se pendit au bras d'Aldo.

– J'ai été agréablement surprise de vous voir dans la salle, mon petit prince, s'écria-t-elle. J'ignorais que vous étiez revenu. Comment se fait-il que vous ne soyez pas déjà venu me voir ? Je suppose que vous avez rapporté ce que vous m'aviez promis ?

– Je n'ai rien promis, lady Ribblesdale, fit-il en s'efforçant de cacher le déplaisir que lui causaient cette rencontre et cette manie que cette femme avait de l'appeler son petit prince, et c'est heureux car je n'ai rien rapporté non plus. J'avais d'ailleurs l'intention de vous écrire à ce sujet.

Elle s'arrêta net et lâcha son bras pour mieux le fusiller de son regard noir :

– Qu'est-ce que vous venez de dire ? Je n'aurai pas mon diamant historique ?

– Non. À mon grand regret croyez-le, mais lorsque je suis arrivé à Venise sa propriétaire venait de mourir et ses héritiers ne veulent vendre à aucun prix. Il faut les comprendre : voilà des années qu'ils attendent que cette pierre leur tombe dans les mains. J'en suis désolé mais je suis revenu bredouille.

– Bredouille ?... Qu'est-ce que c'est ?

– Une expression usitée par les chasseurs lorsqu'ils rentrent sans rapporter de gibier. Il vous reste à espérer que Scotland Yard retrouvera bientôt la Rose d'York !

– Peuh !... Des incapables ! En ce genre d'affaires, l'enquête devrait être confiée à des femmes. Les bijoux, nous avons un sens particulier pour les dénicher. Nous les... comment dire ? Nous les sentons. Oui, c'est ça, nous les sentons.

– Comme les cochons sentent les truffes ? marmotta Vidal-Pellicorne trop bas pour être entendu.

D'ailleurs, Ava se lançait dans un grand discours sur les étonnantes capacités féminines sans lesquelles ces malheureux hommes ne seraient rien.

– Regardez ma fille ! Elle est toujours en Égypte et je suis certaine que si ce Carter a découvert la tombe de Tou... enfin de ce pharaon, c'est parce qu'Alice était auprès de lui. Le fluide, vous comprenez ?

Seigneur ! pensa Aldo. Si elle le lance sur l'égyptologie, Adal va l'inviter à déjeuner !

Il fut vite rassuré. Tout au contraire, l'archéologue félicita l'heureuse mère de ce jeune génie mais la pria de bien vouloir les excuser : ils étaient attendus pour le lunch.

– Aucune importance ! Nous nous reverrons plus tard ! Mon intention est d'assister au procès jusqu'au bout. Je n'ai encore jamais entendu prononcer une sentence de mort. Ça doit être très excitant...

– Quelle femme impossible ! gronda Morosini lorsqu'ils se furent un peu éloignés. Cette affaire est déjà suffisamment pénible sans qu'il faille encore supporter ces hyènes de salon qui flairent la mort !

– Elle et ses pareilles seront déçues, il faut l'espérer.

– Mais tu n'y crois guère ? Je suis un peu comme toi : les choses ne tournent pas à mon idée...

– C'était seulement la première audience. Rien n'est encore joué.

Pourtant, à mesure que passait le temps, l'espoir alla s'amenuisant. Plusieurs domestiques furent appelés à la barre. Aucun ne chargea Anielka mais à travers leurs témoignages l'atmosphère de mésentente entre les deux époux se faisait plus présente, plus étouffante, en dépit des efforts de sir Desmond qui déployait une extraordinaire énergie. Ce fut pis encore lorsque Sally Penkowski, l'amie d'enfance de Bertram Cootes, fut appelée à témoigner. Aldo comprit alors que les nouvelles charges recueillies contre lady Ferrals, c'était elle qui les apportait.

Ce que Sally avait à dire tenait en peu de mots : une semaine environ avant la mort de sir Eric, elle avait surpris sa maîtresse dans le cabinet de travail. Celle-ci avait ouvert le faux panneau de bibliothèque et se penchait sur la porte de l'armoire frigorifique.

– Était-elle en train de l'ouvrir... ou d'essayer de l'ouvrir ? demanda sir John Dixon.

– C'est ce qu'il m'a semblé mais, quand elle s'est aperçue de ma présence, elle s'est redressée, a refermé le panneau avec un haussement d'épaules et s'est retirée.

– Semblait-elle gênée ?

– Pas vraiment. Elle avait même un petit sourire.

– Miséricorde! gémit Aldo. Qu'est-ce qu'elle faisait là ?

Sir Desmond, en prenant possession du témoin, se chargea de la réponse.

– Je ne vois pas pourquoi on attache tant d'importance à ce témoignage. Lady Ferrals était chez elle dans toutes les pièces de cette maison et il n'y a rien d'extraordinaire à ce qu'elle ait eu la curiosité d'essayer d'ouvrir ce qui était le jouet préféré de son époux. Sa présence dans le bureau n'a donc rien de surprenant. En revanche, c'est la vôtre, Sally Penkowski, que je trouve curieuse. Vous êtes l'une des femmes de chambre de Grosvenor Square. Comme ce titre l'indique, vous vous occupez des chambres et plus particulièrement du service de lady Ferrals. J'aimerais savoir ce que vous veniez faire dans le cabinet de sir Eric. C'est le département des valets.

Sous la cloche de feutre marron enfoncée jusqu'à ses yeux bleus, Sally – une assez jolie fille d'ailleurs ! – devint très rouge. Elle tordait ses gants entre ses mains, hésitant à répondre.

– Eh bien ? insista l'avocat. Dois-je en conclure que vous espionniez votre maîtresse et, en ce cas, il va falloir nous expliquer pourquoi. Si je m'en tiens au début de votre déposition, elle s'est toujours montrée gentille avec vous ?

– C'est vrai. Et je... je ne l'espionnais pas, je le jure !

– Vous avez déjà juré une fois. Alors que faisiez-vous ?

– Je... je cherchais Stanislas...

– Celui, tout au moins, que vous connaissiez sous ce nom ? Pourquoi ?

Nouvelle hésitation de Sally qui, finalement, se décida :

– Eh bien... j'avoue que j'avais beaucoup de sympathie pour lui... et même de l'amitié...

– Et même un peu plus ?

– Je... je ne sais pas mais il faut comprendre : c'est un Polonais, comme moi...

– Vous n'êtes pas polonaise. Votre mère était galloise.

– Chez nous ça ne comptait pas ! Seul, le père comptait qui nous avait appris à aimer la Pologne et à parler sa langue. Voyant arriver un compatriote, j'ai été heureuse de pouvoir parler avec lui. Oh, il ne faisait pas très attention à moi. J'ai bien vu qu'il était d'une condition supérieure au travail qu'on lui avait donné... Toujours est-il que je cherchais les occasions de le rencontrer...

– Si c'était pour parler polonais vous aviez aussi Wanda, la femme de chambre particulière de lady Ferrals ?

– Oh, ce n'était pas facile de causer avec elle. Miss Wanda n'aimait pas cela et se montrait plutôt sévère. Stanislas, ce n'était pas pareil...

– On s'en doute : c'était un homme et même un jeune homme. Devons-nous comprendre qu'en pénétrant chez sir Eric, ce jour-là, vous espériez le rencontrer ? C'est pour le moins bizarre.

– Pas du tout ! protesta Sally soudain vexée. Je remontais des cuisines où j'étais allée reporter le plateau de milady... et boire une tasse de thé quand j'ai vu la porte du bureau ouverte ; j'ai entendu du bruit...

– La contemplation d'une porte n'a rien de bruyant.

– Non... mais il m'avait semblé apercevoir la silhouette de Stanislas. Alors je suis entrée... Je n'ai rien de plus à dire !

– Il faudra bien nous en contenter. Je vous remercie.

La jeune Penkowski allait se retirer quand s'éleva la voix calme d'Anielka.

– Cette fille ment ! J'ignore dans quel but, mais elle ne m'a jamais rencontrée dans l'appartement de mon époux.

Le juge prit la parole :

– Vous infirmez cette déclaration ?

– Tout à fait. D'ailleurs l'invraisemblance de ce qu'elle vient de dire devrait être évidente.

– Comment cela ?

– Pour n'importe quelle maîtresse de maison tout au moins. Ainsi, alors que je me trouve dans la bibliothèque, je vois entrer cette fille et je me contente de sortir... comment a-t-elle dit ?... avec un petit sourire ? En vérité cette histoire est risible : c'est elle qui aurait dû sortir après que je lui aurais demandé ce qu'elle cherchait là où elle n'avait que faire. Ainsi aurait agi n'importe quelle femme de mon rang en face d'une domestique...

Un murmure typiquement féminin mais approbateur parcourut la salle. Le juge le laissa mourir avant de prendre la parole :

– Que s'est-il passé alors ?

– Rien du tout, mylord, puisque ce n'est pas moi qu'elle a vue... mais bien celui qu'elle désirait rencontrer.

– Et qui n'est pas là pour trancher la question ! fit sir John.

– Ce n'est pas ma faute ! dit Anielka.

– En êtes-vous bien certaine ? Depuis votre arrestation, vous n'avez cessé d'assurer que vous croyiez à l'innocence de votre compatriote, même après une fuite cependant suspecte.

– Cet homme possédait de faux papiers. Il est normal qu'il ait eu peur d'un interrogatoire. De toute façon, il ne s'agit pas pour l'instant d'établir sa culpabilité ou la mienne, mais bien de savoir qui Sally Penkowski a vu dans le cabinet de travail. Et ce n'était pas moi !

Avec la permission du juge, la jeune camériste fut remise sur la sellette par sir Desmond, mais il fut impossible de l'amener à changer quoi que ce soit dans son témoignage.

– J'ai juré sur le livre saint, dit-elle, et je ne veux pas aller en enfer pour avoir menti ! Je n'ai dit que la vérité !

Ce fut la dernière audition. Après la sortie de Sally, sir Desmond ayant remarqué l'extrême pâleur de sa cliente, demanda que l'on veuille bien surseoir à la suite des débats. Le juge se rangea volontiers à son avis. On reprendait le lendemain à dix heures. L'accusée quitta son box pour regagner sa prison tandis que la salle se vidait lentement.

Pensant que l'atmosphère paisible de leur demeure ferait tous les biens du monde à Aldo après cette rude journée, Adalbert voulut l'entraîner mais celui-ci résista.

– Un instant ! J'aimerais dire un mot au jeune Bertram...

– Qu'est-ce que tu espères ?

– Je voudrais qu'il me parle un peu de son amie Sally. C'est bien son amie d'enfance ?

– Oui, mais que veux-tu en tirer ?

– On verra bien!

Il ne fut pas très facile d'arraisonner Cootes qui se ruait hors du tribunal avec l'ardeur d'un voilier qui prend le vent mais, outre une poigne solide, Morosini détenait des arguments plutôt sensibilisants.

– Venez donc dîner avec nous, cher ami, dit-il au journaliste en refermant sur son bras des doigts d'acier. Ensuite, si je suis content de vous, vous pourriez l'être aussi de moi. A moins que la perspective d'une vingtaine de livres dans votre poche ne vous soit indifférente ?

– J'aimerais bien mais... j'ai un papier à téléphoner à mon journal... Vous comprenez, Peter Larke est malade et je le remplace. Une veine!

– Nous avons le téléphone... et de quoi écrire! Sans compter un vénérable whisky!

– Bon, je vous suis! « L'espérance d'une joie est presque égale à la joie qu'elle donne... » *Richard II*, acte... mais si vous me faites rater mon article j'en veux davantage!

– Si vous êtes raisonnable, vous ne raterez rien!

Durant le trajet en voiture, Aldo n'ouvrit pas la bouche mais à peine installé au salon, il attaqua tandis qu'Adalbert remplissait les verres.

– Cette Sally Penkowski est bien votre amie ?

– Nous nous connaissons depuis l'enfance mais...

– Est-ce qu'elle aime l'argent ?

– Comme tout le monde, je pense, mais vous savez, « l'or est pour l'âme des hommes un... ».

– Abandonnez Shakespeare ou je ne vous donne pas un penny ! À votre avis, combien faudrait-il lui donner pour qu'elle change son témoignage ?

– Changer son témoignage ? s'écria Adalbert. Mais c'est impossible, voyons ! Tu es fou !

– Pas du tout ! Je ne sais pas quel but elle poursuit mais je suis persuadé que cette fille ment et que c'est lady Ferrals qui dit vrai ! Quant à changer ses propos, c'est l'enfance de l'art pour une femme : une crise de repentir, des regrets sincères et comme explication le désir effréné de libérer de tout soupçon celui qu'elle aime. Car il est évident qu'elle aime Ladislas. Et je ne suis pas loin de penser que c'est la véritable explication d'un témoignage aussi abracadabrant...

– Tu as peut-être raison, soupira Vidal-Pellicorne mais, si c'est le cas, elle ne se laissera pas acheter.

– Même pour mille livres ?

L'importance de la somme fit sursauter les deux hommes qui écoutaient Morosini. Puis Adalbert protesta :

– J'avais raison : tu es fou !

– Peut-être mais je veux la sauver, tu m'entends ? Je veux la sauver à tout prix. Alors Bertram, mon bon, vous allez filer voir votre petite amie. Voilà votre argent à vous. Si vous savez vous montrer convaincant vous en aurez encore...

Mais quand le journaliste revint, une heure plus tard, il était tout déconfit :

– Rien à faire ! dit-il sobrement. Sally déteste lady Ferrals en qui elle voit une rivale. Une condamnation ferait son bonheur.

– Et toi, grogna Adalbert en pointant sur son ami un doigt accusateur, tu risques à présent de te retrouver sur la paille humide des cachots pour tentative de corruption de témoin...

– Non, coupa Bertram, et cela pour deux raisons. Sally ignore de qui j'étais le messager et... je lui ai fait cadeau des vingt livres...

– Vous avez bien fait ! Il ne me reste plus qu'à vous les rendre...

– Merci bien ! Maintenant je file m'occuper de mon article. À demain !

Cette nuit-là, Aldo ne dormit guère. Assailli de craintes que le silence nocturne amplifiait, il s'attarda au salon, fumant cigarette sur cigarette, affalé dans l'un des fauteuils ou arpentant le tapis de long en large. Big Ben avait sonné deux heures depuis longtemps quand il alla se jeter sur son lit. Pour sa part, Adalbert était allé se coucher sans états d'âme.

Le lendemain, en se rendant au palais de justice après avoir avalé force tasses de café, Aldo se sentait d'humeur noire tandis qu'Adalbert gardait un silence prudent. Cependant, au bout d'un moment, celui-ci ne put se retenir plus longtemps.

– Tu n'as pas remarqué quelque chose de bizarre hier ?

– Où ça ? À Old Bailey ?

– Oui. Pas un instant je n'ai aperçu le comte Solmanski. Comment se fait-il qu'il n'assiste pas au procès de sa fille ?

– Ce doit être une rude épreuve pour cet homme sensible, ironisa Morosini. Il doit préférer brûler des cierges et prier... à moins qu'il ne se désintéresse du sort de sa fille coupable d'avoir fait cavalier seul sans attendre ses directives ?

– Peut-être. On verra bien s'il est là aujourd'hui.

Mais ils eurent beau scruter la salle une fois les portes refermées, il leur fut impossible d'y détecter le visage sévère et le monocle de celui qu'ils cherchaient.

Anielka n'avait pas dû beaucoup dormir elle non plus. Son visage était plus pâle que la veille et ses beaux yeux cernés. Elle n'en était que plus touchante mais l'impression de fragilité accrue qu'elle donnait fit frémir Aldo.

Le premier témoin appelé fut Wanda. Son apparition dans la chaire des dépositions n'eut rien de rassurant. Vêtue de noir mais agitant par précaution un mouchoir blanc aussi vaste qu'un drapeau de parlementaire en temps de guerre, elle était l'image même de la désolation. Et, de fait, quand elle ouvrit la bouche, ce fut pour se lancer dans une apologie passionnée de sa « petite colombe » appuyée sur un solide fond de dénigrement du défunt Eric Ferrals. Ce qui, évidemment, était la dernière chose à faire.

– Seigneur, pria Aldo entre ses dents, protégez-moi de mes amis, mes ennemis je m'en charge...

– Ça tu peux le dire, chuchota Adalbert. Regarde un peu sir Desmond ! Je n'aurais pas cru qu'un homme puisse transpirer à ce point !

Ce fut pis encore lorsque l'avocat de la Couronne entama le chapitre Ladislas. Wanda, alors, devint lyrique : elle conta les attendrissantes et virginales amours de sa maîtresse et d'une sorte de héros de la liberté polonaise sorti tout cru de son imagination, décrivit sa colère et son désespoir en la découvrant mariée à un homme ayant fait sa fortune avec la mort des autres, son besoin de l'aider, de la protéger...

– Je veux bien vous croire, coupa sir John, mais j'aimerais savoir s'il était son amant.

– Sûrement pas ! fit Wanda catégorique. Je ne vois pas quand cela aurait pu se faire : j'étais avec elle toute la journée !

– Et la nuit ? Est-ce que vous dormez bien ?

Un sourire béat s'épanouit sur le large visage.

– Oh oui, Votre Honneur, très bien ! Je vous remercie, j'ai un sommeil de bébé !

La salle éclata de rire et le juge lui-même se permit un vague sourire. Sir John se contenta de hausser les épaules.

– Bien. Dans ce cas continuons ! Si je vous entends bien, ce Ladislas ne pouvait que haïr sir Eric puisqu'à vous entendre il rendait sa jeune femme malheureuse. Avez-vous une idée de la façon dont il entendait la protéger ?

– Je crois qu'il voulait l'enlever pour la ramener au pays, mais les choses ont mal tourné et je pense qu'il s'est vu obligé de tuer ce mauvais mari !

– ... après quoi, son coup fait, il disparaît sans laisser d'adresse en abandonnant celle qu'il aime à la justice ? Ça ne vous paraît pas un peu anormal tout ça ?

– Si, et je ne cesse de prier Dieu et la Vierge de Czestochowa de le ramener afin qu'il puisse apporter toute la lumière et libérer celle qu'il aime tant ! Mais peut-être est-il malade ? Peut-être lui est-il arrivé quelque chose...

– Peut-être est-il reparti pour la Pologne ?

– Non. Je n'en crois rien ! Ô Ladislas Wosinski, où que tu sois, tu dois m'entendre ! Celle qui est ici court un grand danger et si tu ne venais pas tu manquerais à toutes les lois de la chevalerie, de l'amour, de la générosité. Tu offenserais le Dieu tout-puissant...

Partie comme elle était, il fallut la faire taire. Sir Desmond, découragé, renonça au contre-interrogatoire mais demanda que sa cliente soit appelée à la barre. Il était temps de remettre les pieds sur terre.

En dépit de son évidente lassitude, Anielka prêta serment d'une voix ferme et posa sur ceux qui allaient l'interroger un regard calme où s'attardait même une lueur amusée.

– Lady Ferrals, commença son avocat, êtes-vous d'accord avec la déposition que nous venons d'entendre ?

– Si étrange que cela puisse paraître, je suis d'accord en partie. Je veux dire qu'il y a beaucoup de vrai dans les propos de Wanda bien qu'elle ait exprimé sa vérité à elle...

– Que voulez-vous dire ?

– Que Wanda ne changera jamais. Qu'elle garde et gardera sans doute jusqu'à son dernier jour une âme simple et bonne, fortement attachée à notre terre natale mais aussi à ses rêves. Quand elle dit que j'ai aimé Ladislas Wosinski, avant mon mariage, c'est la vérité pure et j'ai souffert de devoir obéir à mon père en épousant sir Eric. Mais cet amour n'existait plus lorsqu'il est venu vers moi dans Hyde Park où je faisais à cheval ma promenade quotidienne.

– Cela signifie qu'il n'était plus question d'amour ?

– Pensez-vous qu'il puisse encore en être question lorsque celui que vous avez aimé se change en maître chanteur ? Ladislas a exigé d'entrer au service de mon époux. Si je ne l'aidais pas, il lui ferait parvenir les lettres que j'avais eu l'imprudence de lui écrire lorsque nous étions tous deux à Varsovie.

– Compromettantes à ce point ?

– Terriblement quand on considère le caractère violent de mon défunt époux et surtout sa jalousie. Ce que j'écrivais reflétait trop bien ce que j'étais pour Ladislas avant de me marier : sa maîtresse. Mais ce... détail, Wanda ne l'a jamais su. Elle est incapable de comprendre que l'ardeur de la jeunesse puisse entraîner à de vraies folies. Surtout moi qu'elle appelle si volontiers sa « petite colombe »...

– Cependant, lors de votre mariage, votre époux a dû s'apercevoir que...

– Que je n'étais plus vierge ? lança la jeune femme avec sa façon bien personnelle de dire les choses crûment. Non, il ne s'est aperçu de rien parce que la consommation de mon mariage, qui a d'ailleurs eu lieu la veille de la cérémonie religieuse, n'était rien d'autre qu'un viol. Sir Eric était si pressé de me faire sienne qu'il m'a forcée en dépit de ma résistance. Me croyant pure, ces lettres eussent été désastreuses pour la suite de notre vie commune.

– Vous teniez tant à le garder pour époux en dépit de sa conduite brutale ?

– Mais oui. Il s'était racheté depuis en risquant sa vie pour me tirer des griffes des auteurs de mon enlèvement au soir de mes noces. Je ne pense pas qu'il faille vous raconter cela ?

– Non. Les journaux d'ici, relayant la presse française, en ont beaucoup parlé. Donc vous ne haïssiez pas sir Eric ?

– En aucune façon. Il savait se montrer charmant et il m'adorait...

– Voudriez-vous, en ce cas, expliquer la phrase surprise par Mr. Sutton ? C'était... Il prit un papier posé devant lui et lut : « Si tu veux que je t'aide, il faut d'abord que je sois libre. Aide-moi d'abord, toi le premier... »

– Il n'y a rien à expliquer. Mr. Sutton a inventé ces mots comme il a inventé mes relations adultères avec Ladislas.

– Tout est faux ?

– Tout. Comment aurais-je pu m'abandonner à un homme qui faisait peser sur moi une terrible menace, qui m'a obligée à lui remettre une partie de mes bijoux et qui, même, m'avait menacée de mort s'il lui arrivait quelque chose de fâcheux pendant ou après son séjour chez nous ? Il parlait de ses compagnons cachés, de leur impitoyable détermination. Il me faisait peur, voilà tout. Ladislas ne se serait pas risqué à cela. J'étais très surveillée et mon époux l'aurait tué sans hésitation. Mr. Sutton a tout inventé et je comprends maintenant pourquoi. Apprendre qu'il est mon beau-fils ne me cause aucune joie, mais à travers ce que nous avons entendu hier, bien des choses concernant la mort de mon mari pourraient s'expliquer, à commencer par la disparition du sachet ayant prétendument contenu de la strychnine...

Le juge, à cet instant, intervint :

– Puis-je vous rappeler, lady Ferrals, que Mr. Sutton a déposé sous la foi du serment ? Tout comme vous-même ?

– Il est évident que l'un des deux ment, se hâta de répondre sir Desmond. Et je sais bien qui. C'est à moi que va revenir l'honneur de confondre celui dont la douleur excessive m'est apparue comme suspecte depuis le début de cette affaire...

– Je proteste, mylord ! s'écria l'avocat de la Couronne. Mon distingué confrère n'a pas le droit...

– J'allais l'en informer moi-même, sir John ! Les dernières paroles de sir Desmond ne seront pas inscrites au rôle et le jury n'a pas à en tenir compte ! Revenons à vous, lady Ferrals ! Vous maintenez que, depuis son arrivée à Grosvenor Square, vous n'avez jamais entretenu de relations... intimes avec Ladislas Wosinski ?

– Jamais, mylord ! Je le répète, il ne restait rien de nos amours passées et c'est seulement par crainte que j'ai accepté de le faire entrer au service de mon mari.

– Bien. Reprenez, sir Desmond !

– Merci, mylord ! Lady Ferrals, si vous nous parliez de ce que Wosinski espérait obtenir en se glissant sous l'habit d'un valet ? Je pense qu'il a dû vous en informer.

– En effet. Il voulait de l'argent mais surtout des armes. Il est bien évident que je ne pouvais lui en fournir, mais il espérait parvenir à surprendre certains renseignements concernant les fournisseurs de mon époux et peut-être certaines filières. Pardonnez-moi, je ne suis guère au courant de ce genre d'affaires... ni d'aucune autre d'ailleurs. Aussi, j'ai espéré obtenir qu'il s'éloigne en lui offrant quelques-uns de mes bijoux. J'en possédais beaucoup, mon époux s'étant toujours montré généreux envers moi...

– Nous voulons bien le croire mais en agissant

ainsi, ne preniez-vous pas un risque sérieux ? Comment auriez-vous expliqué à sir Eric la disparition de ces pièces représentant certainement une grande valeur ?

– Je vous avoue que je n'y songeais pas. J'avais tellement peur ! Ladislas me terrifiait...

– Et Sutton ? Vous n'en aviez pas peur ?

– Non. Je savais le remettre à sa place. Je ne perdais pas l'espoir de m'en débarrasser un jour, puisque j'ignorais qui il était.

– Et si vous l'aviez su, qu'auriez-vous fait ?

Les yeux d'Anielka s'emplirent de larmes et elle tordit entre ses mains le mouchoir qu'elle venait de prendre dans sa manche.

– Je n'en ai aucune idée... Peut-être me serais-je enfuie. L'idée m'en était déjà venue. Mon père et mon frère se trouvaient en Amérique. Lorsque mon époux est mort, je songeais à demander la permission de les rejoindre à l'occasion du mariage de mon frère. J'étouffais dans notre maison entre les menaces de Ladislas, les entreprises sournoises de John Sutton et... il faut bien le dire... les exigences incessantes d'un mari qui à certains moments semblait devenir fou.

– Il vous aimait trop ?

– On peut le dire ainsi.

– Aviez-vous fait part à quelqu'un de ce désir d'évasion ?

– Non. Pas même à Wanda qui m'est cependant dévouée. Pourtant, au soir du drame, j'étais décidée à lui en parler à notre retour du Trocadero. J'avais subi un moment auparavant une scène pénible... sur laquelle Mr. Sutton s'est appuyé pour étayer son accusation.

– En effet. Il vous aurait entendu dire : « Il faudra que cela finisse. Je ne vous supporte plus!... »

– Je ne vois pas comment il aurait pu m'entendre à moins d'être caché sous mon lit ou derrière les rideaux. Cette scène a eu lieu toutes portes closes et ma chambre est vaste. En outre, je n'ai jamais prononcé cette phrase...

– Sir Desmond, intervint le juge, ne pensez-vous pas qu'il serait bon d'entendre à nouveau Mr. Sutton ? Il semble que nous nous engagions dans un chemin de plus en plus obscur tant il est difficile de trancher entre lady Ferrals et son accusateur.

– Je ne demande pas mieux, mylord. Encore que je voie mal ce que nous pourrions obtenir en fait d'éclaircissement...

– Si sir John est d'accord, je pencherais volontiers... allons, que se passe-t-il encore ?

L'un des shérifs d'Old Bailey venait d'entrer avec une évidente agitation. Il se dirigeait vers l'avocat de la Couronne mais, s'entendant interpeller, il s'immobilisa au milieu de la salle.

– Avec votre permission, mylord, le chef superintendant Warren demande à être entendu par la Cour. Sur-le-champ!

Le juge réussit l'exploit de hausser un sourcil plus haut que l'autre.

– Sur-le-champ ? Peste ! Il doit y avoir urgence... Priez donc le chef superintendant de venir jusqu'ici !

Warren, plus ptérodactyle que jamais avec sa mine des mauvais jours, fit une entrée quasi sensationnelle qui mit debout la moitié de la salle et la totalité des galeries. Il commença par prier la Cour de bien vouloir excuser une intrusion aussi peu protocolaire, mais l'information qu'il apportait lui semblait de nature à ne souffrir aucun délai.

– La police de Whitechapel vient de nous avertir qu'alertée par un coup de téléphone anonyme, elle a découvert le corps de Ladislas Wosinski qui s'est donné la mort par pendaison.

La rumeur soudaine du public fut dominée par un cri de femme :

– Non ! Oh non ! Ce n'est pas possible !

On dut emporter Sally Penkowski, prise d'une véritable crise de nerfs, ce qui ajouta à l'émotion générale. Sur le rappel à l'ordre énergique du juge, un profond silence s'ensuivit. Dans le box des témoins, Anielka, plus pâle que jamais, ressemblait à une statue de cire. Chacun retenait son souffle. Ce fut sir Edward Collins qui reprit l'initiative :

– Un suicide ?

– Il semble bien, mylord. On a trouvé cette lettre sur la table de la chambre. Elle est adressée à Scotland Yard.

– Puis-je en prendre connaissance ?

Le juge chaussa ses lunettes et parcourut le message au milieu d'un nouveau silence. Il déclara :

– Mesdames et messieurs du jury, je vais vous donner connaissance de cette lettre qui apporte à ce procès un élément d'une grande importance. Écoutez plutôt : elle est rédigée en anglais.

« Avant de quitter ce monde où j'ai failli à tous mes devoirs envers celle que j'aime comme envers mes frères d'armes, je tiens à déclarer que la mort de sir Eric Ferrals, survenue au soir du 15 septembre dernier, n'est imputable qu'à moi seul. C'est moi qui ai versé la strychnine dans le récipient où se forme la glace dans l'armoire frigorifique dont j'ai pu, sans difficulté, faire exécuter une clef d'après un moulage à la cire. Pris à mon propre piège, je me suis aperçu que je ne supportais plus de voir souffrir lady Ferrals du fait de son époux et du fait de mes insistances personnelles. Je ne regrette pas d'avoir tué sir Éric – l'homme ne méritait pas de vivre – et pas davantage de quitter une vie qui ne me fut guère favorable. J'emporte au moins la certitude de mettre un terme au cauchemar que vit ma bien-aimée. Que Dieu et elle veuillent bien me pardonner ! »

Sa lecture achevée, le juge agita un instant la lettre en s'adressant à Warren :

– Auriez-vous une raison de croire que cette lettre ne soit pas de la main du défunt ?

– Aucune, mylord ! Nous avons trouvé quelques papiers écrits en polonais et que nous faisons traduire en ce moment. Ils sont bien de la même main...

– Rien non plus permettant de croire que l'on ait pu... aider cet homme à se suicider ?

– Le corps ne porte aucune trace de violence.

– Dans ce cas...

– Eh bien ! murmura Vidal-Pellicorne, voilà de la belle littérature ! Qu'en penses-tu ?

– Rien ! Je suis désorienté : cela ressemble assez peu à l'homme que j'ai rencontré l'autre soir. Qu'a-t-il pu se passer pour amener une si tragique volte-face ?

– On pourrait dire que les voies de Dieu sont impénétrables. Le comte Solmanski va sûrement attribuer ce miracle à ses prières. Il doit être en ce moment en pleine action de grâce !

– Il n'en a pas l'air, dit Morosini. Tu peux le voir d'ici : il est au quatrième rang sur notre gauche.

– Il est là ? Je ne l'ai pas vu arriver.

– Moi si. C'était pendant l'espèce de confusion qui a précédé l'arrivée de Warren...

Le comte se tenait très droit sur son banc, ses yeux trop pâles fixés sur sa fille qui pleurait sans retenue. Sur l'ordre du juge, l'une des gardiennes vint la chercher et la ramena dans son box où sa collègue et elle-même s'efforcèrent de la réconforter.

La fin de l'audience fut ce qu'elle devait être. Sir Desmond demanda que l'accusation abandonne la cause. À quoi sir John Dixon consentit avec grâce après consultation du jury dont le chef se rangea à l'avis général.

Il ne restait plus au juge qu'à prononcer la relaxe de lady Ferrals que l'on ramena au sous-sol au milieu d'un brouhaha indescriptible. Une demi-heure plus tard, soutenue par son père, elle s'engouffrait dans une Rolls noire dont le chauffeur eut toutes les peines du monde à fendre la foule dense qui se pressait à la sortie d'Old Bailey. Mêlés aux inconnus et aux photographes de presse, Morosini et Vidal-Pellicorne assistèrent à ce départ qui ne ressemblait pas vraiment à un triomphe. Sauf peut-être pour Solmanski dont le profil hautain était apparu un instant derrière la glace de la voiture.

– Le voilà content ! remarqua Adalbert. Et surtout riche ! Sa fille va pouvoir toucher un superbe héritage...

– Vous pouvez me faire confiance pour lui mettre des bâtons dans les roues, fit près des deux hommes la voix de John Sutton. Je suis toujours en charge des affaires et des secrets de mon père... Il faudra compter avec moi !

– Admettez-vous enfin que vous vous êtes trompé en l'accusant ? demanda Aldo.

– En aucune façon. Ce que j'ai vu et entendu, je l'ai vu et entendu. Je suis toujours certain que c'est elle la meurtrière. Et j'arriverai bien à le prouver un jour.

Il disparut dans la foule, suivi des yeux par Adalbert qui semblait soucieux :

– Je suis un peu comme lui, confia-t-il. Ce suicide trop opportun ne me satisfait pas. Et toi ?

– Tu es bien un fouilleur de nécropole, fit Aldo avec sa bonne humeur retrouvée. Cesse donc de chercher la petite bête ! J'ai toujours cru Anielka innocente et maintenant elle est libre ! Viens ! On va fêter ça !

Les deux hommes s'éloignèrent. Autour d'eux, la foule se dispersait.

CHAPITRE 12

LE DRAME D'EXTON MANOR

Quelques jours avant les fêtes de fin d'année, Aldo et Adalbert se rendirent dans le Kent pour répondre à l'invitation de Desmond Killrenan. Celui-ci, afin d'échapper aux remous suscités par le court procès de lady Ferrals, avait choisi de passer quelques jours au calme sur son domaine d'Exton Manor. Sachant que Morosini comptait rentrer à Venise pour fêter Noël avec sa maisonnée, il avait insisté pour que les deux hommes soient ses hôtes durant quarante-huit heures.

– Nous serons entre nous, expliqua-t-il. La dernière semaine avant Christmas, ma femme campe dans Regent Street, Bond Street, etc., pour ses nombreux achats. Et j'aimerais, avant votre départ, vous faire admirer ma précieuse collection ainsi que je vous l'ai promis.

Les deux amis s'étaient hâtés d'accepter. Pour Aldo, la perspective de contempler des œuvres rares loin de l'œil rancunier de la jolie Mary se montrait d'autant plus séduisante qu'il ne désespérait pas de trouver un moyen discret de mettre le collectionneur en garde contre les agissements de sa dangereuse épouse. Une idée lui était venue qu'il comptait exploiter. En outre, il espérait trouver là un dérivatif à son amère déception.

Dans sa candeur naïve, il s'était imaginé que dès le lendemain de sa libération, Anielka l'appellerait, ne fût-ce que pour le remercier de ses efforts et se réjouir avec lui d'un avenir désormais ouvert et permettant tous les rêves, tous les espoirs. Mais rien ne vint si ce n'est une information délivrée par Bertram Cootes qui assiégeait avec ses confrères l'hôtel de Grosvenor Square : lady Ferrals et son père quittaient Londres pour le château du Devon où Anielka avait passé sa lune de miel. Elle abandonnait la demeure londonienne, d'ailleurs en simple location, à Sutton, à l'ombre de son époux mais aussi aux hommes de loi chargés par son père de veiller à ce qu'elle entre en possession de son héritage... Quant à la suite de ses projets, on en ignorait tout.

Ceux d'Aldo étaient moins tranchés, en dehors du fait qu'il avait convaincu Adalbert de partir avec lui pour les rives de l'Adriatique et d'y finir cette année 1922 riche en événements. La Nativité fêtée en compagnie de tante Amélie, de Marie-Angéline, de Guy Buteau, de Cecina et de Zaccaria serait plus douce que partout ailleurs et Aldo, désenchanté, éprouvait un grand besoin de douceur familiale. Après, si l'état de ses affaires le permettait, il reviendrait peut-être à Londres avec son ami pour tenter de compléter l'itinéraire de la Rose d'York dont la dernière disparition remontait à dix ans seulement. Dix petites années qui semblaient peu de chose en comparaison de décennies d'obscurité ! Malheureusement, le dernier fil conducteur paraissait cassé : le tailleur Ebenezer Lévi n'était pas revenu à sa boutique de Whitechapel, ce qui inquiétait sa voisine.

– Je commence à croire qu'il lui est arrivé quelque chose, confia-t-elle aux deux hommes lors de leur dernier passage.

Eux aussi commençaient à le croire et le brouillard du découragement les enveloppait lentement. Cette fois, cependant, Adalbert donna son adresse à la voisine – assortie d'un ou deux billets – mais en spécifiant bien qu'en cas de retour d'Ebenezer elle ne devrait mentionner leur passage à aucun prix.

– Je rentre en France pour les fêtes, ajouta-t-il, mais dès mon retour en janvier, si vous me donnez des nouvelles, je viendrai vous voir. Il s'agit d'une chose plus importante que nous ne l'avions dit à notre première visite et vous avez intérêt à garder un silence qui nous permettra peut-être de la mener à bien...

Persuadée qu'une somme rondelette pourrait récompenser son zèle, la voisine jura tout ce que l'on voulut.

– Et s'il ne reparaît pas ? demanda Aldo. Que ferons-nous ? On ne peut pas passer notre vie ici ?

– On interrogera Simon et, s'il est d'accord, on pourrait peut-être toucher un mot de cette disparition à notre ami Warren. Il détient des moyens que nous n'avons pas.

– Il faudrait lui dire la vérité, en ce cas.

– Peut-être pas tout mais... une partie choisie! On verra à ce moment-là.

En attendant, par un après-midi grisâtre, la voiture conduite par un Théobald digne et compassé, comme il convient à tout serviteur de grande maison, traversa la sombre et sévère banlieue sud-est de Londres et prit la route de Douvres qui, par Rochester et Canterbury, traversait le Kent sur sa longueur entière. La résidence campagnarde des Saint Albans était située aux environs d'Ashford, au sud du siège épiscopal le plus important d'Angleterre.

Le temps humide, légèrement pluvieux par instants, se révélait plutôt doux comme il arrivait fréquemment dans le Kent, surnommé le Jardin de l'Angleterre tout comme la Touraine était celui de la France. C'était aussi le pays préféré de Dickens : « Le Kent, sir, dit l'ineffable Jingle dans *Les Aventures de Mr. Pickwick*, tout le monde connaît le Kent : des pommes, des cerises, du houblon et des femmes ! »

Même si l'on ne voyait pas beaucoup de femmes par ce vilain temps, si pommes et cerises étaient absentes des arbres dépouillés par l'hiver, la campagne n'en était pas moins charmante avec ses vieilles demeures seigneuriales, ses jolis villages et ces curieuses « tours à houblon », bâtiments ramassés, coniques, ressemblant à de gigantesques éteignoirs à chandelles.

– Nous aurions dû venir au printemps, dit Adalbert. Quand les arbres sont en fleurs, c'est ravissant !

– Personne ne t'empêchera de revenir, marmotta Aldo. En ce qui me concerne j'aimerais bien en terminer assez vite avec les îles Britanniques et retrouver mon soleil !

– Où serons-nous au printemps ? soupira son ami. En admettant qu'on mette enfin la main sur ce foutu diamant dégoulinant de sang, nous n'aurons accompli que la moitié de notre tâche. Resteront l'opale et le rubis dont notre Simon n'a pas l'air de savoir grand-chose...

– À chaque jour suffit sa peine. Aronov doit bien admettre qu'on ne retrouve pas en cinq minutes des pierres perdues depuis des siècles. Cette année, on lui a rendu le saphir. C'est déjà bien... Pour la suite qui vivra verra !

– Ce que tu peux être grognon, aujourd'hui ! Tu devrais pourtant être content. On va voir des choses magnifiques... Regarde un peu cette maison ! Elle est superbe !

Au détour d'un bosquet, Exton venait d'apparaître dans toute sa grâce. Bâti sur d'anciennes douves dont une partie s'élargissait pour former un étang frangé de saules pleureurs, le vieux manoir accolait des vestiges féodaux à deux bâtiments jumeaux du plus pur style élisabéthain, réunis par une galerie et séparés par un jardin-terrasse comme seuls les Anglais savent en planter. L'ensemble offrait une image d'un romantisme extrême. Un parc splendide et fort bien entretenu environnait ce qui était beaucoup plus un château qu'un manoir.

– Lord Killrenan doit être à son aise, commenta Vidal-Pellicorne admiratif. Il faut du monde pour entretenir tout ça !

Le nouveau lord, cependant, ne ressemblait guère à un millionnaire quand il accueillit ses invités à l'entrée du pont dormant qui enjambait la douve. Sa vieille veste de chasse et ses leggins boueux lui conféraient davantage l'air d'un paysan que d'un très brillant avocat. On lui aurait donné un penny mais, pour qui s'y connaissait, le fusil Purdey qu'il portait à l'épaule valait une fortune.

Il accueillit ses hôtes avec un plaisir évident dont le reflet éclairait son lourd visage.

– J'espère, dit-il, que vous ne m'en voudrez pas de vous avoir invités seuls. Mon égoïsme en est la cause : il y a si longtemps que je souhaite parler avec vous des objets de ma passion ! Qui est aussi un peu la vôtre !

– Ne vous excusez surtout pas, dit Aldo. C'est beaucoup mieux ainsi et je pense que certains sujets ne sont pas faits pour toutes les oreilles...

– Surtout les oreilles féminines ! renchérit Adalbert avec un sourire candide.

Dans le hall aux boiseries de chêne sombre, au dallage sévère, où la moitié d'un arbre flambait joyeusement sous l'arc Tudor de la grande cheminée, un maître d'hôtel imposant flanqué de deux valets se partagèrent les voyageurs : le premier pour les guider vers leurs chambres, les seconds pour aller chercher leurs bagages et s'occuper de Théobald.

– Je suppose, dit sir Desmond, que vous avez besoin d'un peu de repos. Les routes sont affreuses à cette époque de l'année. Nous dînerons à huit heures mais vous me trouverez à sept heures et demie dans le salon des tapisseries, la première porte à droite dans le hall après l'escalier.

Il n'y avait rien à reprendre dans l'hospitalité de l'avocat : les chambres, tout en restant scrupuleusement fidèles au décor de leur époque – elles comportaient quelques très beaux meubles – étaient dotées d'un confort moderne aussi efficace que discret : dans les salles de bains, petites mais bien agencées, l'eau chaude coulait à flots, le linge fleurait la lavande. Quant aux petites armoires Renaissance disposées près des fenêtres à vitraux sertis de plomb, elles renfermaient une honnête provision de flacons variés, de cigarettes et de cigares.

Les deux invités en firent compliment à leur hôte quand, dûment revêtus de l'obligatoire smoking, ils le rejoignirent près d'une autre cheminée, en bois sculpté celle-là, où une souche de pin brûlait en répandant une agréable odeur de lande.

– Nous regrettons d'autant plus de ne pouvoir offrir nos hommages à lady Mary, dit Morosini. Il est rare de rencontrer une maîtresse de maison aussi attentive.

– Cela tient à ce qu'elle est une perfectionniste. En toutes choses d'ailleurs : ne lui convient que le meilleur, le plus beau, l'unique ou le très rare. Souvenez-vous de vos précédentes relations avec elle, prince ! Évidemment, on peut, après cela, se demander pourquoi elle m'a choisi, moi, comme époux ? Je suis loin d'être beau.

L'idée qu'il en souffrait peut-être effleura Morosini mais il trouva la parade.

– N'êtes-vous pas le meilleur avocat et peut-être le collectionneur le plus avis et le plus érudit ? Vous me pardonnerez si j'ignore vos autres qualités : nous ne nous connaissons pas assez, ajouta-t-il avec ce sourire indolent qui lui convenait si bien. Il avait eu le bon goût de ne pas mentionner le fait que parmi ceux du barreau il était sans doute le plus riche.

– J'aimerais que nous soyons amis. Voulez-vous qu'à présent nous passions à table ?

Le dîner fut à l'image du reste : un mélange très réussi de cuisine française, avec des truites au bleu, et de tradition britannique avec un rôti de bœuf tendre comme de la rosée, accompagné de pommes de terre non pas cuites à l'eau mais dorées au beurre... Les vins, bien choisis, étaient bourguignons, chablis et romanée-saint-vivant pour lesquels lord Desmond semblait avoir un faible. En fait, il mangea beaucoup mais but davantage encore. Sans d'ailleurs s'en trouver incommodé. Il était, en sortant de table, d'humeur plus joviale qu'en s'y installant ; surtout après un ou deux verres d'un admirable porto « Retour des Indes ».

On parla beaucoup : de la Chine d'abord et de ses trésors mais aussi de pierres célèbres et d'archéologie. Une conversation passionnante pour tous et qui parut amener Desmond à un haut degré d'enthousiasme. Aussi fut-ce tout naturellement que, vers onze heures, les domestiques s'étant presque tous retirés, il proposa à ses invités de visiter sa collection... Ce qu'ils acceptèrent avec joie. On se dirigea vers la galerie qui reliait les deux pavillons du château et jouxtait la partie la plus ancienne.

Assez large avec un sol dallé et un plafond à poutres apparentes, cette galerie avec ses hautes fenêtres en ogive regardant la nuit du jardin intérieur ressemblait à celle d'un cloître, à cette différence près que, sur son long mur, des portraits d'ancêtres alternaient avec quelques armures et des armes anciennes. Au milieu, une porte en chêne sculpté à pentures de fer, pourvue d'une serrure d'époque dont la clef fleuronnée de lord Desmond vint à bout sans peine. Il y avait derrière un petit couloir aboutissant à un escalier en colimaçon s'enfonçant dans le sol. De toute évidence, on venait de changer de siècle : il suffisait de considérer l'épaisseur des murs et de la vis d'escalier. La présence discrète de l'électricité n'ôtait rien à l'impression dépaysante.

On déboucha dans une salle basse et voûtée qui avait dû être longue à l'origine, mais qu'un mur de ciment sertissant une surface noire et polie réduisait de façon sensible. Se souvenant de ce qu'il avait entendu dans les caves du Chrysanthème rouge, Aldo pensa que lady Mary n'avait pas menti : son époux avait bel et bien fait installer une chambre forte dans un ancien caveau.

Le maître des lieux fit jouer la combinaison et l'énorme vantail d'acier tourna sur ses gonds, découvrant une pièce qui s'illumina aussitôt. Les deux invités émirent une exclamation admirative : il y avait là un véritable trésor justifiant les précautions du propriétaire... et les convoitises de feu Yuan Chang. Dans des vitrines éclairées s'offrait à leurs yeux la plus belle collection de jades, verts ou blancs, qu'ils eussent jamais contemplée : objets rituels représentant le Ciel et la Terre que l'on pouvait dater de 1500 avant Jésus-Christ, dragons translucides aux ailes déployées, étonnante cuirasse d'or et de jade de l'époque Han, « montagnes » sculptées représentant la vie des héros antiques côtoyaient d'admirables bijoux enchâssés d'or parmi lesquels trois diadèmes impériaux.

– Comment avez-vous fait pour rassembler tout cela ? exhala Morosini, sa passion des choses anciennes réveillée au plus haut point.

– Le mérite en revient à mon père. Je n'ai fait que le continuer mais, je l'avoue, avec un enthousiasme sans cesse croissant. Ne comptez pas sur moi cependant pour vous dire comment je me suis procuré certains de ces objets. Parfois en les payant fort cher, ou bien servi par la chance. Vous êtes tenu vous-même au secret professionnel, vous devriez comprendre qu'un collectionneur ne donne pas aisément ses sources.

– Aussi ne vous les demanderai-je pas. Je vous prie de me pardonner une exclamation arrachée par la surprise, l'admiration... et peut-être un peu l'envie !

– Vous êtes tout pardonné. Et vous, monsieur Vidal-Pellicorne, trouvez-vous que ces joyaux seraient dignes de vos princesses égyptiennes ?

– Je ne m'intéresse pas uniquement à l'Égypte et j'avoue bien volontiers que tout ceci est fabuleux ! Vous êtes un maître, lord Desmond !

Son visage ingrat illuminé par les flammes de l'orgueil venues à la rescousse de celles de la boisson, le collectionneur déclara :

– Si vous me donnez tous deux votre parole de ne jamais révéler à quiconque ce que j'ai envie de vous montrer, je crois que vous ne le regretterez pas !

– Tout n'est pas ici ? fit Aldo.

– Non. Il y a encore autre chose.

– En ce cas, vous avez ma parole !

– La mienne aussi, dit Adalbert.

– Alors, venez!

Il les entraîna vers le fond de la salle, occupé en partie et en son milieu par une vitrine dans laquelle trônait un ensemble d'armes de bronze à lames de jade. Il tendit le bras pour appuyer sur quelque chose près de la vitrine et le mur s'ouvrit, tourna sur d'invisibles gonds, entraînant avec lui le meuble qui lui était attaché.

– Permettez un instant, je vais donner de la lumière! dit sir Desmond en tirant son briquet.

Cette fois, en effet, il ne s'agissait plus d'électricité. Adalbert et Aldo échangèrent un coup d'œil tandis que leur hôte disparaissait dans l'espace obscur. Peu à peu, les ténèbres firent place à la chaude lumière des bougies et la voix de lord Desmond se fit entendre.

– Vous pouvez entrer, dit-elle.

Ce que les deux hommes découvrirent les cloua de stupeur. Sur le seuil d'une petite pièce tendue de velours brun qui ressemblait un peu à une chapelle, deux candélabres brûlaient devant un portrait que Morosini reconnut au premier coup d'œil : c'était celui du duc de Saint Albans, ce fils bâtard du roi Charles II et de Nell Gwyn. Un portrait plus petit que celui contemplé chez la duchesse de Danvers mais combien plus intéressant : niché dans les dentelles de sa cravate brillait un gros diamant poli à l'éclat laiteux...

Au-dessous du portrait, il y avait une sorte d'autel surmonté d'un petit tabernacle dont le lord était en train d'ouvrir la porte dorée et sculptée. Et un miracle se produisit : sur un support de velours brillait la pierre reproduite sur le tableau.

– Voilà ! soupira Desmond en se laissant tomber dans un grand fauteuil de chêne placé là en vue de longues contemplations solitaires. Vous pouvez le constater à présent : ceux qui prétendaient que le diamant de Harrison était un faux avaient raison.

– La Rose d'York ! souffla Morosini envahi par une marée de soupçons. Ainsi c'est vous qui la possédiez ?

– C'est moi, affirma le lord jouissant de son triomphe avec arrogance. Et c'est moi aussi l'auteur des lettres anonymes aux journaux. Je ne pouvais supporter l'idée qu'un autre ait osé se parer des plumes du paon et afficher un faux grossier.

– Un faux grossier ? grogna Adalbert. Plus d'un expert s'y est trompé... à moins que le faux ne soit celui-ci ?

– Vous voulez rire ? J'en connais l'histoire... ou presque toute l'histoire. Je me suis acharné à la relever lorsqu'il y a une quinzaine d'années, j'ai trouvé ce portrait chez un brocanteur d'Edimbourg.

– Je croyais que vous n'étiez pas de la même famille ? dit Aldo en désignant le personnage à la flamboyante chevelure du portrait.

– Non, en effet, mais parfois je me prends à rêver sur cette similitude de noms et lorsque je viens ici méditer, je m'amuse à croire que je descends moi aussi d'amours royales, que le sang des Stuarts coule dans mes veines... et je suis heureux! C'est une sensation... divine! D'autant que personne ne connaît ce réduit et ce qu'il cache!

– Même votre femme ?

– Surtout pas ma femme! Vous savez sa passion pour les joyaux anciens, célèbres de préférence. Moi je ne me suis attaché qu'à celui-ci. Vous admettrez qu'il en vaut la peine!

Sans répondre, Morosini se pencha, prit délicatement le diamant entre deux doigts et le mira à la flamme d'une bougie. Dans sa poitrine, son cœur battait à un rythme plus rapide. N'ayant jamais vu le diamant du Téméraire, même en reproduction, il éprouvait une violente excitation bien cachée sous son apparence nonchalante. Ainsi, il la touchait enfin, cette pierre maléfique dont la blancheur couvrait hypocritement des flots de sang!

– Qu'espériez-vous en écrivant ces lettres ? Que l'on renoncerait à vendre le diamant ?

– Bien sûr et j'avoue n'avoir pas compris Harrison. C'était un grand joaillier, un expert même. Comment avait-il pu se laisser abuser de la sorte ?

– Mon ami vient de vous le dire : d'autres s'y sont trompés. Lorsque ce malheureux Harrison a été tué, nous nous dirigions tous deux vers son magasin – que je connais depuis longtemps! – pour le prier de nous montrer la Rose. J'aurais sans doute rendu le même verdict que les autres. Mais, dites-moi : il restait peu de temps avant la mise aux enchères. La vente allait avoir lieu. Qu'auriez-vous fait en ce cas ? Comptiez-vous produire ce diamant en public ou bien...

– ... ou bien ai-je trouvé plus commode de mettre fin à cette comédie en faisant voler la pierre et... assassiner Harrison par la même occasion ?

– Non. J'avoue que tout à l'heure, j'ai eu un doute mais à présent je suis certain...

– Et qu'est-ce qui vous donne cette certitude ?

– Le fait que lady Mary ignore que la Rose vous appartient...

– J'avoue ne pas comprendre ?

– C'est sans importance pour le moment. Mais vous ne m'avez pas répondu : que comptiez-vous faire si la vente avait eu lieu ?

– Rien ! J'aurais été dans la salle, bien sûr, pour voir si d'autres avaient émis des doutes car je n'ai pas écrit toutes les lettres, mais je crois que j'aurais fini par me taire... Moi, un avocat, j'aurais opté pour le silence afin de conserver intact le plaisir que je goûte ici lorsque je viens m'asseoir à cette place et que je prends la Rose entre mes mains comme vous en ce moment.

– Vous venez de nous dire que vous avez pu en retracer l'histoire à peu près complète, coupa Vidal-Pellicorne. C'est une recherche à laquelle nous nous sommes livrés aussi, le prince Morosini et moi... par simple curiosité bien sûr. Sauriez-vous nous dire si le prince Régent l'avait donnée à sa maîtresse, Mrs. Fitzherbert, ainsi qu'on nous l'a assuré ?

– C'est exact. Ce qui l'est moins, c'est le terme que vous venez d'employer : Marie Fitzherbert était bel et bien l'épouse morganatique du prince qui, de ce fait, s'est retrouvé bigame quand il a épousé cette pauvre Caroline de Brunswick. Incontestablement, il l'a beaucoup aimée et la Rose lui a été donnée, entre autres présents, au temps de leurs amours. Le fait qu'il ne la lui ait jamais reprise, même lorsqu'il s'est séparé d'elle, plaide en faveur de la constance de ses sentiments.

– En bon Anglais, vous faites la part belle à votre souverain. C'est Marie Fitzherbert qui est partie, en 1811, après avoir essuyé un camouflet. Elle a même quitté l'Angleterre sans esprit de retour. Je penserais plutôt que « Georgie » n'a pas osé lui courir après pour récupérer le diamant.

– À moins qu'il l'ait tout simplement oublié une fois en possession des autres et fabuleux joyaux de la Couronne. Voilà donc Mrs. Fitzherbert en route pour le continent. Elle emmène avec elle une petite fille à qui elle s'est attachée : Minney Seymour. C'est celle-ci qui, mariée, a rapporté la pierre dans ce pays et l'a conservée presque jusqu'à sa mort. Elle lui fut volée, en effet, lors du cambriolage de sa demeure de Brook Street. Il y a un trou dans l'histoire à ce moment-là mais j'ai su, par la suite, qu'en 1888, un rabbin du quartier de Whitechapel la possédait. Dieu sait pourquoi, elle lui était apparue comme un objet sacré et il l'avait rebaptisée « la pierre juive ». Il l'a gardée assez longtemps et c'est seulement il y a dix ans que j'ai eu vent de sa présence chez lui...

– Par qui ? demanda Aldo.

– Un homme en qui j'avais toute confiance, qui était déjà au service de mon père et qui, passionné d'antiquités, possédait un flair de chien de chasse pour déterrer des objets introuvables. Je lui dois plusieurs objets de ma collection. C'est lui qui est venu me parler un jour de la pierre juive. La description correspondait si bien à ce que nous cherchions que je lui ai ouvert un large crédit pour l'acheter. Et c'est ce qu'il a fait...

– Il vous a dit qu'il l'avait achetée ? intervint Adalbert. Vous n'avez pas trouvé un peu bizarre qu'un rabbin accepte de vendre quelque chose de sacré ?

– Si, je l'avoue. D'autant que le rabbin et son fils aîné ont été assassinés à cette époque. Pas par moi en tout cas, ajouta Desmond en voyant se froncer les sourcils de ses invités. C'est le fils cadet, un certain Ebenezer, qui a négocié avec mon mandataire. Celui-ci m'a dit n'avoir jamais rencontré un personnage aussi avide. Ce type faisait métier de tailleur mais il n'aimait que l'argent. Je vous avoue que je me suis demandé, alors, si le parricide ce n'était pas lui, mais l'enquête de police l'a mis hors de cause.

Morosini et Vidal-Pellicorne échangèrent un

coup d'œil, traversés qu'ils étaient par la même pensée comme cela leur arrivait assez souvent : le fils pouvait très bien avoir facilité le travail du ou des assassins payés avec l'argent de lord Desmond. Dix ans ayant passé et toujours assoiffé d'argent, il s'était laissé aller à parler de la « pierre juive » à des étrangers qui payaient. C'était une vieille histoire et, n'y ayant jamais été impliqué, il n'avait vu aucun inconvénient à gagner encore dessus, mais quelque chose était venu l'effrayer et il s'était enfui. Il y avait gros à parier qu'on ne le reverrait plus.

Partagé entre l'envie de jeter loin de lui le joyau tant de fois meurtrier et celle de le fourrer dans sa poche, Aldo alla le reposer sur son lit de velours.

– Sachant tout cela, est-ce que ce diamant ne vous fait pas horreur ? demanda-t-il les yeux encore fixés sur le tabernacle ouvert. Il ne vous vient pas à l'idée qu'il porte avec lui le malheur ?

Lord Desmond haussa les épaules.

– Vous êtes assez superstitieux, vous autres Latins. Moi, je ne me suis jamais laissé atteindre par de telles idées. Une bonne partie de nos châteaux gardent derrière leurs murs de sanglantes aventures, des meurtres générateurs d'âmes en peine et de fantômes. En outre, par ma profession, je côtoie souvent le crime. Cela endurcit, croyez-moi !

– Si j'étais vous, cependant, je me méfierais, reprit Aldo le regard toujours attaché au diamant et l'esprit tourné vers l'inquiétante épouse du lord. Peut-être était-il temps de faire entendre la vérité ?

– De quoi, mon Dieu ? Et que feriez-vous à ma place ?

– Je le vendrais. Pas en salle des ventes, bien sûr, pour ne pas ressusciter l'agitation que nous avons connue mais... à moi par exemple.

– A vous ? Est-ce que vous savez qu'il vaut très cher ?

– Je paierai le prix demandé. Quel qu'il soit ! Vous oubliez que je ne suis venu à Londres que pour enchérir chez Sotheby's.

– Je n'oublie rien mais je ne vendrai pas. Si je vous fais partager mon secret c'est par pure sympathie et aussi pour vous éviter de perdre votre temps dans l'attente du retour d'un bijou faux. Vous devez bien penser qu'il ne peut être question pour moi de me séparer...

Il n'acheva pas sa phrase. Une exclamation d'Adalbert dirigea son regard et celui d'Aldo vers la porte secrète demeurée ouverte : debout dans l'encadrement, lady Mary frappée de stupeur considérait la scène inattendue qu'elle découvrait. Ses yeux clairs en survolèrent les personnages et le portrait avant de se fixer, intensément, sur le joyau qu'Aldo venait de remettre en place. Elle ressemblait tant à un fantôme que personne ne dit mot. Elle non plus d'ailleurs car elle ne voyait plus que la Rose.

D'un pas d'automate, elle marcha jusqu'à la

pierre où la flamme des bougies allumait de scintillants reflets puis, d'un geste évoquant aussi bien la prière que la supplication, elle leva ses mains gantées pour la saisir en laissant tomber à terre le petit sac de daim noir, assorti à son manteau et à sa toque d'astrakan, qu'elle tenait. Instinctivement Adalbert se baissa pour le ramasser et le conserva.

Mary allait prendre le diamant quand la voix de son époux claqua :

– Laissez ça tranquille ! Je vous interdis d'y toucher !

Elle tourna vers lui un regard absent qui ne le voyait pas et qui s'en détourna aussitôt pour revenir à l'objet de sa convoitise.

– La Rose !... La Rose est ici ? Mais alors...

Soudain affolé, son regard chercha le sac abandonné un instant plus tôt mais, comprenant ce qu'il contenait, Adalbert venait de le faire disparaître dans sa poche. Elle n'eut pas le temps de fouiller les zones obscures du sol : avec un bruit sourd, le pan de mur se refermait. Quelqu'un venait de le rabattre de l'extérieur.

– Qu'est-ce que ça veut dire, gronda lord Desmond. Qui est là ? Qui avez-vous amené avec vous ? Et d'abord que faites-vous ici ? Vous deviez rester à Londres jusqu'à samedi...

Il avait saisi sa femme aux épaules et la secouait sans qu'elle opposât la moindre résistance. Aldo se jeta entre eux et obligea le mari à lâcher sa femme qui semblait perdue, en transe...

– Je crois que cette scène de ménage peut attendre, fit-il. Au moins jusqu'à ce que nous soyons sortis d'ici. Si toutefois c'est possible, ajouta-t-il en déposant lady Mary sur le fauteuil des contemplations où elle se laissa aller comme un linge mouillé.

– C'est possible ! Le mécanisme fonctionne dans les deux sens. Je ne suis pas fou...

À certains moments, Morosini en doutait un peu. Un instant plus tôt, par exemple, quand Mary avait voulu toucher la pierre, son regard furieux était celui d'un dément. Mais quand il leva le bras pour faire jouer la porte, il l'en empêcha.

– Pas si vite ! Ce point acquis, il convient peut-être de songer à ce qui se passe de l'autre côté. Vous l'avez dit vous-même, il y a quelqu'un. La porte ne s'est pas refermée toute seule... Il se pourrait qu'il y ait même plus de monde que vous ne pensez. Si vous sortez, vous risquez de vous faire tirer comme un lapin...

– C'est juste et c'est bien pour ça qu'il faut qu'elle parle ! s'écria Desmond en se retournant vers sa femme toujours inerte dans le fauteuil mais les yeux rivés au diamant. Vous avez amené du monde, Mary ? Qui sont ces gens ?

– Dans l'état de prostration où elle se trouve, elle est incapable de vous répondre, mais moi je le peux peut-être...

– Comment le pourriez-vous ? À moins d'être de mèche, ajouta l'avocat avec un rire désagréable.

– Quand nous serons sortis d'ici, il se pourrait que je vous flanque une correction pour ce mot-là, fit tranquillement Morosini. En attendant, il y a mieux à faire. Le superintendant Warren ne vous a-t-il pas mis en garde, il y a quelque temps, contre les agissements d'un certain Yuan Chang décidé à vous délester d'une collection qu'il considérait comme un pur produit du pillage de son pays ?

– Mais ce Yuan Chang est mort en prison. Et puis, je ne vois pas comment il pouvait espérer cambrioler ma maison et surtout ma chambre forte !

– C'est simple : il tenait votre femme en son pouvoir. Comment ? Ce serait un peu long à vous expliquer maintenant, ajouta-t-il avec un regard de pitié involontaire vers Mary à laquelle Adalbert s'efforçait de prodiguer quelques soins.

– Je veux bien le croire mais, je vous le répète, cet homme s'est pendu. Sans doute, mais sur ordre, et je croirais volontiers qu'il a laissé au moins un successeur... Et que ce successeur a obligé lady Mary à le conduire jusqu'ici où il n'est pas venu seul...

À cet instant, en effet, un fracas de verre brisé se fit entendre, puis un autre et encore un autre.

– Dieu tout-puissant ! s'écria lord Desmond. Ils sont en train de démolir mes vitrines !... Je ne les laisserai pas faire...

Se jetant sur le mur, il appuya sur un point indiscernable et le déclic se produisit, mais la porte ne fit que s'entrebâiller. Quelque chose ou quelqu'un devait en empêcher l'ouverture. En même temps, on entendit une voix gutturale lancer des ordres en chinois, sans doute une exhortation à se presser...

– Aidez-moi ! gronda Desmond. Il faut les empêcher de bloquer la porte sinon nous sommes tous morts. Personne au château ne connaît ce mécanisme.

– Pas même moi ! grinça lady Mary qu'à l'aide de quelques claques Adalbert réussissait à ranimer. Comment avez-vous pu me berner de la sorte ?

Personne ne lui répondit. Comprenant que le risque de périr étouffés dans ce réduit était sérieux, Aldo et Adalbert joignaient déjà leurs efforts à ceux du châtelain pour repousser le mur.

– Vous n'êtes pas armé, bien entendu ? demanda Morosini.

– Oh si ! Toujours quand je viens ici...

– Nous aussi ! émit la voix traînante d'Adalbert.

Du coup l'autre s'indigna :

– Vous êtes venus chez moi avec des armes ?

– Bien entendu, reprit Aldo sans cesser de pousser. Depuis que le superintendant nous a fait savoir que des Asiatiques s'intéressaient de près à votre domaine, nous avons jugé plus prudent de ne pas nous y aventurer sans quelques précautions. On dirait que nous avons eu raison... Poussez plus fort, que diable ! Ce n'est pas le moment de discuter ! On dirait que le bruit s'éloigne.

– Ils doivent avoir fini ! gémit le collectionneur. Il faut les arrêter !

Un effort plus violent vint à bout de la résistance de la porte retenue par un amas de débris divers. Elle s'ouvrit si brusquement que les trois hommes se trouvèrent projetés en avant. Au même moment, deux coups de feu claquèrent, heureusement sans atteindre personne. On guettait leur sortie, mais ni Aldo ni Desmond précipités les premiers ne furent pris au dépourvu. À peine au sol, ils avaient mis revolver au poing et tiraient à leur tour.

La salle du trésor chinois offrait un désordre indescriptible. Ce n'étaient que verre brisé, vitrines abattues, cependant qu'une demi-douzaine d'hommes vêtus de noir et chargés de sacs se pressaient pour sortir, protégés par le feu du plus grand d'entre eux qui devait être le chef. Cela n'allait pas sans difficultés, car ils prétendaient passer la porte blindée tous ensemble. Comprenant que cette issue encombrée était une chance, Aldo visa soigneusement et abattit l'un des bandits juste au passage. Une autre balle, tirée par lord Killrenan, toucha à l'épaule le chef qui reculait vers la porte. Celui-ci lâcha un intraduisible juron et une balle, peut-être la dernière. Il y eut un cri derrière Aldo mais il ne se retourna pas. Fonçant à travers le caveau, il tomba sur l'homme au moment où il atteignait la sortie. Une lutte sauvage mais brève s'ensuivit. Les deux hommes étaient de force égale. Cependant, le Chinois réussit à glisser des mains de son adversaire qui, cramponné à lui, se laissa traîner jusqu'au bas de l'escalier où l'autre se débarrassa de lui d'un coup de pied. Étourdi, Aldo n'eut que le temps de voir son hôte bondir par-dessus sa tête avec une agilité insoupçonnée et se lancer à la poursuite des pillards.

Il renonça à le suivre : l'important était que la chambre forte ne se soit pas refermée sur eux. D'ailleurs, il entendit bientôt des coups de feu accompagnés d'ordres de mettre les mains en l'air lancés en excellent anglais. Il eut alors un soupir de soulagement et s'offrit le luxe d'un sourire.

– On dirait que nous avons eu une excellente idée de prévenir Warren de notre départ et des circonstances de l'invitation, pensa-t-il.

Une brusque inquiétude effaça le bref instant de détente. Adalbert!... Pourquoi n'était-il pas auprès de lui ? Il se souvint alors du cri rauque entendu au moment où il s'élançait pour atteindre le chef et son cœur se serra. S'il était arrivé malheur à son ami... Mais dès qu'il pénétra de nouveau dans la salle, il l'aperçut agenouillé devant quelque chose qu'il ne vit pas tout de suite à cause de l'amas de ferraille et de verre.

– Tu es blessé ? cria-t-il en se frayant un passage.

– Non. Viens voir!

Le cri c'était Mary qui l'avait poussé et c'était le dernier. Elle gisait là, dans la vague noire de ses fourrures et dans une pose pleine de grâce, ses cheveux blonds échappés de la toque et répandus autour d'elle. La balle l'avait marquée, au front, d'un point rouge semblable à celui que portaient les femmes hindoues et, dans la mort, elle gardait un petit sourire. Peut-être parce qu'au creux de sa paume ouverte brillait le diamant pour la possession duquel elle était prête à tout sacrifier...

A son tour, Aldo mit un genou en terre, se pencha pour prendre la pierre qui venait de tuer une fois encore.

– N'y touche pas ! dit Adalbert en passant une main légère sur les yeux gris encore ouverts. J'ai déjà fait l'échange... Ce n'est pas la vraie...

Au-dehors, la police du comté, conduite par le colonel Courtney à la réquisition du superintendant Warren, et les domestiques du château s'assuraient des bandits et de leur chef, un certain Yuan Yen, le propre fils de feu Yuan Chang, tandis qu'à quelques pas des voitures, lord Desmond Killrenan ramassait fébrilement les sacs contenant son trésor, riant et pleurant tout à la fois sans s'occuper le moins du monde de ce qui se passait autour de lui. Il n'interrompit même pas son labeur quand Morosini vint lui dire que sa femme venait d'être tuée... Seuls comptaient les jades précieux qu'il avait failli perdre !

Renonçant à troubler sa félicité, Aldo se tourna vers Warren.

– Il est fou ?

– À mon avis, s'il ne l'est pas encore, cela ne saurait tarder...

La veille de leur départ pour Venise, les deux amis avaient invité Warren à dîner au Trocadero, mais il leur déclara sans ambages qu'il préférait de beaucoup déguster en toute tranquillité la cuisine de Théobald plutôt que subir à longueur de soirée les regards curieux, voire les indiscrétions d'un public encore secoué par les remous du procès Ferrals. Ce fut donc autour d'un admirable pâté truffé et d'un poulet Vallée d'Auge que l'on se retrouva pour commenter les derniers événements.

La mort tragique de lady Mary avait incité Scotland Yard, après consultation en haut lieu, à faire le silence sur son rôle dans l'assassinat du joaillier Harrison. La pierre volée avait été retrouvée près d'elle et l'on ne cherchait pas à savoir dans quelles circonstances elle pouvait se trouver là, mais l'honneur de la police était sauf et le roi, informé, venait de faire savoir qu'il s'opposait à ce qu'elle soit remise en vente : il n'y avait eu que trop de drames et de scandales ! La Rose d'York, rachetée par lui aux héritiers de Harrison, prendrait place à la Tour de Londres parmi les joyaux de la Couronne. Quant à l'existence d'un vrai et d'un faux diamants, elle n'était plus connue que de Morosini, de Vidal-Pellicorne et, bien entendu, de Simon Aronov, grâce à la précaution prise par Adalbert de refermer la petite pièce secrète de lord Desmond avant l'entrée en scène de la police. Rien à craindre du véritable propriétaire que sa raison déclinante venait de conduire dans une de ces cliniques psychiatriques de luxe, fort chères et peu connues du grand public, où il pourrait vivre entouré de ses jades bien-aimés jusqu'à ce qu'il guérisse – chose fort improbable! – ou que Dieu se résigne à le rappeler à lui... Ses biens allaient être placés sous administration judiciaire.

– Old Bailey perd en lui un grand avocat, résuma Gordon Warren, ses mains réchauffant le cristal de son verre où remuait doucement une vieille fine couleur de caramel. J'espère qu'avant de partir, lady Ferrals aura pensé à lui payer ses gros honoraires...

– De toute façon, elle n'est pas partie bien loin, fit Aldo en se servant généreusement. Le Devon ce n'est pas le bout du monde...

Les yeux jaunes du ptérodactyle se rétrécirent au-dessus du verre dont il humait le parfum.

– Le Devon, non, mais quand on franchit l'océan Atlantique on peut déjà parler de longue distance...

– L'océan Atlantique? Elle va en Amérique?

– Faire la connaissance de sa belle-sœur. Ne me dites pas qu'elle ne vous a pas envoyé un coup de téléphone ou quelques lignes pour vous en avertir? Ce ne serait pas gentil, étant donné la peine que vous vous êtes donnée.

Aldo chercha une cigarette et l'alluma d'une main dont ses compagnons purent constater qu'elle tremblait légèrement bien que la voix demeurât froide et calme.

– Et pourtant c'est ainsi. Vous me l'apprenez !... Oh, cela me peine un peu, bien sûr, mais soyez certain que je n'attendais aucune reconnaissance...

– Pas même un merci ? C'est une belle chose qu'être grand seigneur ! Servir une dame, comme les chevaliers d'autrefois, pour la seule beauté du geste, c'est plutôt rare !

– Ne vous payez pas ma tête, Warren ! Une chose m'intrigue pourtant : c'est cette hâte à quitter l'Angleterre. Rencontrer une belle-sœur toute neuve est bien, mais affronter la mer en décembre n'a rien d'agréable. Ne pouvait-elle attendre le printemps ?

– Il arrrive que les tempêtes de printemps soient plus fortes qu'en hiver, remarqua Adalbert, mais... peut-être la hâte venait-elle du comte Solmanski ? Le Devon ne lui est-il pas apparu comme encore trop proche de Londres ? Surtout après le suicide de la jeune Sally ?

En effet, au lendemain de la libération de sa maîtresse, Sally Penkowski s'était donné la mort avec du véronal. Dans la lettre qu'elle laissait, la petite femme de chambre déclarait ne pouvoir survivre à Ladislas Wosinski qu'elle aimait profondément. Elle avouait aussi avoir fait un faux témoignage dans l'espoir de le libérer des poursuites de la police et en demandait pardon à Dieu. L'impression sur le public, amplifiée encore par les journaux, s'était révélée déplorable : lady Ferrals se trouvait certes innocentée, mais on commençait à voir en elle une de ces femmes fatales qui sèment la mort sur leur passage. Aldo lui-même en avait été impressionné.

– Vous n'êtes pas loin de la vérité, dit le superintendant en adressant un mince sourire à l'archéologue, mais moi, je serais tenté de croire que c'est du suicide du Polonais qu'il veut éloigner sa fille.

– Wanda aurait raison ? Elle l'aimait toujours ? émit Aldo avec au cœur un pincement désagréable.

– Ça, je n'en sais rien, mais je ne vous cache pas que cette mort si opportune me pose des questions. Oh, tout était en ordre dans la chambre de Whitechapel et la confession de ce garçon était de son écriture ; nous avons pu comparer. En outre, le corps ne portait aucun signe de sévices récents, et pourtant...

– Si vous aviez des doutes, dit Adalbert, pourquoi vous être précipité à Old Bailey ?

– Je n'avais pas de doute sur l'instant. C'est par la suite qu'ils me sont venus, à force de réfléchir. Et puis, peut-être parce que la présence du comte Solmanski dans le quartier m'a été signalée à deux ou trois reprises.

– Nous aussi nous l'y avons vu mais il était en compagnie d'un prêtre, ce qui n'a rien de bien inquiétant. De toute façon, je vois mal comment on aurait pu pendre contre son gré un garçon jeune et vigoureux sans l'assommer ou l'anesthésier.

– Je ne le sais pas encore mais soyez sûrs que je trouverai ! Je suis comme les dogues de ce pays : quand je tiens quelque chose je ne le lâche pas.

– Encore faudrait-il établir la preuve de la culpabilité de Solmanski, fit Aldo. Cela dit, je crois capable de tout un homme qui a participé au pogrom de Nijni-Novgorod en 1882...

– D'où tenez-vous cela ?

Morosini eut un geste évasif qui interdisait qu'on l'interrogeât davantage sur ce point mais il ajouta :

– A cette époque, il ne s'appelait pas Solmanski mais Ortschakoff...

– Voilà qui est intéressant pour d'éventuelles recherches dans un quartier juif ! Vous n'en savez pas plus ?

– Non mais si vous arriviez à le mettre un jour hors d'état de nuire, je ne pleurerais pas et pas davantage certains de mes amis ! conclut-il en pensant à Simon Aronov.

– Dont je suis, affirma Vidal-Pellicorne.

Le superintendant avait fini son verre et en refusait un autre. Il se leva, tira sa montre.

– Il est temps que je vous laisse dormir. Vous partez toujours demain ?

– Oui. Demain soir nous serons en France, en route pour Venise.

– Reviendrez-vous ? demanda Warren après une légère hésitation.

– Pourquoi pas ? fit Adalbert. J'aime beaucoup cette maison et en outre je m'intéresse de près à ce qui va se passer prochainement autour du British Museum. Avant, j'irai peut-être faire un tour en

Égypte mais je serais fort surpris que vous ne me revoyiez pas. Et quand on me voit, il est bien rare qu'on ne voie pas aussi Morosini !

Pour la première fois depuis qu'on le connaissait, un large sourire éclaira les traits austères du ptérodactyle.

– Revenez ! dit-il. Cela me fera plaisir.

Et il s'en fut après avoir échangé de vigoureuses poignées de main avec ceux qui avaient su devenir ses amis.

– Ai-je eu tort de lui parler de Solmanski comme je l'ai fait ? demanda Aldo qui avait soulevé un rideau pour le regarder partir.

– On n'a jamais tort de vouloir éliminer un ennemi aussi dangereux pour Simon et pour la mission que nous avons à remplir. Je ne déteste pas du tout l'idée d'avoir accroché aux basques de ce type un homme aussi coriace et aussi entêté que Warren... Ça ne peut que nous faciliter la vie par la suite.

– Sans doute, mais qu'en penserait Anielka ?

– Celle-là, plus tôt tu l'oublieras et mieux ce sera pour nous tous !

Sur ces fortes paroles, Adalbert s'octroya une nouvelle ration de fine Napoléon après avoir servi son ami.

– Trinquons à notre réussite ! Dès que nous serons en France nous expédierons ce maudit diamant à la banque suisse d'Aronov. J'ai hâte d'en être débarrassé.

LA ROSE D'YORK

Au matin du 24 décembre, Morosini et Vidal-Pellicorne débarquaient en gare de Santa Lucia après un voyage sans histoire. La Manche s'était montré accommodante et le confort de la Compagnie internationale des wagons-lits toujours irréprochable.

Adalbert était d'une humeur charmante. La perspective de passer les fêtes à Venise qu'il n'avait pas vue depuis longtemps l'enchantait, et plus encore peut-être celle d'habiter un moment l'un de ces magnifiques palais semi-aquatiques dont la splendeur l'avait fait rêver quand il était adolescent. L'idée que ce palais fût celui d'un ami le comblait.

– On se connaît depuis combien de temps ? avait-il demandé tandis qu'après l'arrêt de Mestre, le train parcourait lentement la digue qui sépare Venise de la terre ferme et que les voyageurs regardaient, aux fenêtres, la Sérénissime venir à eux dans la brume laiteuse de la matinée.

– Depuis le dernier printemps. Avril, je crois.

– Curieux ! Il me semble que c'est beaucoup plus vieux que ça. Que nous avons partagé la même enfance, ou les mêmes études et pourquoi pas la même famille. Quelques mois seulement et tu es devenu pour moi comme un frère !

Sachant que les attendrissements de son ami ne duraient pas longtemps et même qu'il lui arrivait de les regretter, Aldo posa une main ferme sur son épaule.

– J'éprouve la même impression ! murmura-t-il, mais il se hâta d'enchaîner : Regarde, les coupoles ont l'air de bulles de savon posées sur l'eau ! Nous aurons une belle journée.

Une fois descendus de leur wagon-lit, ils se hâtèrent vers la sortie, suivis de deux porteurs chargés de leurs bagages.

– J'ai demandé qu'on vienne nous chercher avec la gondole, dit Morosini. Pour ta première arrivée, j'ai pensé que tu l'aimerais mieux que le canot à moteur.

– Tu peux en être sûr ! Merci !

Sur la rive du Grand Canal comme dans la gare, il y avait foule. À cette heure s'y croisaient les voyageurs arrivant de Paris et ceux qui s'en allaient prendre l'express de Vienne. Cela créait une sorte de tohu-bohu et les deux hommes eurent quelque peine à gagner le bord de l'eau où Zaccaria, fidèle à ses traditions d'accueil, les attendait près de la gondole aux lions de bronze ailés stationnée non loin de l'embarcadère du vaporetto. Mais au lieu d'examiner la foule pour y démêler ceux qu'il venait chercher, le maître d'hôtel lui tournait le dos et ce fut Zian, coiffé de son plus beau chapeau à rubans, qui salua le premier le maître et son ami.

– Eh bien, Zaccaria ? appela Morosini. Ce n'est pas nous qui t'intéressons ?

L'époux de Cecina se retourna à peine. Encore fut-ce pour désigner le canot de l'hôtel Danieli qui s'approchait.

– Regardez ! dit-il.

À bord il n'y avait qu'une passagère : une jeune fille mince comme un lis et rousse comme une flamme dans un ensemble de velours vert et de renard que Morosini connaissait. Il n'y avait qu'une seule tête pour porter avec cette élégance insolente l'amusant tricorne qui lui mangeait un sourcil.

Sans plus s'occuper de ceux qui l'entouraient, Aldo s'élança et ce fut sa main qui s'offrit à la jeune fille pour l'aider à quitter le bateau. Elle lui sourit, sans la moindre surprise.

– J'ai appris que vous rentriez aujourd'hui, dit-elle, seulement je ne savais pas à quelle heure.

– Sinon vous vous seriez arrangée pour m'éviter ?

– Je n'en vois pas la raison... Hier, je suis passée au palais pour y reprendre quelques objets et embrasser Cecina. Ce fut une bonne surprise pour moi d'y trouver Mme de Sommières et Marie-Angéline qui m'a l'air de se débrouiller très bien...

– Vous étiez là depuis longtemps ?

– Non. Depuis deux jours. Comme vous le voyez, j'ai peu de bagages, ajouta l'ex-Mina en désignant la valise plate et la mallette en crocodile que l'employé du Danieli venait de sortir du bateau.

– Et vous repartez déjà ? Vous rentrez à Zurich ?

– Oh non ! Je vais à Vienne, passer Noël chez ma grand-mère... et je crois qu'il faut me presser si je ne veux pas être obligée de prendre le train au vol, ajouta-t-elle en consultant sa montre.

– Je vous accompagne ! décida Aldo en s'emparant des bagages, mais elle s'y opposa.

– Jamais de la vie ! C'est très gentil à vous, prince, mais vous devriez vous soucier davantage de vos compagnons... et ne pas trop user la patience de celles qui vous attendent in casa Morosini ! J'espère que vous passerez de bonnes fêtes et que l'année 1923 sera moins agitée que celle-ci !

Elle offrait une petite main gantée qu'il prit et garda dans la sienne.

– Est-ce que... Venise vous reverra ? demanda-t-il d'une voix qui lui parut tout à coup enrouée.

– Je ne sais pas... oh, sans doute ! On ne renonce pas si facilement à ses anciennes amours... Voulez-vous s'il vous plaît me rendre ma main ? Je peux difficilement partir sans elle, fit-elle avec un sourire qui corrigeait un peu la fermeté du ton.

Il fallut bien la lâcher.

– Au revoir... dit-elle en prenant sa trousse de voyage tandis qu'un porteur s'emparait de la valise. Puis, virant sur ses talons, elle se dirigea vers la gare. Aldo, alors, ne put s'empêcher de l'appeler :

– Lisa!

Elle s'arrêta, se retourna et agita sa main libre.

– Je n'ai plus le temps! Joyeux Noël!

Un instant plus tard, elle avait disparu. Aldo restait figé sur place, l'esprit un peu vague. La voix traînante d'Adalbert le ramena sur terre.

– Qu'est-ce qu'elle t'a dit?

– Tu n'as pas entendu? Elle a dit « Joyeux Noël ! ».

– C'est un vœu aimable! Il faut essayer de l'exaucer...

Pour sa part, Aldo, sans trop savoir pourquoi, en doutait un peu. Il se laissa cependant ramener vers la gondole...

Saint-Mandé, mars 1995.

Prochain épisode : L'OPALE DE SISSI.

TABLE DES MATIÈRES

PREMIÈRE PARTIE

LES BROUILLARDS DE LONDRES

1. Les héritiers 11
2. Un drôle d'oiseau 46
3. Chacun sa vérité 78
4. Chinatown 123
5. Les invités de la duchesse 158
6. Sur le sentier de la guerre 194
7. Lisa 237

DEUXIÈME PARTIE

LE SANG DE LA ROSE

8. Un appel au secours 275
9. Clair-obscur 318
10. Où l'on fait de singulières découvertes ... 357
11. Le procès 390
12. Le drame d'Exton Manor 435

La Rose d'York 469

Aubin Imprimeur
LIGUGÉ, POITIERS

Achevé d'imprimer en février 1996
pour le compte de France Loisirs
123, bd de Grenelle, 75015 Paris
N° d'édition 26603 / N° d'impression L 50728
Dépôt légal, février 1996
Imprimé en France